DEREK MEISTER

# DER JUNGFRAUENMACHER

DEREK MEISTER

# DER
# **JUNGFRAUEN**
# MACHER

THRILLER

blanvalet

FSC
www.fsc.org
MIX
Papier aus verantwortungsvollen Quellen
FSC® C014496

Verlagsgruppe Random House FSC® N001967
Das FSC®-zertifizierte Papier *Holmen Book Cream*
für dieses Buch liefert Holmen Paper, Hallstavik, Schweden.

1. Auflage
Originalausgabe Juli 2015 im Blanvalet Verlag,
einem Unternehmen der
Verlagsgruppe Random House GmbH, München

Dieses Werk wurde vermittelt durch die Literarische Agentur
Thomas Schlück GmbH, 30827 Garben.
Umschlaggestaltung und -motiv: www.buerosued.de
Redaktion: Angela Kuepper
Herstellung: sam
Satz: Buch-Werkstatt GmbH, Bad Aibling
Druck und Einband: GGP Media GmbH, Pößneck
Printed in Germany
ISBN: 978-3-7341-0060-4

www.blanvalet.de

*Jungfrau, komm in die Arme mein!*
*Sollst deines Siegers Herrin sein.*
*Will baun dir einen Palast schön,*
*In prächt'gen Kleidern sollst du gehn.*

Joseph von Eichendorff

# Prolog

Draußen ertrank die Welt.

Er klammerte sich ans Lenkrad seines in die Jahre gekommenen Nissan Navara, versuchte, die Straße durch die Regenwand zu erkennen.

Im Aufflammen der Blitze sahen die sturmgepeitschten Bäume wie zuckende Schattengeister aus. Mächtige Gestalten mit Tausenden Armen, die seinen Pick-up zerschmettern wollten.

Ein armdicker Ast krachte auf das Autodach, schrammte nach hinten und flog von der zugedeckten Pritsche auf den Asphalt. Vor Schreck schrie er auf, sah im Spiegel den Ast im roten Licht der Rückleuchten für immer in der Nacht verschwinden.

Das Herz schlug ihm bis zum Hals.

Obwohl im Radio seit zwei Tagen vor der Sturmfront über der Nordsee gewarnt wurde, hatte ihn die Gewalt des Unwetters heute überrascht. Der Sturm war stärker und schneller über Valandsiel aufgezogen, als alle vorausgesagt hatten.

Verrückte Welt, dachte er. Ein so heftiger Sturm Anfang Juni. Wie es wohl Silja ging? Das arme Ding war sicher völlig verängstigt.

Zögerlich gab er wieder mehr Gas. Der Gedanke, sie könne weinend im Dunkeln liegen, allein im tosenden Gewitter, versetzte ihm einen Stich. Er musste es endlich nach Hause schaffen. Er hatte extra beim Asia-Imbiss gehalten und gebackenes Curryhuhn für sie mitgenommen. Es war bestimmt längst kalt.

Er sah zum Beifahrersitz, auf dem neben dem Essen ein Tramperrucksack und zahlreiche Blätter mit seinen kalligrafischen Übungen lagen. Mit zwölf hatte er wegen Nesselfieber drei Wochen im Bett verbracht und seine Liebe für Schreibschriften entdeckt.

Als er wieder nach vorn sah, schossen Birkenäste auf ihn zu. Sofort stand er auf der Bremse, spürte, wie die Reifen blockierten, hörte sie durch das knöcheltiefe Wasser auf der Straße pflügen. Der Pick-up riss aus. Der Tramperrucksack flog, gefolgt von den Blättern und dem Curryhuhn, in den Fußraum.

»Fuck«, entfuhr es ihm, während der Wagen mit einem Ruck zum Stehen kam und der Motor erstarb. Er hatte sich quer zur Fahrbahn gestellt, keine vier Meter vor den umgestürzten Birken. Die Bäume versperrten komplett die Straße zu seinem Haus.

»Mein Gott.« Geschockt saß er da, atmete hektisch ein und aus, starrte fassungslos auf die gesplitterten Bäume. Gar nicht auszumalen, was passiert wäre, wenn er in die Äste …

Als er die Hand hob, zitterte sie so stark, dass er den Zündschlüssel des Pick-ups nicht drehen konnte.

»Zähl bis 40. Entspann dich. Es ist nichts passiert. Alles gut.« Er schloss die Augen, lehnte sich zurück und lauschte auf das Trommeln des Regens und das Heulen des Sturms.

… 28 … 29 … 30 … 31 …

Jemand klopfte an seine Scheibe. Erschrocken fuhr er zusammen.

Ein junger Mann mit Dreitagebart und verhärmten Wangen starrte ihn an. Offenbar versuchte er, in dem dunklen Wagen jemanden zu erkennen.

Der Typ war vielleicht 20 Jahre alt. Er trug eine dünne

schwarze Regenjacke, die ihm bis über die Knie reichte. Die Kapuze hatte er tief ins Gesicht gezogen, sodass seine Augen kaum zu sehen waren. Er trug einen Rucksack und kurioserweise Handschuhe.

»Hallo? Sind Sie okay?«, drang seine Stimme in die Kabine des Pick-ups. Neben dem Jungen tauchte ein Mädchen im gelben Ostfriesennerz auf. Er schätzte es ebenfalls auf 20, etwas älter als seine Silja. Die Fremde zog sich die Mütze straffer über den Kopf. Klitschnasse schwarze Haare lugten darunter hervor. Sie klebten auf ihren Wangen, auf denen der Kajal verlaufen war. Die Frau trug ebenfalls einen Rucksack. Ihre Augen wirkten seltsam kalt.

»Ist alles okay«, brüllte er nach draußen gegen den Wind. »Mir geht's gut. Ist nichts passiert.«

»Können wir mitfahren?«, fragte der Junge. »Lassen Sie uns rein?«

Den Bruchteil einer Sekunde schoss ihm der Gedanke durch den Kopf, dass die beiden die Bäume *absichtlich* über die Fahrbahn gelegt hatten und unter ihren Regenjacken Messer trugen.

»Was is'? Kommen Sie. Haben Sie mal Mitleid«, bettelte der Fremde. Doch es klang so aufgesetzt, so übertrieben.

Hör auf mit dem Blödsinn, schalt er sich und ließ das Fenster ein Stück herunter. »Gut. Kommt rein. Was macht ihr hier draußen?«

»Unser Wagen ist liegen geblieben. Da hinten.« Der Fremde zeigte vage in den Regen. Aber er konnte kein Fahrzeug erkennen, keine Blinklichter, nicht einmal einen Schatten. Erneut machte sich ein ungutes Gefühl in ihm breit, während er zusah, wie das fremde Pärchen um den Pick-up herumlief. Sein Pritschenwagen war ein Zweisitzer, sie mussten sich vorne nebeneinanderquetschen.

Während er sich für das Curryhuhn entschuldigte, das

sich im Fußraum verteilt hatte, zog er den besudelten Tramperrucksack hervor.

»Gebt eure mal auch her. Ich verstau sie auf der Ladefläche. Dann passt's vielleicht.«

Die beiden Fremden reichten ihm das Gepäck.

Regentropfen stachen auf seiner Haut, und der Sturm riss ihn beinahe von den Beinen, als er sich am Wagen entlangschob. Das Wasser drückte sich durch jede Naht seines Windbreakers. Er öffnete die Abdeckplane und stellte die drei Rucksäcke auf die Ladefläche.

Ein Gewitterblitz durchzuckte die Nacht.

Sie lag wie versteinert da.

Entsetzt starrte er sie an.

»Silja?«

Sein Gaffertape klebte auf ihrem Mund. Ihre Beine und Hände waren damit gefesselt.

Ein zweiter Blitz erhellte ihr Gesicht, offenbarte, was dieser verfluchte Sturm angerichtet hatte.

Siljas Stirn war eingedrückt, ihr Schädelknochen zerschmettert. Der Regen vermischte sich mit ihrem Blut und lief kalt die Pritsche entlang.

Der Ast!, schoss es ihm durch den Kopf. Mein Gott, der Ast.

»Aber … Silja … Was …?« Er war völlig hilflos. Das sechzehnjährige Mädchen gab keine Antwort. »Du … du warst so perfekt. Silja …« Aus seiner Kehle drang ein erstickter Trauerschrei, aber der Sturm trug jeden Laut fort.

Sein Blick wanderte zur Fahrerkabine, in der die beiden mittlerweile das Licht angeschaltet hatten. Giggelnd ließ das Mädchen sich von ihrem Freund die Finger wärmen und schmiegte sich an ihn.

Mit einem entschlossenen Ruck zog er die Plane über das tote Mädchen. Dabei spürte er sein umgeschnalltes Messer am Unterschenkel reiben. Das Gefühl schenkte ihm neue Stärke.

# 1

Knut Jansen hielt sich mit einer Hand an einem Strauch fest und versuchte, nichts von seinem Kaffee zu verschütten, während er sich den ersten Meter die Böschung zum Strand hinabtastete. Hinter ihm im Landrover bellte Butch. Der sechs Jahre alte Labrador sah es gar nicht gern, wenn er im Auto auf sein Herrchen warten musste. Knut gab ihm ein Zeichen, endlich still zu sein. Dann trat er mit seinen neuen Westernstiefeln ein paar Disteln und vom Sturm angespültes Strandgut beiseite, bevor er den aufgeweichten Hang hinabschlitterte.

Der Trampelpfad zwischen den Büschen war der direkte Weg vom Parkplatz an den Strand. Viele Touristen – aber vor allem die einheimischen Jugendlichen – bemühten sich nie, den gepflasterten Serpentinenweg zu nehmen.

Der Radweg aus Betonplatten am Fuß der Böschung war kaum zu erkennen, so viel Sand und Unrat hatten die Wellen angespült. Auch der Strand, der sich hier, unterhalb der Promenade Valandsiels, in Form einer Sichel gen Norden zog, lag verwüstet da. Treibholz, Tang und jede Menge Plastikverpackungen glitzerten in der Morgensonne.

Am Kaffee nippend, sah Knut sich um, schirmte die Augen vor der noch tief stehenden Sonne ab und spürte, wie er von der Meeresbrise eine Gänsehaut bekam.

Vor den funkelnden Wellen konnte er auf halber Strecke zur Wasserlinie ein paar Schatten ausmachen. Zwei Männer standen bei einem Rollstuhlfahrer. Die Silhouette des

Bürgermeisters von Valandsiel, Doktor Rainer Warendorp, war dank seines wasserballgroßen Bauchs leicht zu identifizieren. Und der Mann im Rollstuhl war Kiosk-Krömer. An der Leine hielt er einen winselnden Dackel fest, der vergeblich versuchte, sich loszureißen. Den anderen Schatten konnte Knut noch nicht einordnen, aber alle drei unterhielten sich, wobei sie offensichtlich vermieden, auf etwas zu starren, das neben ihnen im Sand lag.

Knut lüpfte seine abgegriffene Basecap, die er lieber als seine Polizeimütze trug, und wischte sich die Stirn ab. Er war froh, in Anbetracht der kommenden Hitze die Uniform auf seinem Gitarrenständer hängen gelassen zu haben und stattdessen in eines seiner kurzärmeligen Holzfällerhemden geschlüpft zu sein.

Seit er aus dem Haus geeilt war, ratterte Birthe beharrlich die Sturmschäden, die »Darius« angerichtet hatte, im Polizeifunk herunter. Er drehte das Funkgerät an seinem Gürtel leise und nahm noch einen Schluck Kaffee.

Bernd Magnussen, ein stämmiger Beamter, eilte herbei und schreckte ein paar Möwen auf, die auf dem Radweg im angespülten Müll nach Essbarem suchten. Mit seinen 51 Jahren war er der Dienstälteste im Revier, aber auch der Einzige mit einem Waschbrettbauch. Innerlich schmunzelnd registrierte Knut, dass Magnussen wie immer eine Hemdgröße zu klein trug. So kamen seine Muskelpakete erst richtig zur Geltung.

»Da bist du ja endlich. So was hab ich noch nich' gesehen, Knut. Echt, und du weißt, wie lang ich dabei bin. Wirklich. Das is' …«

»Wer hat die Leiche gefunden?«

»Kiosk-Krömer.« Magnussen strich sich über die Glatze und den Stiernacken, bevor er in den Notizen auf seinem Smartphone nachlas. »Also, Kiosk-Krömer hat sie gefunden, das heißt, sein Dackel. Die beiden sind hier morgens immer am Strand, bevor er den Kiosk aufschließt.«

»Wann?«

»Vor 'ner halben Stunde ungefähr. Als er sie fand, hat der Krömer auf die Uhr geschaut.« Magnussen kratzte eines seiner Tribal-Tattoos und sah noch einmal auf sein Smartphone. »Sechs Uhr drei. Sagt er.«

»Gut.« Knut rückte das Funkgerät an seinem breiten Gürtel zurecht. »Herzlichen Glückwunsch zum Geburtstag übrigens.«

»Danke«, brummte Magnussen.

»Du hast ja noch gar nicht abgesperrt.«

»Das Band war alle.«

»Aha.« Knut drückte sich an seinem Kollegen vorbei, dessen Gestalt beinahe die ganze Breite des Radwegs einnahm. »Funk Birthe an. Sie soll neues Flatterband bestellen. Ich hab noch 'ne halbe Rolle im Wagen.« Kurzerhand warf er Magnussen den Autoschlüssel seines Landrovers zu.

Der machte jedoch keine Anstalten, sich zu bewegen. Nicht mal, als Knut ihn forsch musterte.

»Hol die Rolle«, befahl Knut. »Und melde dich bei Birthe. Okay?«

Brummelnd setzte sich der ältere Beamte in Bewegung. Knut seufzte. Die Ablehnung, die Magnussen ihn tagtäglich spüren ließ, war unverkennbar, aber Knut scheute sich davor, seinen Kollegen zur Rede zu stellen. Einen Moment sah er Magnussen zu, wie er ohne Hektik die Serpentine hinauf zum Parkplatz ging, dann wandte er sich wieder dem Strand zu.

Der Bürgermeister war mit Richter Holthausen angerückt, der neben Krömers Rollstuhl mit einer Zeltstange im Sand herumpiekste. Er trug sein Jogger-Outfit, und seine Pulsuhr piepte in regelmäßigen Abständen. Im Gegensatz zum vitalen Richter wirkte der 70-jährige Kioskbesitzer in seinem Rolli noch eingefallener als sonst. Die rote Sonne warf Schatten auf seine ausgemergelten Wangen und ließ sie so grob wie aus Holz geschnitzt erscheinen. Unablässig riss er an der Hundeleine.

»Dr. Holthausen ... Rainer«, begrüßte Knut die beiden Männer knapp und gab Krömer die Hand.

Nach ein paar beruhigenden Worten erfuhr Knut, dass Richter Holthausen Krömer auf den Strand gerollt hatte, um dessen entlaufenen Hund zu holen. Dann hatten die beiden die Leiche entdeckt und mit einer Zeltstange versucht, Dackel und Krabben von ihr fernzuhalten.

»Das habt ihr gut gemacht«, sagte Knut. »Rührt alle jetzt aber bitte nichts mehr an. Wer hat sie zugedeckt?«

»Magnussen«, antwortete Bürgermeister Warendorp.

Knut nickte und musste sich zwingen, länger zur Leiche zu blicken. Gott sei Dank zeichneten sich unter dem Schwarz der aufgeschnittenen und mit Sand fixierten Müllbeutel kaum Konturen ab. Zu wenige jedenfalls, um böse Bilder hervorzurufen.

Auf dem Müllbeutel schimmerte wie Abertausend winzige Diamanten die Gischt, die der Wind über den Strand hinübertrug. Es sah friedlich aus, beinahe schön, wie Knut überrascht feststellte.

An seinem Hemdkragen nestelnd, wandte sich der Bürgermeister an Knut. »Das ist wirklich furchtbar. Schau dir das besser nicht an, Junge.«

Knut lächelte säuerlich. Was bildete sich Warendorp eigentlich ein? *Junge,* das war vielleicht vor zehn Jahren mal aktuell gewesen. Knut musste einfach eine patzige Antwort geben: »Den ›Jungen‹ kannst du dir sparen, Rainer. Tretet mal zur Seite. Ihr alle. Ihr geht jetzt mal dahinten hin.« Knut wies zum Fahrradweg, wo Magnussen das Flatterband zwischen die Laternen band.

»Knut, komm schon. Glaubst du, wir ertragen das nicht? *Wir* haben sie uns schon angesehen.«

»Ja, und alle Spuren zertrampelt.«

»Unsinn!« Warendorp wischte sich den Schweiß von der Stirn. »Wahrscheinlich hat sie der Sturm angespült. Die ist seit Tagen tot, vielleicht sogar Wochen.«

»Ja, die Leiche sieht in der Tat ziemlich zugerichtet aus«, mischte sich Richter Holthausen ein.

Krömer tätschelte seinen Dackel. »Fritze hat sich losgerissen. Ist einfach über den Strand ... Das so was hier passiert.«

»Moment mal. *Hier* ist das nicht passiert«, stellte Warendorp sofort klar. »Hier nicht. Die wurde angespült.«

»Das rauszufinden ist Sache der Polizei. Also.« Niemand rührte sich. »Alle räumen jetzt den Bereich. Los jetzt!«

Nur murrend fügten sich die drei. Bevor Knut sich der zugedeckten Leiche näherte, wartete er, bis die Männer Krömer durch den Sand geschoben hatten und alle drei hinter der Absperrung waren.

Er hatte befürchtet, Leichengeruch wahrnehmen zu müssen, einen Gestank, der ihn erbrechen ließ, doch er roch lediglich die Nordsee.

Was mach' ich jetzt?, fragte er sich. Das ist meine erste richtige Leiche.

Er ging in die Hocke und zögerte, den Müllbeutel anzuheben. Erst einmal streifte er sich die dunklen Lederhandschuhe über, die er am Gürtel trug.

»Wir haben's auch überlebt«, rief Warendorp von der Absperrung her. Knut ersparte sich eine Antwort, lüpfte stattdessen seine Basecap und wedelte sich Luft zu.

»Hier.« Magnussen, der das Flatterband bis zur Leiche ausrollte, reichte ihm die Zeltstange. »Mach's lieber damit.«

»Danke. Na, dann wollen wir mal.« Endlich fasste Knut sich ein Herz.

Der Müllsack rutschte weg und entblößte den Kopf der Leiche, den sie mit dem Arm bedeckte, als wolle sie sich vor der Sonne schützen. Knut sah nur drei Finger. Sie waren zu dunklen Stöckchen verschrumpelt. Die restlichen waren … abgebrochen oder abgefault.

Zwei Dutzend Krebse suchten das ab, was wohl einst ihre Haut gewesen war. Jetzt umgab ihren Körper ein vom Meerwasser glitschiges, an vielen Stellen weiß meliertes Leder. Die spinnenartigen Tiere ließen sich nicht stören und krabbelten ihr Becken hinab. Ihr rechtes Bein fehlte gänzlich, das linke war eine Handbreit oberhalb des Fußes abgerissen.

Sie trug ein Kleid, zumindest hielt Knut es dafür. Der dünne Stoff war zerfetzt und zusammengerafft, aber er meinte, einen abgewetzten Träger auf ihrer schmalen Schulter erkennen zu können. Mit einem Mal rutschte ihr der Arm von der Stirn und landete auf dem Müllsack.

Ein Totenschädel starrte ihn an.

Knut wich zurück. Ihre Augen waren geschlossen, aber die Lider völlig eingedrückt. Die Wangen ohne Fleisch, die Nase weggefressen. Lange weiße Haare umrahmten den Schädel. Ihr Mund war bloß noch ein von zwei dunklen Wülsten umschlossenes Loch.

War da etwa noch Lippenstift auf ihren Lippen?

Was, zum Henker …? Fassungslos sah Knut mit an, wie ein Bein aus ihrem Mund heraus in die Luft tastete, dann ein zweites auftauchte und schließlich eine Krabbe ihre Stielaugen herausstreckte. Sie klammerte sich an das, was einst menschliche Lippen gewesen waren, und zog sich ganz ins Freie.

Weil er nichts anderes als seinen Kaffeebecher hatte, übergab sich Knut dort hinein.

»Verdammte Scheiße«, keuchte er und versuchte, das Erbrochene von seinen Handschuhen zu schütteln. Seine neuen Westernstiefel aus Schlangenleder hatte es auch erwischt.

Bevor er einen weiteren Fluch loswerden konnte, übermannte ihn die Hilflosigkeit. Sie schwappte wie eine Springflut heran und überspülte alle Gedanken.

Was um Himmels willen tue ich jetzt?

Am liebsten hätte er Magnussen gefragt, immerhin hatte sein Kollege bereits 20 Jahre unter seinem Vater gedient. Die Blöße würde er sich jedoch nicht geben. Spuckend versuchte er, den schlechten Geschmack zu vertreiben, wischte seine Hände im Sand ab und zückte sein Funkgerät. »Birthe?«

»Magnussen! Hör auf, immer hier durchzuklingeln, ja? Ich weiß nicht, wann Knut am Tatort ist.«

»Nein, Birthe, ich bin's. Und das hier ist kein Tatort. Sondern der Fundort.«

»Oh, du bist das. Na, endlich.«

»Pass auf, Birthe, du schnappst dir jetzt den Ordner. Den roten. Oben links in meinem Büro.«

»Den roten. Ja, hab ich.« Er konnte förmlich sehen, wie sie ihren Hello-Kitty-Bleistift hinter dem rechten Ohr hervorzog und ihren schwarzen Pony mit einem geübten Pusten sexy zur Seite wehen ließ, um sich alles zu notieren. »Und jetzt, Schatz?«

»Birthe«, tadelte er sie, weil es ihm unangenehm war, so vor den Kollegen genannt zu werden. »Hol den Ordner. *Verfahrensweisen* steht da drauf oder so ähnlich. Und dann bringst du den her.«

# 2

Helen parkte den Wagen der Autovermietung unweit der von Pfützen übersäten Auffahrt. Sie blieb einen Moment sitzen und ließ ihren Blick den Kiesweg hinauf und an den ausrangierten Ankern entlangwandern, die den von Gestrüpp und Müll zugewehten Garten schmückten.

In allen Dörfern, durch die Helen Henning die letzten Stunden gefahren war, hatte der Sturm gewütet. Er hatte Mülltonnen umgeworfen, Büsche entwurzelt, Bäume abgeknickt. Auch die schmale Küstenstraße nach Valandsiel war gesperrt worden, weil zwei Strommasten umgestürzt waren. Das Haus ihres Vaters hatte der Sturm jedoch verschont.

Vor dem morgendlich leuchtenden Himmel zeichnete sich das Backsteinhaus mit dem dunklen Reetdach ungewöhnlich scharf ab.

Sie griff sich ihre Sporttasche und ging zum Gartentor. Eine junge Birke, die die Garage haarscharf verfehlt hatte, war auf den Rhododendron gestürzt. Der Sturm hatte ein paar Sträucher zu Boden gedrückt und Zeitungen in die Hecken geweht – das war alles. Nichts, was man nicht mit wenigen Handgriffen richten konnte.

Helen trat in den Garten, ging langsam, ein wenig steif, die Sporttasche in der Linken, auf das Haus zu. Den Abend hatte sie in einem sterilen Hotelzimmer am Hannoveraner Flughafen verbracht, weil ihr Flieger aus Seattle wegen der Sturmfront nicht in Hamburg hatte landen können.

Im Hotelfernsehen hatte ein Meteorologe im vierstündigen Sturmnacht-Special gegen den Wind angebrüllt, während die spritzende Dünung ihn aufs Meer hatte hinausziehen wollen. Wegen des Zeitunterschieds und wegen dieser brüllenden Reporterstimme hatte Helen die halbe Nacht wach gelegen.

Und wegen der Stimme ihrer Mutter vor zwölf Tagen auf ihrem Anrufbeantworter.

Die Stimme ihrer Mutter im schwarzen Kästchen, dem AB auf dem Sideboard in der Einzimmerwohnung, die nicht ihre war und in der sie illegal zur Untermiete wohnte. Im U District, direkt an der Brooklyn Avenue in Seattle, Washington.

»Dein Vater ist tot.«

An der Haustür riss Helen den Umschlag auf, den das Amtsgericht Niebüll auf ihren Wunsch per Express nach der Testamentseröffnung in die USA geschickt hatte. Während ihre Schwester bloß einen Pflichtteil bekommen sollte, hatte Joost Henning ihr nicht nur sein Wohnhaus, sondern auch das Restaurant in den Dünen vermacht. Helen hatte noch keine Ahnung, was sie mit dem Erbe anstellen sollte, wollte aber bis zum wahrscheinlichen Verkauf der beiden Immobilien vor Ort bleiben.

Zögernd blickte sie zum aluminiumweißen Himmel. Das Thermometer im Mietwagen, den sie sich noch in der Nacht am Flughafen besorgt hatte, hatte bereits am Friedhof 18 Grad angezeigt, obwohl die Sonne noch nicht vollends aufgegangen war.

Ein blendend schöner Tag.

Helen schüttete den Hausschlüssel aus dem Umschlag in ihre Hand und befühlte den Schlüsselanhänger. Ein Werbegeschenk für die Mitgliedschaft bei der Seenotrettung. Zerkratzt, vom tausendmaligen Anfassen rund geschliffen. Sie war davon ausgegangen zu zittern, doch sie blieb merkwürdig ruhig, als sie das Haus ihrer Kindheit aufschloss.

Kühle Luft, durchmischt mit kaltem Pfeifenrauch, wehte ihr entgegen. Peach Melba. Wie oft hatte sie diesen Tabak für ihren Vater bei Krömer geholt? Der Kioskbesitzer an der Promenade hatte ihr die Dose stets ohne Kommentar über den Tresen geschoben – und immer einen Lolli dazugelegt.

Pfirsich Melba – und die Knie blutig vom endlosen Ditschen hinter Krömers Bude, an den mit Altöl gestrichenen Holzbrettern. Wie oft hatte sie im Kies gekniet und mit den anderen Kindern Münzen an die Wand geworfen? Helen meinte, die Rufe ihrer Mitschüler zu hören: »Los! Die Münze! Helen, mach schon! Ditsch die weg! Du triffst die! Wirf!« Unwillkürlich musste sie lächeln, als sie an Krömer in seinem Rollstuhl und an das Münzenwerfen dachte. Ewige Sommer der Kindheit.

In ihren bunten Sneakers, die nicht zu ihrem schlichten Hosenanzug passten, trat sie auf zwei Zeitschriften und ein paar Rechnungen. Sie ging umständlich in die Hocke, indem sie den rechten Fuß ein Stück vorsetzte, und hob die Briefe auf.

Als sie kurz darauf die Sporttasche im Wohnzimmer abstellte, rieb darin Glas an Glas. Sicherheitshalber öffnete sie die Tasche und stellte fest, dass ihre Souvenirs aus der Schachtel mit Papier gerutscht waren und sich auf der Wäsche verteilt hatten.

Sie nahm die Schneekugeln heraus und reihte sie geradezu andachtsvoll auf dem Tresen der Wohnzimmerbar auf. Washington, New York, Salt Lake, Ottawa, Seattle, Las Vegas …

Nachdem sie die elf Kugeln akkurat ausgerichtet hatte,

widerstand sie nur mit Mühe dem Drang, eine hochzuheben und sie zu schütteln.

Der Großteil ihrer letzten Jahre, eingefroren, zu Glas gegossene Erinnerungen.

Elf Schneekugeln. Elf Mörder. Jeder Mörder eine eigene Kugel.

Sie öffnete die Verandatür und trat auf die Holzterrasse. Hier streckte sie den Kopf in den Wind, der vom Meer her wehte und das Dünengras rascheln ließ. Sie roch Fisch und Salz.

Hinter dem Haus, das mitten in den Dünen stand, lag das Meer. Sie sah hinaus auf die Wellen und genoss die Brise in ihrem Haar. Am Horizont war ein Windpark zu erahnen. Riffgrund West. Sie zählte 36 Masten.

36 Striche – so alt war sie jetzt. 36 Striche über der See – das Einzige, was ihren Blick in die Vergangenheit verstellte.

Denn sonst war alles wie damals.

Das Dünengras …

Als er noch lebte.

Der sanfte Wind …

Als sie das letzte Mal hier stand.

Die warme Sonne …

Als sie 16 war.

Nur die Masten von Riffgrund West hatte es 1995 noch nicht gegeben. Der Wind strich ihr die Haare gegen das Kinn. Es kribbelte eigentümlich, und Helen meinte für einen Augenblick, seine väterliche Brust zu spüren, wenn er sie an sich drückte und sanft beruhigend über ihr Haar strich.

Ihre rechte Hand begann zu zittern. Sie griff nach dem Knauf des blau lasierten Holzgeländers. Weder als sie der Anruf ihrer Mutter am anderen Ende der Welt aus dem Schlaf gerissen hatte noch an den folgenden Tagen, auch nicht im Flugzeug oder auf dem Friedhof: Sie hatte nicht geweint.

Aber jetzt liefen ihr die Tränen die Wangen hinab und benetzten ihre Bluse. Sie wischte sie nicht fort. Sie schloss die Augen und spürte den Wind auf ihrer nassen Haut.

Ein leises Husten riss sie aus der Trauer. Schlagartig war sie hellwach, sofort im Hier und Jetzt.

War ER ihr gefolgt? War das möglich?

Das Blut rauschte in ihren Ohren. Sie horchte in das Rascheln des Dünengrases, horchte auf die Geräusche hinter sich. Der leichte Wind spielte mit dem Gras, ließ ein Windspiel klirren. Ruhe.

*Du redest dir was ein. Da war kein Husten. Vielleicht kreischen die Möwen. Komm runter. Da ist nichts, das …*

»Hallo? Ist da wer?«, rief sie zögerlich, erhielt jedoch keine Antwort.

*Da ist nichts, Helen. Er wird dir wohl kaum nachgeflogen …*

Glas zerbrach. Männerfluchen.

Ihr Herz tat einen Sprung. Sie spürte, wie sich ihre Muskeln anspannten. Jemand war in das Haus eingedrungen. Instinktiv griff sie nach ihrer Glock 22 und fasste ins Leere.

Pistole und Holster lagen noch bei ihren Blusen und BHs in der Sporttasche, wo sie die Waffe nach der Zollfreigabe hineingeschoben hatte.

Unsicher drehte sie sich herum. Langsam, keine hektische Bewegung, ermahnte sie sich und suchte mit dem Blick die Schatten im Wohnzimmer ab. Niemand war durch die Panoramascheibe zu erkennen. Ihr Blick fiel zur Bar, vor ihr lag die Sporttasche mit der Glock.

ER ist dir nicht gefolgt. Das kann nicht sein, versuchte sie sich Mut zu geben, verharrte jedoch weiter reglos auf der Terrasse. Ihre Gedanken wirbelten.

Es waren bloß zehn, zwölf Schritte bis zur Tasche, aber sie musste sie öffnen, nach der Waffe suchen, sie aus dem Holster ziehen, entsichern. Diese Sekunden über würde Helen ihm unbewaffnet ausgeliefert sein und …

Tu was!, ermahnte sie sich. Tu endlich was, Helen!

Aber die Albtraumbilder, was ER mit ihr anstellen könnte, umhüllten sie und ließen sie in ihrer Angst erstarren.

# 3

Die Tote hatte schulterlanges Haar, Knut konnte ihr Alter nicht schätzen. Ihre Haut wirkte auf ihn wie Leder, oder besser wie gefrorenes Rindfleisch, das unter zu heißem Wasser aufgetaut wurde. Schmieriges Weiß auf Braun. Als er sich vorbeugte, um ihre Hand genau anzusehen, konnte er ein wenig abgeplatzten Nagellack erkennen. Ein schimmerndes Grün. Oder war es nur ihr Nagelbett, das sich verfärbt hatte?

»Magnussen?«

»Ja?« Sein Kollege hielt sich zwei Schritte im Hintergrund.

»Wir brauchen die Kreide, die Zahlenkarten und unser Messrad. Für die Autounfälle.«

»Hier am Strand?«

Im Sand würden sie mit dem Messrad tatsächlich nicht weit kommen.

»Hast recht. Besser die Messlatten. Und hast du die Kamera dabei?«

»Im Wagen.«

»Okay, hol sie bitte.«

»Komm schon. Wir haben doch unsere Handys.«

»Hol alles her, Magnussen.«

»Schwachsinn. Wie soll ich 'n das tragen?«

»Geh halt zweimal«, fuhr Knut den Mann an. Konnte Magnussen nicht einmal, ein einziges Mal, sofort reagieren, wenn er ihn aufforderte? Knut schüttelte den Kopf. Verflucht noch mal, dachte er, während er seinem Kollegen nachsah. Bei meinem Vater hast du gespurt wie ein Roboter, und bei mir bockst du wie ein Kind.

Es kostete Knut sehr viel Überwindung, doch er hockte sich hin und zwang sich, der Frau ins Gesicht zu blicken. Sein Magen rebellierte erneut, diesmal kämpfte er jedoch erfolgreich gegen den Brechreiz an. Je länger er die Leiche ansah, desto besser kam er mit dem Anblick zurecht, und desto größer wurde der Drang, herauszufinden, wer diese Frau gewesen war.

Er versuchte, sich an eine vermisste Seglerin, Surferin oder Touristin in den letzten Monaten zu erinnern, aber ihm fielen weder eine Polizeinachricht noch ein Zeitungsartikel ein. Eigentlich war es das bisherige Jahr über sehr ruhig an der nordfriesischen Küste gewesen.

Ruhige See.

Bis gestern.

Knut sah aufs Meer. Der sanfte Wind ließ die Wellen erst am Strand brechen. Sie waren kaum kniehoch. Gestern hatte der Sturm das Wasser bis über den Parkplatz gedrückt, und oben an der Promenade war die Gischt mit solcher Wucht gegen die Ladenfronten geschlagen, dass sie etliche Türen und Fenster aufgedrückt hatte.

Vergeblich stieß Knut mit der Stiefelspitze eine der Krabben beiseite. Das Tier dachte gar nicht daran, den Leichnam aufzugeben.

Vielleicht ist sie schon seit Jahren tot, grübelte er. Was mach ich denn jetzt?

Hilflos sah Knut zum Parkplatz, dabei fiel sein Blick auf die Schar Schaulustiger, die sich hinter der Absperrung zusammengefunden hatte.

»Magnussen, warte! Das ist ja lächerlich. Warte doch mal«, wehten Warendorps Rufe über den Strand. »Jetzt bleib stehen!«

Der Bürgermeister tauchte hinter Magnussen unter dem Flatterband durch und eilte ihm nach. Knuts Beamter trug die Kamera und ein Bündel Zahlenkarten in seiner Rechten, hatte sich ein paar Messlatten untergeklemmt und den Tatortkoffer geschnappt – einen Alukoffer, in dem sie Eisenpulver, Handschuhe, einen Pinsel und verschiedene Beutel und Klebeband mit sich führten, um im seltenen Fall eines Einbruchs gerüstet zu sein.

»Knut will's haben, also soll er's kriegen«, entschuldigte sich Magnussen bei Warendorp und beschleunigte seine Schritte.

»Das ist doch Unsinn! Was wollt ihr denn da groß fotografieren? … Knut!«

»Geh zurück hinter die Absperrung«, ermahnte Knut den Bürgermeister, dann nahm er Magnussen den Koffer ab. »Steck die Zahlen ringsum, überall, wo du etwas im Sand siehst. Und dann legen wir die Latten aus und machen Fotos … Ich hab gesagt, zurück hinter die Absperrung!« Schroff blaffte er Warendorp an, der angesichts des Tonfalls tatsächlich stehen blieb – wenn auch reichlich perplex. Entrüstet schnappte der übergewichtige Mann nach Luft.

»Knut, mach dich nicht über mich lustig. Wenn das ein Tatort wäre, gut. Dann würde ich sagen: Sperrt ihn ab, vermesst alles und lasst die Leiche liegen, aber so …«

Knut verstand nicht recht.

»Na, ich meine, die ist angespült worden. Sieh sie dir an. Die ist doch nicht gestern hier gestorben.«

»Ja, na und?«

»Wie die aussieht, kann sie vor Monaten von irgendeinem Schiff gefallen sein. Was weiß ich! Sie geht über'n Containerschiff, es ist windig, die See kabbelig. Du kennst das.«

Unverhohlen starrte Knut den Bürgermeister an. »Nein.«

»Was – ›nein‹?«

»Kapier ich nich'.«

»Der junge Dierksen ist erst vorletzte Woche über Bord, weil er pinkeln wollte.«

»Aha. Und du glaubst, sie wollte pinkeln?«

»Was? Nein. Das hab ich nicht gesagt.«

»Sondern? ... Was willst du denn sagen? Versuch's mal simpel, damit's der Dorfsheriff auch rafft.«

Warendorp räusperte sich. »Ach Knut, du weißt doch genau, was ich sagen will! Sie kann hier nicht einfach am Strand bleiben. Wir müssen den Sand abschleppen, alles wieder hübsch machen. Die Trecker kommen gleich. Wir haben jetzt sieben Uhr. Du weißt doch genau, was hier um neun los ist? Nach dem Sturm sind die Leute ganz heiß drauf, wieder an den Strand zu gehen. Flanieren, sonnen und so.«

»›Flanieren, sonnen und so ...‹«

»Ja! Mensch, Knut, nun tu doch nicht so begriffsstutzig.« Gestikulierend trat der Bürgermeister um die Leiche und die Zahlenkärtchen, die Magnussen in den Sand gesteckt hatte. »Die muss hier weg! Gott hab sie selig, aber die kann nicht hierbleiben. Wer weiß, wann die Kripo kommt. Bis dahin rotten sich noch mehr Schaulustige zusammen. Und dann taucht Anja auf, die schreibt wieder irgendeinen Artikel, und die Touristen ... Mensch, ach du weißt, was ich meine.«

Knut brummelte. »Du übernimmst die Verantwortung?«

Warendorp wischte sich die Stirn. Er nickte, aber es sah nicht sehr bestimmt aus. Knuts Blick suchte noch einmal die Absperrung ab: Trotz der frühen Zeit schossen mehr als zwei Dutzend Urlauber und einige Valandsieler mit ihren Handys Fotos und drehten Filmchen. Die Einheimischen kannte er alle, die meisten waren Geschäftsleute von der Promenade, die eigentlich so langsam ihre Shops aufschließen sollten. Der Koch Bloomfeld und seine beiden Servicekräfte vom Café Anker, der Bootsverleiher Rincke, die Zwillinge Möwenbrink vom Fischladen … Sie alle gafften sich die Augen aus und schwatzten und schwatzten. Warendorp hatte recht. Entweder den ganzen Strandabschnitt sperren und ringsum Stellwände als Sichtschutz aufstellen – wie in diesen amerikanischen Filmen, aber soweit er wusste, hatten sie so etwas gar nicht im Polizeibestand – oder die Leiche wegbringen.

Knut stieß einen tiefen Seufzer aus.

»Stecken alle. Du kannst fotografieren.« Magnussen hielt Knut die Dienstkamera hin. Ein wenig verloren glänzten die Kärtchen in der Sonne.

»Schieß so viele Bilder, wie du schaffst, bis Stockfleth mit seinem Leichenwagen hier ist. Ich funk Birthe an, die soll von Grimme Bescheid geben«, meinte Knut.

Magnussen brummte widerwillig und begann ziemlich ratlos, die von Krebsen besetzte Leiche zu fotografieren.

# 4

Helen führte den Kontrollschlag auf das Magazin der Pistole aus, um zu prüfen, ob es festsaß. Obwohl sie Waffen hasste, hatte sie bei der Landespolizeiverwaltung Hamburg alle nötigen Papiere angefordert, um die Glock aus den Staaten einzuführen.

Die Waffe in ihrer Hand vertrieb die Angst nicht, aber immerhin gab sie ihr etwas Halt. Eine halbe Ewigkeit hatte sie wie gefangen auf jede noch so kleine Regung gehorcht, hatte reglos draußen dagestanden und auf ihre Tasche im Wohnzimmer gestarrt, bevor sie endlich Mut gefasst hatte.

Die Vorstellung, ER habe sie bis nach Deutschland, bis in ihren Heimatort verfolgt, einen Ort, den sie ihm stets verschwiegen hatte, ängstigte sie zutiefst.

*Er muss dir gar nicht personlich gefolgt sein. Ein Anruf, und einer vom Klub taucht hier auf … Das weißt du. Es kostet ihn nichts …*

Erneut konnte sie den Fremden husten hören. Es kam ihr näher vor, so als stünde er bereits neben ihr im Wohnzimmer. Ihr Blick fiel zur Treppe, die hinauf in den ersten Stock führte.

Die Pistole lag kalt und schwer in ihrer Hand.

*Du wirst nicht schießen müssen. Keine Sorge. Du wirst sicher nicht abdrücken müssen …*

*Du kannst die Waffe führen. Alles sicher. Das Ding geht nicht einfach los. Du wirst hier niemanden erschießen. Es ist alles okay.*

Und wenn ER es persönlich ist?

Die Pistole im Anschlag, humpelte sie im Laufschritt zur Treppe. Auf halbem Weg glitt ihr Blick in die Küche, die zur Rückseite des Hauses hinausging. Eines der Fenster war eingeschlagen. Die Scherben lagen auf den Fliesen verteilt. Im hohen Dünengras, das sie durch das zersplitterte Fenster sah, lag ein Motorrad.

Ein Chapter-Mitglied!, schoss es ihr durch den Kopf. Er hat dir tatsächlich einen Mann geschickt ... Du musst hier raus!

Sie atmete tief durch, dann schlich sie die Stufen zum ersten Stock hinauf, sicherte rechts, sicherte links. Das war Standard.

*Standard, Mädchen, sind mindestens zwei Beamte. Selbst in Deutschland.*

Hier oben im Flur roch es muffig. Ihre Augen konnten sich nicht so schnell auf die Dunkelheit zwischen den holzgetäfelten Wänden einstellen.

*Sei nicht dumm. Er wartet auf dich, Helen. Er lauert dir auf ...*

*Nein, das hätte er auch im Flur tun können – und mich angreifen, als ich aufgeschlossen habe.*

Schemenhaft erkannte sie ein Regal mit Werkzeug. Ihr Vater hatte Takelage aufgehängt, in einer Ecke lagen ein Schiffsmodell und verschiedenste Dinge: alte Rettungsringe, ein Netz, Plastikfische – wohl Dekoration für sein Restaurant.

Ihr Herz raste. Immerhin hatten sich ihre Augen mittlerweile an die Dunkelheit gewöhnt. Sie schob sich an der mit Staub überzogenen Holzverkleidung entlang. Noch zwei Schritte, und sie würde vor ihrer alten Kinderzimmertür stehen. Sie entsicherte die Waffe, und augenblicklich begann das Zittern. Der Griff der Glock wurde glitschig, er fühlte sich jetzt warm an. Unangenehm warm, als wäre die Pistole ein Tier. Sie hasste das Ding.

Ihre Sneakers setzten beinahe lautlos auf. Ein großer Schritt … die Tür. Sie griff die Klinke, stieß sie dann mit einem Ruck auf. Rechts, links, die Waffe erhoben. Niemand da. Kein Mensch.

Das Morgenlicht kämpfte sich durch eine verstaubte Scheibe. Ihr Bett stand noch immer an derselben Stelle wie früher. Wer immer es war, er hatte einige hundert Restaurant-Flyer auf der Matratze durchwühlt und teilweise auf den Boden zu allerlei Bürokram geworfen. An ihrem Kinderschreibtisch waren die Schubladen herausgerissen worden. Ein alter PC stand unberührt da, Abrechnungen und Personallisten hingen an der Wand. Ihr Vater hatte ihr Kinderzimmer als Büro benutzt.

Vier weitere Türen gingen vom Flur ab. Auf die nächste Tür zielend, schob sie sich weiter in den Gang vor. Das Schlafzimmer. Helen näherte sich im Seitschritt. Nur das Körperprofil zeigen, ermahnte sie sich, weniger Angriffsfläche für Kugeln bieten. Sie horchte, aber es war mucksmäuschenstill.

*Wer immer da ist – er weiß, dass ich im Haus bin …*

»OC Pac«, rief sie. »Don't move! Don't move! Guns down! Lie down. I'm …« Erst jetzt bemerkte sie ihren Fehler und brüllte auf Deutsch: »Ich bin bewaffnet. Ich habe eine Schusswaffe. Nicht bewegen. Waffen runter. Hände hinter den Kopf. Hände hinter den Kopf! Bleiben Sie, wo Sie sind!«

Wo lagen noch das Kinderzimmer ihrer Schwester, das Bad, das Gästezimmer? Helen versuchte, sich zu erinnern, aber plötzlich hörte sie abermals eine Scheibe zerspringen. Das Schlafzimmerfenster, dachte sie. Er flieht!

»Don't move! Ich bin bewaffnet!« Sie drückte die Tür auf. »Halt. Polizei! Legen Sie sich auf den Boden.«

Der Angriff erfolgte schnell. Der Schatten sprang auf sie zu, hatte eine Rohrzange erhoben. Sie wehrte den Schlag ab und warf ihr ganzes Gewicht gegen den Mann, der zurücktaumelte und aufs Doppelbett fiel. Ehe er sich aufrappeln konnte, zielte sie bereits auf ihn.

Er starrte sie an. Ein Junge. Seine Augen leuchteten geheimnisvoll dunkelgrün aus dem dreckigen Gesicht. Helen schätzte ihn auf 16, höchstens.

»Shit!«, entfuhr es ihr. »Beweg dich nicht. Zange runter! Nimm die Zange runter.«

In seinem Gesicht las sie keine Angst. Da war lediglich Wut. Auf seiner Suche nach Beute hatte er das Schlafzimmer verwüstet, alle Schubladen ausgeleert und den Kleiderschrank auseinandergenommen.

Sie ließ die Waffe im Anschlag. »Beruhig dich. Wer bist du? Was machst du hier?«

»Sie sind nicht von der Polizei.«

Auf seinen Handrücken konnte Helen Narben erkennen. Endlich hörte er auf, einen Ausweg aus seiner Lage zu suchen, und setzte sich aufrecht. Er fixierte sie.

»Doch. Nein. Kommt drauf an«, antwortete sie. »Aber ich habe die Waffe. So oder so. Du kommst jetzt ganz ruhig mit. Leg die Zange aufs Bett. Langsam ... Haben wir uns verstanden?«

Er nickte nicht, sagte nichts. Der Junge spielte mit seiner Unterlippe, indem er sie über seine Schneidezähne rutschen ließ. Sie wusste, dass dies ein Zeichen für angestrengtes Überlegen war – aber auch für Rast- und Ratlosigkeit.

Er kann offenbar nicht einschätzen, wer ich bin. Gut so. Lass ihn im Ungewissen. Er ist stärker als du.

Endlich legte der Junge die Zange beiseite und hob die Hände hinter den Kopf. An seinen flüssigen Bewegungen registrierte Helen, dass er nicht zum ersten Mal verhaftet wurde.

»Gut so ... Sag schon, wie heißt du? Ich krieg's eh raus. Ist hier noch wer?«

»Nein. Ich bin allein. Mein Name ist Björn. Bitte schießen Sie nicht.« Er wollte aufstehen.

»He!« Sofort ließ sie die Waffe wieder hochschnellen. »Langsam hab ich gesagt.«

Sie wies ihn stumm an, sich zu erheben und vor ihr aus dem Zimmer zu gehen. Aus seiner dreckigen Containerhose lugte der Zipfel einer Plastiktüte, und während sie hinter ihm durch den Flur ging, bemerkte sie, dass er eine Packung Zigaretten unter das Shirt auf die Schulter geschoben hatte.

»Ich – ich bin vor dem Sturm hier rein. Ich bin grad aufgewacht. Ich wollte nichts klauen. Echt.«

»Klar. Und der Sturm hat das Zimmer verwüstet.«

»Ich hab nichts angerührt. Ich bin grad aufgewacht. Weil – weil ich Sie gehört habe.«

Endlich waren sie die Treppe runtergegangen und im Wohnzimmer angelangt. Im Licht der Panoramascheibe sah der Junge weniger bedrohlich aus. Er hatte keine *Kutte* an, wie die Leder- und Jeanswesten bei den Rockern hießen. Und er trug keine Patches, die typischen Aufnäher und Abzeichen.

ER hatte ihn nicht geschickt.

Dem Shirt nach zu urteilen war Björn Metal-Fan. Sein Haar hatte er zu einem Pferdeschwanz gebunden, und die beiden Abdrücke am Nasenrücken zeigten ihr, dass er gewöhnlich eine Brille trug. Helen bemerkte die Springerstiefel, aber er trug keine weißen Schnürsenkel. Da waren gar keine Schnürsenkel oder Socken.

»Wie alt bist du?«

»Zwölf.«

Helen lachte. »Das glaubst du doch selbst nicht. Wo ist dein Ausweis?«

Ohne nachzudenken, griff Björn zu seiner Hosentasche, ein Reflex, den er zu spät korrigierte. Na, dachte Helen, das hast du gut gemacht.

»Du bist also mindestens 16. Hier kriegt man den Personalausweis doch immer noch mit 16?«

Er nickte.

»Was ist mit deinen Händen passiert?«

Der Junge zuckte mit den Schultern.

»Das sind doch Brandverletzungen.« Irgendjemand hatte Zigaretten auf seinen Handrücken ausgedrückt.

Abermals zuckte Björn mit der Schulter. »Rufen Sie doch die Polizei.«

# 5

Er erwachte zusammengekauert. Nackt wie ein Embryo lag er zwischen Spüle und Schrank auf dem Boden.

In seinem Schädel hämmerte es. Die Schmerzen waren so wuchtig, dass er kaum die Augen öffnen konnte.

Nachdem er die beiden Wanderer zurück nach Valandsiel gebracht und sich artig verabschiedet hatte, war er zu seinem Wohnwagen gefahren. Er hatte es aufgegeben, noch einmal zum Haus vorzudringen.

Eigentlich hatte er in dieser Nacht *alles* aufgegeben.

Silja war tot.

In den Stunden, in denen der Sturm seinen Wohnwagen zu zerschmettern versuchte, hatte er hilflos dagesessen, dem Unwetter gelauscht, dem Knacken und Ächzen seines winzigen Heims. Schließlich hatte er dem Kreisen seiner Gedanken mit Isopropanol Einhalt geboten.

Taumelnd kam er auf die Beine.

Du musst etwas unternehmen. Du musst Silja verschwinden lassen, ermahnte er sich. Aber anstatt sofort loszulegen, gab er dem Drang nach, noch einmal an dem 99-prozentigen Alkohol zu schnüffeln.

Unter dem Bonsai-Draht zog er den Zehn-Liter-Plastikkanister hervor, drehte den schwarzen Verschluss ab und atmete tief ein.

Der Geruch war stechend. Das Isopropanol ätzte in seinem Hals und ließ ihn husten. Aber es dämpfte die Kopfschmerzen. Normalerweise nahm er gleich mehrere Züge, übertrieb es oft – wie letzte Nacht –, doch jetzt zwang er sich, den Kanister zurückzustellen.

Als er den Wohnwagen öffnete, stach ihm die Sonne in die Augen. Gegen das gleißende Licht ankämpfend, trat er vor die Tür. Wie die Schränke des Wohnwagens war auch sie bemalt. Mehrere Schichten blauer Farbe waren dick übereinandergepinselt worden, sodass die Tür in einem tiefgründigen Blau erstrahlte, auf das ein Kind gelbe Seesterne mit Plakafarbe gepinselt hatte.

Seine Hand legte sich auf das Blau, er fühlte die Farbschichten, die Riefen der groben Pinsel, unter seinen Fingerkuppen, die vom Isopropanol gereizt waren und die er oft mit Pflastern verband. Er spürte das Blau und drückte, fast zärtlich, die Tür zu.

Einige Male holte er tief Luft. Er roch das Meer und die Kiefern und traute sich, die Lider weiter zu öffnen. Die Sonne wärmte sein Gesicht. Ihre Liebkosung tat gut.

Wasser vom gestrigen Gewitter floss noch immer die schmale Auffahrt herunter und überflutete seinen nächsten Nachbarn, dessen Vorzelt zerfetzt im Gebüsch hing.

Parzelle 182 lag als letzter Stellplatz oben auf der Klippe vor den Kiefern. Er hatte ihn erst vor wenigen Monaten für weitere drei Jahre gemietet. Der Platz war nicht teuer, weil er recht abseits lag, weit weg vom Kiosk, den Duschen und dem Anleger. Außerdem gab es keinen Wasseranschluss, und von hier oben konnte man bloß über einen steilen Trampelpfad auf den Kiesstrand gelangen. Es gab wahrlich bessere Parzellen auf der »Weißen Klippe«.

Warum hast du Scheißsturm mir meine Silja genommen?, fragte er stumm. Er spürte, wie Wut in ihm aufkeimte und seine Lethargie hinwegfegte. Gut so. Er würde sich erst um Silja kümmern, und dann?

Es bleibt noch Zeit, ermahnte er sich. Du brauchst einen neuen Plan. Du wirst ihn abarbeiten. Punkt für Punkt.

Aus dem Außenfach des Caravans, in dem er allerlei Werkzeug verstaut hatte, zog er seine Kettensäge hervor. Silja würde er nichts tun, aber er wollte die Straße zu seinem Gehöft freiräumen. Da sein Pick-up keine Winde besaß, griff er sich ein stabiles Abschleppkabel.

Während er Öl und Gemisch auf die Kettensäge goss, rechnete er im Kopf hoch, wie lange es dauern würde, die Bäume wegzuschaffen. Er schätzte, 40 Minuten. Und wenn er sich beeilte, vielleicht eine halbe Stunde.

Der Nissan Navara D21 parkte direkt hinter dem Caravan. Wie in der Nacht zuvor schlug er die Plane beiseite. Darunter war es feuchtwarm. Ihre stahlblauen Augen waren blutunterlaufen und starrten ihn an. Ein paar Fliegen huschten über ihre Kopfwunde. Siljas Top war hochgerutscht, und er konnte große Leichenflecken erkennen, die sich von ihrem Rücken ausgehend hinauf zu ihren Schultern zogen.

Wie angeschlagene Stellen an einem wunderbaren Apfel.

Seufzend legte er Kettensäge und Abschleppkabel neben die Leiche und machte sich auf den Weg.

# 6

»Emilie, warte doch mal! … Bleib doch stehen.« Knut versuchte, sich vor die junge Ärztin zu schieben, aber sie war schneller.

Etwas Unverständliches brummelnd, bog Doktor Emilie Berg in die Aufnahme der Teleportal-Klinik ein, dem einzigen Krankenhaus Valandsiels. Der Wartebereich war von ungewöhnlich vielen Patienten besetzt, wie Knut registrierte.

Die sind wohl alle vom Sturm angeweht, schoss es ihm durch den Kopf. Und tatsächlich hatten viele Schnittwunden, Prellungen und Brüche. Sie warteten seit der Nacht, spielten mit ihren Handys oder sahen sich genervt Zeitschriften an. Als sie die junge Ärztin bemerkten, blickten sie auf.

»Emilie, es ist doch nur für ein paar Tage.«

»Siehst du nicht, was heute los ist?«, entgegnete sie, hielt aber tatsächlich kurz inne. »Nerv mich nicht, okay?«

Sie strafte ihn mit einem Blick, den er nur zu gut kannte. Schließlich war er beinahe vier Jahre mit ihr zusammen gewesen. Bis zu jenem Abend letztes Jahr im Juni, als er sich nach einer Schießerei einen Streifschuss am Arm eingefangen hatte, weil zwei zugekiffte Hanfplantagenbesitzer unbedingt auf ihn feuern mussten.

Gott sei Dank hatten die Burschen mit 36er-Schrot geschossen, das eigentlich für Fuchs, Dachs und Hase gedacht war. Die Verletzung war bloß ein Ratscher, nichts Bedrohliches, aber für Emilie ein idealer Vorwand. Kaum vom Chirurgen wieder zu Hause, hatte sie ihm verkündet, sie hielte eine Beziehung nicht aus, in der sie ständig Angst um ihn haben müsse. Knut hatte bloß gelacht, denn in Valandsiel in Ausübung seines Dienstes zu sterben war doch recht unwahrscheinlich.

Er hatte Emilie nicht ernst genommen, und das hatte sie noch mehr aufgeregt. Am nächsten Morgen hatte sie ihre Kleider in ihren Smart gestopft und war verschwunden.

»Ein paar *Stunden,* mein ich. Zwei, drei Stunden würden schon reichen«, korrigierte er sich und legte sein charmantestes Lächeln auf. »Komm schon, Emilie.«

»Nette Stiefel.«

»Danke.« Knut war wirklich geschmeichelt, doch kaum hatte er ausgesprochen, hatte sie sich bereits wieder abgewandt. »Vielleicht ein bisschen zu dicke für den Leiter des Reviers.«

»Meinst du? Echt? Das ist feinstes Schlangenleder. Ich mein, nicht Krokodil oder so.«

Sie schnaubte amüsiert. »Du bist und bleibst ein Kind, Knut. Du bist so ein Widder, das ist unglaublich. Aber die sind nun mal so.«

»Aha.« Sternzeichen waren ihm genauso fremd wie Rotwein. Was wollte sie ihm damit sagen? Hatte er *jemals* verstanden, was sie ihm hatte sagen wollen?

Immerhin entlockte sein fragender Blick ihr abermals ein Schmunzeln. Sie zwinkerte. »Vergiss es. Ich fand's immer cool, wenn du sie angelassen hast …«

Er wollte es nicht, aber spürte, wie er dennoch errötete. »Hört, hört … Ja, das war wirklich ganz gut.« Mit einem Schritt war er dicht bei ihr. Knut genoss es, in ihre blauen Augen zu sehen. Seit Monaten waren sie sich nicht mehr so nahe gewesen. Es verging kaum eine Woche, in der er nicht ihre messerscharfen Kommentare und ihre kecke Art vermisste. Es verging kaum eine Woche, in der er sie nicht genau für diese Art und ihre Kommentare hasste.

Sie beugte sich zu ihm, und er konnte ihren Veilchenduft riechen. »Wieso hast du sie nicht zu Stockfleth gebracht? Der hat doch 'n Kühlregal.«

»Also, ich …«

»Beim Bestatter ist kein Platz«, rissen Birthes Worte die beiden auseinander. Den roten Aktenordner umklammert, trat sie an Knuts Seite und blitzte Emilie an. »Die Regale sind voll. Drei Tote zusätzlich, wegen dem Sturm. Außerdem ist bei unserem lieben Herrn Bestatter Stockfleth so wenig Platz, dass man sie dort im Verkaufsraum untersuchen müsste. Nicht sehr angemessen.« Ziemlich ruppig drückte sie Knut den roten Ordner vor die Brust.

»Danke.«

»Du weißt doch, dein Wunsch ist mir stets Befehl, *Schatz.*« Mit ihrem schrillen Fünfzigerjahre-Retro-Outfit, dem extrem taillierten Oberteil, ihrem pechschwarzen Pagenkopf und den rot gemusterten Flamenco-Pumps wirkte die 28-Jährige vor den abstrakten Wandmalereien, die dem Betonklotz aus den Sechzigern so etwas wie Schick einhauchen sollten, wie eine Fata Morgana. Eine überaus verheißungsvolle Fata Morgana, wie Knut fand.

Birthe wollte Emilie mit Blicken niederringen, doch dazu war die Ärztin zu aufgeweckt. Sie ließ einen Machtkampf gar nicht erst zu und würgte jeden Anflug von Eifersucht ab, indem sie einen älteren Türken begrüßte und sich seine Stirnverletzung ansah. »Bringt die Leiche in die Forensik. Wo sie hingehört«, hörte Knut sie noch sagen.

»Die ist in Kiel«, antwortete er. »Die Forensik. Und ich will nicht, dass die Tote Valandsiel verlässt. Noch nicht. Das ist mein Revier.«

»Hört, hört«, stellte Birthe mit einer Mischung aus Hohn und Anerkennung fest.

»Ganz neue Töne«, seufzte Emilie.

»Lästert ihr nur. Es wird Zeit, dass der Junge sein eigenes Pferd sattelt.« Knut sagte das so bestimmt, dass die beiden Frauen sich unwillkürlich einen amüsierten Blick zuwarfen.

»Das muss ordentlich genäht werden«, sagte Emilie zu ihrem Patienten. »Ich geb Ihnen eine Kompresse, erst mal draufdrücken, ich kümmere mich gleich drum.« Sie wandte sich Knut zu. »Und ich soll dir jetzt den Steigbügel halten, seh ich das richtig?«

»Nennen wir es: einen Gefallen tun. Du tust mir einen Gefallen.«

»Morgen früh ist sie hier weg, Knut. Morgen um elf. Bringt die Leiche durch die Tiefgarage in den Kühlkeller. Ich rufe von Grimme an.«

»Wo bleibt er denn?« Birthe scheute sich, die menschlichen Überreste anzusehen, und studierte deswegen konzentriert die Warnaufkleber an den Medikamentenschränken. Der Bestatter Stockfleth und zwei seiner Männer hatten die Tote auf einen der Edelstahltische des Klinikkühlkellers gelegt.

»Doktor von Grimme ist bei einer Teamsitzung. Er müsste jeden Moment hier sein.« Emilies Atem schlug Wölkchen im gefliesten Raum, während sie Untersuchungsbesteck aus einem Rollwagen holte und neben die Leiche legte.

Knut wandte sich ab.

Der Anblick der toten Frau verstörte ihn noch immer. Irgendwo in den Eingeweiden des Krankenhauskellers hörte er eine Eisentür schlagen.

»Er ist doch der beste Mann für eine erste Einschätzung«, meinte Knut. »Wen soll ich sonst fragen?«

Prompt schlug Birthe den roten Ordner auf. »Also die Verfahrensweise, die ist so. Ich hab schon nachgesehen, Schatz. Seite 47. Kriminalpolizeiaußenstellen in Niebüll.«

»Was? Bei so was kommt nicht gleich das LKA?« Er wusste nicht, ob er erleichtert oder enttäuscht sein sollte.

»Doch. Aber zum Schluss. Erst mal Niebüll, die reden mit Husum, und wenn die Hilfe brauchen, dann wenden die sich ans LKA«, erklärte Birthe, ließ eine Kaugummiblase wachsen und sofort platzen. »Und ich hab schon angerufen, Schatz. In Niebüll, mein ich.«

Birthe schmiegte sich an ihn. Ihr Pfefferminz-Kaugummi roch gut, und er konnte ihre Brüste spüren, als sie ihren Oberkörper an seinem Rücken rieb. Normalerweise mochte er es, wenn sie sein Ohrläppchen zu küssen begann, aber jetzt – neben einer Leiche und seiner Exfreundin – waren ihm die Berührungen einfach nur unangenehm. Seit einem halben Jahr schliefen sie miteinander, ohne offiziell zusammen zu sein. Sie trafen sich noch immer heimlich, obwohl es die Belegschaft und damit ganz Valandsiel wusste. Wahrscheinlich, weil es so aufregender war, als Händchen haltend über die Strandpromenade zu schlendern.

»Danke.« Bereits auf der Polizeischule hatte er Führungs- und Organisationsmanagement gehasst. Er entwand sich ihrer Umarmung.

»Was hast du denn, Schatz?«

Ihm entging Emilies amüsierter Blick nicht, und so zog er statt einer Antwort demonstrativ den Ordner heran und tat, als studiere er ihn. »Nenn mich nicht immer Schatz. Vor allem nicht im Funk«, brummte er.

Abermals ließ sie ihren Kaugummi platzen. »Entschuldige, Knut. Ach, es hat 'ne Frau im Revier angerufen, die hat gesagt, sie hat 'n Teenager im Haus.«

»Teenager im Haus?«

»Helene soundso. Rike Reech 5. Wir sollen wen vorbeischicken. Der hat wohl eingebrochen.«

»Soll sich Magnussen drum kümmern.«

»Der ist noch dabei, Krömer zu befragen.«

»Dann Veith oder Diehl.«

»Sturmschaden bei Wilkes. Das Dach von der Scheune ist runtergekommen, und die suchen noch die Oma. Hörst du meine Durchsagen denn gar nich'?«

Bevor Knut antworten konnte, hallte eine sonore Stimme durch den Kühlraum und hielt Knut von einer Lüge ab.

»Das muss in zehn Minuten erledigt sein. Ich habe keine Zeit für Tote.« Mit diesen Worten drückte der 60-jährige von Grimme den Plastikvorhang mit seinem Gehstock beiseite und betrat den Kühlraum. Seine nikotingelben Finger waren mit Goldringen übersät, und obwohl draußen die Sommerhitze tobte, hatte er seinen abgegriffenen Colani an. Vier Orden schmückten die schwarze Seemannsjacke, deren Goldknöpfe im Neonlicht matt schimmerten.

Mit einem Nicken begrüßte er Emilie, um dann mit einer überaus geschmeidigen Bewegung Birthes Hand zu greifen und ihr einen Kuss hinzuhauchen. »Fräulein Tönnies.«

»Tag«, brachte Birthe leicht verwirrt heraus. Von Grimme bedachte Knut mit einem Nicken. »Herr Jansen, Herr Jansen«, tadelte er ihn. »Die Leiche vom Fundort wegzuholen. Was hätte Ihr Vater wohl dazu gesagt?«

»Das darf ich mir heute Abend anhören.«

»Das allwöchentliche Rommé?«

»Das allwöchentliche Rommé.« Knut machte von Grimme Platz, der Geruch von frisch aufgerauchten Zigaretten wehte ihm entgegen. Obwohl der Arzt seit über 20 Jahren die Klinik mit seinem Team als Chefarzt leitete und mit gutem Beispiel vorangehen sollte, hatte er sich das Rauchen noch immer nicht abgewöhnt.

»Richten Sie Grüße an Ihren Vater aus. Guter Mann, Ihr Vater ... So, da haben wir sie also.« Er hing seinen Stock an die Kante des Stahltisches und zog den Reißverschluss des Leichensacks gänzlich auf.

»Schmierige Haut, stark verfestigtes Gewebe«, murmelte er, während er sich der Reihe nach die Goldringe von den Fingern zog und sie auf den Tisch legte. »Frau Doktor Berg, schreiben Sie doch bitte mit.«

Er ließ sich von Emilie Einweghandschuhe geben und streifte sie über. Dann bewegte er die Arme der Toten und drückte ein paar Mal ihre Brust mit drei Fingern. »Rigor mortis längst aufgelöst. Wie lange soll sie im Wasser gelegen haben?«

»Das wissen wir nicht. Vielleicht ein paar Tage, eine Woche?«

»Eine Woche?« Kopfschüttelnd rückte von Grimme die Leiche auf dem Tisch zurecht, sodass sie wie gebettet dalag. »Diese Person war nicht lange im Wasser. Ein paar Stunden, höchstens.«

»Ach wirklich?«, warf Birthe ein, ohne von Grimme oder die Leiche anzusehen.

Der Arzt bedachte sie mit einem abschätzigen Blick. »In Shanghai habe ich einen Mann im Wasser gesehen. Die arme Kreatur schwamm seit einer Woche im Jangtsekiang. Angenagt, aufgedunsen. Da war kaum eine Gliedmaße am Rumpf ... Diese Frau hier, die ist vertrocknet.«

»Vertrocknet?« Knut trat an den Tisch. »Wie denn das? Sie ... Also, sie ist aus dem Meer gekommen.«

»Das tut der Stockfisch auch, Knut«, warf Emilie ein.

»Stockfisch? Kein schlechter Vergleich, Frau Doktor Berg ... Das Gewebe ist dehydriert. Herr Jansen, Ihre Leiche ist ausgetrocknet. Hier sind kaum Bissspuren von Krabben oder von Fischen zu sehen.«

»Die krochen aber überall rum.«

»Aber sie haben sich erst das Lätzchen umgebunden. Gespeist haben sie wenig. Eine Tote im Wasser – die wird nach wenigen Tagen weggefressen. Das Wasser und die Gezeiten tun ihr Übriges. Da bleibt nicht viel.« Er hob die Hand der Leiche an und betrachtete die noch vorhandenen Fingerglieder. »Kein Schnitt. Das sieht wie weggerissen aus. Genau wie die Beine. Keine Bissspuren. Das Femur – der Oberschenkelknochen – ist regelrecht zerschlagen. So wie der hier gesplittert ist.«

»Schiffschraube?«, wollte Knut wissen.

»Möglich. Wahrscheinlich postmortal. Kann man schwer sagen. Eine Wunde am Hals. Hm.«

»Postmortal. Also ist sie nicht durch einen Sturz ins Wasser gestorben?«

»Ich glaube kaum. Wasserleichen sehen anders aus. Und glauben Sie mir, ich habe 50 Jahre lang als Schiffsarzt alle Meere bereist. Eine derartige Leiche, die habe ich nur ein einziges Mal gesehen.«

Selbst Birthe drehte sich nun um. »Acht?, fragten sie und Knut unisono.

»Ach«, gab von Grimme ebenfalls zum Besten, schwieg aber, um die Neugierde der beiden auszukosten.

»Grimme«, ermahnte Knut. »Kommen Sie, wo?«

»Im Heimatmuseum. Die Moorleiche dort, die sieht so ähnlich aus.«

»Eine Mumie?« Emilie sah von ihrem Block auf.

»Vielleicht ist sie viel länger tot, als Sie denken, Herr Jansen.«

»Immerhin trägt sie Nagellack«, konterte Knut. »Das ist doch Nagellack?«

Emilie beugte sich über die Tote und nickte.

»Gut«, meinte von Grimme. »Dann können wir den Todeszeitpunkt ja auf die Hundertstel Sekunde exakt eingrenzen.«

»Ähm, na ja ... Nach 1920«, half Birthe und fügte, nachdem sie die überraschten Gesichter bemerkt hatte, hinzu: »Ich hab da mal 'ne Dokumentation über Frauenmoden gesehen. Seit 1920 gibt's Nagellack.«

»Danke, Frau Tönnies. Guter Einwand. Also ist sie nach 1920 gestorben.« Sein Sarkasmus war kaum zu überhören. »Frau Doktor Berg, nehmen Sie das auf. Sofern der Leiche nicht postmortal der Lack aufgetragen wurde, natürlich.«

»Postmortal? ... Also nachträglich? Beruhigend.«

»Können wir nicht die Isotropen – oder wie heißen die Dinger – bestimmen?«, fragte Knut.

»Sie meinen *Isotope*. Für die Bestimmung des Todesjahres ist das viel zu grob. Die Genauigkeit liegt bei Hunderten Jahren. Das ist was für Archäologen, Herr Jansen.« Von Grimme schüttelte den Kopf. »In der Forensik werden meine Kollegen sicher den Todeszeitpunkt auf den Monat genau evaluieren können. Anhand der Stofffasern des Kleids und chemischer Ablagerungen in ihrem Haar. Da gibt es abundante Wege. Aber hier? Das ist nur ein kleines Krankenhaus – wenn auch ein feines.«

Knut nickte und trat an den Tisch. Er stellte fest, dass er sich den Lippenstift nur eingebildet hatte. Ihre Lippen waren kaum mehr als schrumpelige, dunkle Blätter. Sie sahen wahrlich aus wie feuchtes Laub. Auf ihrer Schulter bemerkte er einen dunklen Fleck. »Was ist das?«

Grimme kam zu ihm und versuchte, die schmierige Haut mit zwei Händen etwas glatt zu ziehen. »Fassen Sie mal mit an, Frau Doktor?«

Emilie tat wie befohlen. Tatsächlich war auf der Schulter der Toten etwas Blaues zu erkennen.

»Hämatom? Kann nicht sein. Leichenflecken?« Von

Grimme kratzte sich vorsichtig mit dem Handrücken das Kinn.

»Eine Tätowierung«, meinte Emilie. »Schwer zu sagen, was es ist. Eine Sonne? Ein Herz. Ich tippe auf Herz.«

»Groß wie ein Zwei-Euro-Stück«, stellte Knut fest. »Hm. Wie alt ist sie? Es ist doch eine Frau?«

»Ja. Aber für eine genaue Altersbestimmung müsste ich ihre Hand röntgen, vielleicht das Schlüsselbein wegen der Epiphysenfuge. Die Fugen der medialen Schlüsselbeinepiphysen sind meist ab dem zweiundzwanzigsten Lebensjahr komplett geschlossen.«

»Wenn Sie das sagen. Und grob? Ich meine, war sie 22 oder 42 oder 102?«

Von Grimme musterte Knut, als wolle er sagen: So eine ungenaue Einschätzung ist unter meinem Niveau.

»Zahneruption?«, schlug Emilie vor, woraufhin Grimme brummend einen Mundspiegel verlangte. Nachdem er in den Mund der Toten eingedrungen war und mit einer Taschenlampe und dem Spiegel alles abgesucht hatte, meinte er: »Bis auf die Weisheitszähne komplett bezahnt ... Kaum Schlifffacetten, und die oberen Einser haben noch deutlich die dreiteilige Zackung der Schneidekante ... Nun ... Sie ist vermutlich über zwölf, aber unter 20 Jahre alt.« Auf Knuts drängenden Blick fügte er an: »Ich tippe auf 15, 16, 17 Jahre. Aber das ist reine Erfahrung. Keine Wissenschaft.«

Knut atmete hörbar aus. »16, 17Jahre ... Und? Ist sie ermordet worden, oder war es ein Unfall?«

»Das kann ich mit einer so oberflächlichen Leichenschau und bei diesem Zustand der Leiche absolut nicht eruieren, Herr Jansen. Außerdem bin ich kein Gerichtsmediziner.« Er wollte die Tote auf die Seite drehen, als er ein Schaben vernahm.

Emilie und von Grimme warfen sich einen fragenden Blick zu, dann packten sie gemeinsam an und bewegten die Leiche erneut. Wieder schabte etwas.

Nachdem sie die Tote zurechtgerückt hatten, drückte Grimme auf ihren Bauch. Nochmals erklang ein Geräusch, als würden Scherben aufeinander reiben. »Moment.« Von Grimme blickte auf die Scham der Toten und schob ihr nasses, ranziges Kleid nach oben.

»Was ist denn?« Knut warf Birthe einen fragenden Blick zu, aber die bemerkte ihn nicht, sondern starrte angewidert auf den 60-jährigen Schiffsarzt, der jetzt unverhohlen den Slip der Toten mit seinen schmierigen Plastikhandschuhen beiseitezog und mit zwei Fingern in die Vagina der Leiche eindrang.

»Was machen Sie denn?« Birthe war sprachlos. »Herr Doktor von Grimme!«

»Von Grimme …«, räusperte sich nun auch Knut und erntete ein böses Zischen. Konzentriert tastete der Arzt sich weiter vor.

»Hören Sie auf«, fuhr Birthe ihn an. »Grimme!«

Der Chefarzt zog endlich seine Finger aus dem Mädchen. Stumm hielt er Knut seine Hand hin.

»Sie wollten wissen, ob Unfall oder Mord?« Er öffnete seine Hand. »Ich plädiere für Letzteres.«

Ein Dutzend beinahe weißer Perlen, jede nur wenig größer als ein Stecknadelkopf, klebten an seinem Handschuh. Im harten Neonlicht des Kühlraums schimmerten die Perlen wie …

»Ist das Fischlaich?« Kaum ausgesprochen, spürte Knut, wie ihm erneut schlecht wurde.

»Zu konsistent. Die Objekte sind hart. Fühlen Sie selbst.«

Knut schüttelte den Kopf, was von Grimme veranlasste, die Perlen an der Kante des Stahltisches von den Plastikhandschuhen zu streifen. »Fischlaich, Herr Jansen, ist gallertartig. Keine Ahnung, worum es sich handelt und was es in ihrer Vagina zu suchen hat. Frau Doktor Berg, packen Sie es bitte für den Herrn ein. Lassen Sie es analysieren, Herr Jansen. Sie sind der Polizist.«

Knut sah erst zu Birthe, dann zu Emilie. Sein Nicken war entschlossen.

# 7

Helen ahnte, dass es Ärger geben würde.

Der junge Mann mit der durchgeschwitzten Basecap und den Westernstiefeln wirkte gehetzt. Fahrig wischte er sich die struppigen blonden Haare, die unter seiner Schirmmütze hervorstaksten, aus der Stirn. Sie gaben seinem blank rasierten Gesicht mit dem kantigen Kinn etwas Lausbubenhaftes. Seine hochgewachsene Gestalt erinnerte Helen eher an einen Jugendlichen als an einen Polizeibeamten. Immerhin ließ das derbe Holzfällerhemd ihn wie einen ganzen Kerl aussehen und brachte zusammen mit dem Ledergürtel und der Prunkschnalle seine männliche Statur zur Geltung. Bisschen dick aufgetragen, dachte Helen, aber *extremely splendid*. Er sah wirklich blendend aus. Leider war sein Lächeln eingefroren. Offensichtlich war der Mann mit den Gedanken ganz woanders. Seine Haltung und Mimik signalisierten jedenfalls puren Stress.

»Polizei Valandsiel. Knut Jansen. Haben Sie angerufen? Waren Sie das, wegen des Einbruchs?«

»Ja. Helen Henning«, sagte sie möglichst ruhig.

»Bei Ihnen ist eingebrochen worden? Ein Teenager. Hat er Sie geschlagen?« Er kratzte sich mehrmals am Kinn, was sie als eindeutiges Beruhigungszeichen deutete.

»Was?«

»Sie sehen verweint aus.«

»Ach das, nein ... Ich ...« Sie brach ab. Dieser junge Beamte brachte sie aus dem Konzept, denn seine Augen sprangen von rechts nach links, musterten sie, checkten ab, ob etwas hinter ihr im Flur bedrohlich werden könnte. Er war für zehn aufgeregt, sprungbereit, als stünde er mit Geiselnehmern in einer Bank.

»Sie wohnen hier nicht. Wer sind Sie?«

*Er hat dir nicht zugehört, Helen. Wie lange bist du Rookie denn bei der Polizei? Drei Tage? Bist du überhaupt Polizist?*

»Passen Sie auf, ich erklär's Ihnen.« Es missfiel ihr, wie er sich vorbeugte, um an ihr vorbeizuspähen, und es gefiel ihr ganz und gar nicht, wie er dabei die Hand auf den Griff seines Trommelrevolvers stützte, während er mit der anderen seinen Nacken knetete. Wieder eine Beruhigungsgeste. Aber weswegen musste er sich beruhigen? »Das ist das Haus meines Vaters. Ich bin erst seit ein paar Stunden ... Are you okay?«

»Was? Ja, sicher. Ja. Wieso?«

»Sie haben die Hand an der Waffe. Und – und Sie schwitzen.«

Er begriff nicht, worauf sie hinauswollte.

»Ihre Hand. Sie liegt auf der Waffe.«

Endlich nahm er sie weg, jedoch bloß, um sie auf seinen Gürtel zu pflanzen.

»Ist Ihnen schlecht? War das Ihre erste Leiche?«

Der junge Mann sah sie perplex an. »Bitte? Was? Woher wissen Sie ...?«

»Sie sind blass und verschwitzt. Aber vor allem riechen Sie nach Desinfektionsmittel und diesem süßlichen Geruch von Verwesung. Der ist allerdings nicht sehr aufdringlich. Wahrscheinlich war die Person schon lange tot. Über ihrem Handgelenk hat sich etwas eingedrückt. Es ist noch etwas rot. Wahrscheinlich der Rand eines Gummihandschuhs. Unter Ihren Fingernägeln ist eine weiße Substanz.

Wenn Sie nicht beim Backen Handschuhe tragen, handelt es sich wahrscheinlich um Talkumpulver. Die Handschuhe sind nicht steril und Sie kein Arzt, also gehe ich davon aus, dass Sie es eher mit einer toten Person als mit einer verletzten zu tun hatten.«

Knut starrte sie an, als wären ihre Worte durch lautes Discogetöse zu ihm gedrungen, als habe er nur jedes dritte verstanden. »Ich … ich …«, begann er. »Ich brauche Ihre Papiere. Bitte. Zügig. Und ich will mich im Haus umsehen. Wo ist der Einbrecher jetzt?«

»Hatte ich recht?«

»Mit der Leiche?« Er seufzte. »Treten Sie mit so was im Fernsehen auf?«

»Also ja … Der Einbrecher ist in der Küche. Er isst grad. Sie können ganz beruhigt sein.«

»Ich bin ganz ruhig … Er macht was? Er isst?« Abermals bemerkte sie, wie er versuchte, die Gefahr abzuschätzen, die von ihr oder jemandem hinter ihr ausging, dann beugte er sich vor, und sie konnte sein Aftershave riechen. Es roch eine Spur zu herb, zu männlich für sein Alter. Knut flüsterte: »Was für eine schräge Nummer geht hier ab? … Bedroht er Sie? Jetzt? Jetzt gerade?«

»Was?«

»Ob Sie bedroht werden?«, flüsterte er. »Er hat Sie doch geschlagen. So wie Sie aussehen.«

Beinahe hätte Helen gelacht.

*Wovon würde ich ausgehen? Ein Mietwagen vor der Tür, eine verheulte Frau, die einem Einbrecher angeblich Essen serviert? Diffuse Lage. War das hier wirklich ein Einbruch oder ein 207A oder 261, ein Entführungsversuch, eine versuchte Vergewaltigung?*

»Wenn Sie nicht sprechen können, machen Sie ein Zeichen. Nicken Sie, wenn Sie bedroht werden.«

Eigentlich macht er alles richtig, dachte sie, aber die Leiche hat ihn gehörig aus dem Konzept gebracht.

Helen reagierte wie trainiert. Sie atmete zweimal durch, sah ihrem Gegenüber in die Augen und sprach sehr klar artikuliert – so klar sie die deutschen Worte noch artikulieren konnte: »Ich kann mich ausweisen. Das wollen Sie doch. Ich werde *nicht* bedroht. Es war ein *falscher* Alarm.«

Helen konnte sehen, wie es in ihm arbeitete. Er zögerte, doch er war nicht bereit, hier einfach abzubrechen.

»Zeigen Sie mir Ihren Ausweis. Ich hab Sie noch nie in Valandsiel gesehen. Und bei Ihrem ... Ihrem Vater auch noch nie.«

»Ist kein Problem, Sekunde.« Sie drehte sich um, weil ihr Reisepass noch in der Sporttasche lag und sie ihn holen wollte. Nachdem sie Björn mit vorgehaltener Waffe ins Wohnzimmer gezwungen hatte, hatte sich der Junge als recht umgänglich herausgestellt.

Björn hatte angenommen, Helens Vater läge noch im Krankenhaus. Er hatte das Haus nach Antiquitäten durchstöbern wollen. Es hieß, Joost Henning habe nur einen kleinen Teil seiner alten Teller und seines Silberbestecks in seinem Restaurant benutzt und besitze eine Sammlung maritimer Bilder. Helen musste ihm erklären, dass die leider so gut wie wertlos waren. Sie untersuchte den Jungen nach Nadelstichen, konnte aber keine entdecken. Weder unter den Fingernägeln noch zwischen den Fingern. Sie ließ ihn die Springerstiefel ausziehen und sah sich seine Zehen an. Fehlanzeige. Björns Zähne saßen schief und drei fehlten, wahrscheinlich hatte er keine Zähne geputzt oder sich geschlagen – aber von irgendwelchen harten Drogen kam es nicht. Zumindest schien er kein Crack, Heroin oder Crystal zu konsumieren.

Dafür aß Björn viel. Essen war das Einzige, was den Jungen im Haus wirklich interessierte. Helen hatte ihm zwei

Packungen Fertigrouladen, die ihr Vater stapelweise im Regal hortete, in der Mikrowelle warm gemacht. Kaum aufgegessen, hatte Björn gefragt, ob er eine Dose Würstchen aufreißen dürfe.

Einen Moment war sich Helen wie seine Mutter vorgekommen.

»Keine Bewegung«, riss Knut sie aus den Gedanken.

»Was?« Erschrocken fuhr Helen herum und sah, dass der Mann den Trommelrevolver gezückt hatte. Meine Pistole, schoss es ihr durch den Kopf. Ich habe sie in den Bund meiner Hose gesteckt, er muss sie gesehen haben, als ich mich weggedreht habe.

»Auf die Knie.«

»Äh, was? Sind Sie verrückt? Nehmen Sie die Waffe runter.« Helen hob die Hände, dachte aber gar nicht daran, sich hinzuknien.

»Hinknien. Hände hinter den Kopf.«

»Nehmen Sie den Revolver runter«, fuhr sie ihn laut an.

»Sie hören hier auf, irgendwas zu befehlen. Klar! Sie knien sich jetzt hin. Warum sind Sie bewaffnet? Verfluchte Scheiße.«

»Was 'n los?« Björns Ruf drang aus dem Wohnzimmer. »Gibt's Stress?«

»Wer ist da drin? Was wird das hier?« Hastig zog Knut die Pistole aus Helens Bund und kontrollierte, ob sie verriegelt war. Er steckte sie in seinen Gürtel. »Warum tragen Sie 'ne Waffe … Komm her! Polizei Valandsiel. Ich bin bewaffnet. Hände hoch. Ich will dich und deine Hände sehen! Komm raus«, rief er den Flur herunter.

»Das ist meine«, versuchte Helen in beruhigendem Ton klarzustellen. »Ich darf die Waffe tragen. Ich bin Polizistin.« Sie löste ihre Hände, die sie hinter dem Kopf verschränkt hielt.

Mit einem jähen Vorschnellen packte Knut sie am Nacken und drückte sie gegen die Flurwand. Sie roch durch sein Aftershave und das Desinfektionsmittel den Revolver neben ihrem Kopf. Er war erst vor wenigen Stunden abgefeuert worden. Wahrscheinlich gestern.

»He! I'm a cop.« Helen fluchte und spürte seine Hand auf ihrer Haut, den festen Griff in ihrem Nacken und bekam Gänsehaut. Er drückte ihren Kopf gegen die Tapete. »Ganz ruhig, okay? Ich habe eine *Licence*«, unbewusst rutschte sie wieder ins Englische. »Für die Waffe. Eine Lizenz ... einen Waffenschein. Es ist alles in Ordnung. Alles in Ordnung.«

»Wer sind Sie? Wer ist der Mann? ... Woher wissen Sie so viel über mich? Kommen Sie raus. Kommen Sie endlich raus da«, brüllte Knut abermals den Flur herunter. Er wollte Helen mit einem Fußstoß dazu bewegen, sich breitbeinig hinzustellen.

»Warten Sie, ich ...« Weiter kam Helen nicht, denn in diesem Moment trat er gegen ihr rechtes Bein, traf aber nicht den bunten Sneaker, sondern erwischte mit seinem Westernstiefel das Rohrstück aus Edelstahl unter ihrem Hosenanzug.

Ihre Beinprothese saß durch Unterdruck so fest, dass Helen an ihrem Stumpf so gut wie nichts spürte. Jedoch verriet ihr sein Fluchen, dass er sich gehörig den Zeh geprellt hatte.

»Scheiße«, keuchte Knut und rang nach Luft. »Was, zum Henker ...? Verdammt!«

Seine Finger ließen einen Moment locker, aber dann schluckte er seine Schmerzen tapfer runter.

»Unterschenkelprothese. Sie haben ein Stück Stahl über meinem Fußpassteil erwischt.«

»Fuß-was?«

»Fußpassteil.«

»Wie entzückend.«

»Lassen Sie die Frau in Ruhe!« Äußerst lässig und mit ketchupverschmiertem Kinn, eine Bockwurst in der linken, das Brotmesser in der rechten Hand, stand Björn angriffsbereit da.

Knut und Helen rissen den Kopf herum.

Jetzt erkannte der Junge den Besuch.

»Oh. Hi Knut.« Björn hob die Bockwurst zum Gruß. Sein Lächeln entblößte die schlechten Zähne.

»Björn Katzmann.« Knuts Feststellung war ein einziges Stöhnen.

# 8

Seine Lederhandschuhe waren nass, sie hatten neben Silja auf der Pritsche des Pick-up gelegen. Er streifte sie trotzdem über. Mit routiniertem Griff schlang er die Riemen seines Messers um den Unterschenkel, schnallte es fest und zog seine orangefarbene Latzhose wieder über die Sicherheitsschuhe. Die Warnfarbe und die reflektierenden Streifen der Hose leuchteten weit sichtbar. Niemand würde denken, er sei gefährlich. Niemand würde sich an ihn erinnern.

Gemächlich lenkte er den Unimog der Stadtverwaltung zwischen den Handtüchern und Strandmuscheln hindurch. Ungeachtet der Traktoren, die seit dem frühen Morgen den Strand umgruben, Unrat wegschoben und den Sand glatt strichen, sonnten sich bereits Badegäste. Er grüßte sie ab und an stumm, dann parkte er an einem der Müllkörbe, die die Kommune alle 200 Meter aufgestellt hatte.

Als er ausstieg und den Unimog zuschlug, warf die Sonne seinen Schatten auf den Schriftzug der Stadtreinigung. Trotz seiner 51 Jahre wirkte seine Silhouette sportlich und durchtrainiert.

Seine grauen Haare waren kurz geschoren, die Augen von Falten umgeben, die straffen, braun gebrannten Arme übersät mit Altersflecken.

Wenn Saison war, half er bei der Stadt, weil er es einfach nicht aushielt, untätig herumzusitzen. Außerdem war die Beschäftigung optimal, um die richtigen Mädchen zu finden.

Er ließ einen der Trecker passieren und winkte dem Fahrer, dann trat er zum Papierkorb. Mit einem geübten Dreher des Vierkantschlüssels öffnete er die Kippvorrichtung und zog den Beutel heraus, während sein Blick unablässig über den Strand und die Badezone wanderte.

Die Busse von Valandsiels Gymnasium und der Gesamtschule trafen sich am Marktplatz unweit der Promenade. In zwei Minuten waren die Jugendlichen am Wasser.

Heute waren viele Schüler gekommen, denn der Sturm hatte am Dach des Schulgebäudes ziemliche Schäden angerichtet, und der Direktor hatte kurzerhand eine Woche schulfrei angeordnet.

Drei Mädchen, die am Fuße einer Düne lagen und auf ihren Smartphones herumtippten, erregten sein Interesse.

Zwei Brünette, eine Rothaarige. Vor zwei Jahren hatte er eine blondieren wollen, aber das Resultat war eine Katastrophe. Blondiert war eben nicht blond. Das Wasserstoffperoxid vertrug sich darüber hinaus nicht gut mit seinem Isopropanol.

100 Meter gen Süden, wo Trampelpfade zwischen den Dünen zum abseits gelegenen Restaurant Dünenkieker führten, saßen ein paar junge Frauen im hohen Gras, rauchten und ließen eine Flasche Sekt kreisen.

Nicht mal zwölf Uhr, dachte er, und diese verdorbenen Gören betrinken sich. Diese versauten Miststücke warteten sicher nur darauf, dass die Kerle sie in die Dünen zerrten, damit sie allen ihre Muschis zeigen konnten.

Er kratzte sich den Arm und dachte: Ihr habt eure Unschuld verloren. Ihr habt sie für immer verloren. Ihr seid nicht würdig.

Besser waren die jüngeren Mädchen, die mit den Frisbees, mit dem Volleyball unterm Arm, die ihren kleinen Brüdern noch beim Sandburgenbauen halfen. Oder die

Schüchternen, die still im Sand saßen und gedankenverloren aufs Meer blickten. Die waren gut. Die waren die richtigen Spielgenossinnen.

*Silja dreht den Kopf, das Wasser rinnt von ihren Wangen. Ihre Augen voller Blut starren ihn an. Und ihr blondes Haar legt sich um ihren zierlichen Kopf, wie tausend lange Gespensterfinger. Ihr blasses Gesichtchen, die blauen Lippen. Sie lächelt …*

Nächstes Mal legst du sie gleich in die Badewanne, ermahnte er sich. Unwetter hin oder her. Diese Verschwendung. Er schüttelte den Gedanken an Silja ab. Irgendwann würde er ein ordentliches Grab für sie schaffen, irgendwann. Jetzt galt es, möglichst schnell Ersatz zu finden.

Er stopfte einen leeren Sack zurück in den Eimer und schloss ihn.

Wenige Minuten später hielt er vor einem Stelzenhäuschen, das zur Strandkorbvermietung gehörte. Weil er zwei blonde Mädchen im Schatten der brusthohen Stelzen entdeckt hatte, stieg er aus. Die beiden hatten sich vor der Sonne zurückgezogen und unterhielten sich leise. Kein Alkohol, keine String-Tangas.

Die Mädchen sahen … *sauber* aus.

Er zog einen Abfallgreifer von der Ladefläche und schnappte sich einen der Müllbeutel. Auf die Entfernung war ihr Alter schwer zu schätzen.

Während er zum Häuschen hinüberging, nahm er das beruhigende Drücken des Messers wahr, das sich an seinen Unterschenkel schmiegte. Die Riemen um sein Bein und das Cordura-Gewebe der Scheide rieben an seiner Haut. Schon auf halber Strecke zu den Mädchen hatte er eine Erektion. Er zwang sich, langsam zu arbeiten, und begann, ringsum den Strand nach Müll abzusuchen.

*Du darfst sie nicht berühren. Du darfst sie nicht beschmutzen. Sie müssen rein bleiben.*

Es lag nur wenig herum. Hier und da ein Kronkorken, eine Zigarettenschachtel, Eispapier. Seine Kollegen mit den Traktoren, die die Sturmschäden beseitigt und den Strand in aller Früh gereinigt hatten, hatten ganze Arbeit geleistet.

Die beiden Mädchen waren mit dem Fahrrad gekommen. Er schätzte ihr Alter auf 17, höchsten 18. Perfekter Busen, lange Arme und Beine. Sie hatten beide lackierte Fußnägel. Einen Lidschlag lang sah er ihre Füße in seinem Regal stehen. Er würde sie davon befreien und diese unnützen Dinger in seine Sammlung einreihen.

Ihre Stimmen wehten zu ihm: »Eine ganze Woche frei. Überleg mal! Das entschädigt echt für die blöde Feier. Das wird so ätzend.«

»Wieso?«

»Da hängen dann wieder seine Kollegen rum, machen bescheuerte Witze und grillen irgendwelche fettigen Steaks, und wenn Papa genug Bier drin hat, zeigt er wieder allen seinen blöden Fitnesskeller. Hantel hier, Hantel da. Und jeder muss auf die Streckbank.«

»Klingt voll langweilig.«

»Ätzend. So was von dröge. Wie kann man so Geburtstag feiern?«

»Mensch, Jasmin, dann komm doch heut Abend einfach mit nach Rømø.«

»Nach Dänemark?«

»Ich fahr um acht los.«

»Ich dachte, du wolltest da alleine rauf.«

»Ach, egal. Rumgrübeln kann ich immer noch mal.«

»Ich kann nich', Lena. Wenn ich bei Papas Geburtstagsfeier einfach abhaue ...«, sagte Jasmin.

»Das ist echt schade!«, meinte Lena. »Meine Mutter hat da nichts gegen, wenn wir zu zweit in ihr Ferienhaus fahren. Komm schon. Sind doch nur ein paar Tage. Party-Party-Party!«

»Es geht nicht! Es geht nicht!« Spaßhaft gab Jasmin Lena einen Klaps, und die beiden Freundinnen begannen, juchzend im Sand zu rangeln.

Mit einem Mal rollten sie herum und erstarrten, denn sie waren unter dem Stelzenhaus hervorgepurzelt und in seinem Schatten liegen geblieben. Mit von Sand gepuderten Gesichtern blickten Jasmin und Lena auf, direkt in seine Augen.

Dass er wie angewurzelt stehen geblieben war und die beiden die ganze Zeit angestarrt hatte, war ihm gar nicht bewusst. Vor Schreck starr, blickte er in Lenas strahlend blaue Augen und verzog keine Miene.

Die beiden giggelten, bevor sie wie Erstklässlerinnen hektisch wieder unter die Stelzen krochen. Ihr Gekicher wehte über den Strand, und seine Erektion begann zu schmerzen. Erst jetzt konnte er lächeln.

Sollte er noch einen Blick riskieren?

Lena oder Jasmin.

Nein. Du hast dich bereits entschieden.

In seinem Kopf spulte sich der Plan ab. Er sah auf seine Präzisionsuhr und rechnete durch, wie schnell er beim Wohnwagen sein und sein Equipment holen konnte. Dann eilte er los.

27 Minuten später hatte er den Wagen gewechselt und die Ausrüstung geholt. Er kontrollierte mit einem Feldstecher, ob die Mädchen noch immer beim Stelzenhaus saßen, und eilte mit seinem Pick-up zum Dünenweg, der für Einsatzfahrzeuge der Kommune angelegt worden war.

Sicher würden die beiden früher oder später diesen Weg nehmen. Es war eine Abkürzung zum Ortskern von Valandsiel und ein beliebter Radweg.

Nach weiteren 21 Minuten kamen sie. Die Mädchen schoben ihre Räder, und als sie sich langsam am Schlagbaum vorbeidrückten und an seinem Pick-up entlanggingen, konnte er einen Blick auf Lenas schlanke Füße werfen, auf ihre lackierten Nägelchen im warmen Sand.

Er lächelte hart.

Sein Isopropanol würde alles reinwaschen.

# 9

Der Sturm hatte fußballfeldgroße Inseln in das Rapsblütenmeer geschlagen, das sich beidseits des Schotterwegs unter dem makellosen Himmel erstreckte. Eine Staubfahne hinter sich herziehend, durchschnitt der Landrover des jungen Polizisten die Landschaft.

Helen wollte keine Anzeige erstatten. Eigentlich hätte dieser Knut Jansen den Teenager einfach laufen lassen und wieder gehen können, aber nachdem er erfahren hatte, dass sie zur Bank wollte, hatte er sich angeboten, sie zu fahren. Helen hoffte, mit dem Testament Zugang zu Joosts Konto zu bekommen.

Während sie Björn nach Hause brachten, sprach Knut per Polizeifunk mit einer gewissen Birthe. Es ging offenbar darum, dass er eine Substanz von einer Apothekerin des Ortes untersuchen lassen wollte.

Helen verstand den Zusammenhang nicht, und Jansen hatte jede ihrer Fragen bisher beharrlich abgeblockt. Selbst als sie ihm erklärte, dass sie seit über zwölf Jahren bei der Polizei arbeitete und die Sache mit dem Talkumpulver und der Leiche reine Beobachtung und keine Kunst war, wurde er nicht lockerer.

Stattdessen blaffte er einen Kollegen namens Magnussen per Funk an. Der solle gefälligst eine Überstunde einlegen, Geburtstag hin oder her, und Fotos von der Leiche schießen.

Sie konnte spüren, wie er ihr Profil, ihre Brüste und

ihr gesundes Bein mit kurzen Blicken taxierte, während er lenkte. Seinem Gesichtsausdruck nach zu urteilen gefiel ihm, was er sah. Innerlich musste Helen schmunzeln. So wie dieser Knut Jansen herumlief, beglückte er wahrscheinlich jede, die nicht bis drei aufs offene Meer rausgeschwommen war.

»Wollen Sie wissen, weswegen ich die Prothese trage?«, durchbrach sie die Stille.

»Nein.«

Sein Wagen roch nach Hund. Als er ihn in eine mit Schlaglöchern übersäte S-Kurve schießen ließ, musste sie sich festhalten. Beinahe wären sie in den Raps geschlittert.

»Versuchen Sie nicht schon wieder, mich zu töten, okay? Danke! ... Wenn Sie nicht reden wollen, auch gut. Aber Sie müssen mich nicht zum Schweigen bringen.«

»Tut mir leid.« Er nahm etwas Gas weg. »Sie sind also Polizistin?«

»Ja. Bis letztes Jahr war ich das.«

»Gut.« Er überlegte ein paar Augenblicke, dann erzählte er in wenigen Worten von seinem Leichenfund. Auf dem Rücksitz bekam Björn große Ohren.

Zufrieden registrierte Helen, dass es dem jungen Beamten guttat, mit jemandem zu sprechen. Immerhin fuhr er anständiger, und mit den letzten Reetdachhäusern am Horizont verschwanden auch seine Stirnfalten.

Sie tauchten in den Kronenwald ein und folgten einem befestigten Waldweg. Hier im Südosten der Gemeinde erstreckte sich der einzige Forst der Kommune. Im siebzehnten Jahrhundert hatten ein paar Siedler zwischen den imposanten Eichen drei Bauernhöfe und eine Kirche errichtet. Während von ihr nur noch Mauerreste zu erahnen waren, wurden die Gehöfte noch immer bewirtschaftet. Die Valandsieler nannten sie »De Plakken« – den Flecken. Helen war nur einmal als Jugendliche hier gewesen, als sie einem Mädchen aus ihrer Klasse Nachhilfe gegeben hatte.

Ein Schlagloch riss sie alle beinahe aus den Sitzen. Helen hielt sich am Türgriff fest und versuchte, sich an den Namen des Mädchens zu erinnern. Sie hatte sie nicht gut gekannt.

Besorgt sah Björn von der Rückbank auf seine Maschine, die bei jeder Unebenheit auf der Ladefläche hin und her rüttelte.

»Wie lange waren Sie weg?«, wollte Knut wissen.

»20 Jahre.«

»Was?« Er schien ehrlich überrascht. »Kommen Sie. Sie sind echt mit fünf weggegangen?«

Helen musste lachen. »Danke fürs Kompliment … Mit 16.«

»Warum?«

»War mir alles zu eng hier.«

Knut verstand kein Wort. »Wo is'n das hier eng?« Er ließ seine Hand in Richtung der Felder, des Waldes und des Sheriffsterns gleiten, der an seinem Rückspiegel baumelte.

»Ich meine das mit *eng* im …«

»Im übertragenen Sinne. Schon klar. Bin ja nicht ganz doof. Komisch, hab ich nie so empfunden. *Zu eng* …«

Sie schwiegen einen Moment.

»Was sind Sie? Undersheriff, Deputy Sheriff?«

»Was? … Ach so, der Stern. Den hab ich aus'm Cowboyladen.«

»Wo Sie Ihre Schuhe kaufen?«

»Sie sind ziemlich fix.«

»Gelernt ist gelernt. Und Sie?«

»Ich bin Sheriff. Ohne *Under* und ohne *Deputy*. Das heißt, ich hab auch ein paar Deputys. Vier, um genau zu sein.«

»Sie verschaukeln mich«, meinte Helen, weil er viel zu jung für den Posten war – aber sie konnte keine Lüge in seinem Gesicht erkennen.

»Nein, ich bin *Revierleiter Polizeistation Valandsiel.*« Knut lachte. »Wollen Sie meinen Ausweis sehen? Ich bin der Sheriff von unserem lieblichen Kurort.«

»Und was für'n Sheriff«, mischte sich lästernd Björn ein. »Er hat letztes Jahr ein internationales Drogenkartell zerschlagen. Hundert böse Kolumbianer in einer Crack-Fabrik... Und er geht da rein! Ganz allein.«

»Ach?« Als Helen hinübersah, winkte Knut kopfschüttelnd ab. Ihm war anzusehen, wie peinlich ihm das Thema war. »Nur eine Hanfplantage bei der Fischfabrik.«

Helen musste schmunzeln. »Eigentlich müsste es ja ein Seven Point Star sein«, wechselte sie das Thema.

»Was?«

»Der Stern. Gewöhnlich haben die sieben Zacken. Jede Spitze repräsentiert einen Grundsatz des Sheriffs. Wussten Sie das nicht? Character, integrity, knowledge, honor, courtesy, loyalty and judgement ... Charakter, Integrität, Wissen, Ehre, Höflichkeit, Loyalität und Gerechtigkeit. Ihr Stern hat nur sechs Zacken. Welcher fehlt Ihnen?«

Knut schenkte Helen ein breites Lächeln. »Finden Sie es heraus, Sie sind doch so auf Draht.«

»Zum Beispiel bei einem Abendessen?«, fragte Helen mit einem betont süßlichen Ton und musste beinahe laut lachen, als sie sein verdattertes Gesicht sah.

»Das – also das geht mir jetzt aber ein bisschen schnell«, antwortete er. »Sie wollen mich verscheißern, oder?«

»Jepp.«

»Aha. Wusst ich's doch.«

»Tut mir leid. Ich habe im Moment wirklich keinen Appetit auf irgendwelche Abendessen.«

»Tja, und ich bin immer satt.«

»Kann ich mir vorstellen. Sie naschen bestimmt von so manchem Tisch.«

Er drückte aufs Gas und antwortete lächelnd: »Ich lasse Sie mal in dem Glauben.«

»Ey, ihr Spinner. Ihr seid zu weit gefahren!« Björn zeigte mit dem Daumen aus dem Fenster. Vor ein paar Metern hätten sie rechts auf einen Schotterweg abbiegen müssen. Fluchend bremste Knut und setzte zurück.

# 10

Die abrissreife Papierfabrik von »Koppermann und Söhne« ragte als Mahnmal gescheiterter Träume von industrieller Eroberung des grenznahen Nordens in den Himmel. Einige Decken waren eingestürzt, und aus den Ritzen zwischen den roten Backsteinen wuchsen allerorten Birken. Aus dem Komplex strömte Musik in die Sommerhitze. Ein halbes Dutzend Wohnwagen, die seit Jahren nicht bewegt worden waren, parkten vor dem Gebäude. Eine Kinderschar sprang durch einen Gartensprenger, den sie vor ausrangierten Maschinenteilen in die Einfahrt gestellt hatten. Ein paar halbwegs Erwachsene schraubten abseits an ihren Autos herum, während zwei Frauen, Helen schätzte sie auf Anfang 30, rauchend auf einer Bank saßen und still auf ihren Smartphones tippten.

»Bei uns in King County würden wir zu so was nur mit einer Hundertschaft fahren.«

»Echt? Wieso? Die kennen mich doch.« Knut ließ den Landrover zwischen den Wohnwagen ausrollen.

»Eben«, war Helens nüchterne Antwort.

Während Björn sein Motorrad abschnallte, versuchte Helen, mehr vom Gelände zu überblicken, jedoch verstellten ihr die Wohnwagen einen Großteil der Sicht auf das marode Gebäude. »Ist das baurechtlich überhaupt okay?«

»Baurechtlich?«

»Was sagt denn die Versicherung, dass hier jemand wohnt?«

»Welche Versicherung?«

»Das Risiko, dass was passiert … Müssten Sie das nicht von Gesetzes wegen hier sofort räumen lassen?«

Knut sah sie an, als habe sie einen schlechten Witz gemacht. »Also erstens: Das Gesetz hier bin ich. Zumindest hab ich einen Ermessensspielraum, zwei gesunde Augen und das hier.« Er tippte sich an den Kopf. »Hier wohnen acht Familien. Um die 40 Menschen. Was soll ich denen sagen? Dass sie unter einer nicht baufälligen Brücke schlafen sollen, bis die Stadt ein paar mehr Sozialwohnungen ausgewiesen hat? Solange sie keinen Mist bauen, können sie erst mal bleiben. Das hat schon mein Vater so geregelt.« Er öffnete seine Tür einen Spalt und rief: »Und dir, Björn, hat er das auch schon gesagt!«

»Ja, ja«, gab der Junge zum Besten.

»Nichts von wegen ›Ja, ja‹. Wenn ich dich noch mal in Häuser einsteigen sehe, wird's eng. Für euch alle, verstanden?!«

»Ja, ja.« Brummelnd schob Björn seine Maschine zum Eingang des Bürogebäudes.

»Ein Danke wäre auch nett«, rief Knut ihm nach. Er hatte es kaum ausgesprochen, da eilte ein stämmiger Mann in Badelatschen und Shorts aus dem Haus. Zu den bunten Klamotten hatte er sich ein kurzärmeliges Businesshemd übergeworfen. Wie Helen bemerkte, war der Kragen nicht glatt gestrichen.

Wahrscheinlich kennt er Knuts Wagen und will vor der Polizei ein ordentliches Bild abgeben, dachte sie amüsiert.

Er blieb kurz bei Björn stehen. Helen entging nicht, dass der Junge den Motorradlenker anders fasste und unbewusst versuchte, die Maschine zwischen sich und den Mann zu bringen. Ein Barriere-Adaptor. So hatte es ihr Trainer genannt.

Quantico, dachte sie. Die Zeit in der Marine Corps Base kam ihr beim Anblick des Mannes vor der Papierfabrik seltsam fern vor, wahrscheinlich, weil sie einmal als Kind genau auf diesem staubigen Platz gestanden und Scheiben eingeschmissen hatte. Die Bilder schoben sich wuchtig vor die Erinnerungen aus den Staaten.

Schnurstracks eilte der Mann auf Knut zu, der soeben in die pralle Sonne hinaustrat. Er rückte seine Basecap zurecht und wartete auf den Fremden.

Der war sportlicher, als Helen auf den ersten Blick gedacht hatte. Unter seinem Hemd zeichneten sich kräftige Arme ab, seine Hände waren geschrubbt. Auf seiner Stirn konnte sie einen Abdruck erkennen. Er hatte irgendeine Art von Stirnband getragen. Ein Windzug wehte sein Deo in den Wagen, das zu intensiv roch, um länger als fünf Minuten getragen worden zu sein.

Aber Helen roch neben Deo und Schweiß noch etwas anderes.

Der Mann rieb seine kurzen grauen Haare und sprach dabei ruhig mit dem jungen Beamten, jedoch bemerkte Helen, dass seine Worte Knut reizten, und selbst Björn, der im Halbschatten des Gebäudes wartete und sicherlich kein Wort hörte, hielt die Arme abweisend vor der Brust verschränkt.

»Er hat Björns Hände mit den Zigaretten verbrannt«, stellte sie fest, nachdem der Mann zum Bürogebäude zurückgegangen war. Sie konnte noch sehen, wie er Björn über den Kopf strich und gleichzeitig mit dieser Geste ins Gebäude schob.

»Was?«

»Björns Vater. Ich denke, er ist sein Vater und kein Stiefvater oder ein älterer Bruder. Letzteres ist statistisch vom Altersunterschied beinahe auszuschließen. Und sein Stiefvater hätte nicht so viel Blickkontakt gesucht und ihm wahrscheinlich nicht über den Kopf gestrichen.«

»Aha«, gab Knut charmant lächelnd zum Besten und ließ sich auf dem Fahrersitz nieder. »›Ja‹. Und ein zweites Mal ›Ja‹. Stimmt beides. Vater und die Verbrennungen. Der Typ ist ein solcher Arsch. Sie glauben nicht, wie oft ich Björn gesagt habe, er soll ihn anzeigen.«

»Er traut sich nicht?«

Knut seufzte. »Er ist sein Vater. Aber irgendwann wird Björn so wütend und verzweifelt sein ...«

»... dass er einen Stein nimmt. Oder eine Eisenstange«, führte Helen seinen Gedanken weiter.

»Oder eine Eisenstange ... Und davor hab ich Angst.«

»Eisenstangen wird er wahrscheinlich viele finden. Was schweißt Herr Katzmann denn so? Alte Autos zusammen?«

Knut sah Helen an, als spreche sie chinesisch.

»Seine Stirn. Er hatte einen Abdruck. Ich dachte, es stammt von einem Stirnband, aber ist wohl eher ein Kopfband. Von einem Helm. Bauarbeiterhelm vielleicht. Wahrscheinlich aber eher ein Schutzhelm für Schweißer, so wie er nach Metall gestunken hat.«

»Sie machen mir echt Angst ... Und es sind Skulpturen, so Metalldinger. Er verkauft sie an Touristen.«

Knut schnallte sich wieder an und wollte gerade den Wagen starten, als sie aus dem Haus Björns Vater brüllen hörten. Selbst die beiden Frauen mit ihren Handys, die die ganze Zeit nicht aufgesehen hatten, wendeten die Köpfe.

Seufzend stieg Knut noch einmal aus. »Verdammter Vollidiot.« Er nahm seinen Revolver zur Hand und eilte im Laufschritt auf den Eingang zu.

»Was machen Sie denn? He! Was haben Sie denn vor?«

»Dem Idioten sagen, er soll aufhören, seinen Sohn zu

schlagen. Sonst steck ich ihn ins Gefängnis. Anzeige hin oder her.«

Helen nickte leise. Sie sah zu, wie Knut in der Fabrik verschwand. Sollte sie rausgehen und ihm folgen? Sie drückte die Tür auf, entschied sich aber dagegen. Sollte dieser Rookie doch sehen, wie er zurechtkam. Sie war schon seit Monaten keine Beamtin mehr, und dies hier lag nun wirklich nicht in ihrer Zuständigkeit.

Ihr Blick fiel auf den sechszackigen Stern, der im Sonnenlicht glitzerte. »Justice for all«, war in das billige Blech eingestanzt. Ein Kinderspielzeug.

»›Das Gesetz bin ich …‹«, äffte sie Knut leise nach. »›Sonst steck ich ihn ins Gefängnis …‹ Klar. Hier in Valandsiel ist bisher auch nie ein Richter vorbeigekommen. Hier geht's vom Badestrand direkt in den Knast.«

Sie warf einen neuerlichen Blick auf die Papierfabrik. »Shit«, seufzte sie und gab sich einen Ruck.

# 11

Sein zurechtgefeiltes Blech erzeugte ein Schaben, als er damit den Schließer der Küchentür zurückdrückte. Es war nicht lauter als das Zwitschern des Kanarienvogels, der in seinem Käfig über dem Küchentisch aufgeregt herumsprang.

In Valandsiel, dachte er, ist die Welt noch in Ordnung. Hier zieht man Türen gern einfach nur zu, anstatt abzuschließen.

So schnell es sein schwerer Rucksack zuließ, drückte er sich ins Innere und sah sich um. Eine geräumige Küche, auf dem Ceranherd standen zwei Pfannen, in der linken die Reste von Rührei. Die Kochfelder waren kalt. Trotz der Abzugshaube konnte er Gebratenes riechen. Durch die mit Jalousien verhangenen Fenster sah er seinen Pick-up, der 70 Meter entfernt im Schatten parkte. Gedämpft drangen Stimmen und Musik zu ihm durch die geschlossene Küchentür. Der Fernseher im Wohnzimmer lief, wie er bereits von der Straße aus gesehen hatte.

Schweiß rann seine Stirn herab. Draußen war die Nachmittagssonne unerbittlich, aber die Luft jedenfalls frisch; hier im Haus hingegen war die Hitze drückend. Er wollte gar nicht daran denken, in welche Gluthölle sich sein Wohnwagen verwandelt hatte.

Die Riemen des Rucksacks schnürten sich in seine Schultern. Er musste das Ding so schnell es ging loswerden. Sollte er nicht lieber sofort zu Lenas Wagen gehen? Er schüttelte den Kopf.

Geh nach Plan vor.

*Es ist wichtig zu wissen, wie rein sie ist.*

Als er sich zur Flurtür drehte, riss sein Rucksack einen Tetrapack Apfelsaft von der Ablage. Mit einem dumpfen Platsch landete der Karton auf den Fliesen.

Sofort wurde der Fernseher leise gedreht. Jemand horchte in die Stille. Er starrte das Türblatt zum Flur an, zwang sich zur Ruhe, konzentrierte sich auf das Messer an seinem Bein. Nach seiner Information war bloß Lenas Bruder im Haus, ein schlaksiger 15-jähriger. Laut dem getöpferten Türschild hieß er Thorsten. Britta, Gerd, Thorsten und Lena Fay. Keine wirkliche Gefahr.

Problemlos war er den beiden Mädchen in den Ort hinein gefolgt. An der Eisdiele nahe dem historischen Hafen hatten sie sich getrennt. Wohin diese Jasmin radelte, war ihm gleich. Er war Lena gefolgt ... Bis zu diesem Einfamilienhaus.

Eine Tür wurde aufgezogen. »Lena? Mama? Seid ihr schon da?«

Abwarten. Ruhig. Sein Atem ging schneller. Er leckte sich über die Lippen und schmeckte Salz.

Er hatte im Schatten einer Eiche gewartet und schwitzend durch die Windschutzscheibe alles beobachtet. Dabei hatte er sich Lenas Füßchen im Sand vorgestellt, bis seine Erektion geschmerzt und er sich für sein Geilwerden verflucht hatte. Nach fünf Minuten hatte sich das Garagentor geöffnet. Lena war mit ihrer Mutter und ihrem Vater erschienen, und während ihre Eltern in den Familienvan gestiegen und auf sie gewartet hatten, hatte Lena eine Tasche in einen Golf älteren Baujahrs gestellt. Sicher ihr Auto, vermutete er.

Gut so, hatte er gedacht, sie fährt mit dem Wagen nach Rømø. Für den Einsatz im Auto hatte er genug Equipment dabei. Ein eigener Wagen hieß jedoch, Lena war mindestens 18 Jahre alt. Für seinen Geschmack waren 18-jährige oft zu reif.

*Was, wenn sie nicht würdig ist? Es ist wichtig, wie rein sie ist.*

Du musst das kontrollieren, hatte er sich ermahnt, und als Lena mit ihren Eltern weggefahren war, hatte er die Chance sofort ergriffen, die nötige Ausrüstung von seinen Alukoffern in einen Rucksack gepackt und war ums Haus gehuscht.

Gewöhnlich verbrachte er ein paar Tage mit den Mädchen. Den Tramperinnen folgte er auf den Zeltplatz, den Valandsielerinnen bis vors Haus. Er schlief im Pick-up, ging mit den Mädchen bis zur Schule, zum Strand, zu Freunden. Er war immer an ihrer Seite, passte auf sie auf, beschützte sie. Gewöhnlich beobachtete er in dieser Zeit genau, was sie taten.

Seit Siljas Tod war nichts mehr wie gewöhnlich.

Er hörte Schritte im Flur, dann meinte er, das Rascheln von Kleidung wahrzunehmen. Unmöglich durch das Türblatt.

Geräuschlos zog er sein Hosenbein hoch und öffnete den Klettverschluss der Messerscheide. Er starrte auf die Türklinke. Seine Hand war vollkommen ruhig. Gewöhnlich tötete er seine Fische, indem er ihnen sämtliche Kiemenbögen durchtrennte. Den Betäubungsschlag sparte er sich, griff einfach auf beiden Seiten unter die Kiemendeckel, hob sie an und schnitt die Bögen quer durch. Fertig.

Bei dem Dänen hatte er ebenfalls nur einmal zugestochen. Ein Stich. Ins Herz. Die Klinge war lang genug. Ein Stich.

Er war augenblicklich tot gewesen und hatte doch alles verändert.

# 12

Die Tür war nicht verschlossen. Helen drückte sie mit der Schulter auf und ärgerte sich, dass sie ihre Waffe im Haus ihres Vaters gelassen hatte. So sehr sie die Glock hasste, gab sie ihr doch Sicherheit.

»Jetzt ist Schluss hier!«, hörte sie Knut rufen. »Katzmann, lassen Sie ihn los. Sofort.«

Von einem Flur, der wohl irgendwann in den 1960ern mit Blümchentapete beklebt worden war, gingen drei Zimmer ab. Wahrscheinlich einstige Büroräume der Papiermühle. Die Tür zur Werkhalle stand offen. Statt Papiermaschinen konnte Helen einige Skulpturen erkennen.

»Mischen Sie sich da mal nich' ein«, knurrte Katzmann. Seine Stimme drang aus dem Zimmer zu ihrer Linken.

»Das is' mein Job, kapiert! Lassen Sie ihn in Ruhe, oder ich nehm Sie mit. Zelle gefällig?«

Nach drei Schritten über einen fleckigen Teppich und an diversen Stapeln Zeitschriften und Krimskrams vorbei erreichte Helen Björns Zimmer.

»Starke Worte. Machen Sie hier einen auf Ihren Vater?« Katzmann wischte sich die Nase mit dem Handrücken. »Spielen Sie sich mal nich' so auf, Jansen. Sie dürfen gar nicht hier drin sein. Oder haben Sie 'n Durchsuchungsbefehl?« Er hielt Björn am Nacken fest, hatte ihn anscheinend gegen den Schreibtisch gestoßen. Der war mit Platinen, Monitoren und einer Lötstation vollgestellt. Drucker und Tastatur waren zu Boden gekracht.

Björn rührte sich nicht. Er war im Griff seines Vaters wie versteinert.

»Ich zähl bis drei, Katzmann.«

»Er hat ja gar nichts gemacht«, warf Björn ein. Und Helen bemerkte, wie es Knut anwiderte, dass der Junge seinen Vater auch noch in Schutz nahm.

»Das lass mal meine Sorge sein, Björn.«

»Ja, genau«, warf Katzmann ein. »Ich hab nichts gemacht. Hab dem Bengel nur den Kopf gewaschen. Ich mein, bricht bei irgendwelchen Leuten ein. Das würde Ihnen doch auch nicht gefallen.« Mit einem Ruck stieß Katzmann seinen Sohn abermals gegen den Tisch. »Der hockt den ganzen Tag hier rum und hat nur Scheiße im Kopf.«

Helen trat ein. »So wie ich das sehe, hat er eindeutig mehr *savy* als sein Vater, der Herr Künstler.« Sie nickte zu den Monitoren und Schaltplänen, die an der Wand hingen. Björn schlief offenbar auf einer Matratze, vor der sich Fachbücher neben schmutzigen Tellern stapelten. »Wahrscheinlich hätte er besser mein Konto leer geräumt, als einzubrechen.«

»Das da?« Katzmann lachte. »Der ballert auf seinen Dingern hier doch nur rum bis in die Nacht, zockt irgend'ne Scheiße. Soll mal was Anständiges machen.«

Helen trat vor. »Was denn? Ein paar Leute verprügeln und ihr Altglas wegbringen? Kommt sicher 'n Vermögen zusammen.«

Katzmann kratzte sich abfällig den Dreitagebart. Helen bemerkte, dass er nicht sicher war, ob er sie angehen sollte. »Wer is'n die?«

»Seine neue Partnerin«, log Helen, und Knut zog verwundert die Augenbraue hoch.

»Sie ist die Frau, die Ihr Sohn beklauen wollte«, rückte Knut gerade. »Und sie sieht von einer Anzeige ab.«

»Wenn Sie ihn loslassen, ja. Sonst zeige ich Sie beide an.«

»Und auf den Papierkram habe ich sicher keine Lust. Also ehrlich, da schick ich lieber meine Beamten hier jeden Tag vorbei, um nach dem Rechten zu sehen.«

»Ist ja auch alles illegal bezogen hier«, meinte Helen. »Ich denke mal, hier gibt's noch ganz andere Kaliber als Ihren Sohn ... Und da wäre es schon klug, jeden Abend eine Streife vorbeizuschicken.«

Katzmann zog die Brauen zusammen und schleuderte Helen ein paar Blitze aus seinen Augen zu.

»Richtig«, meinte Knut. »Das finden die anderen Familien, die hier wohnen, sicher sehr beruhigend. Wahrscheinlich klopfen sie dann mal hier und fragen, wer ihnen eigentlich die Polizei auf den Hals gehetzt hat.«

»Und wenn Sie Herrn Jansen dann rufen«, fügte Helen an, »sind leider gerade alle Streifenwagen unterwegs.«

»So ein Ärger.«

Björns Vater hatte sich das alles schweigend angehört und verschränkte die Arme vor der Brust. »Sie wollen mir drohen?«

Helen erkannte an Knuts wippendem Adamsapfel, dass er schluckte und sich anstrengen musste, Katzmann die Stirn zu bieten. Er fixierte den Mann sehr professionell, trat sogar einen Schritt vor und stützte seine Hand auf den Revolverknauf. Beinahe hätte Helen geschmunzelt, weil ihr die Geste aus Western so bekannt vorkam. Immerhin verfehlte sie ihre Wirkung nicht, zumal Knut zu flüstern begann: »Ich mein' es ernst. Lass Björn in Ruhe. Wenn ich noch einmal sehe, dass er blutet, dass irgendwas mit ihm ist, dann schmeiß ich euch alle hier raus und dich in den Knast, Katzmann.«

Endlich entspannte Katzmann sich. »Is' gut«, brummte er leise, während Björn sich den Nacken rieb.

Knut schenkte Helen einen dankbaren Blick. Ihnen beiden war klar, dass sich im nächsten Suff Katzmann nur schwer an die Übereinkunft erinnern würde, aber vermutlich war ihre Ansprache eindringlicher gewesen, als mit einer konsequenzlosen Anzeige zu drohen.

Knuts Funkgerät knackte. Während er in den Flur zurücktrat, drehte er es lauter. »Ja?«

»Knut, Schatz? Bist du das?« Birthe klang aufgeregt.

»Wer sonst? Was gibt's?«

»Tut mir leid. Ich konnt's nicht verhindern. Ich hab's versucht, echt, aber der Typ hat nicht mit sich reden lassen.«

»Was verhindern? Welcher Typ?«

»Die wollen die Leiche holen, Knut.«

# 13

Reglos lauerte er. Starrte auf die Tür, sah auf seine Klinge. Bereit, sie vorschnellen zu lassen. Er hatte jede Vorstellung von Zeit verloren. Gelächter riss ihn aus der Konzentration. Der Junge hatte im Wohnzimmer den Fernseher wieder laut gedreht.

Er atmete durch, wartete noch einen Moment, um ganz sicherzugehen, dann steckte er das Messer mit einem gekonnten Schwung zurück in die Scheide und öffnete die Tür.

Im Flur war es kühler. Sauber gerahmte Familienbilder. Vater, Mutter, Sohn und Tochter. Er konnte nicht hinsehen, richtete den Blick lieber auf seine Sicherheitsschuhe. Die fröhlichen Blicke ertrug er nicht. Mit gesenktem Kopf huschte er an ihnen vorbei und stand wenig später in Lenas Zimmer.

Seine trainierte Gestalt, die grelle Hose, das leuchtende Arbeitshemd und dazu der schwere, schwarze Rucksack – er wirkte wie ein Bauarbeiter auf einer Kinderparty.

Seine Hände strichen über ihre Bettdecke. Er hatte mit Stofftieren gerechnet, mit Spielzeug, das sie noch nicht auf den Dachboden verräumt hatte. Doch er wurde enttäuscht.

Was er sah, gefiel ihm nicht.

Ein knapper Bleistiftrock mit Tigermuster, zwei Shirts und ein grelles Tube-Top lagen neben weißen Ballerinas und Lederstiefeln vor dem Bett. Lenas Schreibtisch quoll von Schulbüchern über, aber sie ging nicht sehr pfleglich mit ihnen um. Alle waren bekritzelt. Und er konnte kalten Zigarettenqualm riechen. Das Schlimmste aber waren die Männer. Von zahlreichen Plakaten starrten ihn halb nackte Kerle an, die sich in Jeans oder offenen Lederjacken räkelten. Selbst über ihrem Bett hingen drei Modells und zeigten ihre Waschbrettbäuche.

Im Gegensatz zu Lena war Silja so perfekt gewesen. So rein.

Seine Kehle wurde erneut trocken, und er wünschte sich den Kanister herbei. Ein kurzes Atemholen würde ihm das Denken erleichtern.

War Lena es wert, von ihm errettet zu werden?

Bisher hatte er sich noch nie so schnell entschieden.

Silja habe ich 90 Stunden beobachtet, dachte er, bevor ich sie erwählt habe.

Er zwang sich, nicht weiter zu grübeln, sondern seinen Plan Schritt für Schritt abzuarbeiten. So, wie er es auch auf der Arbeit tat. Immer schön der Reihe nach, nichts übereilen, alles abhaken, sämtliche Richtlinien und Sicherheitsbestimmungen durchgehen. Das war entscheidend.

Penibel darauf achtend, dass er mit dem Rucksack nicht noch etwas herunterriss, trat er einen Schritt zurück, zückte sein Smartphone und schoss eine Reihe Fotos. Schließlich suchte er auf dem Tisch nach Lenas Schulheften. Er fand zwei und begann, die Seiten abzufotografieren. Neben einem Panoramabild, das den ganzen Raum erfasste, schoss er Detailaufnahmen vom Schreibtisch, von ihrem Schminktisch und den Fächern mit Lippenstiften, Eyelinern, Mascara und Pudern. Er nahm sich jeden Schrank und jedes Fach vor, ließ sich Zeit.

Alles konnte später noch wichtig werden.

# 14

»Na großartig.« Missmutig sah Knut aus dem Fenster seines Rovers, während er die Einfahrt zum Krankenhaus nahm. Nachdem er Helen zur Bank gefahren hatte, war er direkt hierher gerast.

Drei dunkle Audis standen wild in zweiter Reihe. Ihre Fahrer hatten sich nicht die Mühe gemacht, nach ordentlichen Parkplätzen zu suchen, sondern sie möglichst nah an der Einfahrt zur Tiefgarage abgestellt. Auf den Armaturenbrettern erkannte Knut Blaulichter, bereit zum Aufpflanzen aufs Autodach.

Ungeduldig wartete er, dass das Metallgitter der Tiefgarage sich hob und er die Rampe hinabrollen konnte. Knut ließ den Blick über das Parkdeck gleiten und entdeckte Stockfleths Leichenwagen am Personalausgang. Am Heck des Wagens standen fünf Beamte.

Während der Bestatter mit einem Gehilfen letzte Hand an den Zinksarg legte, sprachen sich die Männer ab, verglichen Listen oder telefonierten per Handy. Sie hatten Knut noch nicht bemerkt, der drei Buchten neben ihnen parkte und sofort ausstieg. Ein beleibter Mann mit Vollbart lief beinahe in ihn hinein, während er unablässig in sein Diktiergerät sprach. Mit nüchternem medizinischem Fachkram protokollierte der Pathologe für die Staatsanwaltschaft, dass die Leiche bewegt worden war. Stockfleth forderte einen anderen Beamten auf, zur Seite zu treten, damit er den Sarg auf die Kofferraumschienen setzen konnte.

»Warten Sie!«, hallte Knuts Ruf durch die Garage. »Sie können hier doch nicht einfach ohne meine Erlaubnis die Leiche einpacken.«

Alle fuhren herum und musterten ihn. Im Heraneilen erkannte Knut, dass die Männer zwar Zivil trugen, doch sie hatten standesgemäß dunkle Lederwesten an, außerdem sprachen ihre Alukoffer Bände: Spurensicherung.

Aus Niebüll kommen die nicht, dachte er. Wahrscheinlich Forensiker aus Husum, denn er hatte die zwei noch nie gesehen.

»Knut Jansen. Revierleitung Valandsiel«, stellte er sich vor.

Die beiden von der Spurensicherung nickten freundlich, aber bevor sie Knut begrüßen konnten, trat ein Mann hinter dem Leichenwagen hervor und sagte mit sonorer Stimme: »Maas, LKA. Doktor Friedrichs, Rechtsmedizin Kiel, und die Hauptkommissare Reuters und Gruber von der Kripo Husum.«

Stahlblaue Augen musterten Knut, während der Mann lächelte, was sein markantes Kinn und die Grübchen in seinem mit Sommersprossen übersäten Gesicht hervorhob. Knut war sofort klar, dass es sich um den Einsatzleiter handeln musste. Er schätzte ihn auf Anfang 40. Vor seinem inneren Auge tauchte ein merkwürdiges Bild auf: Er sah den Beamten in einer riesigen, vollkommen ruhigen Bibliothek Fachbücher studieren, während neben ihm ein Butler die Zeitung bügelte.

Wahrscheinlich lag es an dem dunklen, sündteuren Maßanzug und seinen geradezu grazilen Fingern mit den makellosen Nägeln. Maas' sportlicher Körper und das von der Sonne gebräunte Gesicht sprachen nämlich nicht gerade für eine Leseratte.

Knut stellte sich ein weiteres Mal vor, aber Maas ließ seine ausgestreckte Hand verhungern. »Wir haben alle Unterlagen von der Staatsanwaltschaft bereits in Ihrem Büro hinterlegt«, erklärte er. »Ihre Kollegin war so freundlich, uns zu sagen, wohin Sie die Leiche verbracht haben.«

Der LKA-Beamte schob seine Sonnenbrille im Haar zurecht und gab Stockfleth mit einem Nicken zu verstehen, dass er weitermachen solle.

Dann nahm er Knut ein paar Schritte beiseite. »Sie sind sicher mit mir einer Meinung, dass sie ins UKSH transportiert werden sollte. Ins Institut für Rechtsmedizin nach Kiel, in die Uniklinik.«

Danke, dachte Knut, dass du mir alles erklärst, als wäre ich vier Jahre alt.

»Erst einmal bin ich dafür, dass die Zuständigkeiten sauber geklärt werden und niemand einfach Tote in Autos schiebt. Sie hätten auf mich warten sollen.«

Maas änderte sein Lächeln nur minimal. »Das LKA ist zuständig, die Staatsanwaltschaft hat alles entschieden. Ich habe vor zwei Stunden den Auftrag bekommen, eine Soko zu bilden.«

»Sie hätten sie nicht vom Fundort wegholen dürfen«, mischte sich der Pathologe ein.

»Ich habe sie *gesichert* und nicht weggeholt«, entgegnete Knut gereizt.

»Ist gut, Friedrichs«, stoppte Maas den Arzt. »Sie haben das absolut korrekt gemacht, Herr Jansen. Den Fundort haben wir uns schon angesehen. Wirklich vorbildlich abgesperrt übrigens.« Die Ironie war nicht zu überhören.

»Auch wenn die Uhren hier etwas anders ticken, Herr Maas, wir wissen, was wir tun.«

»Na, wegen Ihrer Uhren mach ich mir keine Sorgen.«

»Sondern wegen was?«

Statt einer Antwort musterte Maas Knut streng. Einen

langen Moment schätzten sich die beiden ab, dann lachte Maas. »Sie fragen sich, warum das LKA hier ist?«

»Ja. Das frag ich mich.« Knut stemmte die Hände auf seinen Gürtel. »Ich bin nur der Dorfsheriff hier. Ich krieg's grad so hin, einen Fundort abzusperren. Also helfen Sie mir mal ein bisschen auf die Sprünge. Ist das nicht Sache der Kripo?«

»Gerd, hol mal den ganzen Vorgang der Staatsanwaltschaft.« Der jüngere der beiden Spurensicherer nickte und zockelte lustlos in Richtung der Autos. »Die Leiche wurde vom Sturm angespült«, begann Maas. »Wahrscheinlich stammt sie nicht aus der Gemeinde oder dem Landkreis. Das LKA wird landesweit ermitteln und kann mit den anderen LKAs die Identität bestimmen. Ich leite bloß die Soko.«

Von irgendwo über ihnen hörte Knut einen Patienten schreien. Die Lüftung der Garage sprang an, und das Rattern des Rollgitters übertönte jedes Geräusch. Obwohl Knut die Hände keck auf seinen breiten Gürtel gestemmt hatte und dastand, als perle jedes Wort an ihm ab, nickte er schließlich. Wahrscheinlich sah jeder, wie viel Überwindung es ihn kostete. »Und wenn sie doch von hier ist?«

»Allein die Schwere der Tat sieht vor, dass sich die Kriminalpolizei Husum des Falles annimmt, und die haben nicht lange gefackelt und unsere Unterstützung angefordert.«

»Schwere der Tat?«

»Es handelt sich sehr wahrscheinlich um einen Mord, der zudem zeitlich erheblich zurückliegt. Außerdem wurde wohl eine Substanz in der Toten gefunden?«

Grimme, dachte Knut und stöhnte innerlich auf. Dieser Schiffsarzt hat nichts Besseres zu tun, als sich sofort wichtig zu machen. Wieso ruft der gleich in Husum an?

»Ein gewisser Doktor von Grimme hat uns in Kenntnis gesetzt«, bestätigte der zweite Forensiker Knuts Vermutung. »Er hat uns auch seinen Bericht gefaxt. Sehr gewissenhaft, der Mann.«

»Kann man sagen.«

Reg dich nicht auf, ermahnte Knut sich, du tust, als habe man dir die Sandburg kaputt getreten. Das ist hier kein Wettstreit ... Reg dich nicht auf.

Doch es war mehr als kindliche Wut. Knut lächelte zwar, aber er spürte, wie ihm etwas entglitt. Es war weniger verletzter Stolz als vielmehr das Gefühl, ihm werde ein Tau aus der Hand gerissen. Ein Tau, von dem er gedacht hatte, er könne sich daran klammern und es würde ihn durch die Untiefen namens Büroalltag und Mitarbeiterführung ziehen. Doch nun hatte Maas feist zugepackt, hatte ihm die Führungsleine entrissen und ihn einfach so stehen lassen.

Maas war im Begriff, ihm die Orientierung zu rauben und ihm bloß Leere zu hinterlassen, oder noch schlimmer: ewige Reibereien mit seinen Kollegen Magnussen und Diehl. Die beiden hatten immer noch nicht verwunden, dass er ihnen vor die Nase gesetzt worden war, und Knut hatte in den letzten sechs Monaten bloß zwei Strategien gegen seine Hilflosigkeit entwickelt: entweder den Vypyr 30 Gitarrenverstärker auf Maximum aufzudrehen oder mit seinem »Deputy« Veith Lüders auf den Schrottplatz zu fahren und ihn beim Ballern auf Bierflaschen zu besiegen. So wie gestern Morgen, als sie ihre Schießübungen jedoch wegen des Sturms hatten abbrechen müssen. Die Mischung aus Aggressionsabbau beim Schießen und Veiths philosophischen Tipps vermochte Knuts Selbstzweifel oft immerhin ein bisschen zu dämpfen.

»In Ihrem Büro haben wir die Substanz nicht gefunden, die von Grimme erwähnte. Obwohl Ihre Sekretärin einen Aktenvermerk gemacht hat, war im zugehörigen Fach kein Beutelchen. Von Grimme hat doch recht, dass Sie eine Probe eingesteckt haben?«

»Moment mal. Was meinen Sie mit ›zugehörigem Fach‹?«, fragte Knut, obwohl er bereits ahnte, was es hieß: Maas war mit seinen Leuten in sein Büro getrampelt und hatte in seine Schubladen und Schränke gesehen.

»Hören Sie, Jansen. Wir wollen keine internen Streitereien vom Zaun brechen, aber …«

»Aber mir den Fall gleich ganz entziehen.«

»Wie bitte?«

»Sie gehen in *mein* Büro und beschlagnahmen *meine* Akten und wollen *meine* Beweismittel? Sie durchsuchen ohne Grund die Unterlagen eines Kollegen?«

»Herr Jansen. Das war nie *Ihr* Fall. Sie sind nicht von der Kripo. Wir sind hier, um Husum zu unterstützen. Wir sind hier, um die Tat aufzuklären. Das wollen Sie doch auch.«

»Unbedingt«, brummte Knut und dachte: Husum willst du unterstützen und mich nicht. Obwohl das hier mein Revier ist, meine Stadt? Gerade hat die Sache an Fahrt gewonnen, und ich soll weiter fröhlich Strafzettel verteilen, Schulkindern über die Straße helfen und irgendwelche Teenager nach Hause fahren? »Wir wollen alle, dass das aufgeklärt wird.«

»Ich weiß doch«, beschwichtigend legte Maas seine schlanke Hand auf Knuts Schulter, »dass Sie bereits Ermittlungen durchgeführt haben – und ich bin wirklich positiv überrascht, wie Sie sich hinter die Sache klemmen. Ganz im Ernst.«

Was soll das wieder heißen?, fragte sich Knut. Dass wir hier sonst nur Däumchen drehen?

Er bedankte sich kalt und schob Maas' Hand von seiner Schulter. »Nehmen Sie das Mädchen mit. Finden Sie raus, wer sie ist und wer ihr das angetan hat. Ist gut. Ihr seid die

Experten. Aber wehe, Sie gehen noch mal an meine Sachen. Haben wir uns verstanden?«

»Sie müssen mich nicht mögen, Herr Jansen. Ich will nur den Täter der Staatsanwaltschaft zuführen. Hier geht es nicht um mich, nicht um Sie, nicht um das LKA, um Husum oder um Kleinstadtgehabe irgendwo in der Provinz. Hier geht es um Mord. Und um den Mörder zu fassen, brauche ich alle Indizien.«

Nachdem Knut reglos blieb, streckte Maas auffordernd die Hand aus, damit Knut ihm das Beutelchen mit den Perlen reichen konnte. Das tat er jedoch nicht, sondern wandte sich schlicht ab und ging zum Landrover.

»Ich will über den Ermittlungsstand Bescheid wissen. Mailen Sie mir 'n Passwort oder wie immer ihr das da beim LKA macht. Und wenn ich Sie noch einmal dabei erwische, wie Sie in meinem Büro rumschnüffeln«, drohte Knut, »steck ich Sie in die Ausnüchterungszelle und zeig Sie wegen Hausfriedensbruch an. Egal, für welchen Laden Sie arbeiten. Das ist hier so üblich. In der Provinz. Kleinstadtgehabe.«

Maas lachte kurz unsicher auf. Er wollte etwas erwidern, da warf Knut ihm das Beutelchen mit der Substanz zu.

»Fahr ihnen die Leiche bis zur Ortsgrenze«, rief Knut Stockfleth zu und stieg ein. »Danach sollen sie sehen, wer sie transportiert. Weiter reicht unsere Befugnis nicht. Du hast ihn ja gehört.«

Der Bestatter kratzte sich seine letzten Haare. »Wenn du meinst, Knut.«

Mit einer knappen Geste zur Basecap verabschiedete sich Knut bei den Männern und startete den Wagen.

»Wissen Sie denn schon, worum es sich hierbei handelt?«, hallte Maas' Ruf durch die Garage, während er das Beutelchen hochhielt.

»Fragen Sie Ihre Experten.«

»Also wissen Sie es?«

Knut ließ das Fenster hochsurren. »Fragen Sie Ihre Experten.« Ohne ein weiteres Wort fuhr Knut die Rampe hinauf.

Bevor er mit den drei Perlen, die er heimlich aus dem Beutelchen gedrückt hatte, zur Apotheke fuhr, klemmte er den drei wild geparkten Wagen ein Knöllchen unter den Scheibenwischer.

# 15

Die Hitze war kaum zu ertragen. In seiner ganzen Härte fiel das Nachmittagslicht durch die Stegplatten des Dachs und verwandelte die Doppelgarage in einen Glutofen. Der Schweiß rann ihm in die Augen und brannte.

Er schloss die Seitentür und trat zu Lenas altem VW Golf. Zweifellos hatten ihre Eltern ihn für sie gebraucht gekauft, oder es war ein Erbstück.

Ohne zu zögern, stellte er den Rucksack griffbereit neben sich.

Ein Wackel-Elvis auf der Ablage begrüßte ihn grinsend, als er den Kofferraum aufzog. Wie die Küchentür zum Haus war auch der Wagen nicht verschlossen. Selbst wenn – es hätte nur wenige Sekunden gedauert, das Schloss auszutricksen.

Im Kofferraum lag Lenas Sporttasche, bereits für den Trip gepackt. Er griff sie sich, stellte sie neben dem Wagen ab und entfernte den Kofferraumboden. Dann nahm er das Reserverad heraus, zog behände eine Fünf-Liter-Gasflasche aus dem Rucksack. Ihr grauer Lack war an vielen Stellen abgerieben. Sie fühlte sich angenehm kühl an. Sein Rücken schmerzte, als er sie in den Kofferraum wuchtete, denn sie war ziemlich schwer – aber sie passte perfekt in die Mulde fürs Rad.

Die Schutzkappe hatte er nach dem Befüllen gar nicht erst aufgeschraubt, sondern dafür einen Druckminderer und ein Magnetventil aufgesetzt, das er im örtlichen Aquaristik-Shop gekauft hatte. Zuerst hatte er überlegt, mit einer Zeitschaltuhr für den Zigarettenanzünder und einem 12-V-Akku aus seinem Akkuschrauber herumzuexperimentieren, war dann aber auf eine bessere Lösung gekommen.

Mit drei Handgriffen löste er die Abdeckung zur linken Lichtleiste des Golfs, fasste hinein und zog die Halterung mit den Birnen für das Brems- und Abblendlicht heraus.

Die beiden Klingeldrähte, mit denen er das Abblendlicht mit dem Magnetventil verband, hatte er bereits im Wohnwagen isoliert.

Zufrieden setzte er die Lichtleiste wieder ein und brachte die Verkleidung des Kofferraums in Ordnung. Er platzierte die Sporttasche exakt so, wie Lena sie hineingestellt hatte. Der Druckminderer und die Gasflasche wölbten ein wenig den Boden. Aber er war sich sicher, dass es Lena nicht auffallen würde. Das Reserverad würde er einfach mitnehmen.

20 Minuten, überlegte er, höchstens eine halbe Stunde. Sie macht die Scheinwerfer ihres Wagens an, das Magnetventil öffnet sich, und 20 Minuten später ist alles vorbei.

Falsch, berichtigte er sich. Dann geht es erst los.

Sein Lächeln war voller Vorfreude, als er mit einem satten Klack die Kofferraumklappe zudrückte.

# 16

1984, knapp zwei Jahre vor Knuts Geburt, war das Polizeirevier in das Erdgeschoss der dreistöckigen Villa Ecke Promenade und Hauptstraße umgezogen. Das Gebäude stammte noch aus der Gründerzeit, in der Valandsiel als Seebad bis nach Wien bekannt gewesen und in der auch die hölzerne Seebrücke entstanden war. Bevor die Villa mit den beiden von steinernen Männern gestützten Balkonen und den schmuckverzierten Fenstern von der Stadt genutzt wurde, hatte sie die Lokalzeitung und später einen Obstladen beherbergt.

Der 100 Jahre alte Geschäftstresen, bloß um zwei Meter verrückt, diente noch immer als Abtrennung, doch nun standen dahinter Veiths und Diehls Schreibtische.

Birthe hatte sich an der Seite eingerichtet, an der ein Flur zu zwei weiteren Zimmern – dem Umkleideraum und Knuts Büro – führte. Sie hatte mit Faxgerät, Kopierer, Drucker und Funkgerät eine Art Trutzburg geschaffen, in deren Innerem eine andere Zeit herrschte, denn sie sammelte Hot-Rod-Modelle und Grafiken aus den Fünfzigern. Auch ihre Büroausstattung – Anspitzer, Telefon, Bürostuhl – war über 50 Jahre alt.

Knut sah sich die Sammlung von PS-starken Wagen an, während er auf die Kaffeemaschine wartete. Dann ließ er den Blick schweifen. Das Revier lag verlassen da, weil alle zu Magnussens Geburtstagsfeier aufgebrochen waren. Bloß Veith, der wie Knut nicht eingeladen war, fuhr Streife.

Kaum transportiert dieser Maas die Leiche ab, dachte Knut, da weicht die Spannung aus meiner Belegschaft wie Luft aus einem kaputten Schwimmflügel. Alle kehren in den gewohnten Trott zurück. Aufgabe abgeschoben, Aufgabe erledigt.

Nicht mit mir.

Sein Blick fiel auf das altmodische Bakelittelefon mit Wählscheibe und Spitzendeckchen darunter, das Birthe wie ihren Augapfel hütete. Seit anderthalb Stunden hoffte er jetzt schon auf den Rückruf der Apothekerin Dr. Natalija Baranova.

Knut hatte unbedingt vor Ort auf das Untersuchungsergebnis der Perlen warten wollen, aber die Apothekerin hatte ihm wie einem neugierigen Kind vor der Weihnachtsbescherung die Tür vor der Nase zugezogen.

Genau wie Maas, dachte Knut verbittert.

Mit einem Mal kam er sich im Revier äußerst allein vor. Wie ein Fahrgast in einem zu monströsen Wartesaal für einen Zug, der niemals hält.

Auch wenn er es nicht zugeben wollte, aber dieser Fall war endlich eine Chance, sich zu beweisen und vor allem Magnussen ein für alle Mal zu zeigen, dass er ein würdiger Nachfolger seines pensionierten Vaters war.

Ist doch pervers, so zu denken, grübelte er und lauschte dem Knacken des Parkettbodens und dem Gurgeln der Kaffeemaschine. Er goss sich einen Becher ein und überlegte. Da wird ein totes Mädchen angespült, und für dich ist sie … für dich ist sie ein … ein Rettungsanker, um nicht unterzugehen.

Er musste über sich selbst den Kopf schütteln. Verdammt, dachte er, ich sollte endlich herausfinden, wer die Tote ist.

Im Grunde konnte er sich nicht vorstellen, dass sie von weit her angetrieben worden war. Irgendetwas sagte ihm, dass das Mädchen keine lange Reise hinter sich hatte.

Knut ging den Flur hinunter und in sein Büro, ließ die Tür wie immer offen stehen und setzte sich hinter seinen Laptop.

Sein Blick glitt zur SD-Card aus der Polizeikamera, die Magnussen ihm hingelegt hatte, bevor er Feierabend gemacht hatte. Die vier Polizeibeamten Valandsiels konnten die Station nicht 24 Stunden im Schichtdienst betreiben, weswegen Knut Woche für Woche Diehl, Veith, Magnussen oder sich selbst zum Spätdienst einteilte. Der Auserwählte hatte dann bis zwei Uhr nachts das Telefon zu hüten und bei schwerwiegenden Vorkommnissen wie Autounfällen und Einbruch Knut zu alarmieren. Diese Woche stand Magnussen im Kalender, doch Knut hatte ihn wegen seines Geburtstags in den Frühdienst gesteckt und selbst die Schicht übernommen.

Er hob die SD-Card hoch, zögerte jedoch, sie in den Laptop zu schieben.

Diese verdammte Krabbe war direkt aus ihrem Mund …

Er legte die Speicherkarte beiseite und nahm stattdessen den abgegriffenen Tennisball seines Labradors Butch. Grübelnd warf er ihn ein paar Mal genau zwischen die Surf- und Polizeifotos seines Vaters, die er immer noch nicht abgenommen hatte.

Die Nachmittagssonne drückte durch das Fenster seines Büros und hinterließ ein heißes Rechteck auf dem abgescheuerten Kirschholzschreibtisch.

Anstatt sich noch einmal Details der Leiche anzusehen, schnappte er sich seine E-Gitarre und stimmte »Babe I'm Gonna Leave You« an.

Die Ballade von Led Zeppelin passte bestens zur Hitze und der leeren Villa. Er spielte ein paar Noten, öffnete dann das Internet, zupfte noch ein paar Töne und gab eine Websuche ein. Sekunden später klickte er auf einen der Suchtreffer, und eine Website baute sich auf. Ein Zeitungsfoto öffnete sich. Die junge Helen – er schätzte sie auf Ende 20 – stand hinter einem Einsatzfahrzeug mit der Aufschrift »S.W.A.T.«. Die Sonne warf harte Schatten auf ihr Gesicht und auf vier Männer, die einen Gebäudeplan studierten. Laut Bildunterschrift waren es Helens Kollegen, allesamt hochrangige FBI-Beamte. Während die Herren sich in makellos weißen Hemden, die Ärmel hochgekrempelt, über die Zeichnung beugten, hatte Helen eine Kevlarweste übergeworfen und ein Headset im Ohr.

»Nachahmungstäter des Green River Killers geschnappt«, las Knut leise und ließ sich von einem Artikel über Helen Henning zum nächsten treiben. Was er über sie fand, beeindruckte ihn.

Eine weitere Seite baute sich auf. Es war ein Bericht aus der Seattle Times vom letzten November.

»… gelang es dem Kommando für Organisiertes Verbrechen Pazifischer Nordwesten ›OC PacNW‹, den mächtigsten Prostituiertenring Seattles zu zerschlagen. Bei der Razzia kam es zu einem Feuergefecht. Wie aus Polizeikreisen zu erfahren war, wurde Richard ›Fist‹ Hollow, der berüchtigte ›Rockerkönig von Aurora‹ und mutmaßlicher Mehrfachmörder, erschossen. Die führende Ermittlerin der OC Pac Dr. H. Henning – eine deutsche Quantico-Absolventin und FBI-Beamtin – wurde bei dem Schusswechsel schwer verletzt.«

Das Klingeln seines Handys ließ ihn erschrocken zusammenfahren, so versunken hatte er die digitalen Schnipsel von Helens Leben studiert. Es war die Apothekerin. Er hatte kaum einen Zettel zu sich herangezogen und begonnen, sich Notizen zu machen, als Birthe unverhofft ins Büro trat. Er bedeutete ihr, still zu sein, und klickte schnell das Browserfenster mit Helens Konterfei weg, weil er keine Lust auf unnötige Fragen hatte.

»Hast du was zu verheimlichen?« Neugierig streckte Birthe sich über den Schreibtisch, um auf den Monitor zu sehen.

»Sei mal leise eben …«, wehrte Knut ab, klappte den Laptop zu und bedankte sich bei der Apothekerin, die ziemlich gehetzt ihr Ergebnis durchgegeben hatte. Knut legte auf.

Birthe setzte sich grazil auf die Ecke des Schreibtisches. »Na, sag schon. Wer ist sie?«

»Wer?«

»Na, die Frau. So selig, wie du lächelst, war's 'ne Frau, mit der du telefoniert hast. Hast du ihr 'n Ständchen gespielt?«

Knut begriff noch immer nicht, woraufhin Birthe zur Gitarre nickte. »Bestimmt was von Led Zeppelin.«

»Ihr Frauen macht mir heute echt Angst.«

Birthe lachte. »Seit wann machen dir Frauen Angst? … Hey, und was heißt hier ›ihr Frauen‹? Du wärmst doch wohl nicht alte Beziehungen auf? Emilie Berg?«

»Jetzt reicht's aber mal«, meinte er und gab ihr einen Kuss. »Sei nicht so kindisch eifersüchtig, okay? Was machst du überhaupt schon hier? Ist der Prosecco auf Magnussens Geburtstag versiegt?«

Jetzt war es an Birthe abzuwinken. »Frag nicht. Nur dicke Luft. Der hat sich mit seiner Tochter gefetzt.«

»Jasmin?«

»Mann, kann die 'n Biest sein. Die hat nur rumgemeckert und geschmollt. An seinem Geburtstag. Kennst ja Magnussen, das geht natürlich gar nicht.«

»Hausarrest?«

»Hausarrest.«

Knut seufzte. Magnussens autoritärer Erziehungsstil war sicher schwer zu ertragen.

»Grillen und Tränen, das verträgt sich nich'«, meinte Birthe und zog sich Knuts Notizen ran. »Gott, hast du eine Klaue.« Sie pustete ihren Pony beiseite und entzifferte die Zeilen. »98 Prozent Sili… Silicium … Triomixed?«

»Siliciumdioxid.«

»$SiO_2$«, las sie weiter. »Was soll das sein? $SiO_2$?«

»Die Baranova hat die Perlen gecheckt. Es ist jedenfalls kein Fischlaich. Aber ich wette, du hast welche von den Dingern zu Hause.«

»Ich? Nein, bestimmt nich'.«

»Doch.«

»Sag nicht, das ist Schmuck«, meinte sie. »Sag nicht, das waren Glasperlen oder so.«

Ohne eine weitere Erklärung klappte Knut seinen Laptop auf und gab fix eine Suche ein. Als er den Computer zu Birthe drehte, konnte sie besagte Kügelchen sehen. In Orange und Blau.

»›Silikagel‹?«, las sie vor.

»Ich will, dass du alle Bezugsquellen checkst. Finde raus, wo man hier das Zeug kriegen kann. Und ich mein damit nicht, dass man sich massenhaft Schuhe kauft.«

Sie verstand seine Anspielung nicht.

»Das ist ein Trockenmittel. Das gibt's in diesen winzigen Tütchen. Beim Schuhekaufen ist das manchmal mit im Karton. Es holt die Feuchtigkeit aus der Luft.«

»Ach so. Okay, ich check das für dich … Kann sie das Zeug geschluckt haben?«

»Ich bin kein Mediziner, aber dann kommt's wohl kaum aus ihrer Muschi raus. Das hat ihr jemand eingeführt, Birthe.«

»Der Mörder wollte ihre Muschi *trocknen?*«

»Keine Ahnung. Vielleicht hat er die Kügelchen beim Sex benutzt. Vielleicht wirklich als Schmuck. Ein Fetisch. Wir müssen rausfinden, wer die Frau war.«

Birthe schrieb in ihrer Schönschrift »Silikagel und $SiO_2$« unter Knuts Gekritzel und machte sich auf zu ihrem Arbeitsplatz.

»Meinst du, die Tote kommt von hier?«, rief sie durch den Flur.

»Vielleicht. Wenn von Grimme recht hat und sie nicht lange im Wasser lag, kann sie nicht von so weit her angespült worden sein.«

Als Knut hörte, wie die Tür zum Revier aufgezogen wurde und das antike Glöckchen des einstigen Gemüseladens bimmelte, ging er ebenfalls nach vorn.

»Nein, ich meine, ob sie hier mal gewohnt hat.« Birthe ließ die Finger über die Tastatur ihres Computers fliegen. Zufrieden stellte Knut fest, dass sie bereits mitten in der Recherche und Diehl ebenfalls von Magnussen heimgekehrt war.

»Ihr sprecht von der Leiche?« Der Beamte hielt ein paar Plastikschüsseln vor seinem ausladenden Bauch und kam schwitzend und stöhnend zu seinem Schreibtisch. Was Diehl an Körpergröße vermissen ließ, hatte er in seinen Umfang investiert. Sein Hawaiihemd spannte sich so ungünstig, dass ein paar schwarze Bauchhaare hervorlugten. »Kann man die nicht einkreisen? Wird denn niemand vermisst?«

»Hab ich schon gecheckt«, antwortete Knut. »Hier im Landkreis die letzten Wochen niemand … Hast du dir ’n Doggy-Bag mitgenommen?«, frotzelte er, obwohl er ahnte, dass Diehl den Ausdruck nicht kannte.

Diehl kratzte seine buschige Augenbraue. »Ach so, die Käsegriller … Hm, na ja, Bernd hielt’s für besser, die Party zu beenden. Jasmin hat seine Bodybuilder-Trophäen in den Pool geschmissen. Aus ihrem Zimmer runter in den Pool. Platsch.«

Birthe lachte.

»Wow. Und ich war nicht eingeladen.« Knut trank seinen Kaffee aus.

»Wenn sie von hier ist, müssen wir doch einen Namen finden … 15, 16, 17 Jahre …« Birthe knabberte grübelnd an ihrem Hello-Kitty-Bleistift.

»Na ja, du vergisst, dass sie irgendwann seit … seit *1920* vermisst wird.« Knut schenkte Birthe ein gequältes Lächeln.

Diehl wollte die Schüssel auf seinen Schreibtisch stellen, aber der stand Rücken an Rücken mit Veith, und sein Kollege hatte Berge von Büchern – gebundene Klassiker aus dem Antiquariat, philosophische Abhandlungen und Biografien – wie eine erstarrte Welle um Diehls Monitor und bis zu dessen Tastatur branden lassen. Missmutig schob Diehl einen der Stapel beiseite. »Wenn wir Fotos von allen Mädchen hier aus dem Ort hätten … dann könnten wir die Aufnahmen abgleichen. Bernd meinte, sie hatte so was wie ein Tattoo an der Schulter. Haben die Schulen nicht Klassenfotos oder so?«

»In der Grundschule, ja. Und im Kindergarten«, warf Birthe ein. »Tattoos? Vergiss es.«

»Nein. Nein«, stoppte Knut sie. »Wartet mal. Die Idee ist gar nicht schlecht, Diehl. Das ist … Ja, ich denke, das könnte klappen.«

Diehl und Birthe sahen ihren Chef verwundert an, aber bevor Knut erklären konnte, was er meinte, knackte sein Funkgerät. Es war Veith.

»Ja? Was gibt's?«

»Knut? Du musst sofort in den Jachthafen kommen.«

»Was ist denn?«

»Wir haben eine zweite Leiche. Die Feuerwehr ist schon vor Ort.«

# 17

Zwei Dutzend Personen arbeiteten auf Pier 21. Das Kreischen eines Trennschleifers hallte zwischen unbeladenen Bootsanhängern, einigen Geländewagen und dem Clubhaus wider, als Knut mit Diehl unweit des Stegs hielt. Der Sturm hatte den Jachthafen südlich des historischen Fischerhafens schwer getroffen und einige der leichteren Boote bis auf die Straße und den Deich geworfen. Die meisten Jachtbesitzer hatten ihre Schiffe jedoch in weiser Voraussicht fortgeschafft.

Knut stieg aus und wunderte sich über den vielen angespülten Seetang und die toten Fische. Er konnte nicht umhin, an eine seiner LP-Hüllen zu denken. Das Szenario wirkte wie eine Mischung aus altem Genesis-Cover und ziemlich depressivem Salvador Dalí.

»Es handelt sich wahrscheinlich um eine weibliche Person. Wir konnten sie noch nicht bergen.« Veith eilte auf die beiden zu. Der hagere 45-jährige Polizist sah abgekämpft aus. Seine lange schlanke Nase war von der Sonne verbrannt, und sein verwachsenes, schwarzes Haar klebte ihm auf der Stirn. Er nahm seine John-Lennon-Brille ab und knabberte auf ihrem Gestell herum, wie er es immer tat, wenn er nervös war.

Ohne Umschweife setzte er Knut in Kenntnis, während sie den Steg hinuntergingen. »Ein Jachtbesitzer hat seinen Liegeplatz begutachten wollen. Er geht hin, und da sieht er etwas unter dem Gitter des Piers. Erst hält er es für ein Tier, das weiße, verschrumpelte Ding. Eine Qualle? Nein. Keine Qualle. Es ist das einzige Tier auf diesem Planeten, das nach Wissen strebt. Und nun ist ein Exemplar dieser Art in die Ideenwelt eingetaucht. Eingetaucht worden.«

Knut schnaufte. So gern er mit Veith philosophierte – er verstand meist nur einen Bruchteil. »Eine Frau also. Wie alt?«

»Können wir noch nicht sagen.«

»Der Körper is' unter Wasser. Hat sich zwischen den Pfählen verfangen«, mischte sich Magnussen ein. »Aber 'ne Hand sieht man, na ja. Is' 'ne Frauenhand. Sieht so aus.« Überrascht stellte Knut fest, dass sein unliebsamer Kollege wieder einmal vor ihm eingetroffen war. Magnussen musste den Funk abgehört und sofort von zu Hause losgeeilt sein. Er führte sie alle auf den Pier.

Knuts Westernstiefel klackten über das Gitter, während die Kälte der See über seine nackten Arme hauchte. Die Fundstelle lag 30 Meter den Steg hinunter, zumindest nahm Knut dies wegen der Feuerwehrmänner an, die dabei waren, eines der Gitterelemente durchzuflexen.

»Die Schrauben sind festgerostet. Totaler Schrott. Und die Muscheln haben alles überwuchert.«

»Verstehe. Habt ihr Karl gerufen?«

Karl Dörlich war passionierter Taucher, ein alter Haudegen, der seine Kenntnisse der Polizei und Feuerwehr gern zur Verfügung stellte.

»Ja. Und ich habe Eric Schwenke dazugeholt. Wir wollten nich', dass einer der Jungs das übernimmt.« Magnussen nickte zu den jungen Männern und Frauen der freiwilligen Feuerwehr Valandsiels.

Knut seufzte. Magnussen hatte sofort das Kommando übernommen, nachdem er hier eingetroffen war. Wie immer.

»Ist gut«, meinte er dennoch anerkennend. Er kannte Eric

vom Sehen. Er und Karl waren schon öfter für sie getaucht, wenn die Wasserschutzpolizei keine Kapazitäten frei hatte. Es kam regelmäßig vor, dass irgendein betrunkener Idiot von Tourist seine Brieftasche, sein Fahrrad oder sein Auto in den Fluten versenkte.

»Gut gemacht«, lobte Knut Magnussen und winkte den beiden, die ein paar Meter entfernt saßen und soeben ihre Masken überzogen. Ihre schwarzen Taucheranzüge ließen sie vor dem glitzernden Meer wie Schatten aussehen.

»Oh, ein Lob«, meinte Magnussen.

»Du bist mein bester Mann«, sagte Knut und bemerkte, dass Magnussen es für einen Scherz hielt. »Alles klar bei dir? Du siehst ziemlich fertig aus.«

Magnussen zog sein Hemd über der muskulösen Brust gerade. »Meinen Einundfünfzigsten hab ich mir anders vorgestellt.«

»Hab schon gehört, dass Jasmin deine Pokale gewaschen hat.«

»Plötzlich will die unbedingt mit ihrer Freundin nach Dänemark. Allein. Ich mein, sie ist 17. Gibt's nich'. Aus. Und jetzt muss ich mir von meiner Frau anhören, dass ich 'n Despot bin.«

Knut, der mit Magnussen zu den Feuerwehrmännern getreten war, registrierte ein Schiff mit einer Gruppe Jugendlicher. »Vielleicht solltest du ihr mehr Freiraum geben.«

Magnussen brummte. »Schau dir den Scheiß doch an, hier. Da wird man als Vater ja voll paranoid.«

»Soll ich mal anrufen und mit Jasmin reden?«

»Du? Scheiße, nein! Nachher machst du noch 'n Date mit ihr klar. Bei dir weiß man ja nie. Auf keinen Fall!«

Knut war sich nicht sicher, ob Magnussen das ernst meinte. Dennoch freute er sich, wenigstens ein paar private Worte mit ihm gewechselt zu haben.

»Was ist denn da los?« Knut zeigte über das Wasser. Auf den ersten Blick dachte er, die Jugendlichen seien Schaulustige, die den Polizeifunk abgehört hatten und nun in den Hafen geschippert kamen, um zu gaffen. Dann bemerkte er die Aufschrift am Bug: Tauchschule Harms.

»Was macht der hier?« Gegen die Sonne blinzelnd, versuchte Knut, mehr an Deck zu erkennen. Ein Mann mit braun gegerbter Haut und weißen Haaren, der ihn unwillkürlich an seinen Vater erinnerte, gab zwei Tauchschülern letzte Instruktionen. »Ist das Harms?«

Magnussen schirmte die Augen gegen die Sonne ab. »Nee, glaub nich'. Aber der Typ da. Der an den Sauerstoffflaschen.«

Knut sah genauer hin. Tatsächlich konnte er nun einen hageren Mann mit Halbglatze erkennen, der in aller Seelenruhe die Flaschen prüfte und dabei unverhohlen zu ihnen hinüberstarrte. Auf Knuts Winken reagierte Harms nicht. »Der soll die Jugendlichen da aus dem Wasser holen, verflucht.«

»Die sind doch weit genug weg.«

»Was meinst du, wie schnell die hierhergetaucht sind. Wenn der Idiot nicht in fünf Minuten mit seinem Kahn weg ist, nimm eine Anzeige auf.«

»Wegen was denn?«

»Behinderung von ... von uns. Eben.«

»Wird gemacht.« Anstatt wie sein Chef mit den Armen zu rudern, schnappte sich Magnussen lässig ein Megafon und brüllte über die Hafenbucht Harms und seinen Schülern zu, das Gebiet sofort zu räumen. Die Drohung zeigte insofern Wirkung, als dass Harms das Glotzen einstellte und mit seinen Schülern sprach.

»Wir sind dann so weit«, wandte sich Schwenke an Knut.

»Sehr schön. Geht runter, seht, ob ihr sie losschneiden

könnt. Aber vorsichtig. Verletzt mir die Leiche bloß nicht. Ja?«

Die beiden Taucher gaben ihm das O.k.-Zeichen.

»Habt ihr Strahler?«

»Selbstverständlich«, meinte Eric. »Das Wasser ist vom Sturm noch ziemlich schlammig.«

Während sich die beiden Taucher ins Wasser ließen und ihre Strahler anknipsten, hoben die Feuerwehrleute das Gitter heraus.

»Tretet mal bitte ein bisschen zurück. Alle, die hier nicht gebraucht werden, zurück zum Einsatzfahrzeug ... Taschenlampe?«

Christina, eine junge Frau, die gewöhnlich an der Kasse des größten Supermarkts von Valandsiel saß, reichte Knut eine. In ihrem orangefarbenen Windbreaker wirkte sie blass. Kein guter Tag für die freiwillige Feuerwehr.

Knut kniete sich ans Loch im Gitter. Die Frauenhand dümpelte direkt unter der Oberfläche. Obwohl die LED-Lampe kräftig war, vermochte ihr Strahl bloß wenige Zentimeter durch das Wasser zu dringen. Knut meinte, ein geblümtes Kleid zu sehen – aber er konnte weder einen Kopf noch den Körper erkennen.

In diesem Moment flammten die Strahler der Taucher auf. Wie ein Paukenschlag durchfuhr es Knut und die Helfer. Ein Raunen ging durch die Männer. Einige wichen vor dem leuchtenden Wasser zurück, andere rückten erst recht näher.

Knut, der zu Ersteren gehörte, brauchte einen Atemzug, um sich zu fangen und einen weiteren Blick zu riskieren.

Die Frau trieb merkwürdig verrenkt unter ihm. Sie hatte ihren linken Arm und ihr linkes Bein in einem Netz verfangen und hing zwischen den dicken Holzpfeilern der Stegkonstruktion fest.

Ihr Gesicht sah wie weggefressen aus. Augen und Kinn fehlten. Aber das Schlimmste war ihr Bauch.

Sie ist schwanger, dachte er. Mein Gott.

In der rostroten Aura, die die Tauchstrahler um sie aufglühen ließen, schwebte sie wie ein grausam gezeichneter Racheengel, wie ein Wesen aus einer anderen Welt, das bei jeder Welle seine seidenen Blumenflügel schlagen ließ. Unter dem wallenden Stoff zeichnete sich ihr Bauch kugelrund ab.

Knut schätzte, dass sie kurz vor der Entbindung gestanden haben musste. Neunter Monat. Als die Taucher näher heranschwammen und das Licht noch intensiver wurde, wurde ihm bewusst, dass ihr beide Füße fehlten.

Mit einem Schlag erlosch der Strahler, und Knut erschrak, als Schwenke neben ihm aus dem Wasser schoss. Der Mann rang nach Luft, riss sich die Maske vom Kopf und zog sich würgend und keuchend auf den Steg.

»Alles okay mit Ihnen?«, wollte Knut wissen und reichte ihm die Hand.

Schwenke drückte sie unwirsch beiseite, begann die Flaschen abzuschnallen. »Das … Das muss jemand anders machen«, sagte er und riss sich die Tauchflossen von den Füßen. Er zitterte am ganzen Körper.

»Sie haben einen Schock, Sie sollten lieber zum Rettungswagen gehen.«

Der Mann stand auf. Er musste Tränen unterdrücken, rempelte Knut beiseite und eilte den Pier hinunter. Wie gern wäre Knut mit ihm gegangen, aber soeben wurde unter ihm das Wasser erneut taghell.

Erst nachdem Knut befahl, ein Dreibein und eine Handwinde zu besorgen, gelang es den Feuerwehrmännern, die Leiche aus dem Wasser zu heben.

Als würde sie von Geisterhand schweben, hob sich die

Tote aus dem Hafenbecken. Ihren grotesk anmutenden Bauch voran, schob sie sich aus der See, sodass die Männer sie durch das Gitterloch bis über den Pier hieven konnten. Ihr Kleid war zerrissen. Wie dünne Wurzeln hingen die Fetzen von ihrem Leib hinab ins Hafenbecken, als wollten sich die Ranken aus Stoff ein letztes Mal vollsaugen, um sie mit Wasser zu versorgen und am Leben zu halten.

Knut starrte in zwei dunkle Höhlen des zerstörten Schädels. Er konnte nicht sagen, ob es Haut oder von Muscheln überkrustete Knochen waren. Braunschwarz und zerfurcht wie eine verdorrte Blüte glotzte ihr Antlitz ihm entgegen.

Er schluckte. Gott sei Dank waren sie im Freien, die Luft zwar warm, aber frisch. Die Feuerwehrmänner bugsierten den Körper auf die Gitter.

Als das Kleid ein Stück von ihrem Becken rutschte, sah er, dass nicht nur ihr Schädel verschrumpelt war. Alles an ihr war braunschwarz.

Sie sieht wirklich wie eine Mumie aus, dachte er.

»Kein Wunder, dass Schwenke abgebrochen hat«, stellte einer der Feuerwehrmänner fest.

Knut fuhr herum. »Wieso?«

»Der hat vor ’n paar Jahren seine Tochter verloren, mein ich.«

Knut schloss die Augen. Auch das noch. Als er wieder aufsah, fiel sein Blick auf die Fingernägel des toten Mädchens. Er meinte, einen Hauch von Grün auf ihnen zu sehen. Dann hielt er den Anblick nicht länger aus, wandte sich ab und zückte sein Handy. Er musste sich auf eine der Metallboxen setzen, in denen Schläuche und Kabeltrommeln für die Boote verstaut wurden. Geduldig ließ er es klingeln.

Magnussen brach das Fotografieren ab. »Alles o.k.?«

»Geht schon.« Knut warf einen letzten Blick auf die See.

Harms' Schiff war verschwunden, der Taucher Karl Dörlich saß teilnahmslos auf dem Pier und checkte seine Flaschen. »Wir sperren alles ab. Die Leiche muss das LKA untersuchen. Die sind bestimmt gleich hier. Lass das Veith und Diehl machen, die sollen sich mit Maas rumschlagen. Ich muss los.«

Weil Magnussen weiterhin skeptisch die Tote anstarrte, klopfte Knut ihm kumpelhaft die Schulter. Nicht sicher, ob die Geste eine Spur zu viel Nähe schaffen könnte, zog er aber schnell die Hand zurück und eilte los.

»Wohin willst'n?«

»Ich hole uns Hilfe«, rief er Magnussen zu. »Ich brauch wen, der mir ein paar Tipps gibt.«

# 18

Schneeflocken glitzerten in der späten Nachmittagssonne, grelle Glühwürmchen, die um einen winkenden Plastikcowboy wirbelten. Noch einmal schüttelte Knut die Glaskugel und sah dem Treiben zu.

An seinen Knien konnte Helen Flecken von einem Gitter erkennen, wahrscheinlich hatte er sich auf einen Rost hingekniet. Obwohl er mit dem Souvenir in der Hand dastand, als habe er ewig Zeit, erkannte sie an seiner Haltung, wie gehetzt er wirklich war. Kaum merklich verlagerte Knut das Gewicht von einem Fuß auf den anderen. Sozusagen die mikroskopisch verkleinerte Aufwärtsbewegung eines Sprinters beim Start. Er war bereit loszuspurten – ohne es wahrscheinlich selbst zu wissen.

Knut Jansen, dachte sie, der Sheriff. Auf dem Sprung und gleichzeitig bemüht, persönlichen Kontakt aufzubauen sowie Anteil zu nehmen.

»Die sind hübsch«, stellte Knut wie auf Kommando fest. »Echt eine ungewöhnliche Sammlung. Haben Sie die alle aus dem Urlaub mitgebracht?«

Helen nahm ihm die Kugel ab, schüttelte sie und hielt sie ebenfalls vor das Panoramafenster. Für einen Moment sah es aus, als schneie es über Riffgrund West.

»Salt Lake«, erklärte sie knapp. »Sieben Frauen. Schalldichter Keller. Acht Monate lang hat er sie vergewaltigt. Ihre Leichen hat er im Wald verscharrt.«

Vor ein paar Minuten hatte er bei ihr geklingelt und sie

aus dem Antrag für einen Erbschein gerissen. Die Bank hatte sich geweigert, ihr lediglich anhand des Testaments Zugriff zu gewähren, nun musste sich Helen ans Nachlassgericht wenden. Er hatte keinen Kaffee mit ihr trinken wollen, sondern sich etwas umständlich erkundigt, ob sie tatsächlich einmal fürs FBI gearbeitet habe.

Leicht verloren stand er nun vor den elf Schneekugeln, und sie konnte regelrecht riechen, wie es in ihm arbeitete.

»Der Tod Ihres Vaters tut mir übrigens leid. Ich war gern bei ihm im Dünenkieker.«

»Sie kannten ihn?«

»So gut, wie man hier eben jemanden aus dem Ort kennt.« Er nahm sich eine zweite Kugel und schüttelte sie. Konfettiparade in Washington. »Ein Wort hier, ein Wort da. Vor zwei Jahren hat mal wer im Restaurant eingebrochen. Kinkerlitzchen … Und die hier?«

»Nekrophiler Sadist«, kommentierte Helen knapp die von bunten Schnipseln berieselte Szenerie. »Drei Männer, sechs Frauen – diese Morde hat er zumindest gestanden.«

»Hm.« Knut stellte die Kugel auf den Tresen. »Ich hab das Gefühl, Sie bleiben länger. Ich meine, es geht mich ja nichts an, aber wer seine Schneekugelsammlung mitschleppt, der bleibt nicht für drei Wochen und wickelt sein Erbe ab. Das kann selbst ich … wie heißt das?«

»Herausfinden?«

»Nein. Fachlicher.«

»Detektieren? Eruieren?«

»Eruieren. Genau.«

»Was wollen Sie wirklich? Sie haben offensichtlich keine Zeit, bemühen sich aber um Ruhe, fangen mit mir einen Small Talk an. Sie sind doch nicht gekommen, um meine Andenken aus den Staaten anzusehen?« Behutsam, als wolle sie den abgeschlossenen Fall konservieren, als könne ihre

Erinnerung an diese Mordserie Schaden nehmen, wenn die Kugel zerbrach, schob Helen sie zurück in die Reihe.

»Ein Fall, eine Kugel?«

Sie nickte und richtete die Souvenirs auf der Wohnzimmerbar aus.

»Krömer hat auch hübsche. Unten im Kiosk. Am Ende der Promenade.«

»Kiosk-Krömer. Ich kenne den Laden. Kannte ihn.«

»Da gibt's welche mit unserem Leuchtturm. Vielleicht reihen Sie ja eine von Valandsiel ein.«

Das war es also.

Ihre Blicke begegneten sich, und beinahe hätte sie gelacht, weil er die Augenbrauen so merkwürdig unschuldig hochzog.

Ihr strenger Blick verwirrte ihn eindeutig. »Was – was ist?«

»Das frage ich Sie. Sie haben also eine zweite Leiche. Ich nehme mal an, auch ein Gewaltverbrechen? Aber der Fund muss merkwürdig sein, sonst würden Sie wohl kaum eine flüchtige Bekanntschaft um Hilfe fragen.«

»Ach. Tue ich das?«

»Ja, und es ist Ihnen unangenehm.«

»Ähm, eigentlich nicht ... Doch ... Nein ... Ich meine, schon irgendwie.« Er räusperte sich. »Wie machen Sie das? Haben Sie vielleicht so was wie einen Röntgenblick?«

»Nein. Ich schaue nur genau hin. Das ist alles. Kein Geheimnis.«

»Nur Übung ... Hm, verstehe.« Knut suchte einen neuen Ansatz. »Sehen Sie, heute früh, das war meine erste Leiche. Ich meine überhaupt. Sie haben da einfach mehr Erfahrung. Ein Tag, zwei Leichen ...«

Sie bemerkte, wie schwer es ihm fiel zuzugeben, dass er sich nicht auskannte. »So was kommt vor. Statistisch ereignen sich Serienmorde übrigens in ländlichen Gebieten häufiger als in Großstädten.«

»Echt? War das jetzt beruhigend gemeint?«

Helen musste lächeln. »Das ist nur die FBI-Statistik ... Sie gehen doch von einer Serientat aus. Sonst stünden Sie nicht hier.«

»Die beiden Mädchen haben keine Füße mehr, und ihr Alter ist ungefähr gleich. Ich weiß nicht genau, aber ich glaube, dass sie auch den gleichen Nagellack ...«

»Ich bin nicht nach Deutschland gekommen, um Morde aufzuklären, Herr Jansen«, stoppte ihn Helen. »Ich habe genug um die Ohren.«

»Sie können mich Knut nennen.«

»Aha. Aber das möchte ich nicht.« Sie ging zurück zum Tisch und versenkte sich wieder in die Arbeit.

»Dachte ich mir.« Er rückte seine speckige Basecap zurecht. »Aber eine Sache können Sie mir doch sicher verraten.«

Helen blickte auf.

»Ich meine, Sie wissen doch immer alles im Voraus. Sie sind schließlich die Expertin in Sachen Kinesik, der Deutung von Gesten, wie Leute im Raum stehen, Blicke austauschen, unbewusste Regungen zeigen. Erröten, stottern und so.«

*Interessant, du hast also recherchiert.*

Sie wollte nicht, musste aber zugeben, dass sie sich geschmeichelt fühlte. »Was soll das? Was wollen Sie wissen?«

»Für mich hört sich das alles ja wie Voodoo an. Aber eine Sache find ich ... sagen wir ... als ›Dorfsheriff mit einem Zacken zu wenig‹ reichlich merkwürdig.«

»Und das wäre?«

»Warum haben Sie nicht gewusst«, er nickte zu ihrer Prothese, »dass er eine Waffe unter dem Tresen hatte?«

Helen spürte, wie ihr das Blut absackte. Sie holte tief Luft und kämpfte gegen die Bilder an, die wie Faustschläge vor ihrem inneren Auge auftauchten. »Ich …«, sagte sie und stand auf. »Ich glaube, es ist besser, Sie gehen.«

»Diesen Richard ›Fist‹ Hollow, den haben Sie doch sicher wochenlang beschattet und quasi durchleuchtet.«

Es tat gut, in Bewegung zu bleiben. Es vertrieb die Bilder. Als Helen die Haustür aufzog, spürte sie, wie feucht ihre Hand war.

*Wahrscheinlich bin ich kreidebleich. Man muss nicht beim FBI sein, um zu sehen, wie panisch ich bin. Himmel, Helen, reiß dich zusammen. Die Angst dringt dir ja aus allen Poren.*

Nachdem sie sich geräuspert hatte, sagte sie so ruhig wie möglich: »Ich befürchte, Sie müssen noch ein wenig mehr recherchieren. Aber ehrlich gesagt, würde ich an Ihrer Stelle meine Energie lieber auf die beiden toten Mädchen lenken.«

»Das werde ich. Danke für den Tipp.« Während er sich an ihr vorbei nach draußen schob, konnte sie wieder sein Aftershave riechen. Absichtlich atmete sie tief ein. Sie glaubte es kaum, aber ihre Angst wich ein wenig. Ihr Puls beruhigte sich. Ein eigentümliches deutsches Wort drängte sich ihr auf: *Vertrautheit*.

Der Geruch erinnerte sie an etwas, sie konnte nicht sagen, woran, und bei der ersten Begegnung war es ihr nicht aufgefallen, aber dieses Aftershave erinnerte sie an etwas aus ihrer Jugend in Valandsiel. Und es war nicht ihr Vater, dessen war sie sich sicher.

»Ist alles gut?«, riss er sie aus den Gedanken.

»Ja. Ja! Wieso? Alles bestens.«

»Aha. Schön. Entschuldigen Sie, dass ich so persönlich geworden bin, aber es hat mich gewundert, dass Sie nichts von dem Schuss geahnt haben.«

Sie nickte bloß und streckte ihm die Hand hin, damit er sich schnell verabschieden konnte.

Knut ging nicht darauf ein. »Wissen Sie, ich bin ja nur der Dorfsheriff hier, aber ich habe eine simple Theorie.«

Sie verdrehte innerlich die Augen.

*Hör endlich auf zu reden und hau ab.*

Abermals blickte sie ihn fest an. Sie schätzten sich ab. Keiner der beiden wich einen Deut zurück.

Seit ihrem ersten Treffen war ihr klar, dass Knut gern den unerfahrenen Trottel spielte, während er sich insgeheim eine Strategie zurechtlegte. Wahrscheinlich hatte die Nummer bei Frauen immer gut gezogen, und er hatte sie für die Polizeiarbeit einfach perfektioniert.

Du gerissenes Aas, dachte sie durchaus anerkennend, und es war ihr bewusst, dass sie mit der nächsten Frage ihre Deckung aufgab.

»Okay. Kommen wir zum Kern, Herr Jansen. Wie lautet Ihre großartige Theorie? Warum wusste ich es nicht?«

Lächelnd rückte er seine Basecap zurecht. Er tat, als suche er nach Worten. »Das ist es ja. Sie WUSSTEN es. Sie wussten, dass es ein Hinterhalt war, und sind dennoch in diese Bar gegangen.«

*Du hast keine Ahnung.*

»Sie sind da reingegangen, weil es Sie genauso wie mich ungemein ankotzt, dass irgendwer 14-jährige Mädchen verkauft oder Teenager tötet und ins Meer schmeißt. Es ist einfach da drin.«

Er beugte sich vor und tippte ihr auf die Brust. So sanft, dass er lediglich ihr Kleid berührte. »Sie sind zum FBI gegangen, weil Sie die Welt besser und sicherer machen wollten. So einfach ist das. Ich bin zur Polizei gegangen, um Arschlöchern in den Arsch zu treten. Und Sie auch. Es ist da drin. So einfach.«

Wieder deutete er auf ihr Herz, und sie konnte abermals seinen Duft wahrnehmen. Vertrautheit. »Wo haben Sie das her?«

»Was?«

»Die Ansprache. Aus irgendeinem Film? Einem Western bestimmt, richtig?«

Verwirrt sah er sie an. »Nein. Ich glaube nur, dass Sie wussten, was passieren würde. Und Sie haben es dennoch gewagt, in diese Bar reinzugehen. Das ist alles.«

»Das nennt man Dummheit«, brummte sie.

»Nein. Das nennt man ganz anders. Und das wissen Sie.«

Helen schwieg. Schlimmer war, dass sie sich dabei ertappte zu schweigen und doch genau wusste, dass sie die Stille brechen musste. »Mag sein«, gab sie schließlich zu. »Aber ich werde Ihnen trotzdem nicht helfen. Viel Glück.«

Er wollte noch einmal ansetzen, aber Helen gab ihm nicht die Chance, sondern schloss die Tür.

Einen Moment blieb sie nachdenklich mit dem Rücken an das Türblatt gelehnt stehen. Und während sie seine Schritte auf den Stufen und schließlich seinen Landrover anspringen hörte, fiel ihr Blick auf die Schneekugeln.

Über Riffgrund West hatte sich der Schneesturm gelegt.

Elf Kugeln.

Zu viele Täter.

Viel zu viele Opfer.

# 19

Popmusik schmetterte über den perfekten Zierrasen, der lediglich von einer umgestürzten, halb zersägten Thuja und einer großen Pfütze verunstaltet wurde. Letzte Anzeichen des Sturms, die ihr Vater wegen der Leichen und seines Geburtstags noch nicht hatte beseitigen können. Hinter dem Pool, den er für sie und ihren Bruder selbst ausgeschachtet hatte, lag das Fertighaus der Magnussens.

Jasmin stopfte ihr Lieblingsshirt in die North-Face-Tasche. Sie hatte es satt, in ihrem Zimmer rumzuhocken und auf die Gnade ihres Vaters zu warten.

Was hatte sie denn schon getan, außer ein bisschen schlechte Laune zu verbreiten? Sie war doch nicht seine Gefangene.

»Kannst mich mal«, brummte sie, checkte ihr Handy und schickte Lena fix eine Nachricht, dass sie mitkommen werde.

Die letzten drei Stunden hatte sie sich ins Bett gepackt, hatte vor Wut geweint und aus Langeweile vier Folgen irgendeiner bescheuerten US-Sitcom geschaut, die ihr kleiner Bruder ihr geliehen hatte.

Nachdem sie tatsächlich aus Frust die Trophäen ihres Vaters, die er vor Jahren bei Bodybuilder-Wettbewerben gewonnen hatte, aus dem Arbeitszimmer geholt und von ihrem Fenster aus runter in den Pool gefeuert hatte – alle sechs!, und das vor den Augen seiner unterbelichteten Kollegen, dieses fetten Diehls und dieser dummen Rockabillybraut –, war ihr Zorn zu einem großen Haufen Selbstmitleid verbrannt.

Doch damit war jetzt Schluss.

Jasmin, die noch immer ihr Cocktailkleid trug, das sie für die Grillparty ausgesucht hatte, griff ihre bequemen Converse Sneakers. Sie wollte eben hinaus in den Flur schleichen, als sie ihr verweintes Gesicht im Spiegel sah.

Einen Moment zögerte sie, wollte sich schnell herrichten, aber ihr Schminkzeug lag ganz unten in der Sporttasche.

Was soll's, sagte sie sich. Ich style mich bei Lena. Ab nach Rømø.

Sie warf ihrem verheulten Ich eine Kusshand zu, posierte keck und entschied sich, den Fernseher wieder anzudrehen, damit alle dachten, sie wäre noch da. Behutsam zog sie die Tür auf und schob sich in den Flur, schlich über die Treppe ins Wohnzimmer und ab nach draußen.

Luftschlangen und Ballons hingen reglos an den Büschen und vom Schirm, unter dem beinahe die gesamte Belegschaft des Reviers gesessen hatte. Auf dem Tisch am Pool brieten noch immer die Geschenke ihres Vaters in der Sonne des anbrechenden Abends. Ein Paar neue Hanteln, ein Set Handtücher und etwas, das aussah wie eine Tüte Hundefutter – aber wahrscheinlich irgendein Mischpulver für seine Muskelaufbaudrinks war. Die Bierflaschen und leeren Caipirinha-Gläser hatte ihre Mutter bereits zusammengesucht.

Ohne sich umzudrehen, huschte Jasmin den Waschbetonweg bis zur Gartenpforte entlang und eilte einem perfekten Wochenende mit ihrer Freundin entgegen.

# 20

»Wir suchen fieberhaft nach der Identität der ersten Leiche«, sagte Maas und schoss ein weiteres Foto von der Schwangeren mit seinem Mini-Tablet. Mittlerweile hatten sie die Tote auf das Gitter des Piers gezogen. »Sie haben mich mitten aus dem Durchforsten der Vermisstendatenbanken geholt.«

»Tut mir leid«, ätzte Knut und blickte auf. Er konnte sich ein Grinsen nicht verkneifen, als er Helen an das Absperrband treten sah. »Lasst sie durch«, rief er Magnussen und Veith zu.

»Hören Sie, das in der Tiefgarage …« Maas seufzte und nickte zur Leiche. »So wie das hier aussieht, wird es nicht einfach … Wir können jede Hilfe brauchen, mein ich. Vielleicht hatten wir einfach einen schlechten Start. Das LKA ist extrem auf die Mitarbeiter der Polizei vor Ort angewiesen.«

»Schon gut. Schwamm drüber«, brachte Knut heraus, meinte es aber ganz und gar nicht so. Auf eine Entschuldigung konnte er verzichten, und anstatt Süßholz mit Maas zu raspeln, wollte er lieber Helen begrüßen.

Während Knut bei ihr gewesen war, hatten seine Beamten den Pier komplett abgesperrt und das LKA in Empfang genommen. Ein Tatortfotograf schoss Bilder, die beiden Kriminalbeamten, die Knut bereits aus der Tiefgarage kannte, stellten Messlatten auf und vermaßen alles. Neben dem Steg dümpelten zwei Beamte in einem Ruderboot. Sie hatten ihre Windbreaker ins Heck geworfen, die Hemdsärmel hochgekrempelt und hantierten mit einem Kescher herum. Knut durchschaute nicht, was die beiden taten.

Als er Helen entgegenging, scheuchte er eine Handvoll Möwen auf. Sie kamen Knut mittlerweile wie die Viecher in Hitchcocks Verfilmung vor. In Scharen schwammen sie nahe dem Pier, saßen auf jedem Pfosten und jeder Kette und starrten neugierig zu ihnen herüber. Genauso wie die Feuerwehrleute. Weil sie nach der Bergung den Pier hatten räumen müssen, standen sie nun gaffend am Kiosk des Jachthafens, den die Betreiberin aufgeschlossen hatte, tranken Kaffee, rauchten und versuchten herauszufinden, was die Kollegen trieben.

»Schön, dass Sie sich anders entschieden haben«, begrüßte Knut Helen nicht ohne Stolz, sie doch noch überredet zu haben. Er begleitete sie zu Maas.

»Die Leiche ist hier angespült worden?«, wollte sie ohne Umschweife wissen und schenkte Maas lediglich einen kurzen Blick.

Maas musterte Helen, wobei Knut nicht entging, dass dem Beamten gefiel, was er sah.

»Entschuldigen Sie, wer sind Sie?«, wollte Maas wissen.

»Oh. Entschuldigung. Ich …«, begann sie, aber Knut schnitt ihr das Wort ab.

»Doktor Helen Henning. Sie ist Profilerin und hat unter anderem das FBI beraten. Sie wohnt hier. Ich dachte, es wäre klug, sie einzubeziehen.«

Maas zog die Stirn in Falten. Es war ihm anzusehen, dass ihm die hübsche Frau gefiel, er aber andererseits keine Lust hatte, auch nur einen Deut seiner Kompetenzen abzugeben. »FBI?«

Helen nickte. »Ich habe Profile erstellt. Herr Jansen bat mich, in diesem Fall eine Einschätzung abzugeben.«

»Aha.«

»Herr Maas, hier geht es nicht um uns, ums FBI oder ums LKA«, sagte Knut und benutzte Maas' eigene gestelzte Worte. »Das wird komplizierter, als wir dachten. Ich denke, wir können jede Hilfe brauchen. Wir wollen doch alle den Täter der Staatsanwaltschaft zuführen. Das muss das Ziel sein.«

Mit einem Anflug von Häme stellte Knut fest, dass Helen perfekt in dieselbe Kerbe schlug wie er und Maas ein entwaffnendes Lächeln schenkte. »Ich berate bloß.«

»Inoffiziell. Meinetwegen.« Maas bot Helen die Hand an.

Lächelnd sah Helen ihm in die Augen, während sie ihm die Hand schüttelte und zweideutig meinte: »Sicher brauchen Sie meine Telefonnummer und Kontaktdaten.«

»Das wäre hilfreich, ja.«

»Finde ich auch.«

»Haben Sie eine Karte? Einen Stift?«

Knut stutzte. War das ein Zwinkern? Hatte Helen diesem LKA-Bürokraten gerade zugezwinkert? Vier Sätze, und er kam sich wie ein Zuschauer im Kino vor. Deklassiert, deplatziert, außen vor. Er räusperte sich und stellte fest, dass selbst die beiden Kriminalbeamten zu ihnen herübersahen.

Helen zückte ihr Smartphone und reichte es Maas mit den Worten: »Ihre Mailadresse, bitte?«

Nachdem der Kommissar sie ins Empfängerfeld getippt hatte, gab er das Handy lächelnd zurück, und Helen schickte ihm ihre Visitenkarte.

Prompt schepperte der erste Riff von ACDCs Hells Bells aus seinem Tablet.

Sie lachte. »Sie haben *das* als Mailton?«

Knut brummte innerlich. Du aufgeblasener Scheißer, dachte er, wilderst bei meinen Rocklegenden und missbrauchst sie als Klingeltönchen.

Maas ging nicht auf Helens Lachen ein, sondern umfasste sanft ihre Taille und schob sie in Richtung Leiche. »Wenn Sie helfen wollen«, sagte er, »fangen wir doch gleich an. Wir glauben, dass die Frauen entsorgt wurden.«

»Der Täter hat den Sturm genutzt, um die beiden Mädchen ins Meer zu werfen?«, fragte sie.

Maas nickte, aber Helen schien wenig überzeugt. »Was ist mit ihren Füßen?«

»Abgetrennt. Wahrscheinlich mit einer Axt oder Säge. Das muss der Gerichtsmediziner genauer bestimmen«, mischte sich der Forensiker ein, den Knut aus der Tiefgarage kannte.

»Auch bei der ersten?«, wollte Helen wissen. Knut stellte sich zu ihr. »Könnten Sie mal eben?«, fragte sie ihn.

Er gab ihr die Hand, und sie ließ sich ein wenig umständlich neben den Beinen der Toten auf das Gitterrost nieder. Als ihre Jeans hochrutschte, lugte das Metall ihrer Prothese hervor. Die LKA-Männer, inklusive Maas, warfen sich einen kurzen pikierten Blick zu. Was Knut Maas stumm tadeln ließ.

»Schwer zu sagen, bei der ersten Leiche … Vielleicht. Sie waren teilweise abgerissen«, erklärte Knut. »Die Haut und so, das war zu sehr zerstört.«

»Haben Sie den gerichtsmedizinischen Bericht der ersten Leiche hier?«

Maas klickte auf sein Tablet und reichte es ihr. Sie scrollte den Text durch, blieb an zwei, drei Stellen kurz hängen. »Es ist noch viel zu früh, um etwas zu sagen.«

»Das ist doch aber die Tat vom selben Mörder, oder?«, wollte Knut wissen.

»Wenn Sie bei diesem Opfer auch das Silikagel finden … Und wenn die Füße bei beiden wirklich absichtlich entfernt wurden, dann wahrscheinlich. Ansonsten …« Sie sah sich noch einmal prüfend die Frau an. »Alter und Nagellack. Zwei Indizien. Aber dieses Opfer war schwanger. Das war das andere nicht. Das ist ungewöhnlich.«

»Und wenn es derselbe Täter ist«, mischte sich Maas ein, »wozu braucht der dann die Füße?«

»Mir fallen auf Anhieb zwei Möglichkeiten ein. Die erste ist simpel: So können sie ihm nicht weglaufen.«

Maas und Knut warfen sich einen ernsten Blick zu und sagten wie aus der Pistole geschossen: »Sie waren noch am Leben?«

»Das ist nur eines von vielen Szenarios. Es kann sein, dass er die Wunden versorgte. Sehen Sie sich die Stümpfe an. Das sieht aus, als hätte er die Wunde irgendwie zugenäht.«

Um mehr erkennen zu können, lehnte Knut sich vor. Aus den Stümpfen ragten die Knochen nicht direkt heraus, trotzdem konnte man das Waden- und Schienenbein unter einer merkwürdigen Schicht aus …

»Ist das Klebstoff?«, fragte Knut und musste würgen.

»Das werden wir ganz genau analysieren, wenn sie ins UKSH überführt wurde«, mischte sich Maas ein und bot Helen seine Hand, damit sie einfacher aufstehen konnte.

Knut schaute noch einmal hin und erkannte, dass der Kleber – oder was immer es war – an den Seiten der Stümpfe heruntergelaufen oder womöglich herumgeschmiert worden war und etwas verbarg, womit die Wunde abgebunden worden war.

»Das ist ein Straps«, gab er zum Besten und stand auf. »Ich meine 'n Kabelbinder. So ein Plastikstraps. Er hat ihr den Stumpf abgeschnürt und alles mit dem Zeug verstrichen.«

»Sie wollen uns also allen Ernstes sagen«, wandte sich Maas an Helen, »er entführt die beiden Mädchen und sägt ihnen bei lebendigem Leib die Füße ab, nur um sie zu versorgen?«

Helen nickte.

Während Knut versuchte, sich das Szenario möglichst nicht detailliert vorzustellen, schien es Helen einigermaßen kalt zu lassen. »Geht's noch schlimmer? Was ist denn mit der zweiten Variante? Sie meinten, Ihnen fallen spontan *zwei* Möglichkeiten ein.«

»Sie sind ein Fetisch. Er bewahrt die Füße auf. Als Erinnerung an seine Opfer. Viele Serientäter machen Fotos, heben Gegenstände auf, Schmuck, Ringe, Haare …«

»Oder Körperteile. Na wunderbar«, warf Knut ein.

Maas, der sich mit einem Stift Notizen auf dem Tablet gemacht hatte, hielt inne. »Er tötet, um an die Füße zu gelangen? Das ist aber reichlich weit hergeholt, Frau Henning.«

»Nein, das habe ich nicht gemeint. Oft behalten die Täter Trophäen. Dennis Rader zum Beispiel, der nahm Schmuck und Kleidungsstücke mit, und die Beamten fanden Hunderte Polaroid-Fotos von seinen Opfern. Mit ihren Andenken sind sie ihren Opfern auch nach der Tat immer nahe und geilen sich daran auf.«

Knut seufzte und sah Karl Dörlich zu, der sein Tauch-Equipment in den Pick-up lud. »Was tun wir, wenn die Morde schon Jahrzehnte zurückliegen?«

Maas und Helen sahen ihn fragend an.

»Na, ich meine, was, wenn die Leichen schon ganz alt sind? Wie hoch ist die Chance, den Täter da noch zu finden?«

Maas wollte wohl erwidern, dass sie ihn auch finden würden, wenn er 20 Jahre nicht gemordet hätte, etwas in der Art, aber Helen mischte sich ein. »Wahrscheinlich haben Sie ihn bereits. Oder er ist woanders hingezogen, oder er ist tot.« Als sie die fragenden Blicke der Männer bemerkte, holte sie etwas weiter aus. »Sehen Sie, normalerweise finden wir eine Leiche und können aus dem Fundort, wie die

Leiche liegt, wie und wann er sie ablegte, wie er sie hergeschafft hat, eine Menge Schlüsse über seine Psyche ziehen.«

»Ach. Sagen Sie mir was Neues«, brummte Maas.

Sie blickte aufs Meer. Ein Kormoran stürzte sich ins Wasser. »Hier ist es komplizierter. Kein Tatort, kein Ablageort. Bloß ein Fundort. Die beiden Mädchen sind angespült worden. Was wir haben, sind ihre Körper und das bisschen, was sie am Leib tragen. Wenn nicht noch mehr Leichen angespült werden, dann liegt es nahe, dass er nicht mehr aktiv ist.«

»Na, das ist doch gut«, meinte Knut.

»Und wieso haben wir ihn bereits?«, fragte Maas.

»Eventuell. Normalerweise unterbrechen Serientäter ihre Morde nur, wenn sie daran gehindert werden. Wenn er nicht weggezogen ist oder verstorben – dann sitzt er vielleicht in irgendeiner JVA.«

»Wie wahrscheinlich ist so etwas?«, wollte Maas wissen.

»Wenn keine weiteren Leichen auftauchen … Wird jemand vermisst?«

Knut schüttelte den Kopf. Er konnte sehen, wie es in ihr arbeitete.

»Ich kann es wirklich nicht sagen. Es ist eure Aufgabe, das herauszufinden.« Ohne es zu merken, war sie ins Duzen verfallen. »Ihr müsst rausfinden, ob es noch mehr Opfer gibt. Das ist jetzt das Dringlichste. Gibt es Fotos von der Leiche am Strand?«

»Sicher.«

»Wenn ich helfen soll, muss ich sie sehen. Nicht nur die Fotos, ich meine, die Leiche.«

Sie nickte zur Frau auf dem Steg. »Wer immer das getan hat, er ist ziemlich methodisch vorgegangen. Das sieht mir nicht aus wie eine Vergewaltigung mit anschließender Tötung, um die Tat zu verschleiern. Wenn er wirklich die Füße sammelt, spricht das für ein Ritual. Dann habt ihr es … Sorry, haben *Sie* es hier nicht mit einem Mörder zu tun, der aus Hass mordet oder um eine andere Tat zu vertuschen. Wahrscheinlich ist es dann ein Serien-Sexualmörder.«

»Er will Sex?«, hakte Maas nach.

»Wer will das nicht«, antwortete Helen. »Aber den meisten geht es nicht primär darum. Er will Kontrolle über seine Opfer. Er genießt es, sie zu quälen, die Oberhand zu haben, mit ihnen anstellen zu können, was er will. Er sucht den Kick, den Thrill. Und den findet er in der Machtlosigkeit seiner Opfer.«

»Das heißt, er kannte seine Opfer gar nicht?«, fragte Knut.

»Das ist leider absolut möglich. Viel eher entsprechen seine Opfer einem gewissen Muster. Es ist vielleicht immer die gleiche Größe, die gleiche Haarfarbe, der gleiche Job, derselbe Ort, an dem er sie kennenlernt … Diese Art von Täter geht strategisch vor und ist sehr gerissen.«

»Ach«, warf Maas überheblich ein, so als wolle er sagen: Erzählen Sie keinen Mist, wir kriegen jeden.

Helen schenkte ihm ein Lächeln. »Er hat es geschafft, mindestens zwei Taten zu vertuschen. Das spricht für ihn.«

Maas nickte, einen verbissenen Ausdruck um den Mund. Knuts Blick wanderte noch einmal zu den Feuerwehrleuten. Als hätte er es geahnt, sah er Anja Klinger, die aktivere der beiden Lokalreporterinnen, mit den Männern sprechen. Böse Zungen behaupteten, die schwarzhaarige Mittvierzigerin liebe Wörter mehr als Menschen. Ihre schnippische, fast kühle Art verlieh ihr jedoch eine durchaus erotische Tiefe. Irgendwie musste er es schaffen, dass sie die Sache weiterhin nicht an die ganz große Glocke hing.

»Wenn Sie so freundlich wären und mir den medizinischen Bericht und alle Fotos mailen könnten«, wandte sich

Helen an Maas, »dann würde ich mich an ein erstes Profil wagen.« Sie wandte sich ab und ging mit ihrem wiegenden Gang den Pier zurück.

»Warten Sie mal. Das geht nicht so einfach«, meinte Maas. »Sie können uns gern beraten, aber Interna des Falls kann ich erst nach Absprache mit der Staatsanwaltschaft ...«

Helen winkte ab. »Es ist Ihr Fall. Ich hab genug um die Ohren«, sagte sie, ohne sich umzusehen.

Knut lief ihr nach und schloss auf. »Er hat sie nicht entsorgt, also muss der Sturm sie freigespült haben, richtig?«

Sie blieb noch einmal stehen und nickte.

»Gut. Dann hat er die Leichen wahrscheinlich in Küstennähe verscharrt. Vielleicht hat er sie in einem Bootsschuppen oder einem Bunker. Maas?«

»Ich habe es gehört«, brummte der und zückte sofort sein Smartphone. Während Knut mit Helen zur Absperrung ging, hörte er ihn in ruhigem, aber äußerst bestimmendem Ton Befehle geben. Sämtliche Anwesen und Gebiete sollten abgesucht werden, die in Küstennähe lagen. Er zog eine 20 Kilometer lange Linie nördlich und südlich des Hafens und forderte eine Hundertschaft an. Der Gedanke an Polizisten, die jedes Haus absuchten, über Hecken kletterten und jede Düne umgruben, hinterließ bei Knut einen faden Geschmack.

Er nahm sein Funkgerät zur Hand und hatte sofort Birthe dran. Ohne Umschweife befahl er ihr, sich von der Feuerwehr einen Einsatzplan geben zu lassen und auf einer Karte die Gebiete zu markieren, in denen es zu massiven Überschwemmungen gekommen war. Er gab alles ziemlich zackig und betont neutral durch.

Selbst Helen fiel auf, wie bestimmt er war. »Clever«, lobte sie.

Knut ersparte sich einen Kommentar und hielt ihr stattdessen das Absperrband hoch. »Danke für die Tipps. Was machen Sie heute Abend?«

Ohne sich ihm zuzuwenden, meinte Helen schlicht: »Bekommen Sie erst einmal heraus, wer die Toten sind. Dann gehe ich mit Ihnen gern alle Details durch.« Es war eine nüchterne Feststellung, und obwohl er genau hörte, wie sachlich sie es sagte, hatte er noch immer ihre Worte von der Autofahrt im Ohr. Er musste lächeln. Es klang beinahe wie ein Rendezvous.

»Sehr gut. Ich komm' gern.«

»Wir brauchen Namen«, lautete ihre kühle Antwort, während sie über den Parkplatz zu ihrem Mietwagen ging.

# 21

Er stellte das Warndreieck auf die Straße und ging zurück zum Pick-up, der mit Warnblinker auf dem Grünstreifen zwischen Landstraße und Graben stand. Der Pritschenwagen wurde von Dampf verhüllt. Er trat durch den Qualm, der merkwürdig im gelben Blinklicht zuckte und sich wie liebkosend um ihn legte. Weil der Qualm nach verbranntem Kühlwasser stank, ging er davon aus, dass etwas davon auf den heißen Motor oder den Krümmer von Lenas Golfs lief. Nichts Ernstes.

Nachdem er eine Brechstange von der Ladefläche genommen hatte, rüttelte er noch einmal an den eisernen Ösen, die er an den Boden geschweißt hatte. Seit Jahren saßen sie bombenfest, aber er prüfte sie jedes Mal.

Alles nach Checkliste.

Die dünnen Stahlseile für Lena und das dicke Abschleppkabel für ihren Golf hatte er bereitgelegt, die Pritschenplane war so wenig wie nötig zurückgeschlagen.

Im Schnitt waren die Mädchen zwar nur 60 Kilo schwer, aber es war dennoch kein Vergnügen, sie auf die Ladefläche zu hieven. Als besonders kräfteraubend und zeitaufwendig hatte sich zudem die Leblosigkeit ihrer Körper herausgestellt. Zentnerschwere Beine wie aus Gummi, Arme aus Wachs und ein Rumpf, der sich wie ein Zementsack anfühlte.

Also hatte er sich das Schweißgerät genommen und die Heckklappe so präpariert, dass er sie wie eine Schublade herausziehen und nach unten klappen konnte. Sie bildete dann eine Art Schaufel, wie bei einem Bagger, in die er die Körper ziehen konnte. Er musste nur noch die Schaufel mit den Mädchen hochdrücken, den Auszug einrasten lassen und ihre Körper auf die Lade des Pick-ups ziehen.

Er löste die Bolzen an der Klappvorrichtung, griff seine LED-Lampe und das Brecheisen.

Während er näher an den Golf herantrat, der keine fünf Meter entfernt in den Graben gerutscht war, warf das Blinklicht seinen verzerrten Schatten in die wabernde Nebelwelt um ihn.

Der Kühlergrill des VW Golf war eingedrückt und die Motorhaube verzogen. Im Schritttempo war Lena von der Landstraße gerutscht und gegen eine der armdicken Kiefern im Graben geprallt.

Sein Pick-up blockte die Blicke Neugieriger ab. Zwar war ihm, seitdem die Mädchen auf die Landstraße gebogen waren, bloß ein Auto entgegengekommen, und niemand hatte überholt, aber man konnte nie wissen. Hier im Niemandsland zwischen Deutschland und Dänemark war gewöhnlich nicht viel los, aber ein Vogelliebhaber zur falschen Zeit, ein Trüppchen angeschickerter Jugendlicher oder irgendein Idiot auf dem Fahrrad waren das Letzte, was er jetzt brauchen konnte.

Er schwang eine Gasflasche auf seinen Rücken und setzte sich die Atemmaske auf. Ein schneller Kontrollblick auf die Präzisionsuhr. Er gab sich drei Minuten, denn er musste jetzt schnell handeln. Ungewohnt schnell.

Lenas dämliche Freundin hatte alles verkompliziert. Sie war plötzlich aufgekreuzt, hatte bei Lena geklingelt und war mit in den Wagen gestiegen. Er musste sich etwas einfallen lassen. Die klamme Luft und sein vor Erregung erhitztes Gesicht ließen die Maske von innen beschlagen.

Er zurrte die Atemmaske fester über Mund und Nase. Der Rauch war ihm egal – aber das Gas im Wagen war tückisch. Mit Kohlendioxid war nicht zu spaßen.

Sein gleichmäßiges Atemholen rasselte durch die Nacht, übertönte das Grillenzirpen, das Zischen und Knacken des Golf.

Beim Losfahren hatte Lena – ganz nach Plan – das Abblendlicht eingeschaltet und damit sein Magnetventil geöffnet. 16 Minuten hinter Valandsiel war die Fahrt zu Ende gewesen. Schneller, als er geglaubt hatte, hatte das $CO_2$ den Wagen geflutet. Es machte ihn ein wenig stolz, alles so gut berechnet zu haben. Die Fünf-Liter-Flasche hatte mehr als ausgereicht, denn nach seinen Berechnungen nahm das Gas – ganz ausgeströmt – gute drei Kubikmeter ein, und der Innenraum des Golf war höchstens fünf Kubikmeter groß. Eine Sättigung der Atemluft mit dem Kohlendioxid von über acht Prozent war folglich kein Problem.

Zehn, zwölf, dachte er. Wahrscheinlich ist die Konzentration mittlerweile erheblich höher, selbst wenn Gas durch die Undichtigkeit des Autos nach außen gedrungen ist. Ich muss mich wirklich beeilen. 20 Minuten in dem Gemisch, und Lena stirbt.

Seine Sicherheitsschuhe sanken ins moderige Gras, während der Strahl seiner LED-Lampe durch den Dampf glitt. Seine behandschuhten Finger wischten Kiefernnadeln vom Fahrerfenster. Wie Schnee waren sie beim Aufprall herabgerieselt.

Lenas Körper war zur Mittelkonsole gesunken, sie hing ohnmächtig in ihrem Gurt. Ihre Augen konnte er nicht sehen, aber sie lag erschlafft da. Ihre Freundin schlief ebenfalls. Mit einem schnellen Blick fuhr er Lenas Gestalt ab. Der Hals, die

Lippen, die Wangen … Keine Spuren des Unfalls zu entdecken. Keine Prellungen, keine Schürfwunden. Perfekt.

Die Fahrertür war verzogen und ließ sich nicht öffnen. Mit einem schnellen Schlag setzte er sein Brecheisen in den Türspalt und hebelte sie auf. Er beugte sich über das Mädchen, wollte die andere Seite ihres Gesichts nach Verletzungen absuchen …

Tief in das Wageninnere gebeugt, erschrak er so heftig, dass er zurückschnellte und mit der kleinen Druckluftflasche auf seinem Rücken gegen die mit Rissen durchzogene Windschutzscheibe stieß. Ein Regen aus Sicherheitsglas ging auf ihn und die Mädchen nieder.

Erst nach einigen Luftzügen hatte er sich wieder gefangen und traute sich, durch den Nebel seines Atems in Lenas Gesicht zu blicken:

Ihre Augen.

Ihre Lider waren nicht geschlossen. Das Mädchen hatte die Augäpfel grotesk nach oben verdreht, und sie zitterten heftig. Es sah widerlich aus.

Er kannte Pornos, in denen die Nutten beim Orgasmus so aussahen.

Sofort musste er an Lenas Zimmer denken, an ihre Jungs-Plakate, an die Unordnung …

Lenas zerwühltes Bett …

Wenn sie die Falsche ist?

Die Frage schoss ihm durch den Kopf und brannte wie ein Zug vom Isopropanol.

Sein Atem rasselte. Er zwang sich, gleichmäßig Luft zu holen. Ein, aus.

Es ist nur ein Zufall. Sie wird wunderschön, eine perfekte Gespielin, redete er sich ein. Und tatsächlich bemerkte er, dass die Glasbrocken in ihren Haaren wie Diamanten schimmerten. So verheißungsvoll, geradezu magisch.

Die Maske beschlug vollends. Er musste sie endlich loswerden. Hatte sich das Gas bereits verflüchtigt? Die Windschutzscheibe war zerstört; das $CO_2$ war in jedem Fall aus dem VW geströmt und stand höchstens bis zur Unterkante des Armaturenbretts.

Er wagte es trotzdem nicht, die Maske abzuziehen. Gerade wollte er Lenas Gurt lösen und beugte sich über sie, da erschrak er ein zweites Mal. Denn Lena wurde mit einem Mal wach!

Es ging blitzschnell: Sie sah ihn, sie schrie, sie packte zu. Mit aller Kraft stieß sie ihn zurück. Der Rückspiegel brach, und er spürte den Plastikschaft in seinen Kopf stechen. Der Schmerz kam augenblicklich.

Beinahe hätte er mit dem Messer zugestochen. Im letzten Moment ließ er es fallen, griff ihre Haare und drückte sie zur Seite. Er musste sein ganzes Gewicht auf sie stemmen, um das wild um sich schlagende Mädchen so tief es ging zwischen die Sitze zu drücken, zum Fußraum hinunter. Lena schrie.

Wenn sie ihre Freundin aufweckte, würde alles noch komplizierter werden. Er presste ihren Kopf mit aller Gewalt nach unten und spürte endlich, wie sie die Kraft verließ. Ihre Muskeln spannten sich, das Schlagen wurde ein letztes Mal schneller, dann hatte das restliche $CO_2$ das Mädchen in einen wohligen Schlaf geschickt.

Endlich zog er die Maske ab. Die kühle Nachtluft tat gut, aber ihm rann der Schweiß in Bächen herunter. Als er nach seiner Kopfwunde fasste, durchzuckte ihn ein weiteres Mal der Schmerz, und seine Hand war blutverschmiert. Nur ein Kratzer, redete er sich ein. Indem er sich den Schweiß wegwischte, schmierte er sich sein Blut ins Gesicht. Er bemerkte es jedoch nicht, löste flink die Gurte seiner Gasflasche und ließ sie mitsamt der Atemmaske in den Fußraum fallen. Dann griff er nach seinem Tauchmesser und zerschnitt Lenas Gurt.

Das Messer in der Hand, das Antlitz blutverschmiert, hielt er plötzlich inne und lauschte. War das ein Stöhnen, ein Atmen? Oder doch nur die Kühlflüssigkeit des Golf, die noch immer laut zischte? Da wurde der Innenraum jäh hell erleuchtet. Ein Wagen näherte sich. Er hörte Reifen auf Asphalt, das Auto wurde langsamer, und ein Lichtstrahl strich über den Graben, zerschnitt den Dampf und fegte über ihn hinweg. Zu spät, sich zu ducken.

Mit pochendem Herzen verharrte er.

Das Auto bremste weiter ab …

*Lass sie nicht anhalten …*

Um ihn wurde es wieder dunkler, als der Lichtkegel vorüberwischte und der Wagen in der Nacht verschwand.

Er atmete aus und horchte angestrengt, betete, er möge nicht zurückkehren.

Nichts geschah.

Er sah auf seine Präzisionsuhr und wartete exakt 60 Sekunden, dann begann er, Lena aus dem VW Golf zu ziehen. Die ganzen Erste-Hilfe-Kurse waren doch zu etwas gut. Rautekgriff.

Drei Minuten später klappte er auch Jasmin auf die Ladefläche des Pick-ups und zog sie neben Lena. Er klebte den Mädchen die Münder mit Gaffertape zu, fesselte sie mit dem Klebeband und kettete sie an die Ösen.

Bevor er den Golf mit dem Pick-up aus dem Graben zog, tauschte er die Nummernschilder aus. Dann stand er ein paar Atemzüge unschlüssig da, wusste nicht, ob er erst den Wagen wegschleppen oder dafür sorgen sollte, dass der Pick-up in Sicherheit kam. Er entschied sich für das Auto – die Mädchen würden noch ein wenig schlafen, und selbst wenn sie aufwachen sollten, würde sie niemand unter der Plane hören.

Er stellte den Golf lediglich einen halben Kilometer entfernt ab, fuhr ihn in den entlegensten Winkel eines Parkplatzes für Wanderer und zog den Schlüssel ab. Er würde ihn später holen und wie gewohnt verstecken.

Erst als er sich im Pick-up eine Zigarette anzündete, bemerkte er, dass seine Finger und sein ganzes Gesicht mit Blut besudelt waren.

# 22

»Du forderst Hilfe beim FBI an?«, riss ihn sein Vater Thor aus dem Gitarrespiel und trat mit einem Pappkarton auf der nackten Schulter in Knuts Büro.

Der 65-jährige trabte oben ohne zum Schreibtisch, hatte seinen Surf-Neoprenanzug geöffnet und ließ das Oberteil lässig hinten herunterhängen. Wie so oft seitdem Knuts Mutter vor acht Jahren gestorben war, surfte Thor hinaus zum Sonnenuntergang.

Knut legte die Gitarre beiseite. »Was? Was ist?« Neidvoll registrierte er, wie trainiert sein Vater war. Die ergrauten Haare hatte er zu einem Pferdeschwanz gebunden, der hervorragend zu seinem braun gebrannten Oberkörper passte.

Thor nickte zur Fensterscheibe, in der sich Knuts Monitor spiegelte. Deutlich zeichnete sich das Logo des FBI auf dem Glas ab. Während Knut reichlich müde auf seinen Vater gewartet hatte, hatte er abermals nach Helen im Netz gesucht und für Maas eine Art Dossier zusammengestellt, damit dieser ein paar Unterlagen für die Staatsanwaltschaft in der Hand hatte und Helen zumindest als inoffizielle Beraterin tätig werden konnte.

Thor schob den Umzugskarton auf den Schreibtisch und drehte den Monitor zu sich. »Holdrio. Kein Wunder, die würd ich um Hilfe *anflehen!* Sieht ziemlich scharf aus.«

»Papa!«

»Was denn? Stimmt doch. Und mit dem LKA stehst du ja eh auf Kriegsfuß.«

»Wer hat dir das schon wieder erzählt?«

Thor tippte sich an die Nase: »Nach gefühlten 300 Jahren Polizeidienst in Valandsiel riech ich Ärger selbst draußen beim Surfen.«

»Spionierst du mir nach?«

Thor lächelte vielsagend. »Valandsiel ist ein kleines Nest. Und zwei Leichen an einem Tag …«

»Verstehe.« Knut kam um den Schreibtisch herum und klappte den Karton auf. »Danke, dass du sie rausgesucht hast.«

»Das sind die letzten zehn Jahre. Wenn du weiter zurück willst, musst du mit 'nem Gabelstapler bei mir anrücken.« Lachend schlug Thor seinem Sohn auf die Schulter. »Komm mal her, du!« Kumpelhaft zog er Knut zu sich, um ihm einen väterlichen Kuss aufzudrücken.

In Knut sträubte sich alles.

»Was ist denn los?« Thor griff sich die Flasche Bushmills Whisky, die sein Sohn bereits für den Abend hingestellt hatte, und zog aus dem Aktenschrank das Romméspiel heraus. »Du bist viel zu verkrampft, Knut. Der Maas ist ein prima Kerl.«

»Du kennst den?«

»Der ist ein Profi. Wir sind uns zwei-, dreimal über den Weg gelaufen. Ist schon Jahre her. Da hat Mutter noch gelebt. Er macht einen guten Job. Kein Wunder, dass er die Soko leitet.«

»Maas bereitet mir weniger Sorgen.«

»Ach? Dann doch die Amerikanerin?« Thor zeigte sein einnehmendes Lächeln.

»Jetzt hör mal auf damit, Papa. Helen Henning ist keine Amerikanerin.«

»Moment mal … Henning? Helen? Aus der Rike Reech?« Jetzt musste Thor laut lachen. »Sag bloß, die ist wieder aufgekreuzt! Na, da hast du dir ja ’n Früchtchen angelacht. Ich könnt dir da Geschichten …«

»Danke, verzichte. Und ich hab mir niemanden *angelacht.*«

Thor lachte noch lauter, streifte dann seinen Neoprenanzug ab und zog splitterfasernackt noch einmal den Aktenschrank auf, um eine Boxershorts und ein Hemd herauszuholen.

Das rote Monstrum von Schrank, in dem sein Vater ein paar Utensilien und seine Wäsche verstaute, hatte niemals eine Akte gesehen – soweit Knut denken konnte zumindest nicht. Sein Lack war stumpf und an den Kanten abgerieben; ein paar Aufkleber, die man nur noch schwer entziffern konnte, zierten die Schubladen. Knut hasste dieses Ding, denn das Schlimmste an ihm war seine schiere Größe. Egal in welche Ecke er es wuchtete, es stand permanent im Weg. Knut hatte sein Büro mit dem Schreibtisch, seinem Verstärker und den Aktenschränken um das rote Monster herumbauen müssen.

»Sie ist zurück, ums Haus und das Restaurant zu verscherbeln, oder? Ihr Vater ist gestorben. Letzte Woche.«

»Vorletzte. Ich weiß. Aber diese Helen Henning ist irgendwie, na ja …«

Thor lächelte. »So interessant, dass du ihr nachspionierst.«

»… schräg drauf, wollte ich sagen. Und ich habe nicht spioniert, sondern recherchiert.« Knut suchte zwei Whiskygläser hinter einem Stapel Musikbücher hervor, und während sein Vater in die Kleider schlüpfte, verteilte er die Rommékarten. Ein Ritual, das die beiden seit Knuts Amtsantritt im Januar eingeführt hatten, nachdem sein Vater in Pension gegangen war.

»Wenn der Maas nicht schuld is’, dass du so frustriert

bist, und nicht die Leichen und auch nicht Helene Henning – dann ist es Magnussen.« Thor setzte sich zu Knut und nahm sein Blatt auf. »Lieg ich richtig?«

»Ich weiß einfach nicht, wie ich mit dem umgehen soll. Egal was ich tue, Magnussen ist immer dagegen. Fährt der mich vorhin doch echt vor Diehl und Birthe an, warum ich ›irgendwelche fremden Tussis‹ da mit reinziehe. Seine Worte. Als wär das nicht meine Entscheidung.«

»Ja, Bernd ist ein echter Cruncher.«

Knut seufzte. Ein Cruncher war eine hart brechende Welle, und sein Vater hatte recht. Magnussen erwies sich als ebenso ungemütlich.

»Der ist ziemlich schwer zu reiten, der Kerl«, führte Thor aus. »War er schon immer.«

»Verstehe … Aber es ist nicht nur er. Es ist … Es …« Knut ließ sein Kartenblatt durch die Luft streichen, schloss das ganze Büro und das Revier in einem Schwung mit ein. »Es ist einfach alles hier. Ich meine, ich … Ich … Der Bürgermeister fährt mich an, das LKA nervt, die Kollegen trauen mir nichts zu … Und dann eine Leiche und noch eine. Ich weiß nicht, ob ich das alles durchstehe, Papa.«

»Du weißt nicht, ob du die Welle reiten kannst, bevor du sie nicht geritten bist«, stellte Thor ruhig fest. »So einfach ist das. Du bist Revierleiter. Wenn du nur am Strand stehst, weißt du nicht, ob du die Welle jemals bändigen kannst. Ob du Magnussen, ob du Diehl, ob du deine Männer auf Kurs hältst.«

Knut schwieg. Er blickte seinem Vater ins wettergegerbte Gesicht und dachte: Ich bin viel zu jung für den Job. Helen hat recht. Die hat mich genauso ungläubig angesehen. Ich bin einfach zu jung. Und jetzt zwei verstümmelte tote Mädchen. Wie soll ich das durchstehen?

»Ich weiß, du hasst Ratschläge, Knut, und wenn sie dann

auch noch von deinem Papa kommen, wird's ganz beschissen. Richtig?«

Das entlockte Knut immerhin ein Schmunzeln.

»Es ist egal, wie erfahren du bist. Egal, wie alt du bist. Es ist nur wichtig, ob du die richtige Einstellung hast. Du wirst noch so einige Wipe outs erleben und vom Brett ins Wasser gefegt werden. Das ist nicht die Frage. Die Frage ist: Steigst du wieder auf?«

»Hm.« Knut nahm noch einen Schluck und hatte nicht bemerkt, dass er sein Blatt offen abgelegt hatte.

»Nichts ›hm‹. Ich hab recht. Ich bin schließlich dein Vater. Und ich hab nicht Magnussen als Nachfolger vorgeschlagen. Ich habe *dich* vorgeschlagen und *dich* bei der Polizeiverwaltung durchgeboxt. Ich weiß, dass du die Wellen liebst, umso höher sie sind. Und ich weiß, dass du immer wieder aufs Brett steigen wirst, egal, wie hart du fällst.«

»Danke.«

»Sekunde. Ich hab noch zwei Tipps.«

Seufzend stellte Knut sein Glas ab.

»Also erstens: Du musst die Karten verdammt noch mal verdeckt halten, sonst macht Rommé wenig Sinn. Tipp eins. Und jetzt Tipp zwei: Wir sollten die Partie abbrechen. Und du solltest das machen, was du die ganze Zeit schon tun wolltest, anstatt mit deinem alten Herrn zu plaudern.

Knut sah seinen Vater fragend an.

Thor holte den Pappkarton und stellte ihn mitten auf die Karten. »Ich würde mich einschließen und rausfinden, wer die beiden waren. Ohne das LKA und den ganzen DNA-Hokuspokusscheiß.«

Nickend zog Knut die Schachtel zu sich.

»Hast du was in der Datenbank gefunden?«, wollte sein Vater wissen.

»Ich bin die letzten zwei Jahre durchgegangen. Nichts.«

»Gut«, sagte Thor und deutete auf die Schachtel. »Vielleicht hast du damit mehr Glück. Wenn die Mädchen von hier sind, dann sind sie da drin.«

# 23

Jasmin schlug die Augen auf, aber kurioserweise spürte sie den Unterschied nicht. Einen Moment schoss ihr der Gedanke durch den Kopf, erblindet zu sein.

So eine derart makellose Dunkelheit hatte sie noch nie erlebt.

Panisch wollte sie um sich schlagen, aber ihre Hände waren unter ihrem Rücken festgebunden und so taub, dass sie sie nicht spürte. Ihr angstverzerrter Schrei wurde von Klebeband geschluckt.

Bruchstückhaft tauchten vor ihrem inneren Auge Bilder auf. Eine Landschaft, die wie durch Milchglas vorbeizog. Ihre Finger, die ihre Lippen berührten, ganz taub. Sie war so müde gewesen, so schläfrig, als sie neben Lena im Auto saß. Das nächste Bild zeigte ihre Freundin, zusammengesackt hinter dem Steuer. Dann waren auch ihr die Augen zugefallen, und der Wagen, das hatte sie noch gespürt, war von der Straße gerutscht.

Es roch muffig. Alte Luft hatte sich mit dem Gestank von jahrzehntealtem Stoff und irgendwelchen Resten von Chemikalien vermischt.

Jasmin spürte ihren eigenen Atem. Kaum merklich strich er ihr aus der Nase ins Gesicht. Sie zwang sich, sich aufzurichten, sich hinzusetzen. Aber schon nach wenigen Zentimetern stieß ihr Kopf gegen etwas Samtiges. Gegen einen Vorhang? Einen Teppich … Wenn sie ihn nur fühlen könnte.

Obwohl ihr ganzer Körper schmerzte, drehte sie sich auf die Seite, um die Hände hinter dem Rücken freizubekommen. Sie musste fühlen, wo sie war, sie musste die Dunkelheit ertasten können.

Da stieß ihr Kopf erneut gegen Stoff.

Und blitzartig wurde ihr bewusst, wo sie war.

In einem Sarg.

Diesmal kam die Panik noch schneller und sehr viel erbarmungsloser.

Ihr blieb vor Angst die Luft weg.

Jemand hat dich vergraben.

Bleib ruhig, ermahnte sie sich. Bleib ruhig.

Abermals versuchte sie zu schreien, holte so viel Luft, wie sie konnte, aber ihre Lippen blieben fest verschlossen. Durch das Klebeband drang bloß ein gedämpftes Winseln. Sie versuchte es erneut, wieder und wieder, und weinte vor Wut, bis sie dachte, ihre Nase und ihre Augen würden vor Anstrengung verbrennen. Sie bekam nicht genug Sauerstoff, ihr Herz schlug so wild, dass ihr Kopf dröhnte. Jasmin begann durch die Nase zu hyperventilieren, sackte voller Angst zu ersticken auf ihre Hände. Wimmernd lag sie da, versuchte wie ein Fisch auf dem Trockenen nach Luft zu schnappen. Sinnlos. Sie schmeckte bloß das Klebeband.

Du wirst sterben.

# 24

Helen zog die Tür zum Schlafzimmer auf und blickte auf das Chaos, das Björn hinterlassen hatte. Seufzend trat sie ein, nahm die dünne Wolldecke von der Schulter, die sie im Wohnzimmer gefunden hatte, und legte ihre Glock auf die Matratze. Sie setzte sich neben die Waffe und spürte die Müdigkeit.

Einen Moment verweilte sie stumm, dann zog sie ihre Prothese ab und rollte den Liner aus Polyurethan von ihrem Stumpf. Er sollte ihr Bein schützen und sorgte dafür, dass die Prothese mittels eines Ventils durch Unterdruck am Rest ihres Unterschenkels festsaß.

Ihr Blick fiel auf das einzige Familienfoto auf dem Nachttisch. Obwohl sie es aus Kindertagen kannte, überraschte es sie nach all den Jahren.

Unser Lächeln … Wie glücklich wir vier waren, dachte sie. Eine Familie am Strand. Mitte der 80er. Die Kodakfarben durch das Sonnenlicht verfälscht, aber ihr aller Lächeln echt.

Unendlich viele Tage her. Und eine halbe Weltreise.

Obwohl Helen das Fenster gleich nach ihrer Ankunft sperrangelweit aufgerissen hatte, roch es noch immer muffig. Sie blickte sich zum Bett um. Björn hatte das einzige Kissen auf den Boden geschmissen und die Decke zerwühlt.

Zwar war ihr Vater nicht im Bett gestorben, sondern beim Segeln verunglückt, aber sie würde hier nicht schlafen können.

Seufzend legte sie die Prothese wieder an und schlich, die Decke über die Schultern gelegt, runter ins Wohnzimmer. Sie versuchte, leise zu sein, als könne sie jemanden stören.

Die Couch war so unbequem, dass sie sich nach einer halben Stunde auf den Boden vor die Barhocker legte. Den Kopf auf die Hände gebettet, die Pistole neben sich, blickte sie durch die Panoramascheibe und versuchte, zwischen den Pfosten des Geländers etwas vom Meer zu erhaschen.

Doch draußen herrschte Dunkelheit.

Zwei Stunden lang lag sie auf dem kühlen Boden, bevor sie es nicht mehr aushielt, bei jeder Drehung ihre Schultern und ihre Hüftknochen zu spüren.

Ein letztes Mal schlüpfte sie in ihre Prothese und schnappte sich Decke und Pistole.

Ohne groß zu überlegen, schob sie die Bündel Werbeflyer für den Dünenkieker auf den abgetretenen Teppich, dann legte sie sich in ihr Jugendbett.

Sie passte haargenau hinein, den Kopf an die Wand gedrückt, an der noch immer der Starschnitt von Whitney Houston neben U2 hing, und den Fuß gegen das untere Brett gestemmt, die Pistole auf dem Bauch. Sie lag reglos da, blickte zur Decke und hörte dem Haus beim Atmen zu.

Nachdem sich ihre Augen an die Dunkelheit gewöhnt hatten, bemerkte sie ein sanftes, grünes Schimmern, das den Raum erfüllte und ihr unglaublich vertraut vorkam. Umständlich drehte sie sich auf die Seite und sah zwölf Gespenster einen wilden Totentanz auf dem Türblatt aufführen. Ihre aufgeklebten Körper fluoreszierten grünlich.

»Hast du auch den Knochenindianer? Den mit den Federn?« Ralfs Stimme durchbricht die Stille. Sie geht mit dem Sommerspross in die erste Klasse. Helen springt von der Schaukel und stellt ihren Fuß auf den Rand des Sandkastens. Sie hat keine Schuhe an, ihre Biene-Maja-Socken sind ganz sandig. Erst jetzt bemerkt sie, dass es ihr rechter Fuß ist. Dieser Kinderfuß. Sie greift in die Socke und zieht vier Gespensteraufkleber heraus, reiht sie auf dem Holz des Sandkastens fein säuberlich auf. Ihre Trophäen.

»Den hab ich zwei Mal«, sagt sie stolz. »Du gibst mir das Schlossgespenst und ich dir den Skelettindianer.«

»Kannst du haben. Aber ich wette, du kriegst niemals alle. Niemals.«

»Wetten doch. Bisher ist mir noch keiner entkommen. Ich kriege sie alle, glaub mir.«

Ralfs Lächeln verschwindet, weicht einem grotesken Grinsen. Er bückt sich, greift aber nicht die Gespenster, sondern unter die Holzumrandung des Sandkastens.

»Ich glaube nicht«, sagt er, und er ist ein erwachsener Mann. Ein anderer Mensch.

Er zielt mit einer Pumpgun auf sie, und Helen starrt in sein Gesicht und gleitet ... glitt – ohne sich dessen bewusst zu sein – durch die Zeit und in einen jener Träume, in denen sie sich nichts als Dunkelheit wünschte. Beruhigende Dunkelheit.

# 25

Das harte Neonlicht vertrieb jeden Schatten und spiegelte sich im brackigen Wasser seines Badehauses. So nannte er den Keller. Es ließ bunte Lichtstreifen über die stümperhaft lackierten Möbel, die zwei Kühltruhen und die Werkbank zucken und flirrte ekstatisch, während er nackt, nur mit hohen Gummistiefeln bekleidet, hindurchwatete. Obwohl das Wasser noch immer knöcheltief stand, schaltete er die beiden Schmutzwasserpumpen ab.

Ihr Lärm störte ihn.

Zuerst hatte er überlegt, seine Benzinpumpe zu benutzen, aber die war noch lauter als die beiden elektrischen. Die Arbeit im Badehaus verlangte zwar keine Ruhe, jedoch ein Mindestmaß an …

»… an Harmonie«, spann er den Gedanken weiter. »Bei dem Krach, wie soll ich mich da konzentrieren? Der Zauber muss mit der Entstehung zünden und darf nicht erlöschen. Hell und stark muss er brennen, blindhell, wie die Flamme eines Schweißbrenners.«

An den Wänden zeigte noch immer ein Schmierfilm den Wasserstand von gestern an, obwohl er alles mit dem Hochdruckreiniger bearbeitet hatte. Bis zu seiner Brust hatte das Unwetter den fensterlosen Keller geflutet.

Der Reinigerstrahl hatte zwar die Wände, die alten Schränke und die Emaillewanne vom groben Schmutz befreit, aber das Gerät war noch lauter als die Pumpen, und er hatte beim Arbeiten ständig genervt innegehalten. Außerdem hatte er Angst bekommen, irgendwer könne ihn vom Wasser aus hören, anlegen und ihn stören. Als Letztes hatte er sich die Werkbank vorgenommen. Die Beile, seine zwei Hammer, die Zangen und die Stahlspalter hatte er mit der Hand in einem schwarzen Mörtelkübel gewaschen, den er sonst für die Eingeweide benutzte.

Der Keller, kaum geräumiger als eine Doppelgarage, beherbergte alles, was er brauchte. Den meisten Platz nahm die emaillierte Blechwanne ein. Ein Stück aus besseren Tagen, aus den glücklichen Zeiten, an die er sich gern erinnerte. An die Blauer-Himmel-Abende, an die Abende jenseits der Rastplätze auf den Feldwegen Skandinaviens, an die lachenden Stunden mit ihr und der Wanne, die er auf den Wohnwagen gebunden hatte. Er erinnerte sich an seine rauen Hände und ihre samtige Haut und an seine Angst, sie zu verletzen, wenn er sie hineingleiten ließ. Dieses quiekende Bündel Glück.

»Ist doch besser als die Duschen auf dem Rastplatz, oder? Mach die Augen zu, ganz zu. Fest. Lehn dich zurück. Nein, nicht so. Den Kopf nach hinten, Prinzessin. Ja, gut. Und jetzt Augen zu, jetzt kommt das Shampoo.«

Und ihr blondes Haar strich durch seine Finger. Der Geruch des Shampoos, der Geruch von Wiese, von Abend. Er war gerade einmal 25 Jahre jung und konnte sein Glück kaum fassen.

Der Geruch der Fünfjährigen, für immer eingebrannt in seiner Seele, verbunden mit ihm, wie zwei gut geschweißte Stücke Eisen, die durch eine einzige Naht zu einer Einheit werden.

Er hatte sie nie angefasst. Er hat sie nie beschmutzt. Um Gottes willen, nein. Diese Gelüste waren ihm niemals gekommen.

Sie beide – auf ewig verbunden. Immerhin lebte sie nun an einem besseren Ort. Das gab ihm Halt.

Langsam schlurfte er mit seinen Gummistiefeln an der Wanne vorbei und warf einen Blick auf dieses weiße Ungetüm mit seinen angedeuteten Löwenfüßchen. Als er Lena hineingelegt hatte, war sie ihm wie eine Königin vorgekommen. So nackt und rein. So vollkommen in ihrem Schlaf.

*Mach die Augen zu, ganz zu. Fest. Lehn dich zurück. Gleich kommt das Shampoo.*

Nachdem er Lena gereinigt hatte, war der Drang unermesslich groß gewesen, sich einfach neben sie zu legen, sich an sie zu klammern, an ihren nackten Leib, und ihren Duft zu riechen.

Aber das hätte ihre Reinheit befleckt, deswegen hatte er das Isopropanol vorgezogen und war in einen bleiernen Schlaf geglitten.

Erst vor wenigen Minuten war er erwacht und hatte sich ausgezogen. Die ersten Male hatte er mit Folien, Schürzen und Handschuhen experimentiert. Es hatte jedoch immer zu einer ziemlichen Sauerei geführt. Das Simpelste war, es einfach nackt zu tun.

Sein Blick glitt über ihre Brüste. Ihre Warzen waren vor Kälte steif. Er spürte Lenas Blick auf seiner Haut. Sie verfolgte jeden seiner Schritte und versuchte zu schreien, als er ihr ein aufbauendes Lächeln schenkte.

»Mach die Augen zu«, meinte er. »Ganz fest zu, Lena. Der Schmerz gehört leider dazu. Er macht dich frei für die Verwandlung.«

Lena wollte schreien, aber durch ihren Knebel drang lediglich ein ersticktes, panisches Quieken. Er legte ihr seine Pflasterfinger an die Lippen.

»Sssssssscht. Du wirst so perfekt sein, Lena. Perfekter als jetzt. Glaub mir.«

Es störte ihn, dass sie sich hin und her warf, um aus der Wanne zu entkommen. Sie versuchte sogar, sie umzustürzen, und das, obwohl er ihre Arme mit einem Tuch auf den Rücken gebunden hatte.

An einem Stück Bonsaidraht baumelte ein altes Kofferradio. Es war von Lackfarbe und zahlreichen Stürzen gezeichnet. Ohne hinzusehen, schaltete er es ein, woraufhin leise klassische Musik den Raum erfüllte. Er schnappte sich seine Atemmaske und eine Miniflasche $CO_2$. Irgendwie musste er das Mädchen ein Stück aus der Wanne ziehen. Mit einem Ruck packte er die Maske auf ihr Gesicht und drückte ihren Kopf gegen die Emaille. Sie wehrte sich, warf sich vor und bäumte sich auf, sodass er gezwungen war, selbst in die Wanne zu steigen. Sie ließ ihm keine Möglichkeit. Während er die Maske auf ihr Gesicht presste, kniete er sich auf ihren Brustkorb. Er musste bloß darauf achten, ihr keine Rippen zu brechen.

Endlich erschlaffte sie, glitt in den Nebel zwischen Schlaf und Wachen.

Mit einem kräftigen Ruck zog er ihre Beine über den Wannenrand, nahm ein Klappbrett mit zwei Bohrungen und steckte ihre Füße hindurch, ließ die Bretter zusammenschlagen und verschloss sie. Das Brett mit ihren durchgesteckten Füßen setzte er auf dem Wannenrand ab.

Bald würde die Verwandlung beginnen …

Er spürte sein Glied steif werden.

Komm runter, ermahnte er sich. Komm runter. Du darfst sie nicht besudeln.

Seine Werkzeuge lagen bereit. Neben einem Stapel Lappen befanden sich eine Handvoll Kabelbinder und eine Flasche Bausilikon auf einem Beistelltisch. Die Aquariumschläuche hatte er bereits griffbereit in den Mörteleimer gelegt.

Er schob den Tisch durch das Wasser, zog sie weiter aus der Wanne und packte das Holz mit ihren Beinen auf den

Beistelltisch. Er war stabil genug. Beinahe mechanisch band er ihr die Schenkel mit dem Kabelbinder ab, dann wischte er das Beil sauber. Sein Blatt war feucht. Mehrmals sprühte er etwas Isopropanol aus einem Spender in ein frisches Tuch und wischte es damit blank. Das Beil war ein typisches Feuerwehrbeil, mit dem er mit einer Hand gut schlagen und präzise treffen konnte. Keine grobe Axt für Baumstämme, sondern ein Präzisionswerkzeug. Sein Gewicht zu spüren, seine Macht wahrzunehmen, erregte ihn.

Während er darauf wartete, dass das Blut sich staute und ihre Füße und Unterschenkel bleich wurden, holte er sein Messer heraus und präparierte einen seiner durchsichtigen Zehn-Liter-Plastikkanister. Nachdem er ihn aufgeschnitten hatte, war Lena so weit.

Er beugte sich über sie. Gewöhnlich brauchte er pro Bein fünf Schläge, manchmal dauerte es länger.

Das Beil in seiner Hand fühlte sich warm an.

# 26

Knut gab Butch sein Diätfutter, warf die Basecap auf den Küchentresen und holte sich ein Bier. Nachdem er missmutig feststellen musste, dass es in der Abstellkammer zu kalt geworden war, trank er einen Schluck ab. Dann steckte er die Flasche in den Babyflaschenhalter, den er zur Mikrowelle kostenlos dazubekommen hatte. 15 Sekunden reichten, bis es zimmerwarm und damit perfekt war.

Während der Labrador lautstark sein Spezialfutter schlabberte, schaltete Knut in der ganzen Wohnung das Licht ein. Schon im Büro hatte er die Stille und Dunkelheit nach dem Besuch seines Vaters nicht ausgehalten und war mit dem Karton nach Hause gefahren, obwohl er Spätdienst hatte. Birthe wusste, wie sie ihn erreichen konnte.

Er nippte am Bier und sehnte sich nach den aufreibenden Stunden nach Butch, seiner Couch und ein wenig Musik.

Einfach bei seinem Vater wohnen zu bleiben war ihm in Anbetracht seiner neuen Stellung reichlich peinlich vorgekommen. Als Polizeianwärter und selbst danach, als er im Revier unter Thor angefangen hatte zu arbeiten, hatte er es immer als praktisch empfunden, bei ihm zu wohnen und keine Miete zu bezahlen.

Nun genoss er seine neu gewonnene Freiheit und ärgerte sich, warum er nicht schon früher das gemachte Nest verlassen hatte.

Seine Wohnung unweit der Feriensiedlung Südkiärken war preiswert. Wenn Knut sich auf seiner Terrasse, die von

Unkraut gesäumt war, auf die Zehenspitzen stellte, konnte er die alte Kapelle zwischen den Ginsterbüschen sehen, um die sich die Ferienanlage mit ihren Holzhäusern wie ein großes Spinnennetz zog. Seinen Nachbarn, der in der anderen Bungalowhälfte wohnte, hatte Knut seit seinem Einzug erst einmal kurz gesehen. Er arbeitete in der Fischfabrik im Schichtdienst und musste jede zweite Woche früh raus. Wenn Knut dann noch wach lag, hörte er seinen Motorroller pünktlich um zwei Uhr nachts über den Kies zur Straße rollen.

Er stellte den Karton auf den Couchtisch und entfachte ein Feuer im Kaminofen. Die Nacht hatte die Sommerhitze empfindlich vertrieben, und der stete Wind vom Meer brachte feuchte Luft. Im Wohnzimmer war es kühl, zumindest kam es Knut so vor.

Wahrscheinlich ist es der Leichenfund, der dich frösteln lässt, dachte er. Und außerdem hat dich die Hitze heute aufgeladen. Kein Wunder, dass du Gänsehaut hast.

Ein kurzer Blick ins Plattenregal brachte B. B. King zutage.

Andere hörten spotify, deezer oder simfy – streamten ihre Musik aus dem Netz und hantierten mit PlayLists, Adds und Followern. All seine Freunde schwammen mit dem Technikstrom, bloß Knut hatte bis vor Kurzem noch immer im Strudel seiner CDs festgesteckt, in einem Meer aus Hardware. Und während sich seine Freunde geschlossen für das digitale Zeitalter entschieden hatten, war Knut ein weiteres Stück in die andere Richtung geschwommen. Schuld daran war Emilie, Doktor Emilie Berg. Von ihr hatte er einen Schallplattenspieler aus Kindertagen vermacht bekommen. Und damit hatte sie ihn geradewegs zurück ins prädigitale Zeitalter katapultiert. Mit Samthandschuhen, Butch war sein Zeuge, hatte er das sündteure Gerät von Yamaha gereinigt und justiert.

Nun wartete es neben seiner Couch und den Stapeln an Gitarrenzeitschriften auf Knuts Liebkosungen.

Er legte den King of Blues auf, schob den Regler auf $33\,^1/_3$ Umdrehungen und führte, als streiche er zärtlich die Wange einer Geliebten, den Tonabnehmer über die ersten Rillen. Sanft ließ er ihn hinab. Es knackte ein wenig, und Knut spürte, wie ihn bereits dieses winzige Geräusch entspannte. Einen Moment sah er der Nadel zu, die sich mit dem Auf und Ab der über die Jahrzehnte verzogenen Platte hob und senkte und dabei dennoch äußerst präzise, wie ein Surfer beim Tuberide, ihre Bahn auf dem Vinyl zog.

Er ließ sich auf die Couch sinken und starrte einen Moment Thors Karton an, während er an seinem Bier nippte. Sein Vater hatte verdammt noch mal recht. Scheiß auf das LKA und diesen Möchtegern-Horatio Caine für Arme.

Da klatschte Butch seinen schweren Kopf auf seine Schenkel. Knut griff sich das erste Heft aus dem Karton, kraulte seinen Freund hinter den Ohren und begann mit Blättern.

Es dauerte keine fünf Minuten, und er hatte alles um sich herum vergessen. Die Welt schrumpfte auf die Größe des Lichtkegels seiner Stehlampe, während er verglich und immer neue Hefte aus dem Karton zog.

Die Stadt gab für die jährliche Regatta seit über 30 Jahren Fotobände heraus. Schrecklich designte Heftchen, die von der Sparkasse gesponsert wurden und kaum besser als amateurhafte Schülerzeitungen aussahen. Wahrscheinlich waren sie Knut deswegen sofort eingefallen, als Diehl etwas von Klassenfotos gefaselt hatte. Mit den Dekaden waren die Bilder bunter und großflächiger und der Druck professioneller geworden, nur die Texte blieben verschwurbelt. Zwischen Reklamen für die örtlichen Bootsbauer, Anglershops und Sportclubs waren die Teilnehmer sämtlicher Disziplinen abgelichtet. Und genau auf diese hatte es Knut abgesehen, auf die steifen Gruppenfotos am Strand. Auf manchen Fotos war mehr Ufer zu sehen als Leute, aber da beinahe jede Valandsieler Schulklasse an der Regatta teilnahm – die Jüngsten ruderten, die Oberstufen fuhren 420er Jollen –, bargen die Hefte eine realistische Chance, die Leiche zu identifizieren.

*Wenn die Mädchen von hier sind, dann sind sie da drin.* Das hatte sein Vater gesagt. Meistens hatte er recht.

Knut wärmte sich ein weiteres Bier und zog sich das nächste Heft heran. Butch war neben ihm eingeschlafen, und eigentlich hätte Knut längst die B.B.-King-Platte umdrehen müssen, doch er wollte seinen Freund nicht wecken.

Erst zwei Stunden später tat er es, weil er eine Lupe holen musste.

Das Tattoo zeigte ein Feuer, kein Herz. Es war eine Flamme in einem Kreis, und seine Größe und Position stimmten perfekt.

Abermals hielt er die Lupe hin und sah sich ihre Schulter und die Tätowierung genauer an.

Für den Bruchteil einer Sekunde blitzte das Bild ihrer ledernen, schmierigen Haut vor seinem Auge auf.

Keine Tätowierung der Welt sollte auf diese Art vergehen.

Er blickte in ihr Gesicht. Der mittelmäßige Druck und die schlechte Aufnahme von 2008 ließen ihre Miene seltsam erstarrt erscheinen. Das Mädchen lächelte dermaßen aufgesetzt, dass es nicht nur steif, sondern geradezu aggressiv wirkte.

Er versuchte, ihre Gesichtszüge mit der Leiche überein zu bringen, und sah sich Magnussens Fotos auf seinem Smartphone an. Nur widerwillig blickte er in ihre hohlen Augen und auf den Mund und musste jäh daran denken, wie sich die Krebsarme zwischen ihren Lippen hervorgetastet hatten.

Auf dem Regattabild trug sie offene Motorradstiefel zu einer abgeschnittenen Tarnhose und einem löchrigen Tanktop. Das war ein absolut anderer Stil als das Sommerkleid. Ihr Blick hatte etwas Rebellisches, als habe man sie zur Regatta gezwungen.

Während Butch neben ihm schnarchend im Traum zuckte, blätterte er vor und suchte nach ihrem Namen.

Kaum hatte er ihn gefunden, setzte er sich an seinen Laptop und loggte sich im Revier ein. Sein Vater hatte vor rund fünf Jahren begonnen, alle Fälle digital zu katalogisieren. Knut brauchte bloß zwei Minuten, um sämtliche Protokolle von 2008 durchzuscrollen.

Im Juni fand er einen Treffer.

# 27

Unweit der eingezeichneten Parkflächen zankten vier Möwen in der frischen Morgenluft um einen Krebs. Ein freches Jungtier riss ihrer Beute eine Zange ab bei dem Versuch, den Fang vor den anderen in Sicherheit zu bringen. Die Möwenrufe hallten in der noch unbelebten Straße wider, die sich einen knappen Kilometer zwischen den befestigen Dünen entlangzog.

Knut ließ den Blick über die Auslage des Souvenirladens schweifen. Er zögerte, das schmale Backsteinhaus zu betreten, in dessen Tür noch immer ein Schild mit der Aufschrift »Geschlossen« hing. Die Sandkübel mit Fahnen und Schaufeln waren noch nicht herausgestellt worden, aber es brannte bereits Licht.

Seine Augen schmerzten vor Übermüdung, und der schnelle Kaffee von Krömer rumorte in seinem Magen. Seit wie vielen Stunden hatte er nichts mehr gegessen? Er wusste es nicht, aber er wusste sehr wohl, dass er noch nie eine solche Nachricht überbracht hatte.

Der Klingelknopf war von der Nacht kalt. Ein feines Bimmeln kündigte sein Eintreten an.

»Wir haben noch zu«, hörte er eine Frau rufen. »In zehn Minuten geht's los.«

»Ich weiß«, sagte er schlicht und ging im Kopf noch einmal durch, was er sagen wollte. Wie überbrachte man die Nachricht, dass ein seit Jahren verschollenes Kind nun tot geborgen wurde? Sie hatten das Thema einmal in einem zweistündigen Unterricht während der Aus- und Fortbildung in Eutin gestreift.

Knut fasste Mut, schob sich am Regal mit Muschelketten und Strandmatten vorbei Richtung Tresen und zog seine Basecap vom Kopf.

Silke Mertens schlug an der Kasse Geldrollen auf, ließ Münzen in die Fächer rieseln. Eine Zigarette qualmte eingeklemmt in einem Segelschiff-Ascher. Die Frau sah aus, als hätten ihr die Zigaretten das Blut aus dem Körper gezogen. Mit etwas zu dick aufgetragener Schminke, reichlich großen Ohrringen und einem zu schlabbrigen Pulli versuchte sie, ihren ausgemergelten Körper zu verbergen. Knut wusste, dass die Mittfünfzigerin den Laden von ihrem Mann übernommen hatte. Nachdem Michaela nicht wieder heimgekehrt war, hatte sie sich von ihrem Mann getrennt. In den Unterlagen seines Vaters hatte Knut entdeckt, dass Silke Mertens im Herbst 2008 – dreieinhalb Monate nach Michaelas Verschwinden – Anzeige gegen ihren Mann wegen Körperverletzung erstattet hatte. Die Ermittlungen der Staatsanwaltschaft waren im Sande verlaufen. Allerdings konnte Knut aus Thors Revierprotokollen nicht ersehen, ob ein Gerichtsverfahren eingeleitet worden war. Er wusste lediglich, der Mann war weggezogen, aber Thor hatte nicht notiert, wohin.

Merkwürdig blieb jedoch eines: Die Mertens hatten am 10. Juni 2008 eine Vermisstenanzeige gestellt, sie aber drei Wochen später zurückgezogen.

Frau Mertens sah von der Kasse auf. Die schwarzen Haare fielen ihr ins Gesicht, dennoch konnte Knut sehen, wie das höfliche Lächeln schlagartig gefror, als sie ihn erkannte. Zuerst dachte Knut, es sei Trauer, doch es war noch etwas anderes in ihrem Gesicht zu erahnen.

»Nein.« Nur dieses eine Wort, mehr sagte Frau Mertens

nicht. Sie begrüßte ihn nicht, sie fragte nicht. »Nein«, meinte sie ein weiteres Mal, und diesmal klang es, als müsse sie sich selbst ausreden, dass er vor ihr stand.

Am liebsten hätte sich Knut rücklings aus dem Laden geschoben. Er kam sich elend vor, so als wäre er selbst der Tod und nicht nur der Überbringer schlechter Nachrichten.

Im Bruchteil einer Sekunde hatte Michaelas Mutter eins und eins zusammengezählt. Das Getuschel über die Leiche am Strand und am Jachthafen, das gestern wie ein zweiter Sturm durch Valandsiel gefegt war, und jetzt Knuts ungewöhnlicher Besuch. Knut hatte die Lokalreporterin überreden müssen, bloß einen schmalen Artikel für die heutige Ausgabe zu schreiben, aber sicher hatte Frau Mertens in der Früh wie alle Valandsieler jedes der Worte begehrlich in sich aufgesogen.

»Es tut mir leid.« Verloren stand er vor den Plastikseehunden und Plüschwalrössern, den bunten Pappleuchttürmen und Seifen mit Valandsieler Wappen. Das letzte Mal hatte er sich so sprachlos in der zehnten Klasse gefühlt, als … Nein, das letzte Mal war er so sprachlos gewesen, als Emilie ihn verlassen hatte. An diesem Morgen, als er ihr extra seine speziellen Spiegeleier gebraten hatte, nur um zu hören, dass es aus war. Mit Basilikum in der Hand, die Tomaten bereits geschnitten, hatte er dasselbe flaue Gefühl im Magen gespürt.

»Das kann nicht sein.« Silke Mertens kam hinter dem Tresen hervor. Sie war einen guten Kopf kleiner als er. Draußen hielt ein Lkw. Seine Bremsen quietschten und übertönten das Gezänk der Möwen. »Sie lügen. Sie lügen!«, fuhr sie Knut unvermittelt an und knallte die Münzrolle auf den Tresen.

»Leider nicht.«

»Das ist ein bescheuerter Witz. Das muss ein … Sie, sie,

sie …« Mit einem Mal hämmerte sie kraftlos mit beiden Fäusten gegen seine Brust. Überrumpelt packte er ihre Arme, wusste sich nicht zu helfen und umarmte sie einfach.

»Ssscht. Frau Mertens. Ist gut. Es … es ist noch nicht bestätigt …«

»Aber … Michaela?«

»Ich – tut mir leid. Ich bin mir ziemlich sicher.« Es kam ihm seltsam vor, dieser Frau, die seine Mutter hätte sein können, die Haare aus dem Gesicht zu streichen, doch er tat es. Einfach, um ihr behilflich zu sein. »Ich gehe davon aus, dass wir sie gefunden haben.«

»Das kann nicht, das …«

Er spürte, wie sie zu zittern begann. Einen Moment hatte er Angst, sie könne ihm ohnmächtig werden. Behutsam schob er Michaelas Mutter zu einem Stuhl.

»Sie müssen sich irren. Sie ist … Michaela ist doch … Sie ist doch bei Hakon. In Stavanger. Sie ist doch in Stavanger.«

»In Norwegen?«

Silke Mertens nickte. »Bei ihrem Freund, dem Hakon.« Obwohl Michaelas Mutter es möglichst bestimmt sagte, spürte er, dass sie zweifelte.

»Sind Sie sicher? Ich meine, können Sie mir sagen, was passiert ist? Damals. Sie haben einen Tag nach ihrem Verschwinden Anzeige erstattet …«

»Ja? Michaela … Sie ist weggelaufen. Wir hatten – nein, nein. Das heißt, mein Ex-Mann, ja, der Rüdiger, der hatte einen Streit mit ihr und – und da ist sie weg.«

»Nach Norwegen?«

»Was? Nein. Ich – ich glaub nicht. Nicht sofort. Weiß ich nicht. Aber sie hat sich gemeldet. Zwei Wochen drauf.«

»Wirklich.« Knut schlug in seinem Notizbuch nach. »Sie haben die Vermisstenanzeige zurückgezogen. Ende Juni, nein Anfang Juli.«

»Ja, sie war doch in Stavanger mit Hakon. Sie hat Postkarten geschickt und ... und ...«

»Hat Hakon angerufen?«

»Nein. Aber wir haben Fotos.«

Knuts Blut sackte weg, und er spürte einen Schauer seinen Rücken hinunterlaufen. »Sie haben bitte was? ... Fotos?«

# 28

Eine einspurige Sandzufahrt schlängelte sich zwischen den Dünen hindurch und endete an einem Fachwerkhaus, dessen weiß gestrichene Balken sich gegen die Hügel drückten, als könnten sie sich vor dem steten Meerwind wegducken. Der Lack an den Fensterrahmen war abgesplittert, das Holz durch die Salzluft verzogen. Joost, Helens Vater, hatte den Dünenkieker seit Jahren verfallen lassen.

Auf dem Kiesparkplatz schimmerte ein Stahlcontainer in der Sonne. Jemand hatte eine Schubkarre voll zersplittertem Holz und Fensterscherben an die Schuttmulde gefahren, aber Helen sah niemanden arbeiten. Lediglich ein quietschgelber Citroën Pallas mit weißem Dach parkte vor dem Lokal. Der französische Oldtimer passte bestens zu den dunkelroten Malven, die sich an der Front des Lokals wiegten. Als hätte ihn jemand für ein Fotoshooting dorthin gestellt.

Ein Glöckchen kündigte ihr Kommen an. Bratengeruch vermischte sich mit kaltem Zigarettenqualm und dem Geruch von altem Parkett.

Während Helen an der Küchentür vorbeiging und dem leisen Klappern von Besteck in den Gastraum folgte, überlegte sie, warum sie den Dünenkieker sehr viel unbelasteter betreten konnte als das Wohnhaus ihres Vaters.

Wahrscheinlich lag es schlicht daran, dass sie hier tatsächlich nur zu Besuch war. Zwar hatte sie als Kind oft im Hinterzimmer gespielt, doch ihre Mutter hatte stets darauf geachtet, dass sie und ihre Schwester nicht allzu viel im Restaurant tobten oder es gar mit Spielzeug zu ihrem zweiten Kinderzimmer machten. Sie hatte gemeint, es gehöre sich nicht, die Gäste zu stören. Ein Kind zwischen den Tischen vermiese die Urlaubsstimmung.

Damals war das Lokal gut besucht gewesen, doch nun strahlte der makellos weiße Damast auf einem Dutzend leerer Tische im Sonnenlicht. Ein einziger Gast saß vor einem Frühstück, ein drahtiger Kerl mit Dreitagebart und lässigem Outdoor-Hemd. Er aß derart grazil und anmutig seine Spiegeleier, dass man meinen könnte, er säße in einem Gourmet-Restaurant. Kurz musterte er Helen aus nussbraunen Augen, dann schenkte er ihr ein offenes Lächeln und setzte die Kochmütze auf seine Locken.

»Salut«, begrüßte er sie auf Französisch, tupfte sich die Lippen mit der Papierserviette ab und stand auf. Seine Größe überraschte Helen. Mit ihren eins achtzig war sie nicht gerade klein, aber der Koch des Dünenkiekers überragte sie noch um einen Kopf. Seine Augen strahlten sie an, während er die Schürze fester zurrte.

»Kommt noch wer?«

»Zwei Personen. Ich bin verabredet.«

»Oh! So viele? Dann wird's eng.«

»Vielleicht kann ja wer rücken, wenn ich durch den Andrang 'n Tisch finde.«

»Vielleicht quetschst du dich nach da hinten durch. Da ist noch ein Plätzchen frei.« Er deutete auf den Tisch neben der Theke und zwinkerte ihr zu. »Ich bringe dir die Karte, wenn ich noch eine auftreiben kann.«

Helen setzte sich und sah ihm ein wenig belustigt hinterher, weil er sie so unkompliziert angesprochen hatte. Während er sein Essen schnell abräumte, pfiff er ein Lied. Sie kannte es, wusste den Titel aber nicht. Sicher war es irgendwas Französisches.

Kaum war er ein paar Schritte zur Seite gegangen, tat ihr Herz einen Sprung, denn ihr Blick fiel aus dem Panoramafenster auf die Terrasse.

Eine Frau im Rollstuhl starrte rauchend durch das einzige Windschutzfenster, das der Sturm nicht zerstört hatte. Sie blickte auf das Meer, während ihre spärlichen rotbraun gefärbten Haare in der Brise zitterten. Helen erkannte sie sofort.

Sie stand auf, zögerte an der Terrassentür jedoch, einfach hinauszutreten.

Reiß dich zusammen, ermahnte Helen sich. Du kannst nichts dafür, dass Vater dir alles vermacht hat. Außerdem hatte sie Martha zwei Jahrzehnte nicht gesehen.

Wann hatte sie das letzte Mal mit ihrer Mutter telefoniert – außer den paar nüchternen Sätzen in der Nacht vor zwölf Tagen? Im Sommer des vergangenen Jahres, überlegte Helen. Nein, es muss vor meiner Verlobung gewesen sein … 24 Monate Schweigen. Mindestens. Und selbst die Telefonate vor diesen zwei Jahren waren bloß ein Austausch von Belanglosigkeiten gewesen.

Eigentlich haben wir 20 Jahre nicht gesprochen.

Marthas Hände zitterten, als sie sich eine neue Zigarette anzünden wollte. Es gelang ihr nicht, mit ihren Gichtfingern das Feuerzeug zu zünden.

Gerade als Helen hinaustreten und sie begrüßen wollte, kam eine Frau um die Hausecke. »Das Dach ist auch durch. Da muss neues Reet drauf. Alles im Eimer, Martha. Da hat Joost seit Jahren nichts gemacht. Ach was, seit Jahrzehnten nicht.«

»Allein die Lage hier … und das Haus in der Rike Reech … überleg mal, Schatz. Die beiden Häuser sind bestimmt eine Million wert.«

»Glaubst du, Mama, echt?«

»Sicher.«

Obwohl Helen sofort wusste, wer die Frau war, brauchte sie einen Moment länger, um ihre Erinnerung an die Wirklichkeit anzupassen. Als sie nach Paris abgehauen war, in jenem Sommer, in dem sie beschlossen hatte, nicht mehr zurückzukehren, war ihre Schwester Irene 22 gewesen.

Die sechs Jahre Altersunterschied ließen uns schon damals verschiedene Leben führen, dachte Helen.

»Ich weiß nicht. Papa hat alles verfallen lassen. Hier muss man erst mal 'n Vermögen reinstecken«, fuhr ihre Schwester fort. »Das is' ja auch noch alles denkmalgeschützt, Mama, wer will denn das kaufen?«

Ohne großes Aufsehen entwand Irene ihrer Mutter Feuerzeug und Zigarette. Nachdem sie einmal kurz gepafft hatte, hielt sie Martha die Zigarette hin. Ihre Gesten waren ruppig und routiniert zugleich. Helen erkannte sofort, dass die beiden zwar ein eingespieltes Team waren, es Martha aber missfiel, derart auf ihre Tochter angewiesen zu sein.

»Wer spricht denn von verkaufen?« Helen trat auf die Terrasse. »Vielleicht will ich ja alles behalten.« Sie stellte sich zu den beiden, hielt aber unbewusst einen Schritt mehr Abstand als üblich.

»Helene?« Da war keine Freude im Blick ihrer Mutter. Wie versteinert musterte die 69-jährige Helen, weder schockiert noch fasziniert, was aus ihrer Tochter geworden war.

»Ich bin's, ja. Helen«, antwortete sie und rückte das *Helene* gerade. Sie wusste nicht, ob sie ihre Mutter umarmen oder ihr bloß die Hand reichen sollte. Sie entschied sich für eine Mischung und strich ihr kurz über die Schulter. Martha entlockte die Geste bloß eines: Sie kratzte ihr linkes Knie. Helen zwang sich, die Bewegungen ihrer Mutter nicht abzuschätzen. Wahrscheinlich hatte sie dort bloß einen Mückenstich.

»Hi«, begrüßte sie ihre Schwester und wusste, dass ihr Lächeln sehr amerikanisch und aufgesetzt wirken musste.

»Schön, dich zu sehen, Helene.« Da umarmte ihre Schwester sie unvermittelt.

Von der plötzlichen Nähe überrascht, wich Helen zurück. Knirschend zerbrachen ein paar letzte Scherben unter ihren Sneakers. »*Helen.* Keiner sagt Helene.«

»Ach so.«

»Ja.«

Mein Gott, ich bin 36 Jahre alt und weiß nicht, was ich zu ihnen sagen soll. Wann bist du so kalt geworden?

»Bist du schon ins Haus gezogen?«, fragte Irene.

»Ich bin da untergekommen, ja. Das Nachlassgericht hat mir den Schlüssel geschickt.«

»Wir brauchen dann eine Liste von dem ganzen Kram, den Joost da hat.«

Helen atmete hörbar ein. Kaum drei Sätze hatten sie gewechselt, und ihre Mutter hatte Sorge, dass sie etwas vom Erbe unterschlagen könnte?

»Mama«, ermahnte selbst Irene ihre Mutter.

»Ist doch wahr. Unser Notar soll das alles prüfen. Du wirst auf deinen Pflichtteil nicht verzichten, Irene.«

Zwar versuchte Helen zu lächeln, dachte jedoch: Das, was von Wert war, hast du bei deinem Auszug vor einem Vierteljahrhundert doch alles mitgenommen.

»Darüber hab ich mir noch gar keine Gedanken gemacht. Und mit dem Notar, also, in den letzten Tagen war so einiges los …«, gab Helen zu. »Vielleicht können wir in zwei Wochen einen Termin machen. Ist vielleicht besser, ihr kommt vorbei, und wir gehen Zimmer für Zimmer durch.«

Während Irene nickte, wischte Martha mit ihrer Zigarette abfällig durch die Luft. »In dieses Haus bringen mich keine zehn Pferde.« Sie rollte ein Stück von der Scheibe weg, drehte den Stuhl aber nicht zu Helen, sondern bloß den Kopf. Ein klares Zeichen, dass sie nicht wirklich mit ihr sprechen wollte. Obwohl Helen versuchte, solche Gesten und Körperhaltungen nicht zu registrieren, sprangen sie ihr sofort ins Auge. Ihre Mutter saß da, als wolle sie am liebsten wegfahren, anstatt mit ihr zu reden.

»Alles aufzuschreiben, was da noch in den Schränken ist … Das braucht Zeit. Und dann noch hier im Dünenkieker.«

»Stimmt, Mama«, half Irene ihr. »Papa war nicht gerade ordentlich.«

»Was meinst du damit?«, hakte Helen nach.

»Das hast du doch gesagt. Dass es unordentlich ist.«

»Hab ich nicht. Ich habe dich angerufen und gesagt, dass ich die Unterlagen finden und zusammenstellen muss. Ich bin gestern Abend erst gelandet. So was wie Jetlag kennst du natürlich nicht, wenn der weiteste Weg der mit dem Auto zum Einkauf ist.«

»Wir haben keinen Wagen«, brummte Irene eisig.

»Ich wollte nicht … Tut mir leid.« Helen biss sich auf die Zunge. Ihr Stumpf begann zu jucken.

»Ein neueres Testament hast du im Haus nicht gefunden?«, wollte Martha mit kehliger Stimme wissen. »Das, was die uns da bei der Testamentseröffnung vorgelesen haben, ist ja schon mehrere Jahre alt.«

»Nein. Hätt ich suchen sollen?« Die beiden maßen sich mit Blicken. »Du bist geschieden, also geht es nur um Irenes Pflichtteil. Wenn Sie ihn denn will.«

Irene nickte unsicher.

»Ihr wollt Papas Haus nicht betreten, aber ihr habt Angst, dass ich was … dass ich was *klaue?* Das ist an Frechheit echt nicht zu überbieten. Und anstatt mit mir zu reden, geht ihr zum Anwalt.«

»Woher weißt du ...?«, fragte Martha erstaunt.

»Weil du dich sicher nicht so für mich gestylt hast. Frisch gefärbte Haare und ein nüchternes, edles Kleid. So hast du dich früher rausgeputzt, wenn es um etwas Wichtiges ging. Und wenn du jemanden getroffen hast, der eindeutig über dir stand. Und die Kette mit Papas Bild, die hast du schon damals nicht mehr getragen und bestimmt bloß umgelegt, um irgendwie Verbundenheit mit Joost vorzugaukeln. Also, wer kommt da infrage?«

Martha und Irene hatten ihre Tirade mit offenem Mund verfolgt.

»Wenn ihr wollt, schreib ich jede Plastikgabel auf, die Papa besessen hat. Wenn ihr mir nicht vertraut, dann holt euren Notar. Ich ziehe einen Anwalt hinzu, und wir machen das gründlich. Bis auf den Cent genau. Von mir aus verkaufen wir beide Immobilien. Machen wir Papas Leben zu einem Scheck. Okay. But I don't leave this fucking town«, sie brach ab, wiederholte noch mal: »Ich hau hier nicht ab, bevor wir die Immobilien nicht herausgeputzt haben. Wenn wir Papa schon so in den Rücken fallen, dann ... dann will ich, dass es sich lohnt. Wenn ich Papas Lokal einfach an den erstbesten Idioten abgeben soll, nur weil du, Irene, keine paar Monate auf dein mickriges Viertel warten kannst, dann sehen wir uns vor Gericht wieder.«

Martha wischte Helens Ausführung mit einer Handbewegung fort. Ihr Zigarettenqualm bildete Wirbel. »Willst immer das Maximum. Bist immer auf Streit aus. Immer entweder – oder.«

»Ich will es *vernünftig* machen. Wenn schon, denn schon.«

»Bist du deswegen nie zurückgekommen?«

Helen war für einen Moment sprachlos. Wie instinktlos

und direkt ihre Mutter sein konnte, hatte sie ganz vergessen. »Was?«

»Wenn schon, denn schon. Wenn du schon abhaust, dann richtig? Daumen hoch und weg. Und nicht mehr umdrehen. Wenn schon, denn schon?«

Helen schwieg. Die Pause wurde länger und länger. Das Schweigen schob sich zwischen sie, wurde fest wie eine Mauer.

»Vielleicht sollten wir mal zum Nachlassgericht«, warf Helens Schwester tastend ein. »Und da fragen, wie man das klärt. Ähm, und wir könnten hier doch noch was essen?«

»Ich muss leider los, ich hab noch einen Termin«, log Helen.

# 29

Dunkelheit.

Er knipste die Taschenlampe an, aber sie konnte die Nacht um ihn herum kaum durchdringen. Tastend trat er weiter ins Ungewisse vor.

Der Strahl ließ den Dampf um ihn herum trübe leuchten. Einen Moment glaubte er, den VW Golf zu sehen, Lena, die neue Gefährtin, schlafend auf ihrem Sitz.

Der Nebel lichtete sich widerstrebend, weigerte sich, den Blick auf das Auto der Mädchen freizugeben.

Wo stand dieser verdammte Wagen?

Er trat die Böschung hinab ins nasse Gras. Warum trug er Sicherheitsschuhe? Zuerst versanken sie, dann klackten sie bei jedem Schritt.

Das Gras der Böschung wurde zu hartem, rostendem Stahl, deswegen klackten die Schuhe. Durch den Dampf erkannte er kein Fahrzeug, aber immerhin nun das milliardenfache Glitzern der Sterne. Über ihm schimmerte das Firmament …

Er stand auf der Landstraße, dort, wo er die Mädchen … Nein. Das war nicht der Nachthimmel. Er stand nicht im Freien. Keine Sterne.

Es waren Wassertropfen. Sie funkelten rechts, links, oben, unten, saßen allüberall an den Wänden. Schwitzwasser. Sie schimmerten im schwachen Lampenlicht und verwirrten ihn, wie Tausende falscher Leuchtfeuer, die ihn auf Grund laufen lassen wollten.

Im Lichtkegel tauchte eine mit schwarzem Lack geschriebene Zahl unter ihm auf. Neun.

*Nein. Nicht die Neun.*

Das Licht zitterte, als er den Strahl von der Zahl auf die Metalltür wandern ließ. Weil er die ganze Zeit an der Wand entlanggelaufen war, befand sich die Tür unter seinen Füßen. Er wusste, dass er sie ohne Hilfe öffnen konnte.

Aber ich werde das nicht tun.

*Du musst die Tür öffnen.*

Nein.

*Öffne die Neun.*

Nein.

Seine Hand streckte sich nach der Tür. Das Metall war verrostet, der Lack aus dem Zweiten Weltkrieg an vielen Stellen abgeplatzt und voller Beulen.

Berühre sie nicht. Öffne sie nicht. Nicht die Neun.

*Du MUSST. Es ist etwas geschehen.*

»Die Kammer der schwarzen Augen ...«, hörte er sich stöhnen, und dann gingen seine Worte im Zischen seiner Atemmaske unter, die er mit einem Mal vor dem Gesicht hatte.

Seine nackte Hand griff nach dem nassen Stahl.

*Öffne die Neun.*

*Öffne sie.*

Er drehte. Er zog.

Im Raum lag die Schwärze wie hineingepumpte Tinte.

Ich will nicht, sträubte er sich, setzte sich dann aber an den Rand und sprang. Er verschwand in der Finsternis.

Seine Lampe konnte die Dunkelheit nicht durchdringen. Er versuchte es halbherzig, ließ das Licht durch die Tinte gleiten und ...

... erstarrte.

Eine hässliche Fratze glotzte ihn an, die Augen wie Höhlen, der Kiefer weggebrochen, die Haut rissig und braun. Die Tote kam näher, sie wollte ihn küssen. Nein, sie wollte ihn beißen!

Er schrie.

Für eine Sekunde wusste er nicht, wo er sich befand. Er schlug um sich, bevor er gänzlich aus der Dunkelheit seines Traumes erwachte.

Sein Schweiß hatte das Bettlaken getränkt, und es hatte sich angefühlt, als habe sie mit ihren nassen Armen nach ihm gegriffen, ihr zerfranstes, Kleid um ihn gewickelt, um ihn hinabzuziehen und …

Sein Mund war trocken, und nachdem er Spucke gesammelt hatte, schmeckte er schwarzen Schlick. Es fühlte sich an, als hätte er aus dem Raum getrunken.

Benommen richtete er sich im Bett auf. Seine Wasserflasche war ausgelaufen und hatte das Laken getränkt. Er warf sie aus dem Bett und griff nach der Lokalzeitung, die zerknittert neben ihm lag.

Die Schlagzeile war schuld an seinem Albtraum. Ein verschwommenes Handyfoto, das zwei Polizeibeamte im Jachthafen zeigte. Sie standen bei einem dunklen Fleck, der laut Artikel eine zweite angeschwemmte, unbekannte Tote war.

Wie können sie entkommen? Fortgespült? Ich muss es kontrollieren!

Ich muss das unterbinden.

Der Gedanke ließ ihn schon wieder schwitzen.

Nummer neun.

Das schwarze Loch.

Finde heraus, was die Polizei alles weiß. Und finde heraus, wie sie entkommen sind.

Mit einem Ruck riss er die Zeitung entzwei und schmiss

sie in den Wohnwagengang. Dann stand er auf, trat die letzten Seiten wütend fort.

Sekunden später beruhigte ihn der Duft seines Isopropanols. Es ätzte jeden bösen Traum aus seinem Verstand.

# 30

Die Dielen knarzten, als sich Michaelas Mutter vorbeugte und die Blechschachtel mit Weihnachtsmotiven vor Knut auf den Küchentisch schob. Er hatte sie gebeten, den Laden abzuschließen und ihm alles zu zeigen, was sie von ihrer Tochter über die Jahre erhalten hatte. Sie waren in die Wohnung oberhalb des Geschäfts gegangen. Michaelas Kinderzimmer war seit Jahren ein Warenlager. Bloß ein paar Poster von Punkbands erinnerten noch an sie.

Mit einem seltsamen Gefühl aus Respekt und Neugierde hob Knut nun den Deckel ab. Die Schachtel war randvoll mit Briefen, Fotos und Postkarten.

»Darf ich?«, fragte er, bevor er den Stapel herausnahm. Er schätzte, dass es gut 30 Dokumente waren.

Er hielt eine der Postkarten hoch. Sie zeigten den Hafen von Stavanger und eine Gasse mit pittoresken weißen Häuschen. Knut klemmte die Karte so zwischen die Finger, dass seine Kuppen das Papier nicht berührten. Ob der Poststempel tatsächlich aus Norwegen stammte, konnte er nicht sagen, jedoch stand auf der Briefmarke ein »Norge«. Maas' Experten mussten sich das alles ansehen.

Die Postkarte war auf den 22. April 2010 datiert, knapp zwei Jahre nach der Vermisstenanzeige, und sie war mit schwarzer Tinte beschrieben. Eindeutig die Schrift eines Mädchens.

»Das ist ihre Schrift?«

Silke Mertens nickte. »Sie hat sich über die Jahre etwas

geändert, aber … Ja. Schauen Sie mal. Sie schreibt ›Küsschen Määm‹. Damit ärgert sie mich immer. Mit dem Plattdeutsch da. Ich hab das nie gemocht, wenn sie nicht Mama gesagt hat.« Erneut kamen ihr die Tränen. »Hier ist irgendwo auch Hakon. Warten Sie.«

Sie wollte den Stapel auseinanderschieben, um Knut eines der Fotos zu zeigen, doch der fasste ihre Hand. »Warten Sie. Bitte. Nichts mehr berühren. Ich – ich muss das mitnehmen.«

Michaelas Mutter sah ihn fragend an. »Es ist alles, was ich von ihr habe.«

»Haben Sie sie denn niemals besucht? Sie angerufen?«

»Michaela hat immer geschrieben, dass sie das nicht will. Und die Briefe haben keinen Absender, keine Adresse. Sie wollte nichts mehr mit uns zu tun haben. Der Rüdiger hat sie an dem Abend …« Ihre Worte schluckten die Tränen. Entschuldigend wandte sie sich ab, um ein Taschentuch zu holen. »Er hat sie geschlagen, weil sie nicht nach Hause gekommen war. Sie ist manchmal tagelang weggeblieben, ist allein zum Strand und was weiß ich wohin. Sie war nicht ganz einfach.«

Sie war eben ein Teenager, dachte Knut.

»Zu welchem Zahnarzt ist Michaela gegangen? Jemand hier aus Valandsiel?«

»Doktor Drebes. Warum?«

»Es tut mir leid, aber ich glaube immer noch, dass wir gestern Ihre Tochter gefunden haben. Und ich muss Sie wirklich bitten, mir die Schachtel auszuhändigen. Sie bekommen alles wieder. Doch wir müssen das auswerten.« So behutsam er konnte, schob er die Erinnerungsstücke zurück.

Sie drückte den Deckel auf die Schachtel, machte aber keine Anstalten, sie ihm zu reichen. »Sie glauben, ihr Mörder hat das geschrieben?«

Knut seufzte. »Ich weiß es nicht. Aber wir müssen dem nachgehen. Bitte.«

Es arbeitete in Michaelas Mutter, und bevor ein weiterer Weinkrampf sie heimsuchte, drückte sie ihm die Schachtel in die Hand. »Ganz tief da drin habe ich gewusst, dass was passiert war. Ich meine, dass sie tot ist. Ich wollte nach Norwegen und sie suchen, aber ... Dann ist die nächste Postkarte gekommen, und es ist so teuer, dahin zu fahren. Ich hatte den Laden hier ganz allein, weil der Rüdiger ...« Sie nickte vage zur Schachtel, zur Postkarte, nach Stavanger. »Ich hab ihm immer gesagt, er ist schuld, dass sie weg ist. Weil er sie doch geschlagen hat.«

Ihre Hände fühlten sich rau an, als Knut sie umschloss. Sie hatten zu viele Kartons aufgerissen, zu viele Souvenirs ins Regal gestellt, zu viele Tränen weggewischt. »Wir kriegen raus, was passiert ist. Wir kriegen das raus, Frau Mertens.«

Sie nickte. »Muss ich sie identifizieren?«

»Nein. Ich glaube nicht, dass das nötig sein wird.« Er schüttelte das Bild der toten Michaela ab, dieses verschrumpelte Wesen, das wie ein böser Geist aus dem Sand geragt hatte. »Das LKA überprüft die Identität ganz genau. Damit wirklich alle Zweifel ausgeschlossen sind. Die werden sich auch sicher mit Ihnen in Verbindung setzen.«

# 31

Jasmin versuchte, die gefesselten Hände so weit herunterzudrücken, dass sie mit dem Hintern an ihnen vorbei und sie irgendwie nach vorne bekommen konnte.

Der Sarg war so eng, sie musste sich auf die Seite legen. Nach dem fünften Versuch hatte sie die richtige Position gefunden, um die Beine weit genug anziehen zu können.

Gutes Mädchen. Gut, dass du ’n Cocktailkleid anhast. Diese Sportübung kannst du mit Jeans vergessen, dachte sie voll schwarzem Humor und musste plötzlich lachen. Die Anspannung und der Schmerz brachen sich in einem hysterischen Anfall Bahn, auch wenn sie wegen des Tapes auf dem Mund kaum Luft bekam.

Noch kannst du atmen. Aber wie lange wird die Luft im Sarg reichen?

Sie zwang sich zur Ruhe.

Jetzt nur noch nach vorne, an den Schuhen vorbei und ... Sie kugelte sich bei dem Versuch den rechten Arm aus. Der Schmerz trieb ihr die Tränen in die Augen, aber sie machte weiter, zog die Füße noch enger an den Körper und schob mit aller Kraft die Hände unter ihren Füßen hindurch. Sie hörte kein Knacken, spürte aber ihren kleinen Finger brechen. Er hatte sich an ihrem Schuh verhakt. Der Schmerz raubte ihr den Atem. Tränen schossen ihr in die Augen. Endlich hatte sie die Arme frei, konnte sich das Tape vom Mund ziehen und begann sofort, die Handfesseln mit den Zähnen zu zerfetzen.

»Komm schon«, sprach sie in die Dunkelheit. »Reiß endlich, reiß, verdammt … Komm …«

Es dauerte über 20 Minuten, bis sie das Panzerband Stück um Stück so weit abgezogen hatte, dass es riss. Ihr kleiner Finger pochte und war bereits angeschwollen. Sie tastete nach einem Fetzen Klebeband und band ihn so straff sie konnte an den Ringfinger. Keine wirkliche Schiene, aber es würde gehen.

Dann hieb sie gegen den Deckel des Sargs und spürte ihn auf eigenartige Weise um ein paar Millimeter nachgeben. Da war kein Holz unter dem Stoff. Sie klopfte gegen das Kopfende, trat gegen das Fußteil – selbes Ergebnis. Zu ihrer Rechten klang es weniger dumpf, und sie meinte sogar, diese Seite bewege sich etwas.

Jasmin schloss die Augen, um das Brennen zu vertreiben. Außerdem war sie sich in der Dunkelheit nach ein paar Minuten eh nicht mehr sicher, ob sie die Lider offen oder geschlossen hielt.

Denk … nach … Denk … nach … Denk nach … Denk nach … Denknach-Denknach-Denknach-DenknachDenknachDenknachDenknachDenknach …

Behutsam ließ sie die Hand über die rechte Seite wandern, hoffte, einen Luftzug zu spüren, ein Zeichen wahrzunehmen, dass es eine Welt dort draußen gab.

Sie wurde enttäuscht.

Erneut drohte eine Welle der Hoffnungslosigkeit sie fortzuspülen, doch dann begann blanke Wut in ihr zu kochen. Sie schrie und weinte und trat mit aller Kraft um sich und schlug und trat und hieb und nahm keine Rücksicht auf ihre Schulter oder ihren Finger.

Ich überlebe.

Diese beiden Worte wurden ihr zorniges Mantra.

Mit einem Mal hörte sie ein Knacken. Irgendeine Verriegelung brach. Noch immer war es schwarz um sie, aber sie spürte, wie die rechte Wand nachgab. Nicht bloß wenige Millimeter, sondern sie konnte nun tatsächlich dagegendrücken und sie ein paar Zentimeter …

»Geh auf! Los! Geh auf!«

Sie stemmte ihre Füße dagegen und drückte so fest sie konnte. Ihre Angst, Erde werde zu ihr hereingedrückt, blieb unbegründet. Dafür strömte der beißende Geruch von Tierkot zu ihr. Minuten später klappte die Wand weg, und endlich wurde Jasmin klar, wo sie war.

Sie hatte einen Teil einer Autorücksitzbank nach vorn getreten.

Es war nicht Lenas Golf, sondern ein Wagen mit geschlossenem Kofferraum, und er fuhr nicht. So viel war sicher, sonst hätte sie längst Geräusche und ein Vibrieren wahrnehmen müssen. Weil Jasmin sich in der Enge des Kofferraums nicht drehen konnte, schob sie sich mit den Füßen zuerst durch die halbe Rückwand.

Ihr Kleid riss, Metall drückte sich an ihre Oberschenkel und schlitzte ihr die Haut auf, als sie sich weiter in den Wagen zwängte. Schrauben, Kanten, etwas, das sich wie ein Messer anfühlte. Es schlitzte ihr den Oberschenkel auf, und Jasmin spürte, wie ihr das Blut hinablief, wie die Spitzen weiter ihr Kleid zerrissen, bis hinauf zur Hüfte.

Die Zähne zusammengebissen, rutschte sie weiter, glitt schließlich ganz durch die Klappe und kam stöhnend auf dem zu liegen, was einst die Rückbank gewesen sein musste. Auf dem zerfressenen Polster stapelte sich Schrott, den Jasmin nicht näher bestimmen konnte. Sie spürte Schläuche, Stangen, Verschlüsse und Kappen, eine Gaskartusche und Schrauben. Einige der schweren Teile hatte sie in den Fußraum geschoben. Der süßliche Gestank von Kot und Urin ließ sie würgen. Sie schluckte den Ekel herunter, und es gelang ihr, wenn auch leidlich, sich halbwegs aufzurichten.

Endlich ertastete sie den Griff der Beifahrertür und drückte.

Zwei Dinge geschahen und ließen sie abermals weinen.

Diesmal vor Freude.

Sie spürte Luft, frische Luft, die über ihre nackten, zerschrammten Arme strich und sie erschaudern ließ. Das Zweite war das Licht. Lediglich ein Schimmern, kaum stärker als eine winzige Kerze in der Nacht, aber für Jasmin war der Schein so hell wie ein Blitzlicht. Sie wartete, bis ihre Augen sich daran gewöhnt hatten, dann drückte sie abermals.

Die Tür glitt nur zwei Handbreit auf, weil sie verzogen war und eine schwere Plane den Wagen abdeckte. Jasmin schob ihr Bein hinaus und stemmte sich gegen die Tür. Hustend und keuchend drückte sie sich durch den Spalt, zwängte sich unter der Plane hindurch und lag mit einem Mal im Freien.

Die Lichtexplosion ließ sie sofort die Augen schließen. Irrlichter tanzten auf ihrer Netzhaut, wollten sich nicht vertreiben lassen. Ihre Augen begannen zu tränen, und Jasmin wagte es nicht, sie zu öffnen.

Dennoch hätte sie am liebsten laut gelacht und wäre aufgesprungen. Ihr geschundener Körper ließ es nicht zu. Sie wollte sich umsehen, aber das Licht schmerzte zu sehr. Sie konnte vor Helligkeit nicht erkennen, wo sie war, also blieb sie für den Moment flach liegen. Obwohl die zahlreichen Schnitte brannten und ihr ausgekugelter Arm bei jedem Atemzug schmerzte, als würde er in Flammen stehen, rollte Jasmin sich wie ein Embryo zusammen.

Das Adrenalin ließ sie am ganzen Körper zittern.

Wer immer dich hergebracht hat, betete sie, lass ihn nicht wiederkommen. Lass ihn nicht wiederkommen.

Jasmin wollte sich aufrichten, wollte fort, aber sie konnte nicht. Die Schmerzen und die Erschöpfung waren einfach zu groß.

Völlig entkräftet lag sie da, atmete tief und sagte sich immer wieder:

*Ich lebe. Lass ihn nicht wiederkommen. Ich lebe.*

# 32

Knut klickte auf die Liste der JPGs und ließ sich die Fotos anzeigen, die Birthe und Magnussen auf seinen Befehl hin vom Inhalt der Blechschachtel gemacht hatten, bevor er sie Maas ausgehändigt hatte.

Es waren 243. 243 Fotos von 71 Dokumenten, Vorder- und Rückseiten von Postkarten, einzelnen Briefseiten und 19 Umschlägen.

243 unantastbare Bilder auf einem USB-Stick, auf einem glatten Plastikkeil, der nichts wog und den er so lieblos in seinen Laptop steckte wie Münzen in einen Parkscheinautomaten. Während Knut durch die Bilder scrollte, hier und da eines vergrößerte und sich Häuser, Schiffe und Blumen aus Stavanger ansah, wünschte er sich die Blechschachtel voller Papier herbei.

Lag es am Laptop, dass sich die Dokumente so unpersönlich anfühlten – oder schlicht daran, dass sie Fälschungen waren? Denn davon war er von Anfang an überzeugt gewesen.

Statt Wasser in einen Napf zu gießen, drehte er den Küchenwasserhahn auf Tropfen. Butch liebte es, sich hinzustellen und daran rumzulecken. Er suchte in seiner Plattensammlung nach einer Band, die ihn auf die Reise mitnehmen konnte, und entschied sich für Wheels of Fire von Cream. Doch selbst White Room vermochte seine schlechte Laune nicht zu vertreiben. Er sehnte sich danach, die Fotos im Licht seiner Küchenlampe zu kippen, wollte zusehen, wie die Reflexion des Lichts über die Oberfläche floss. Er wollte die Häuser und wenigen Gesichter mit seiner Lupe begutachten, wollte die Briefseiten in die Hand nehmen, an den Postkarten riechen, irgendwie in Kontakt mit diesen Indizien treten.

Stattdessen klickte er auf einem kalten Trackpad herum.

Dieser Maas hätte es doch niemals rausgefunden, wenn du die Dose noch ein paar Stunden länger behalten hättest, brummelte er.

*Sie müssen mich nicht mögen, Herr Jansen. Ich will nur den Täter der Staatsanwaltschaft zuführen. Hier geht es um Mord.*

Knut seufzte. Es war absolut richtig, die Informationen so schnell es ging weiterzugeben, dennoch frustrierten ihn die pixeligen Vorschauen in den virtuellen Fenstern.

Das Foto mit Hakon war das Einzige, auf dem jemand zu erkennen war. Auf allen anderen waren die Menschen bloße Randerscheinungen, kleine Flecken, meistens weit entfernte Rücken.

Knut schätzte den Mann auf Mitte 20, war sich aber bewusst, dass er im Schätzen des Alters nie besonders gut war. Hakon lächelte in die Kamera, zeigte ein Strahlen, und dennoch kam es Knut für einen Augenblick so vor, als fletsche dieser Kerl die Zähne. Seine Augen leuchteten, während er etwas vor einem weißen Holzhäuschen in die Luft streckte, das wie ein Paddel aussah. Er hielt es wie einen gewonnenen Pokal. Weil die Rosen blühten, ging Knut davon aus, dass das Bild im Sommer aufgenommen worden war. Wahrscheinlich am frühen Morgen.

»Scheiße«, stellte er fest, als er im zugehörigen Brief las: »... sind Hakon und ich letzte Woche auf Paddeltour gewesen. Das musst du mal sehen, Määm! Der Lysefjord ist fantastisch.«

Der Mörder hatte sich sehr viel Mühe gemacht, Michaela für die Familie weiter am Leben zu halten …

*Küsschen Määm.*

Dass es sich tatsächlich um ihre Leiche handelte, hatte Gerichtsmediziner Friedrichs vor einer halben Stunde bestätigt. Knut hatte den örtlichen Zahnarzt Doktor Drebes gebeten, Michaelas Akte direkt in die Rechtsmedizin nach Kiel zu faxen.

Obwohl Knut nicht davon ausging, dass sich der Mörder selbst fotografiert hatte, ahnte er, dass Hakon, dieser feist grinsende junge Mann, ihnen helfen könnte. Vielleicht erinnerte er sich noch an den Fotografen?

Es war ein Strohhalm, aber Knut blieb nichts anderes übrig, als danach zu greifen. Die anderen Fotos aus Stavanger zeigten den Hafen, zwei das angebliche Wohnhaus von Michaela und Hakon. Und selbst ihr Laden hatte einen Existenzbeweis bekommen. Camping und Ruderbedarf. Vergeblich versuchte Knut, einen Straßennamen, eine Hausnummer oder etwas anderes Markantes zu entdecken.

Wenn er herausbekam, wer Hakon war, wenn er eine Adresse fand, könnte er die örtliche Polizei …

Irgendjemand musste sich doch erinnern, an einen Touristen, der mit seiner Kamera …

Sich die Augen reibend, klappte Knut den Laptop zu. Das war alles vergebliche Liebesmüh. Blödsinn, dachte er, das ist alles Blödsinn. Kein Mensch erinnert sich an einen Touristen – und einige der Fotos sind mehrere Jahre alt.

Hilflosigkeit brandete in ihm an, schwappte über sein Gemüt und verdarb ihm vollends die Laune.

Oder war er bloß so schlecht gelaunt, weil Helen diesem Maas schöne Augen gemacht hatte? Immerhin, dieser Gedanke brachte ihn zum Schmunzeln.

Lieber schlecht gelaunt aus Eifersucht als aus Hilflosigkeit.

»Und, hast du was entdeckt?« Mit Einkäufen beladen betrat Birthe die Küche und begann, die Sachen einzusortieren. Meist machte sein Kühlschrank den Eindruck, als wären ein paar Jugendliche drüber hergefallen. Also brachte Birthe ständig etwas mit. Er hasste das, weil er sich dann vorkam, als wohne er noch bei seinem Vater.

»Nein. Es ist gut gemacht. Ich meine, schau dir die Schrift an.«

Sie stellte den Einkauf beiseite, gab ihm einen Kuss, den er nur fahrig erwiderte, und setzte sich auf seinen Schoß.

»Sieht aus wie eine Mädchenschrift«, stellte Birthe fest.

»Ja. Ich hab Silke Mertens gebeten, ein Schulheft von Michaela ins Revier zu bringen.« Er griff sich ein altes Deutschheft und hielt es neben den Laptop. »Er imitiert sogar das schiefe ›I‹ und den Schnörkel da am ›g‹.«

»Hm.« Birthe blätterte ein bisschen herum. »Er muss sich Schreibproben besorgt haben, vielleicht ist er Lehrer oder gibt Nachhilfe oder so.«

»Lehrer … Hm, die Idee ist nicht schlecht.«

»Und ob die gut ist! Ist ja auch von mir.« Sie drehte sich zu ihm. Er spürte ihre schlanken Finger auf seinen Wangen, ihre Ringe, deren Anblick ihn so oft anturnte. Sie griff sich seinen Kopf und wollte ihn küssen, aber er schob sie von sich herunter.

»Warte. Warte mal. Ich notier mir das.«

Enttäuscht sah sie ihm zu, wie er ihr den Rücken zuwandte und sein Notizbuch zückte. »Vielleicht solltest du *ihr* das zeigen.«

»Wem?«

»Na, deiner neuen …« Sie drehte den Laptop zu ihm

herum. Er zeigte den Browser mit seiner Suche nach Helen. Knut war überrascht, dass sie einfach die Bilder weggeklickt und seinen Browserverlauf aufgerufen hatte. »Sie kennt sich da sicher noch besser aus als ich«, setzte Birthe nach.

»Jetzt sei nicht so schnippisch, ja. Was fummelst du an meinem Browserverlauf rum?«

»Der Tab war im Büro noch offen. Ich *fummel* nirgendwo rum ... Aber du?«

»Was?« Knut entfuhr ein Lachen. »Was soll das denn jetzt?«

»Ich hab doch gesehen, wie du sie angeschaut hast.«

»Du warst im Hafen?« Für einen Moment wirbelten seine Gedanken umher. Er versuchte, einen zu greifen, aber sie waren viel zu flüchtig. Hilflos, da war es wieder, dieses Wort, das er so hasste. Bevor ihm bewusst wurde, wie sehr seine abweisende Art sie verletzt hatte, war Birthe bereits aufgestanden.

»Jetzt warte mal«, entgegnete er und suchte nach den richtigen Worten. »Ich arbeite mit Helen zusammen, das ist alles.«

»Ich war am Pier, Schatz. Das war ja kaum zu übersehen, wie du dich aufgeplustert hast.«

»Aufgeplustert ... Quatsch. Birthe, jetzt komm mal her.« Er wollte sie in den Arm nehmen, aber diesmal war sie es, die ihm die kalte Schulter zeigte. »Wieso warst du überhaupt im Jachthafen?«

»Um dich zu unterstützen. Deswegen vielleicht. Ich stand keine 20 Meter von euch weg. Bin grad angekommen, und du blökst in dein Funkgerät, ich soll den Einsatzplan von der Feuerwehr holen. Und 'ne Sekunde später machst du 'n Date klar.«

»Was hab ich?«

»Ja, nenn es noch ›Geschäftstreffen‹, so wie du ihr auf den Arsch geschaut hast.«

»Jetzt reicht's aber mal, Birthe. Wir wollen zusammen ein paar Details durchgehen. Ich bin auch ziemlich gereizt, weißt du.«

»Zwischen ›gereizt‹ und ›abweisend‹ liegt noch mal gehörig was dazwischen. Ein Danke würd mir ja reichen. Wir reißen uns nämlich alle ganz schön den Hintern für dich auf.« Sie drängte sich an Knut vorbei, konnte es aber nicht lassen und musste noch einmal nachsetzen: »Wenn du mir schon keinen Kuss geben willst oder ›Hallo‹ sagen, okay, aber vielleicht wär 'n bisschen Mitarbeiter-Motivation nicht schlecht. Doch davon hältst du ja anscheinend nichts.«

Sprachlos blieb er in der Küche zurück und überlegte ernsthaft, sie einfach kommentarlos ziehen zu lassen.

Dieser Fall kostete ihn auch ohne diese Zickerei genug Kraft.

»Ihr macht das großartig, echt«, sagte er, doch er klang noch immer gereizt. Er folgte ihr ins Wohnzimmer, wo sie ihre Sommerjacke von einem Faltplan nahm und Butch tätschelte, der sich an ihre Beine schmiegte.

»Ich hab dir alles eingetragen. Mit Uhrzeiten der Anrufer bei der Feuerwehr und bei uns. Die Gebiete, die laut Einsatzleitung am meisten verwüstet wurden, habe ich schraffiert. Viel Spaß damit bei deiner Profilerin.«

Sie klatschte ihm die Karte vor die Brust und ging. Noch bevor sie die Haustür erreicht hatte, drückte sie auf den Autoschlüssel. Durch die Tür hindurch konnte er das bestätigende Piepen ihres Smart hören.

Er wollte etwas sagen, wie »Fahr nicht« oder »Bleib hier« oder »Ich kann mich mit Helen auch morgen im Büro treffen«, aber er schwieg. Stumm sah er zu, wie sie die Tür aufzog und über die Kieseinfahrt ging. Im selben Moment, als die Haustür zufiel, klingelte sein Handy. Der Bürgermeister wollte Neuigkeiten hören.

Knut starrte zwei Atemzüge auf das Display mit Warendorps Konterfei und drückte den Mann dann einfach weg, während er Butchs Ohren kraulte.

# 33

Ein paar Atemzüge hatte Jasmin noch gekämpft, dann hatte sich ihr Körper geholt, was er brauchte: neue Kraft. Sie war vor Erschöpfung in Ohnmacht gefallen. Wie lange hatte sie – die Beine angezogen, die Wange auf dem staubigen Grund – so dagelegen? Wenige Minuten? Ein paar Stunden?

Jasmin konnte es nicht sagen.

Stöhnend zog sie sich auf die Knie. Konnte sie es wagen, die Augen zu öffnen?

Im Schummerlicht zeichneten sich erste Konturen ab.

Sie hatte sich geirrt, sie war nicht im Freien.

Jasmin lag auf dem mit Spelzen und Staub bedeckten Boden einer Scheune. Die Abendsonne fiel durch Bretterritzen und zerbrochene Dachziegel auf mehrere Eisenregale mit ausrangierten Schläuchen, Ventilen und Gasflaschen. In einer Nische rottete ein Mähdrescher vor sich hin. Den schwarzen Hügeln aus Plane nach zu urteilen standen hier mindestens sieben abgedeckte Autos.

Aus welchem sie gekrochen war, konnte sie genau anhand der Spuren im Dreck sagen.

*Wenn in den anderen Autos auch jemand ist?*

»Lena?«, flüsterte sie und horchte auf ein Kratzen, auf ein Schaben, ein Treten … Stille. Draußen rief ein Käuzchen, und sie meinte, das Dröhnen von einer Gartenpumpe oder so etwas zu hören.

Langsam kam sie auf die Beine.

Wenn du in einer Scheune bist, schoss es ihr durch den Kopf, sollte es kein Problem sein abzuhauen.

Du kommst hier raus, frohlockte sie, dann fiel ihr Lena ein.

Wer immer mich in den Kofferraum gesperrt hat, was tut er, wenn er merkt, dass ich frei bin?

»Lena?« Diesmal rief sie leise.

Keine Antwort.

Sie würde nicht ohne Lena hier verschwinden. Niemals.

Lena würde sicher dasselbe für sie tun.

»Verdammt!« Fluchend wandte sie sich dem ersten Wagen zu und begann umständlich mit dem heilen Arm, die Plane wegzuziehen. Ein verrosteter Audi kam zum Vorschein. Kaum war die Plane in den Staub gerutscht, humpelte sie zum Heck.

»Lena«, zischte sie und klopfte. »Lena?«

Jasmin rüttelte am Kofferraum, doch er gab nicht nach. Dafür nahm sie einen beißend süßlichen Geruch wahr. So schnell es ihre Wunden zuließen, eilte sie zum Wagen, aus dem sie gekrochen war, zog ein Stück Plane beiseite und drückte die Tür so weit es ging auf. Sie durchwühlte den Metallschrott auf der vergammelten Rücksitzbank und fand einen Rückspiegel aus Chrom.

Sie musste mehrmals ansetzen, musste ihre ganze Kraft aufbringen, bis der Kofferraum des Audi schließlich aufsprang.

Der Geruch war stechend und ließ sie würgen. Stahlblaue Augen starrten sie an. Jasmin schrie auf und taumelte zurück. Da war ein blondes Mädchen im Kofferraum. Aber es war nicht Lena.

Sie spuckte aus, hielt sich die Nase zu und überwand den Ekel. Zögernd schob Jasmin sich abermals heran, wagte einen zweiten Blick hinein.

Das Mädchen lag wie gebettet da. Ihre Haut war bläulich, und Jasmin konnte keine Wunden sehen, kein Blut. Dafür ringelten sich in ihren aufgerissenen Augen bereits weiße Maden. Keuchend wich Jasmin zurück und versuchte, wieder zu Atem zu kommen.

Der Gedanke, ihr den Rücken zuzukehren, während die Tote sie weiter anstarrte, ließ sie erschaudern.

*Ich muss den Kofferraum schließen. Besser, sie ist da drinnen.*

Als könne das tote Mädchen herausspringen und ihr in den Arm beißen, streckte sie sich auf die Zehenspitzen, sah lieber nicht noch einmal hin und tastete nach der Klappe. Der Lack fühlte sich eiskalt unter ihren Fingerkuppen an. Sie widerstand dem Drang, den Kofferraum zuzuwerfen, und schloss ihn leise.

*Hau ab. Renn endlich weg. Finde einen Weg hier raus.*

Jasmin sah sich zu den anderen Wagen um.

*Alles andere ist Zeitverschwendung. Wer immer das getan hat, er wird dich töten.*

Was würde Papa tun?, überlegte sie, und die Antwort war eindeutig. Er würde in jedes einzelne dieser verdammten Autos schauen.

Wie sollte sie ohne Lena gehen können?

Entschlossen packte sie den Chromspiegel und riss die nächste Plane herunter.

# 34

»Warten Sie, ich helf Ihnen.« Helen nahm Knut eine der Kisten ab, die er vom Landrover zu ihrer Haustür trug. »Was ist das alles?«

»Unterlagen«, murrte er. Er hatte nicht nur den Karton mit den Regattaheften von zu Hause mitgebracht, sondern bei Thor sämtliche Jahrgänge ab 1982 in den Landrover geladen.

Helen registrierte seine schlechte Laune sofort. Er bewegte sich wie ein Boxer, dem man bloß nicht zu nahe kommen sollte, den Kopf eingezogen, den Rücken leicht gekrümmt.

»Ich bin eben noch ins Revier und hab mir alle Aktenordner geschnappt, die im Archivschrank standen. Mein Vater hat erst die letzten paar Jahre digitalisiert.«

Mehrmals schob er sich an ihr vorbei, ohne weitere Erklärungen oder den Versuch eines Small Talks. Spätestens als er laut fluchte, bloß weil zwei Akten vom Couchtisch auf den Teppich rutschten, wusste sie, dass bei ihm der Haussegen schief hing.

»Sie haben sich gestritten. So vor einer Stunde?«

»Nein«, meinte er bestimmt, zuckte jedoch kaum merklich mit der linken Schulter, was Helen ein Lächeln ins Gesicht zauberte.

»Sie lügen nicht sehr gut, Knut Jansen. Wissen Sie das?«

»Ich? Ich lüge doch nicht.«

Sie lachte. »Jetzt schon wieder.«

»Was?« Er legte die Ordner zurück und sah sie endlich an. »Was? Wie meinen Sie das?«

»Sie verneinen und zucken gleichzeitig mit den Achseln. Und das noch nicht einmal gleichmäßig, sondern bloß mit der linken Seite.«

Knut sah sie noch immer fragend an.

»Die linke Schulter zuckt, und das bei einer klaren Feststellung.« Helen trat hinter die Wohnzimmerbar und zog ein Bier aus dem Eisfach. Weil sie nur Schnaps und Wodka im Haus ihres Vaters gefunden hatte und davon ausging, dass er kein Weintrinker war, hatte sie auf dem Rückweg vom Dünenkieker extra einen Sixpack gekauft und auf Eis gelegt. »Das ist ein Zeichen dafür, dass Sie es mit der Wahrheit nicht so genau nehmen, Herr Jansen.«

»Nur in dieser Frage«, stellte er mit Bestimmtheit fest und nahm das Bier entgegen. »Bin ich in einem Verhör?«

»Sind wir das nicht immer?«

Lächelnd zog Knut die Stirn kraus und hob anerkennend die Basecap. »Nicht schlecht. Muss ich mir merken, schöner Spruch.«

»Den schenk ich Ihnen ... Also, mit wem haben Sie sich gestritten? Mit Ihren Kollegen oder mit Maas?«

»Maas?« Knut tat cool und winkte ab. »Was soll ich mich mit dem streiten? Das lohnt doch nicht.«

Diesmal hatte er nicht mit den Schultern gezuckt und ziemlich aufrichtig ausgesehen, aber dennoch musste sie schmunzeln. Da klang eindeutig Eifersucht mit. Ihr waren Knuts argwöhnische Blicke auf dem Pier nicht entgangen, als sie mit Maas gesprochen hatte.

*Geflirtet,* berichtigte sie sich. Na ja, ein bisschen. Nur ein kleines bisschen geflirtet.

»Können wir diesen Maas heute Abend mal außen vor lassen?« Er umschloss sein Bier, als müsse er sich daran festhalten.

»Stimmt was nicht? Wollen Sie doch lieber einen Wein?«

»Nein. Alles gut.«

»Sie zucken schon wieder ungleichmäßig mit der Schulter.«

»Verdammt noch mal. Okay, ertappt. Haben Sie 'ne Mikrowelle?«

Knuts Laptop bootete.

»Zeigen Sie her, was Sie haben. Und wir lassen Maas heute beiseite. Wir checken alles, was Ihr Revier hergibt.« Helen schenkte ihm ein aufmunterndes Lächeln. »Und ich nerve Sie nicht mehr mit Privatem. Okay?«

»Okay«, seufzte er und nippte an seinem Bier, das er zu ihrem Erstaunen zimmerwarm gemacht hatte.

Sie teilten die Arbeit auf. Helen ging die Polizeiakten durch und nahm sich jede Vermisstenanzeige vor, jedes Mädchen im Alter zwischen zehn und 20 Jahren kam auf einen Zettel. Knut suchte die Mädchen dann in den Regattaheften.

Nach weiteren zwei Bier und drei Kartons sah Helens Wohnzimmer wie ein Schlachtfeld aus. 32 Hefte lagen aufgeschlagen herum, zwei Faltkarten der Küstenregion deckten ihre Hausunterlagen ab, Post-its klebten an der Tischkante und ihrer Weinflasche. Alle Polizeiordner, in denen nichts Relevantes stand, stapelten sich neben der Bar. Halb auf die Sofakissen gestützt, die sie auf den Boden gelegt hatten, sahen sie sich die letzten Unterlagen an.

»Zwölf. Zwölf Mädchen«, sagte sie. Auf dem Glastisch lagen zwölf Hefte, dazu zwölf Namen – sieben aus den Ordnern, fünf aus dem Laptop mit der Polizeidatenbank.

»Ich weiß nicht, soll ich enttäuscht oder glücklich sein?« Knut kniete sich vor den Couchtisch und schob das letzte Regattaheft in die Mitte. Helen, die sich einen weiteren

Wein eingegossen hatte, zog ihre Prothese ab und ließ sich neben ihm nieder.

Zwölf Fotos.

Zwölf Mädchenlächeln.

Helen beugte sich über seine Schulter und roch sein Aftershave. Sie wollte ihn nicht anmachen, hatte aber auch keine große Lust, sich unnötig reserviert zu geben. Außerdem amüsierte es sie ein wenig, dass ihre Nähe ihn nervös machte.

Er räusperte sich, als sie sich neben ihn schob und nach den Heften griff.

*Es schmeichelt dir, Helen, hm? Den armen Kerl zu verwirren. Zu spüren, dass du attraktiv bist.*

*Es tut gut. Ja.*

*Hast du jemals daran gezweifelt, immer noch begehrenswert zu sein?*

*Ich habe keinen Fuß mehr.*

»Ist das viel? Zwölf?«, riss er sie aus den Gedanken. »Ich meine, sind das viele Opfer für einen Serientäter?«

»Zu viel für die Polizeistation Valandsiel. Zu viel für einen Sheriff mit vier Deputys.«

Sein Blick fing ihren ein. Statt zu nicken, sah er sie bloß an, wartete auf eine Antwort. Ihre Nackenhaare stellten sich auf, weil sie das Gefühl nicht los wurde, er suche in ihr, sehe einfach in sie hinein. Wenn dieser Blick seine Masche war, um Frauen herumzukriegen, hatte er ihn wahrlich perfektioniert.

Sie spürte ihre Wangen erröten und ärgerte sich, bereits eine halbe Flasche Wein intus zu haben, anstatt rechtzeitig auf Wasser umgestiegen zu sein.

Irgendwie musste sie die Stille brechen. »Sicher ist das viel. Für jede Dienststelle … Auf der anderen Seite ist es aber nicht gesagt, dass das alles Opfer unseres Täters sind.«

»Sie bezweifeln das?«

»Ja. Sehen Sie, das sind sämtliche vermisste Mädchen in rund 30 Jahren. Jeder Teenager, der abgehauen ist. Die meisten dürften wirklich Reißaus genommen haben.«

»So wie Sie?«, fragte er mit einem Lächeln.

»So wie ich.«

»Sie müssen mir beizeiten erzählen, wie es Sie in die Staaten verschlagen hat. Sie haben doch sicher eine Menge erlebt, nachdem Sie aus unserem stillen Kurort weg sind.«

Sie ließ ihren Finger über den Rand des Weinglases kreisen und antwortete absichtlich nicht sofort, sondern ließ ihn ein bisschen schmoren. »Würde mir Spaß machen, ja. Doch. Wenn Sie möchten, dann erzähl ich es Ihnen mal.«

»Zum Beispiel bei einem Abendessen?«, griff Knut mit einem breiten Grinsen ihre Neckerei vom Vortag auf.

»Ich dachte, das geht Ihnen zu schnell.«

»Kommt auf den Nachtisch an.«

»Vielleicht belassen wir es bei einem netten Hauptgang. Einem Hauptgang und der sagenhaften Erzählung ›Helene Hennings Reise ins Land der Westernstiefel‹.«

Sie lachten beide.

»Klingt verlockend.« Knut öffnete sich ein weiteres Bier. Die beiden sahen sich wie ertappte Teenager an.

Schließlich räusperte sie sich. »Zurück zu den Mädchen.«

»Die zwölf sind sämtliche Vermissten aus 30 Jahren, okay – aber auf der anderen Seite sind das alles Mädchen von hier, in Valandsiel haben die gewohnt. Was ist, wenn er sich auch andere Opfer sucht? Touristinnen, Tramperinnen, Mädchen, die nur für eine Sommerparty herkommen oder hier kurz Urlaub machen?«

»Das ist richtig. Es könnte weit mehr als diese zwölf Opfer geben. Und wenn Sie meine ehrliche Meinung hören wollen …«

»Deswegen bin ich hier.«

»Selbst bei einem einzelnen Mord wäre die Sache zu groß für Sie. Für die Polizei hier, mein ich. Sie sollten ganz dringend mit Johann Maas …«

Er unterbrach sie, indem er den Finger auf die Lippen legte. Tadelnd schüttelte er den Kopf, was sie zum Schmunzeln brachte.

»Tut mir leid. Sie wollten meine Meinung.«

»Die will ich noch immer.«

*Sieh mich nicht so an.*

»Was haben Sie gesagt?«

»Ich habe nichts gesagt«, meinte Helen. »Sie wollen nicht aufgeben, hm? Und es ist Ihnen zuwider, dass jemand wie … Sie-wissen-schon … in Ihrem Revier wildert.«

»Ich bin 'n Egoarsch, hm?«

»Das haben Sie gesagt. Es ist nichts Verwerfliches daran, Morde für sein Ego zu klären. Die schwierigsten Mordfälle sind nicht aus Mitleid mit den Opfern aufgeklärt worden, sondern weil sich jemand profilieren wollte.«

Statt einer Antwort nickte er und fügte erst nach langem Überlegen hinzu: »Vielleicht ist das die Zacke, die mir fehlt. Charakter.«

Helen glaubte das kaum, was sie ihm auch deutlich sagte. Sie griff sich noch einmal die Liste. »Wenn Sie den Mörder wirklich finden wollen, dann müssen wir ein Muster ausmachen. Profiling ist nichts anderes, als Muster zu finden. Umso genauer und umso mehr Muster, desto präziser lässt sich etwas voraussagen.«

»Und bei unseren Leichen?«

»Ich schätze, es ist ein Mann. Die angewendete Gewalt spricht dafür. Frauen töten zwar auch, aber sie machen sich nicht gerne schmutzig. Männern ist das egal.«

»Alter?«

»In Anbetracht seines Vorgehens älter als 20. Wahrschein zwischen 30 und 60.«

»Oh. Also jeder.«

Sie nickte. »So gut wie. Wir müssen mehr finden. Es scheint mir, als sei Valandsiel für ihn wichtig. Er fährt nicht herum und tötet, sondern er mordet hier. In und um Valandsiel.«

»Also kommt er von hier. Aus der Stadt, aus der Nähe.«

»Ja. Rituale sind ihm wichtig. Wahrscheinlich ist er sehr penibel, geht äußerst planvoll vor. Ziemlich sicher gehört er zur Gruppe der Serien-Sexualmörder, selbst wenn er sich an den Opfern nicht vergeht. Er lebt mit den Taten seine Fantasien aus.«

»Zwölf Mädchen verschwinden, und zwei werden angespült …« Knut hielt inne. »Warten Sie.« Er nahm sich einen Stift und schrieb die Daten der Vermisstenanzeigen neben die Namen. »Sehen Sie das?«

Noch einmal setzte sie sich neben ihn. »Zwölf Vermisste. Und davon fünf in jeweils derselben Woche im Juni.«

Nachdem sie die Daten abermals abgeglichen hatte und sicher war, dass sich kein Fehler eingeschlichen hatte, musste sie zugeben, dass Knut ein erstes Muster gefunden hatte. »Er holt die Mädchen immer zwischen dem 6. und 10. Juni.«

»2000 Lydia Schwenke, 2001 Tanja Stevens, 2003 Petra Dornse, 2008 Michaela Mertens, 2011 Wiebke Sommer«, fasste er zusammen. »Ich wette, die Familien haben alle Postkarten bekommen und …« Er brach ab, weil ihm erneut etwas aufgefallen war.

»Was haben Sie?« Helen folgte Knuts Blick zum Laptop und dort zum Kalender auf dem Desktop. Ihr lief es kalt den Rücken herunter.

»Das ist jetzt. Heute ist der 7. Juni. Er wird wieder zuschlagen.«

»Oder hat bereits ein Mädchen in seiner Gewalt.«

Da ließ ein lauter Knall die Panoramascheibe erzittern. Die beiden fuhren herum.

Helen spürte einen Schauer auf ihrem Rücken. Ihr Herz pochte.

ER, schoss es ihr durch den Kopf.

»Haben Sie Ihre Waffe dabei? Haben Sie sie?« Sie konnte die Panik in ihrer Stimme nicht verhehlen.

»Das war ein Vogel oder so was«, antwortete er ruhig, aber Helen war bereits auf einem Bein zu ihrer Glock getänzelt und zog sie aus dem Holster. »Fuck«, fluchte sie.

»Was ist denn los? … Helen?«

»Später!« In kurzen Sprüngen brachte sie sich aus der Schussbahn und zielte auf die Scheibe. Weil die Dunkelheit sich bereits vor zwei Stunden über Dünen und Meer gesenkt hatte, konnte sie lediglich die Spiegelung der Wohnzimmerlampen erkennen.

ER hätte direkt vor der Scheibe stehen können – keine drei Schritte entfernt – und sie anglotzen. Sie hätte ihn nicht gesehen. »Die Prothese«, forderte sie Knut knapp auf. »Und behalten Sie das Fenster im Auge.«

Knut kam zu ihr in die Deckung und reichte ihr das künstliche Bein. Behände schob sie es über ihren Stumpf, rollte die Kniekappe über und war froh, dass er sie nicht anstarrte, wie viele ihrer Kollegen, sondern tatsächlich Ausschau nach IHM hielt.

Den Revolver im Anschlag versuchte er, draußen in der Dunkelheit etwas zu erkennen.

# 35

Auf Helens Wunsch hin huschte er voraus, während sie ihn sicherte. Knut konnte die Dünung hören, das sanfte Anrollen der Wellen, und er fixierte ein Regenfass an der Hausecke zur Veranda. Mit dem Revolver im Anschlag schob er sich weiter vor, ging in Deckung und wartete, bis sie aufgeschlossen hatte. Ein zitterndes Quietschen drang zu ihnen, schwoll an und ab.

Wortlos fragte er, ob alles in Ordnung sei. Sie nickte, gab Zeichen zu stürmen.

Knut atmete durch, griff die Waffe fester und trat um die Hausecke auf die Rückseite.

Das Rasenstück bis zu den Dünen lag verlassen da. Auf der Veranda stand ein Schaukelstuhl, und eine hölzerne Hollywoodschaukel schwang quietschend hin und her. Es war niemand zu sehen, aber Knut war sich nicht sicher, ob nicht noch vor wenigen Sekunden jemand auf der Bank gesessen hatte.

Er stürmte die Veranda, als wäre dies ein Nest voller gewaltbereiter Verbrecher. Noch immer hatte Helen ihm nicht erklärt, wer sie derart ängstigte.

Wen vermutete sie hier draußen?

Knut scheuchte niemanden auf. Alle Schatten blieben stumm. Im Schein der Wohnzimmerlampen, die ihr Licht bis auf die Holzveranda fallen ließen, sah er, was geschehen war.

»Gesichert«, meinte er und kam sich etwas albern vor,

bloß wegen eines Schlags an die Scheibe wie ein Einsatzkommando durch die Nacht zu huschen.

Eine Möwe lag vor dem Fenster. Sie bewegte sich nicht. Ihr Hals war gebrochen.

»Ist nur eine Möwe«, sagte er und beobachtete, wie Helen sich dennoch ängstlich zum hohen Dünengras und den Sträuchern umsah, als sei der Vogel von einem Mafiakiller dort abgelegt worden.

Kurz darauf kam sie zu ihm und stieß das Tier mit ihrer Glock an.

»Die ist einfach gegen das Glas geflogen«, meinte er. »Suchen Sie 'ne Nachricht oder so was?«

»Oder so was – ja …«

Knut verkniff es sich, noch einmal nachzufragen, wer sie ängstigte. »Sie erzählen es mir, okay? Morgen. Abgemacht?«

»Was denn?«

»Was Ihnen so eine Angst macht.«

Sie starrte stumm in die Dunkelheit, brummte dann schlicht: »Ich hol einen Spaten.«

»Sie wollen sie begraben?« Knut versuchte, den Ekel in seiner Stimme zu unterdrücken. »Holen Sie 'n Kehrblech, und dann weg … Das reicht doch, mein ich.«

»Sie sehen die Möwe an, als könnte sie Ihnen noch ein Auge aushacken. Haben Sie was gegen Möwen?«

»Nein, ich hasse die Viecher. Das ist alles. Guter, normaler, gesunder Hass.«

Helen lachte kurz auf.

»Obwohl … paniert und in Sahnesoße … Ich wette, die schmecken auch nicht anders als Hühnchen.«

»Hören Sie auf.« Sie stieß ihm kopfschüttelnd, aber immerhin nicht mehr ängstlich in die Seite. Er spürte, wie die Anspannung von ihr wich.

»Auf dem Yesler Way, nicht weit vom Colman Dock, da wo die Schiffe von Seattle nach Alaska ablegen«, begann sie zu erzählen, während sie losging, um eine Schaufel zu holen. »Also, da hab ich mal eine Möwe gesehen. Stattliches Tier. So groß – bis zu meinen Knien, die hat 'ne Taube erlegt und ist mit dem blutenden Vogel im Schnabel über die Straße stolziert.«

»Ich sag's ja. Ich kann die Biester nicht leiden.«

Sie gruben ein Loch, sechs Meter von der Holzterrasse entfernt, dort, wo das niedrige Gras des Gartens bereits vom feinen gelbweißen Sand der Dünen verschüttet worden war. Während Knut es aushob, legte Helen mit Gartenhandschuhen den Vogel in eine Pappschachtel.

»Fünf Opfer. 2000 Lydia Schwenke, 2001 Tanja Stevens, 2003 Petra Dornse, 2008 Michaela Mertens, 2011 Wiebke Sommer …« Grübelnd begann Helen mit Filzstiften Blumen und Sonnen auf den Karton zu malen.

»Die Namen haben Sie sich alle gemerkt?«

Sie sah ihn an, als sei es das Natürlichste der Welt, sich die paar Daten einzuprägen. »Ja. Das sind die fünf Opfer aus Valandsiel.«

»Schon, aber mir fällt's schon schwer, den Geburtstag meines Vaters zu behalten …« Er wischte sich die Stirn. »Ich dachte, Serientätern ist ihr Ritual wichtig. Aber dieser Typ macht ziemlich lange Pausen. Wie waren die Jahre noch?«

Sie zählte sie noch einmal auf, zog keck die Kappe mit den Zähnen von einem weiteren Filzer und zeichnete ein rotes Schiff auf den Deckel.

»Tanja Stevens und Petra Dornse … Da liegen fünf Jahre dazwischen.« Knut trat die Schaufel in den Sandhügel. Er war fertig. »Was hat er in den fünf Jahren gemacht?«

»Ich glaube nicht, dass er woanders gemordet hat. Ich glaube, er hat sich einfach andere Frauen gesucht. Die Lücken sind unsere Backpacker, die Urlauberinnen, die nicht von hier sind.«

»Und warum nimmt er nicht ausschließlich Valandsielerinnen?«

»Weil er gerissen ist. Weil das Ihrem Vater aufgefallen wäre.«

Knut nickte. »Gehen wir also einfach mal davon aus«, hielt er fest. »Wir sind 30 Jahre zurückgegangen, aber die erste Vermisste in der richtigen Juniwoche ist …«

»Lydia Schwenke. 2000.«

»Richtig. Aber wir haben bis 1983 gesucht – und vor 2000 wird niemand genau in der Woche vermisst. Also können wir davon ausgehen …«

»Dass Lydia sein erstes Opfer ist.«

»Vorher hat er nicht gemordet.« Knut trat ein wenig zurück und hielt ihr die Hand hin, damit sie sich auf die Knie niederlassen konnte, um den Karton ins Grab zu legen.

»Wenn es vorher keine Opfer gab, die niemand vermisst hat – oder er woanders auffällig wurde.«

»2000 … Wenn er jedes Jahr ein Mädchen tötet, dann sind es bis jetzt 14 Opfer.«

Helen richtete den Karton liebevoll aus, dann zog er sie hoch.

»Und das fünfzehnte Opfer wird er in diesen Tagen in seine Gewalt bringen und töten«, stellte sie ernüchtert fest. »Wenn er es nicht schon getan hat.«

Knut nickte. Er sah auf die See.

Einen ruhigen Moment lang standen die beiden einträchtig vor dem erleuchteten Haus, das offene, kleine Grab vor sich, und schauten auf die mondbeleuchteten Wellenkämme, auf das Spiel von Sternen und Wasser.

»Selbst wenn er sein fünfzehntes Opfer noch nicht hat, wie sollen wir in so wenigen Tagen herausfinden, wer er ist? Er mordet seit all den Jahren unerkannt. Der muss wirklich gerissen sein.«

»Noch wichtiger als Valandsiel scheint ihm das Datum zu sein. Irgendetwas ist in dieser Woche in seinem Leben vorgefallen. Sehr wahrscheinlich im Juni 1999, frühestens 1998. Ihm ist etwas passiert, das ihn 2000 zum Morden brachte.«

»Irgendwas hat ihn aus der Bahn geworfen?«

»Ja. Wir nennen das den Stressauslöser ... Wenn wir wissen wollen, wie er denkt und wer er ist, müssen wir herausfinden, was in dieser Juniwoche vor dem Jahr 2000 geschehen ist.«

Knut zückte sein Notizbuch. »Ich suche also jemanden aus Valandsiel, dem 1999 oder 1998 etwas Einschneidendes in der ersten oder zweiten Juniwoche zugestoßen ist.«

»Die Woche gehört zu seinem Ritual ... Sie sollten bei den Familien der Vermissten anklopfen, wahrscheinlich haben sie alle gefakte Lebenszeichen bekommen. Postkarten, Briefe, ein Foto ... Vielleicht finden Sie wen aus Valandsiel, der öfter in Stavanger war.«

»Gute Idee.«

»Und rufen Sie Maas an. Wir sollten uns noch mal die Leichen ansehen. Und abgleichen, was das LKA zu den Postkarten sagt.«

Knut seufzte. »Mach ich.« Er spuckte sich in die Hände, griff die Schaufel und häufte Sand auf die Schachtel. Dabei kam es ihm vor, als starre ihn die Möwe durch den geschlossenen Deckel an, als könne er genau ihre kalten Knopfaugen erkennen.

# 36

Klack.

Jasmin ließ den letzten Kofferraum zufallen und spürte das Blut in ihren Ohren pochen. Sie zitterte, denn im durchgerosteten BMW aus den 80ern lag ein Skelett. Warum auch immer, aber Jasmin war sicher, dass es sich um einen Mann handelte. Wahrscheinlich, weil die Knochen in einer Uniform steckten. Der Stoff war verschimmelt und von Ungeziefer zerfressen, aber sie musste an einen Kapitän denken. Es war eindeutig keine Militäruniform oder Tarnkleidung, sondern eher so etwas wie ein Ausgehanzug. Besser konnte sie es nicht beschreiben.

Sie hatte einen Wagen nach dem anderen freigelegt. Zuerst hatte sie überlegt, sie sofort wieder zuzudecken, doch selbst ein Blinder hätte erkannt, dass sie sich an ihnen zu schaffen gemacht hatte.

Sie hatte Lenas Golf unter einer Plane entdeckt, aber sein Kofferraum war – wie der der übrigen Wagen – Gott sei Dank leer.

*Gott sei Dank? ... Das heißt nur, dass Lena nicht hier ist.*

Sie humpelte zum Scheunentor. Durch den Spalt konnte sie im Mondlicht ein anderes Haus erkennen. Es war eingestürzt. Mit aller Kraft drückte sie am Tor, aber ein Balken und eine Kette mit Vorhängeschloss versperrten es, und sie traute sich nicht, daran zu rappeln, weil der Krach noch Hunderte Meter weit zu hören gewesen wäre.

Zielstrebig ging sie die Wände ab, suchte nach einem losen Brett, einer verwitterten Stelle, die sie aufbrechen und durch die sie sich ins Freie ziehen konnte.

Sie fand keine.

So wie das Wasser bei Flut kaum merklich steigt, stieg ihre Panik. Sie hatte es so weit geschafft und saß nun in einer Scheune fest? Das durfte nicht sein.

»Denk nach«, befahl sie sich. Am liebsten hätte sie vor Verzweiflung geschrien, doch sie zwang sich zur Ruhe, blieb stehen und atmete tief ein und aus.

Noch einmal schritt sie langsam und gründlich die Bretterwände ab. Das Haus besaß kein Fundament, seine Pfähle waren einfach in die Erde gegraben worden. Jasmin kniete sich hin. Sie zückte den Rückspiegel, suchte tastend eine feuchte Erdstelle und begann zu graben. Nachdem sie mit den Fingern getestet hatte, ob sie unter den Brettern hindurchlangen konnte, durchströmte sie neuer Mut.

*Ich komme hier raus.*

In ein, zwei Stunden, so schätzte sie, würde sie sich nach draußen in die Freiheit zwängen können.

Entschlossen schob sie mehr Erde mit dem Spiegel beiseite – und schrie auf. Sie hatte den Spiegel zu fest gegriffen und war mit ihrem gebrochenen Finger gegen das Holz gestoßen.

# 37

Er fuhr aus einem meerblauen Schlaf hoch und wusste für einen Moment nicht, wo er sich befand. Der Traum von Lena verblasste nur zögernd.

Zu seinem Erstaunen war er nackt. Und er lag wieder auf dem Boden des Wohnwagens. Wie er eingeschlafen und vor allem, wann ihm der Kanister mit dem Isopropanol entglitten war, daran konnte er sich nicht mehr erinnern. Der Caravan stank wie eine schmierige Eckkneipe. Der Alkohol war auf den Teppich geflossen und vom billigen Furnier der Innenausstattung begierig aufgesogen worden.

Noch wackelig auf den Beinen, zog er sich hoch. Sein Kopf explodierte beinahe. Wie viel von dem Zeug hatte er eingeatmet, und wie lange war er bewusstlos gewesen?

Draußen war es bereits dunkel.

»Verdammte Scheiße«, brummte er.

Du wolltest herausfinden, wie sie entkommen sind.

*Nummer neun.*

Er schüttelte den Gedanken ab. Lieber rief er sich Lenas Bild vor Augen.

Der Gedanke an ihre Schönheit ließ es in seinem Innern wohlig kribbeln.

Was sie jetzt wohl tat? Sie waren so wunderschön. Bald würde auch sie zu ihnen gehören.

Er spürte sein Glied hart werden.

Du wolltest herausfinden, was die Polizei weiß, ermahnte er sich. Aber seine Sehnsucht nach Lena und den anderen

Mädchen war zu stark. Er musste sie alle sehen. Er brauchte sie jetzt!

Es geht nicht. Du musst hierbleiben. Habe Geduld. Beruhige dich, ermahnte er sich und griff sich den umgekippten Kanister. Ein Pfützchen Isopropanol war noch drin. Gierig nahm er einen tiefen Zug.

Mit einem Mal hatte er das Gefühl, unter Wasser zu sein, weil das Mondlicht sich in den rissigen Plastikscheiben des Caravans brach und mit den blau gestrichenen Schränken spielte, auf die eine Kinderhand einst eine Unterwasserlandschaft gemalt hatte.

Er taumelte an dieser Welt vorbei und blieb am Heck des Wohnwagens zwischen Bett und Toilettentür stehen. Hier befand sich ein Schrank, der mit alten Fotos und Haftnotizen dekoriert war.

Alle Ruhe war dahin.

Wenn ich sie schon nicht sehen darf, dann jedenfalls den Beweis, dass sie da sind.

Entschlossen rückte er zwei Rollen Bonsaidraht und einen leeren Zehn-Liter-Plastikkanister beiseite. Dann tasteten seine mit Pflastern verbundenen Finger begierig die Schrankseite ab und fanden zwei verborgene Verschlüsse. Zitternd vor Verlangen öffnete er sie, klappte das komplette Möbel von der Wand.

Es war bloß Fassade für sein Versteck.

Die Wohnwagendusche war von der Toilette abgetrennt und ihre Kabine durch Regalböden unbrauchbar gemacht worden. Er hatte fünf Bretter aus furniertem Pressholz mit 5er-Spaxschrauben zwischen den Wänden der Kabine befestigt.

Vor Erregung zitternd stand er da und schloss die Augen.

Er wusste, dass er seine Mädchen nicht berühren durfte. Denn sie mussten rein bleiben. Es war wichtig, dass sie unbefleckt waren. So rein. Aber was er im Versteck sammelte, das durfte er beschmutzen.

Weil es ein Zeichen ihrer Unreinheit war – Zeichen ihrer Verderbtheit.

Er knipste die LED-Kette an.

28 durchsichtige Kanister.

28 durchsichtige Kanister in zwei Reihen.

Alle Plastikkanister gefüllt mit Isopropanol und oben aufgeschnitten. Bunte Eiswürfelmatten aus Silikon bildeten ihre Deckel. Er hatte sie mit jeweils drei Einweckgummis befestigt und so die Behälter nahezu hermetisch wieder verschlossen. Das Isopropanol verflüchtigte sich kaum. Er musste es immer erst nach einigen Wochen nachfüllen.

28 durchsichtige Kanister.

28 Kanister. In jedem ein Fuß.

28 Frauenfüße.

Das Beinfleisch durchschnitten, die Unterschenkelknochen eine Handbreit über dem Knöchel zerschlagen. Und alle Füße hervorragend konserviert. Bloß den Nagellack, wenn sie denn welchen auf ihren Zehchen getragen hatten, löste das Isopropanol stets auf.

Er konnte nicht anders, er musste es jetzt tun.

Ihre Füße … So voller Makel. Widerlich, diese kleinen Zehen, diese knorpeligen Fortsätze.

Während der Mond und die Malereien den Wohnwagen in blaues Licht tauchten, stellte er sich vor die Kanister und ejakulierte.

Danach sah er seinem Sperma einen Moment zu, wie es das durchsichtige Plastik hinabrann. Erst nachdem er einen weiteren Atemzug vom Isopropanol genommen hatte, wischte er alles weg.

# 38

»Danke.«

Knut reichte Helen, die sich noch auf dem Beifahrersitz sortierte, einen Kaffee. Sie hatten sich für den frühen Morgen verabredet, um in die Rechtsmedizin nach Kiel zu fahren.

Behutsam lenkte er den Wagen vom Bordstein auf die Straße und gab sachte Gas, damit Butch nicht umfiel. Der Labrador hechelte auf der Rückbank vor sich hin und versuchte immer wieder Helens Wange abzuschlabbern.

»Ist gut. Platz«, befahl Knut leise, aber scharf, und tatsächlich stellte Butch die feuchten Begrüßungsküsse ein. Er setzte sich und reckte die glänzende Nase Richtung Kaffee, war aber friedlich.

»Er mag Sie«, stellte Knut fest.

Helen kraulte dem Labrador den Hals. »Soll ich mal raten, wie er heißt?«

»Nur los.«

»John Wayne«, antwortete sie prompt.

Beinahe hätte Knut seinen Kaffee über das Lenkrad geprustet. »Nicht schlecht. John Wayne ... Nein, nein. Der Bursche hier, der steht eindeutig auf der anderen Seite des Gesetzes. Schauen Sie sich den Kerl doch an, den Gauner ...«

»Al Capone?«

»Butch heißt er. Von Butch Cassidy ... Sie mögen Tiere? Ich meine, jeder andere hätte die Möwe wohl einfach in den Müll getan.«

»Nur weil ich Serientäter beim FBI jage – gejagt habe, mein ich –, heißt das nicht, dass ich abgestumpft bin. Ich bin eben nicht jede andere.«

Die Antwort gefiel Knut.

Gut gelaunt fuhren sie an De Plakken vorbei auf die Landstraße Richtung Niebüll. Als die letzten Eichen an ihnen vorbeizogen, durchbrach Helen die Stille.

»Haben Sie irgendwas über die Juniwoche herausgefunden?«

»Gestern Nacht noch? Nein. Ich muss in die Bibliothek dafür, um die Lokalzeitungen durchzugehen.«

»Internet?«

»Da wollt ich letztens 'ne Tüte voll von kaufen, war aber aus.«

Helen musste lachen, was Butch als Aufforderung begriff, sie wieder zu küssen. Feixend schob sie den Hund von sich, bis Knut ihn abermals ermahnte.

Ein paar Minuten hingen Knut und Helen ihren Gedanken nach und betrachteten die von der Hitze ausgezehrte Landschaft, die im Morgenlicht des Sommertages vorbeizog.

Ein viel zu schöner Tag, um nach Kiel in die Pathologie zu fahren, dachte Knut. Leichen und Maas – was für eine wundervolle Kombination.

»Sie sehen echt schrecklich aus, wissen Sie das?«, riss Helen ihn aus den Gedanken.

»Sie können ja richtig charmant sein.« Er bog auf die B 199. Statt die halbe Nacht mit Birthe, die ihm in seiner Abwesenheit vier Mal auf den AB gesprochen hatte, zu telefonieren und sich zu versöhnen, hatte er sich zu den Klängen von Chet Baker in die Küche gesetzt. Er war lieber ihren sorgfältig zusammengestellten Bericht über das Silikagel durchgegangen, als mit ihr zu sprechen.

Die Unterlagen schienen ihm jedoch eine Sackgasse zu sein. Die Chemikalie war frei zugänglich, jeder konnte sie auch in großen Mengen ordern. Das Internet war voll von Angeboten, und Knut bezweifelte, dass ihr Mörder so dumm gewesen war, es einfach im Hafen zu klauen. Selbst eine genaue chemische Analyse von Maas' Team würde sie nicht weiterbringen.

Ebenso hatten sich sämtliche Vermisstenanzeigen als Sackgasse entpuppt. Er hatte alle Aussagen zigmal gelesen. Wiebke Sommer war verschwunden, nachdem sie am Strandcafé mit einem Mitschüler Eis gegessen hatte, bei Petra Dornse verlief sich die Spur nach einem Streit mit ihrer Schwester, Lydia Schwenke war das letzte Mal im Jachthafen gesehen worden und Tanja Stevens in der Nähe von Krömers Kiosk.

So sehr sich Knut auch bemühte, ein Muster zu finden, eine Gemeinsamkeit, so sehr wurde er enttäuscht.

Interessanter erschienen ihm letztlich die Postkarten und Briefe. Er hatte sich den Laptop geschnappt und die Fotos studiert. Die Briefe besaßen keine Absenderadresse, lediglich der Poststempel behauptete, sie kämen aus Norwegen. Etliche Male hatte er durch die Fotos und abfotografierten Briefe gescrollt und nur mit Mühe dem Drang widerstanden, Magnussen zu nerven, ob er von den anderen Familien schon Material bekommen hatte.

Die Akribie des Mörders hatte ihm Schauer über den Rücken laufen lassen. Dieser Kerl ermordete nicht einfach Mädchen, er hatte einen Plan. Er ging Schritt für Schritt vor, sehr methodisch. Ihr Mann komponierte keinen schnellen Rocksong, sondern eine Symphonie.

Die Zeit war wie im Flug vergangen. Erst als die frühen Sonnenstrahlen den Turm von Südkiärken in ihr zartes rotes Licht getaucht und einen weiteren heißen Frühsommertag eingeläutet hatten, war er ins Bett gekrochen.

Ihm war eiskalt gewesen und seine Gedanken 700 Kilometer entfernt. *Küsschen Määm.* Bei einem lächelnden jungen Mann. Diesem lächelnden Kerl in abgeschnittener Jeans vor dem Holzhaus, seinen blitzenden Augen und dem Schlagschatten des nahen Rosenstrauchs, der sein Gesicht wie mit Messerschnitten zerfetzte.

Noch bevor er Helen abgeholt hatte, hatte er ein Hilfegesuch an die Polizei in Stavanger mit dem Foto von Hakon vor dem Laden gemailt. Wahrscheinlich hatte Maas längst dasselbe getan, aber er wollte auf Nummer sicher gehen. Er wusste, dass er sich an einen Strohhalm klammerte, aber was sollte er tun?

Knut überholte einen Lastwagen und sah auf die Uhr. Ihren Termin mit Maas um acht Uhr würden sie locker einhalten. »Es ist der Fall, und es sind die Kollegen, wenn Sie es genau wissen wollen. Die lassen mich nicht schlafen.«

»Kollegen? Sie meinen diese Birthe?«

»Was?«

»Ich hab gehört, wie Sie über Funk mit ihr reden.«

»Wie denn?«

»Harsh.« Sie betonte es amerikanisch.

»Harsch?« Er schwieg einen Moment und ließ ihre Bemerkung sacken. Schließlich musste er zugeben, dass sie recht hatte. Er war in letzter Zeit zu Birthe ziemlich ruppig gewesen.

»Entschuldigung«, lenkte sie ein. »Ich wollte nicht so direkt sein. Berufskrankheit.«

Er brummte vor sich hin, und es dauerte seine Zeit, bis er sich überwand, doch noch zu antworten. »Harsch …«, begann er und starrte nach draußen. »Sagen wir so, die Beziehung ist irgendwie erkaltet. Ist vielleicht auch besser so.«

Sie schenkte ihm einen fragenden Blick, was ausreichte, um ihm mehr zu entlocken.

»Ich meine, es ist so schon nicht leicht im Revier. Da ist es wohl besser, wenn der Chef sein Verhältnis zu seiner Sekretärin überdenkt …«

»Ich wette, vor allem dieser Magnussen kann ein richtiger Stinker sein.«

»Stinker?« Knut lachte. »Sie meinen Stinkstiefel. Kann er, ja. Aber er ist 'n aufrichtiger Kerl. Ein guter Mann. Bis auf Veith glauben sie im Revier eben alle, dass ich …« Er winkte ab. »Vergessen Sie's.«

»Die glauben, Sie sind der Falsche. Sie schaffen es nicht, das Revier zu leiten. So wie Ihr Vater das gemacht hat?«

Knut brummte.

»Sie kommen frisch von der Schule, lösen einen Fall, die Hanfplantage, hm? Und Papa setzt Sie auf den Thron …«

Knut schwieg wieder. Er wollte ihr ja antworten, er wusste nur nicht genau, wie. Sein Blick fiel auf den Sheriffstern, während er die richtigen Worte suchte. »In Papas Büro, also in meinem … Da steht ein Schrank. Es ist sein Schrank. Ist, war, was weiß ich. Das Ding steht einfach da. Er kommt und packt seine Klamotten da rein. Ich hab ihn nicht ausgeräumt, und ich werde ihn nicht rauswerfen.«

»Warum nicht? Es ist doch jetzt Ihr Büro.«

»Aber ich kenn das Büro nicht anders. Der stand immer da.«

Sie nickte, doch er wusste nicht recht, ob sie ihn verstanden hatte. »Aber Sie stoßen sich jeden Morgen am Schrank, finden ihn hässlich …«

»Und wie.«

»Schrank hin oder her. Sie wollen es jetzt allen beweisen … Haben Sie schon mal drüber nachgedacht, dass das alles Fassade ist?«

»Was?«

Helen tippte gegen seinen Sheriffstern und ließ ihn am Rückspiegel hin und her schwingen. »Und die Stiefel …«

»Die«, sagte er betont streng, »waren schon *vorher* da. Bevor ich Revierleiter wurde.«

»Egal. Sie sollten mit ihm reden.«

»Mit Thor?«

»Wenn Ihr Vater so heißt. Vielleicht ist es Zeit, ein paar alte Gewohnheiten zu ändern. Alte Zöpfe abzuschneiden.«

Er antwortete nicht, sondern starrte mit krauser Stirn auf die Straße. »Ich werd's mir überlegen«, war das Einzige, was er zwischen den Zähnen herausbrachte.

»Ich hasse Möwen, und meine Kollegen denken, ich bin zu jung für den Job …«, meinte er nach einer Weile. »So, jetzt sind Sie dran. Ich hab die Hosen runtergelassen. Wenn wir Doktor spielen, dann legen Sie sich jetzt mal auf die Couch.«

»Quid pro quo?«

»Du zimmerst mir 'ne Küche, ich putz dein Haus.«

Helen lachte. »Okay. Was wollen Sie wissen?«

»Wer lauert da im Dunkeln? Wer steht draußen und klopft gegen die Scheibe?«

Er konnte sehen, wie sie die Lippen zu einem Lächeln verzog, aber ihr Schweigen zementierte es. Helen blickte starr nach draußen. Die Landschaft war eintönig, aber schön. Es war nicht weit bis zur Autobahn.

Schließlich schüttelte sie den Kopf. »Es tut mir leid.«

Das war alles, was sie sagte, und Knut fragte nicht nach, sondern fuhr stoisch weiter. Wenn sie nicht reden will, dachte er, auch gut. Unfair, aber gut.

»Vielleicht kommen Sie erst einmal an. Ich meine bei uns, hier in Valandsiel.«

Als Knut auf die Autobahnzufahrt bog, meinte er zu sehen, dass ihre Augen feucht waren. Kaum hatten sich ihre Blicke in der Spiegelung der Scheibe getroffen, setzte sie ein Lächeln auf.

»Alles okay?«, fragte er.

»Mir geht's gut. Sie haben wohl recht. Ich sollte erst einmal ankommen.«

»He, ich hab 'ne Idee. Ich kann Ihnen bei der Ankunft helfen. Machen Sie mal das Handschuhfach auf.«

Ein paar Tüten mit Hundekeksen, eine Taschenlampe und ein leeres Whiskyglas. Verwundert nahm es Helen heraus.

»Haben Sie gestern Abend noch einen auf den Schreck gehoben?«

»Was? … Nein, das ist immer da drin«, entgegnete er, als sei es das Normalste der Welt, leere Whiskygläser herumzufahren.

»Aha.«

»Sie sind der Profiler«, feixte er. »Da haben Sie mal 'ne Nuss zu knacken. Hm?«

Ihre Blicke trafen sich abermals. Diesmal musste Helen lächeln. Sie hat keine Ahnung, warum ich das Glas dabeihabe, stellte er zufrieden fest.

»Das Glas is' auch unwichtig. Da drunter, da drin, müssen irgendwo ein paar Flyer sein.«

Noch einmal kramte Helen im Handschuhfach und zog tatsächlich unter den Hundeleckerlis einen Stoß roter DIN-A5-Zettel heraus. Sie waren mit einem Polizeistern verziert. Bevor sie einen von ihnen lesen konnte, klärte Knut sie auf: »Vielleicht haben Sie ja Lust, mal zu kommen. Ich spiele ab und an im Dock-5. Das ist so 'n Schuppen oben bei der Werft. Wenn Sie die Küstenstraße Richtung dänische Grenze nehmen.«

Die Aussicht schien ihr zu gefallen. »Was spielen Sie? Doch nicht etwa Country.«

»Rock. Schlichten Rock. Meine Gitarre und ich. Na ja, manchmal kommt noch Veith, der spielt Bass. Es gibt schales Bier, siffige Nachos, einen künstlichen Strand und grölende Hafenarbeiter.«

»Klingt sehr lauschig.«

»Ist immer wieder ein Vergnügen, da aufzutreten. Na, wenn es diesmal überhaupt hinhaut. Ich meine, wenn ich unser heutiges Treffen überlebe.«

Knut hatte bisher erst ein einziges Mal einen Sektionssaal betreten – in seiner Ausbildung. Und er hatte es immer gehasst, wenn Emilie von ihrem Studium irgendwelche Arbeit mit nach Hause brachte und medizinische Bücher und Fotos herumlagen, während er sich einen netten Abend machen wollte.

Er schenkte Helen ein zerknirschtes Lächeln und hoffte inständig, sich in der Gerichtsmedizin nicht vor Maas zu blamieren. Und vor allem nicht vor Helen.

# 39

Helen folgte den drei Männern durch die mit abgewetztem Linoleum ausgelegten Flure des Uniklinikums Kiel.

Friedrichs führte sie, Knut und Maas durch ein Flurgewirr im Erdgeschoss bis in den Umkleideraum und händigte ihnen allen weiße FFP2-Stoffatemschutzmasken sowie Einwegoveralls mit Kapuze aus.

»Haben Sie auch Schutzbrillen?«, fragte Helen und bekam prompt eine auf ihre Schuhüberzieher gelegt.

»Wollen Sie so dicht ran?« Friedrichs zog die Brauen hoch.

»So nah, wie es geht.«

Friedrichs nickte. Dann spulte er eine Belehrung über hygienisches und einwandfreies Verhalten im Sektionssaal ab. Während Knut offenbar versuchte, den Ausführungen über Desinfektionsregeln und den ordnungsgemäßen Verbleib von Organen sowie das Abspülen von Sekreten zu folgen, zog sich Maas sofort das Klemmbrett heran, auf dem sie alle die Belehrung unterschreiben mussten.

Leicht amüsiert sah Helen zu, wie sich Knut mit den Schuhüberstreifern abmühte, die nicht über seine Westernstiefel gehen wollten. Noch bevor er fertig war, folgte sie Maas und Friedrichs zum Sektionsraum.

»Das ist wirklich das Eigenartigste, was ich bisher gesehen habe.« Der Gerichtsmediziner blieb an einer breiten Tür stehen. Helen entgingen die Schabspuren am eisernen Türrahmen nicht, die die Rollwagen hinterlassen hatten. Wie viele Tote hier wohl auf ihrem vorletzten Weg angeeckt waren? Außerdem bemerkte sie, dass Friedrichs keine der typischen Kontrollblicke zum LKA-Mann ausführte, während er sprach. Anscheinend sah Friedrichs sich nicht verpflichtet, irgendeine Art von stummer Erlaubnis dafür einzuholen, wie viel er preisgeben durfte.

Helen hielt es für gut, ihn ein bisschen darin zu unterstützen, und richtete sich deswegen explizit an den Mediziner: »Danke noch mal, dass Sie mir erlaubt haben, dabei zu sein.«

»Ich denke, Kriminalhauptkommissar Maas wird Ihnen sicher noch eine Verschwiegenheitsklausel unter die Nase halten. Aber im Ernst. Diese Morde sind schon ziemlich ungewöhnlich, wissen Sie. Da sind wir für jede Hilfe dankbar.«

»Haben Sie etwas bei den Postkarten und Briefen rausbekommen?«, fragte Knut, der endlich zur Gruppe aufschloss. »Haben Sie diesen Hakon aufgespürt?«

»Noch nicht. Tanja Stevens, das mögliche Opfer von 2001, hat angeblich aus einem Ort namens Newmachar geschrieben. Das ist ein Dorf in Schottland. Die Eltern sind sogar zweimal hingefahren.«

»Und?«

»Nichts. Tanja sollte dort mit einem Russell Boyd zusammenleben. Sie haben weder den Mann noch ihre Tochter gefunden, aber bis letztes Jahr weitere Briefe und Karten erhalten. Scotland Yard forscht jetzt nach, und Interpol checkt den Namen europaweit.«

»Da werden sie nichts finden.«

Maas nickte. Das war auch seine Meinung. Er holte einen gefalteten Zettel aus seiner Hemdtasche und reichte ihn Knut.

»Was ist das?«

»Die Zugangsdaten zu unserer Datenbank. Sie wollten

doch informiert werden. Ich habe mit dem zuständigen Staatsanwalt gesprochen. Er fände es gut, wenn Sie selbst Daten einspeisen und uns unter die Arme greifen. Sie haben nicht alle Zugriffsrechte, aber ich denke, es wird reichen.«

Helen bemerkte mit einem Schmunzeln, dass Knut sich zusammenriss, um nicht wie ein Kind begeistert zu nicken. Er drückte ein schlichtes »Danke« heraus.

»Wir sind nicht die Bösen, Herr Jansen.«

Knut erwiderte auf die Anspielung nichts.

»Dann wollen wir mal.« Friedrichs öffnete die Tür.

Noch bevor Helen eintrat, wusste sie, was sie erwartete. Neonlicht, Stahltische, Rollwagen, Standardmedizinschränke mit Präparaten, Waschbecken für die Sägen, Bohrer und Messer. Das Übliche.

Diese Räume sahen auf der ganzen Welt gleich aus.

Sie warf einen kurzen Blick zu Knut und musste mit ansehen, wie diesem die Farbe aus dem Gesicht wich. Tapfer schob er sich hinter den anderen in den Untersuchungssaal und versuchte, nicht wie ein Greenhorn auszusehen, was ihm jedoch misslang.

»Haben Sie nicht irgendwie so 'ne Creme?«, fragte er schüchtern.

»Für die Nase? Vergessen Sie's, die hilft nur zwei Minuten«, erwiderte Friedrichs. Er hatte die beiden Leichen bereits vorbereitet und auf die Stahlbahren legen lassen.

Während Helen mit dem Gerichtsmediziner vortrat, hielten sich Knut und Maas im Hintergrund. Der LKA-Beamte lehnte, die Handschuhe gar nicht angezogen, lässig an der Fensterbank und sah dem Treiben zu. An seiner Haltung erkannte sie jedoch, dass der gut aussehende Mann bloß unterkühlt tat.

Maas will angeben, dachte sie, aber hält die Handschuhe wie einen Schutzschild vor sich, als müsse er seinen trainierten Körper vor den Leichen beschützen. Er überspielt seine Empathie mit Coolness. Absolut übliches Männergehabe.

Als er ihren musternden Blick bemerkte, schenkte er ihr ein derart entwaffnendes Lächeln, dass sie es erwidern musste. Unsicher drehte sie sich weg und hasste sich dafür, so scheu zu wirken.

Friedrichs schlug ohne weitere Umschweife die Tücher beiseite und legte die beiden Frauenkörper frei.

Vor allem der Anblick der Leiche aus dem Jachthafen war verstörend. Selbst Helen musste schlucken, denn der Arzt hatte der Frau den monströsen Bauch mit einem Y-Schnitt geöffnet. Instinktiv erwartete Helen, irgendwo auf dem Rollwagen ein Glas mit einem Fötus zu sehen.

»Fangen wir mit der Standardfrage an«, begann Helen.

»Wie sie umgekommen sind?« Brummend kratzte sich Friedrichs am Ohr. »Das lässt sich abschließend nicht definitiv sagen. Dazu ist der Verfall schon zu fortgeschritten. Ich kann bloß sagen, was nicht passierte. Sie wurden nicht stranguliert, und es fand kein tödlicher Schlag auf den Kopf statt, generell keine Gewalteinwirkungen auf Arme, Torso oder Kopf. Sie wurden nicht erstochen oder dergleichen. Bei Michaela Mertens fehlt das rechte Bein komplett, dennoch halte ich es für wahrscheinlich, dass der oder die Täter den beiden Opfern die Füße abgetrennt haben.«

Endlich löste sich Maas vom Fenster und kam ebenfalls zu den Tischen.

»Abgeschlagen?« Helen atmete hörbar ein.

»Ja. Durch den Gewebezerfall sind bei beiden Opfern zwar keine scharf abgegrenzten Schnittmuster zu erkennen, aber wir haben Schlagkerben in der Tibia bei Michaela Mertens wie auch bei der Leiche aus dem Hafen gefunden, und die Fibula ist grob zersplittert – bei beiden. Das alles weist auf ein Beil hin, weil eine Axt zu breit für die

Kerbenbildung sein dürfte. Messer und Säge scheiden für mich gleichfalls aus, weil die Verletzungen durch Schlagen und nicht durch Schneiden entstanden.«

»Alles okay?«, fragte Maas, und Helen spürte seine Hand an ihrer Schulter. Die Berührung tat gut, sein leichter Druck gab ihr Halt. Denn obwohl sie nickte, war nichts in Ordnung. Im Jachthafen war es bloß eine Theorie gewesen, aber die Gewissheit, sich vorzustellen, wie der Täter die Füße der Frauen …

*»Kannst du haben. Aber ich wette, du kriegst niemals alle. Niemals.«*

*»Wetten. Bisher ist mir noch keiner entkommen. Ich kriege sie alle, glaub mir.«*

*Und er lächelt. Und er greift unter den Tresen, und wie Konfetti fliegen die Papiere und Glassplitter durch die Bar, als er die Pumpgun auf sie abfeuert. Bitch. Die Zeit erstarrt zu Glas.*

Helen schüttelte den Gedanken ab und kämpfte gegen den Drang an, die Kniekappe der Prothese zu berühren. Sie spürte den Liner zwicken. Auch wenn sie wusste, dass es Einbildung war, meinte sie dennoch das Pfeifen des Ventils zu hören, das den Druck erzeugte. »Haben die Opfer noch gelebt?«, fragte sie, um in die Gegenwart zurückzukehren.

»Während der Amputation? … Das ist sehr wahrscheinlich.«

»Wir gehen davon aus, dass der Täter«, warf Maas ein, »die Mädchen entführt, ihnen die Füße abtrennt und sie daran sterben. Genau, wie Sie es im Hafen sagten. Er lässt seine Opfer ausbluten.«

»Wie Lämmer«, hörte sie Knut sagen, der sich den Mundschutz vorpresste, obwohl es darunter unangenehm warm sein musste. Er versuchte krampfhaft, sich nicht zu übergeben.

»Vielleicht ist es besser, Sie schnappen etwas Luft?« Friedrichs zog sich kurz den Mundschutz herunter.

»Es geht schon«, brachte Knut hervor. »Geht schon.«

»Lämmer lässt man vielleicht ausbluten, aber man verbindet ihnen nicht die Stümpfe, versorgt nicht die Wunden«, stellte Helen fest. »Er tut das nicht, weil er die Frauen wie Schlachtvieh behandeln will.«

»Religiös motiviert?«, wollte Maas wissen.

»Sie meinen, wegen des Ausblutens? Sie haben an Schächten gedacht?« Helen schüttelte den Kopf. »Nein, denke ich nicht. Es ist vielmehr so, als würde er diese Frauen lieben.«

Alle drei sahen sie fragend an.

»Friedrichs, Sie sagten doch, dass Sie keine Stiche oder Strangulationsmale gefunden haben«, fuhr sie fort. »Er hat ihnen weder den Schädel eingeschlagen noch sich an ihnen brutal vergangen. Wenn sie für ihn Schlachtvieh wären, wenn er sie hassen würde, dann hätte er seine Wut an ihnen ausgelassen. Unser Täter geht aber viel präziser vor. Nein, er mag diese Frauen. Er will sie nicht ... nicht ...«

»... beschädigen?«, half ihr Knut unsicher.

»Dann hätte er besser ein scharfes Messer oder eine Eisensäge genommen anstatt ein Beil«, stellte Friedrichs fest. »Ein Rundschnitt über den Fußrücken, Achillessehne gekappt und einfach Sehne für Sehne ...«

»Er ist kein Profi«, unterbrach ihn Helen. »Er ist kein Arzt oder Metzger. Er übt noch.« Sie spürte nach wie vor ein flaues Gefühl im Magen, dennoch stellte sie sich neben Friedrichs. Die Kante des Stahltisches drückte ihr kalt in den Oberschenkel. »Warum er die Füße und einen Teil des Unterschenkels abtrennt, bekommen wir noch raus. Aber er will ihre Körper unversehrt lassen.«

»Hm«, erwiderte Friedrichs skeptisch. »Ich habe etwas,

das spricht für Ihre Theorie, und etwas, das spricht dagegen. Hier.«

Er zeigte den dreien gute vier Meter Draht, der in verschieden lange Stücke gebrochen und an dem die Zeit ebenfalls nicht spurlos vorübergegangen war.

»Was ist das?«, wollte Knut wissen.

»Das ist Bonsaidraht.« Maas trat neben sie. »Um Bäume zu binden. Das Schöne daran ist: Je öfter Sie den Draht verbiegen, desto steifer wird er.«

Friedrichs hob ein Stück davon an. »Er spricht für die Theorie, denke ich. Der Mörder hat versucht, das Gewebe der Mädchen damit zu unterstützen. Der Draht war um ihre Arme und Beine gewickelt. Kaum zu sehen, weil er straff auf der Haut saß.«

»Und was spricht *gegen* die Unversehrtheit ihrer Körper?«, fragte Helen.

Sich räuspernd zog Friedrichs den Mundschutz wieder hoch. Er griff sich eine der beweglichen OP-Lampen und leuchtete damit die Oberschenkel von Michaela ab.

Helen musste sich anstrengen, um etwas zu erkennen. »Einstiche?«

»Siebenundfünfzig Stück. Von ihrem Schritt hinab zum Knie und im Unterschenkel auch.«

»Er hat ihnen die Beine zusammengenäht?«

Friedrichs nickte. »Ich denke ja. Der Faden ist bereits größtenteils zersetzt ... Aber was wirklich gegen Ihre These spricht, ist hier zu sehen.« Er schob die Lampe hoch zu Michaelas Hals.

Weil die Leiche bereits so deformiert, die Haut so dunkel und ledrig war, hatte Helen es bisher übersehen. Und auch als sie sich an Friedrichs vorbeiwand und darüberbeugte, wusste sie nicht genau, was der Gerichtsmediziner meinte. Es sah wie eine tiefe Falte in der Seite des Halses aus.

»Das ist ein acht Komma fünf Zentimeter langer Schnitt, der gut drei bis vier Zentimeter tief ist. Er beginnt hier am Ohr und führt seitlich den Hals hinab fast bis zum Schlüsselbein. Es ist ein Messerschnitt. Glatte Klinge. Postmortal.«

Friedrichs hob Michaelas Kopf an, um ihnen auch den anderen Einschnitt zu zeigen.

»Wir haben das hier in den Wunden gefunden.« Maas stellte eine durchsichtige Plastikdose neben den nackten Stumpf von Michaela. Darin schwamm etwas, das für Helen wie Blätter oder Torf aussah.

Friedrichs nahm das Gefäß hoch. »Wir gehen davon aus, dass er es absichtlich in die Wunden verbrachte. Wir haben es noch nicht endgültig analysiert, aber es sind Blätter.« Er hob einen winzigen Teil seines Fundes mit einer Pinzette an.

Helen zog sich die OP-Lampe heran. Schwarz, braun, verschrumpelt und durch das Salzwasser angegriffen, konnte sie dennoch so etwas wie einen dünnen Stiel und daran winzige Blättchen erkennen. Sie sahen beinahe wie verklebte Rabenfedern aus, so fein gefiedert waren sie.

»Sie müssen das sofort bestimmen«, meinte Knut. »Vielleicht führt uns das zu ihm.«

»Es ist eine Ahornart. Das Labor ist dabei, es genau zu verifizieren«, beruhigte ihn Maas und wandte sich mit einem feinen Lächeln an Helen. »Blätterreste und Schnitte im Hals. Ihre Theorie, dass er seine Opfer unbeschädigt lässt, können wir wohl vergessen.«

Die beiden maßen sich mit Blicken. Doch statt frostiger Kälte kam es Helen so vor, als erfülle ein Knistern den Raum. Sie musste sich anstrengen, seinem Blick standzuhalten. »Das werden wir noch sehen«, entgegnete sie schmunzelnd.

Ein Räuspern zerstörte den kurzen Moment der Magie und ließ die beiden zu Knut herumfahren. »Was ist denn mit der Schwangeren? Aus dem Jachthafen, mein ich? Hat sie auch diese Blätter in den Wunden?«

Friedrichs bemühte noch einmal die Lampe. »Ja. Dieselben Schnittverletzungen und ebenfalls Blätter … Aber eins steht fest, dieses Opfer war nicht schwanger.«

Helen trat näher an ihren Tisch. »Sondern?«

»Autodigestion. Vor allem ihr Magen und ihr Darm waren extrem expandiert, was im Grunde nicht ungewöhnlich ist.«

»Der Darm hat sich selbst verdaut, okay«, meinte Helen. »Und die Fäulnisgase haben ihn aufschwellen lassen.«

»Wie es aussieht, war das Hautgewebe schon zu hart, um aufzuplatzen oder zusammenzufallen.«

»Zu hart?«, mischte sich Knut ein. »Wie bei Michaela auch? Ja?«

»Ja«, antwortete Friedrichs. »Die Struktur des Gewebes spricht für Dehydrierung.«

»Feuchtigkeitsentzug, obwohl sie im Wasser lag … Sie haben bei ihr auch Silikagel gefunden?«

»Nein. Das ist eigentlich der einzige Unterschied. Bei der Leiche aus dem Jachthafen fehlt die Substanz. Kein Silikagel.«

»Sekunde«, mischte sich Helen ein. »Nur zum Mitschreiben. In Herrn Jansens Bericht steht, dass in Michaela Mertens Silikagel entdeckt wurde. Und in dieser Leiche nicht?«

»Richtig«, entgegnete Maas. »Wir können die Gelperlen übrigens auf zwei Firmen eingrenzen. Aber dieses Produkt …«

»… ist überall zu bekommen. Das kann man zentnerweise im Internet bestellen«, fiel Knut ihm ins Wort. »Das ist ’ne Sackgasse, Maas, da brauchen wir nicht weiter suchen.«

»Sehe ich genauso.«

Friedrichs ging zu einem der Rollwagen. »Das Ergebnis

ist eindeutig. Das Silikagel, das mein Kollege von Grimme in Michaela Mertens Vagina fand, war nur ein Bruchteil. Hier.«

Zu Helens und Knuts Erstaunen zog der Gerichtsmediziner eine große Nierenschale hervor. Sie war randvoll mit den Kügelchen gefüllt.

»Fast zweieinhalb Liter. Er hat sie damit förmlich vollgestopft«, warf Maas ein.

Friedrichs präzisierte: »Wir haben es auch in ihrer Speiseröhre runter bis zur Kurvatur im linken Oberbauch gefunden. Der Darm war vollkommen entleert.«

»Eigenartig, oder? Bei der einen Silikagel, bei der anderen nicht?«, fragte Knut.

»Nein«, sagte Helen nüchtern. »Er wird besser. Das ist alles.«

»Was? Wieso?«

»Die Frau aus dem Hafen ist früher gestorben. Erst hat er sie, dann Michaela umgebracht. Bei der Hafenleiche hat er noch nicht an so etwas wie Silikagel gedacht, aber er wird schlauer. Immer besser. Er verfeinert seinen Modus Operandi.«

»Er wollte mit den Kügelchen verhindern, dass Michaelas Eingeweide verfaulen und …« Knut konnte nicht weitersprechen, weil er zu würgen begann.

»Richtig. Wir suchen keinen Friedhof.«

Maas drehte sich zu Helen. »Was wollen Sie damit sagen?«

»Wir suchen keinen Friedhof. Wir suchen ein Museum. Er stopft sie mit Silikagel voll, er bindet ihre Arme und Beine, als wären sie Puppen. Er versucht, seine Opfer zu konservieren.«

Hinter ihnen riss sich Knut die Maske unters Kinn und übergab sich in eines der Waschbecken.

# 40

Der Altbau im Gotteskoogwai, einer Seitenstraße unweit des Reviers, die zum historischen Hafen führte, strahlte Ruhe und Würde aus. Weil die Bibliothek nicht viele Räume hatte, war der wenige Platz mit Buchregalen bis unter die vier Meter hohe Decke genutzt worden.

An diesem Nachmittag schoben bloß ein einziger Tourist und zwei Schülerinnen die Holzleitern zum Stöbern vor die Bücher.

Knut bedankte sich bei Frau Deichmüller-Roth, die ihm geduldig das Mikrofiche-Lesegerät erklärt hatte. Die rotwangige Rentnerin, die ihr wallendes schlohweißes Haar mit zwei bunten Bleistiften im Zaum hielt, war die Hüterin der Valandsieler Bibliothek. Vor acht Jahren war sie noch Knuts Deutschlehrerin gewesen.

Als Knut hereingekommen war, hatte sie ihn tadelnd über den Brillenrand gemustert, denn er war das letzte Mal als Schüler hier gewesen.

Und er schätzte, dass das Lesegerät schon damals über 20 Jahre auf dem Buckel gehabt hatte.

Den PC konnte sich Knut aus dem Kopf schlagen, denn laut Frau Deichmüller-Roth war die Archivierung der Lokalzeitungen erst 2005 umgestellt worden.

Knut hatte sich gleich alle Jahre von 1997 bis 2000 geben lassen. Nach dem Sektionssaal hatte er Helen zum ortsansässigen Immobilienmakler gefahren, weil sie jemanden brauchte, der die Häuser schätzen konnte. Er hatte sich mit knurrendem Magen ein Fischbrötchen gekauft, aber nicht den Mut gehabt, es zu essen.

Jetzt nahm er sich das Jahr 1997 vor und sah sich jeden einzelnen Tag zwischen dem 6. und 10. Juni an. Jede Menge Belanglosigkeiten und eine Reihe von Artikeln, die sich um die Regatta drehten.

1998 fand er ebenfalls nichts. Das Problem war, er wusste nicht mal, wonach er suchen sollte. Helen hatte von einem einschneidenden Erlebnis gesprochen …

*Wir nennen das den Stressauslöser.*

Aber was, um Himmels willen, sollte das sein?

Die Tage und Zeitungsseiten wischten auf dem Anzeigegerät vorbei, als er am Vorspulrad drehte und 1998 hinter sich ließ. Langsam tastete er sich an den Juni 1999 heran und durchforstete die Artikel, die auf den Monitor projiziert wurden. In der fraglichen Woche ging es erneut um die Regatta, wie jedes Jahr wurde im Jachthafen ein Fest gegeben. Der Kindergarten hatte einen Ausflug mit einem Krabbenfänger unternommen. Außer einem Milchlaster, der einen Baum gerammt hatte, war nichts Ungewöhnliches geschehen.

Enttäuscht ließ Knut die Zeit vorspulen, griff sich sein Fischbrötchen und aß trotz Deichmüller-Roths strafenden Blicken.

Im Juni 2000 war alles wie gewohnt: Regattafest, Feuerwehr-Ferienaktionen, ein Hausbrand. Aber selbst der entpuppte sich als relativ harmlos. Gelangweilt ließ Knut die Seiten vorwischen, ließ Sommerfeste, Sportwettkämpfe und Vereinstagungen passieren. Im September hatte die freiwillige Feuerwehr einen losgerissenen Wellenbinder in der Nähe des Leuchtturms entdeckt. Das schmale, edle Holzboot mit Außenborder musste ein Prachtstück gewesen sein. Laut Artikel handelte es sich um das Beiboot einer größeren Jacht, die einem dänischen Bootsbauer namens Lars Kvist gehörte, der mit zwei seiner Luxusjachten zum Regattafest erschienen war. Er galt als verschollen.

Wie ein Stressauslöser klang das nicht – eher wie ein missglückter Turn mit einem zu kleinen Boot bei zu rauer See.

Knut notierte sich den Namen dennoch und sah sich auch die folgenden Jahre an. Er fand aber nichts von Interesse, sodass er nach zwei Stunden seine Suche abbrach, den Gotteskoogwai zur Promenade hinabging und den Dutzenden Segelbooten und Luxusjachten zusah, die am historischen Hafen wegen der Regatta festmachten.

Ihre Segel strahlten vor den windschiefen Backsteingebäuden, die sich wie ein Gürtel im Halbrund um den alten Hafen gelegt hatten. Trauben von Touristen und zahlreiche Bootsbesitzer – gut an ihren pikfeinen Polohemden und weißen Hosen zu erkennen – schossen Fotos von den zwei ältesten Kaschemmen Valandsiels und den drei historischen Kapitänshäusern. Der Duft von geräuchertem Fisch wehte zu Knut herüber, denn zu jedem Fest warfen die Valandsieler die seit Jahrzehnten stillgelegte Räucherei gleich neben der gelb getünchten Pastorei an. Rauchschwaden wehten über die Holzbänke voller Eis schleckender Touristen, über die Nippes- und Fischbuden, um sich zwischen den Jachten und Krabbenfängern aufzulösen.

Knut ließ den Blick auf die andere Seite des Hafenbeckens gleiten. Die Staffelgiebel der einstigen Kornspeicher der Stadt ragten hier in den blauen Himmel. Auf den Stufen der Giebel schrien immer mehr Möwen um die Wette. Knut kam es vor, als glotzten sie ihn abschätzend an, als maßen sie ihn mit ihren kalten Augen.

Mistviecher.

# 41

Knut wollte die Einsatzkarte der Feuerwehr neben Thors Spind pinnen, aber der Schrank verstellte einen Großteil der Wand.

Einen Moment musterte er den Monolithen, schüttelte den Kopf und packte zu. Beherzt zog er daran, schaffte es aber nicht, das Ungetüm auch nur einen Millimeter zu bewegen. »Das gibt's doch nicht.« Randvoll mit Thors Kleidern, war der Kasten einfach zu schwer. »Dann eben nicht.« Maulend klebte er kurzerhand die Einsatzkarte quer über den Spind. Sollte sein Vater doch sehen, wie er an seine Hemden kam.

Knut schloss die Bürotür, die er gewöhnlich offen ließ, nachdem er in einem Ratgeber für Managerführung gelesen hatte, es hebe die Arbeitsmoral. Es sei gut, wenn die »Verbindung zwischen Chef und Mitarbeiter durch eine offene Tür hergestellt« werde.

Nach dem Pathologiebesuch mochte er jedoch weder Veiths Abhandlungen über Seelen- und Ideenwelten noch Magnussens Tiraden über seine pubertierende Tochter hören, die sich einen Dreck um seine Regeln scherte und einfach mit einer Freundin für ein paar Tage nach Dänemark abgehauen war.

Er drehte den Vyper-Verstärker auf und improvisierte ein paar Läufe und Riffs, während er sich Birthes Markierungen auf der Landkarte ansah. Angesichts der akribisch zusammengetragenen Uhrzeiten und verschiedenfarbigen

Schraffierungen schämte er sich immer noch, sie tags zuvor so angefahren zu haben.

*Wir suchen keinen Friedhof. Wir suchen ein Museum. Er versucht, seine Opfer zu konservieren.*

Und was hatte von Grimme bei der Leichenschau gesagt: »Eine derartige Leiche, die habe ich nur ein einziges Mal gesehen … Im Heimatmuseum.«

Fassungslos schüttelte Knut den Kopf. Dieser verschrobene Klinikleiter in seinem abgegriffenen Colani hatte von Anfang an recht gehabt.

Aber wenn der Mörder für die toten Mädchen ein Museum geschaffen hatte, musste der Sturm es – zumindest teilweise – zerstört haben. Deswegen waren die Leichen angespült worden. So die Theorie. Und auf dieser Karte waren alle Schäden verzeichnet, die der Valandsieler Feuerwehr gemeldet worden waren oder die diese bei ihren Kontrollfahrten durch die Gemarkung entdeckt hatte. Wenn das Leichenversteck in einem Umkreis von 15 Kilometern lag, musste es auf dieser Karte sein.

Knuts Blick fuhr die Küste ab. Wie er an den Uhrzeiten und Birthes Notizen abschätzen konnte, hatte es die Werft hart getroffen. Drei Einsätze mit schwerem Gerät in den letzten anderthalb Tagen. Ein Kran war umgestürzt und mehrere Boote gesunken. Eines hatte sich losgerissen und war neun Kilometer weit getrieben, bevor es nahe der dänischen Grenze auf Grund gelaufen war.

»Ich muss strategischer vorgehen. Das alles logischer durchdenken.« Als habe sein Vater ihn ertappt, nahm er die Finger von den Saiten und stellte die Gitarre zurück. Mit einem Edding bewaffnet, trat er vor die Karte. »Geh planvoller vor. Was können wir ausschließen? Was ist wahrscheinlich?«

Wenn Helen jetzt hier wäre, würden wir uns die Bälle zuspielen und sicher etwas finden.

Komisch, dachte er, du kennst sie erst seit zwei Tagen, und schon vermisst du sie. Tatsächlich musste er sich zwingen, nicht an ihr feines Lächeln zu denken, an den Duft ihrer blonden Haare und das unbeschreiblich erfüllende Gefühl, seine Gedanken mit ihr zu teilen.

»Beginnen wir mit den Leichen«, spornte er sich laut an und markierte die beiden Fundorte. Der Sturm war aus Südwest gekommen. Die Werft lag demnach zu weit im Norden, die Leichen konnten nicht von dort stammen, es sei denn, sie wären gegen die Strömung geschwommen.

Da der Jachthafen gut einen Kilometer südlicher lag als der Strandabschnitt mit Michaela Mertens' Leiche, nahm er ihn als Start und fuhr mit dem Finger die ganze Küste vom Hafen Richtung Süden ab.

Bloß einige Autominuten entfernt lagen die Fischfabriken, die zum Teil stillgelegt und von einem Windkraft-Unternehmen als Büros und Lager genutzt wurden. Die gemeldeten Sturmschäden waren marginal.

Hinter den letzten Fischfabriken lag südwestlich eine Ansammlung von funf Häusern, die den Fischern bis in die 60er Jahre als Boots- und Lagerhäuser gedient hatten. Die Gebäude standen auf einer Austragung, die einige hundert Meter ins Meer ragte. Zwei der Gebäude hatte der Sturm laut Feuerwehrbericht weggerissen, und ein drittes musste ausgepumpt werden.

»Das gibt's doch nicht«, entfuhr es Knut, als er den Namen des Eigentümers las.

Harms.

Die Gebäude gehörten zur Tauchschule.

*Vielleicht ist er Lehrer …*

Knut kannte Harms nicht persönlich. Valandsiel hatte vier Tauchschulen, und sein Lehrgang war derart lange passé, dass er nicht einmal wusste, wo er den Tauchpass hingelegt hatte.

»Hm. Du tuckerst mit deinem Boot in den Jachthafen und willst da tauchen, wo wir die Leiche finden. Und deine Häuser hat der Sturm erwischt, hm. Und am richtigen Ende der Küste ... Na, das ist doch noch ein ›Hm‹.« Schwungvoll zog er einen Kreis um die Häuser und schrieb in dicken Lettern »Harms« und ein Fragezeichen daneben.

Dann rief er den Brandmeister an.

»Was Eigenartiges?«, hörte er kurz darauf die kehlige Stimme des Brandmeisters. »Bei Harms? Was sollte denn das gewesen sein, Knut? ... Einer von seinen Stegen ist weggerissen, da war nichts mehr zu machen. Den einen Schuppen hat's ins Wasser gedrückt. Seine Scheune hat's überlebt. Aber da war noch so ein alter Kühlraum. Da hat das Wasser die Seite eingedrückt. Der muss bis unters Dach vollgelaufen sein. In der Sturmnacht.«

»Eine Hausseite weg und der Schuppen ganz kaputt?«

»Ja, das war so 'n Holzschuppen. Der Sturm hat den komplett zerlegt. Den Tauchladen, da wo auch sein Büro drin ist, den hat er verrammelt. Da ist nicht so viel passiert. Und da ist noch 'ne große Scheune. Ich glaub, da hat er Ausrüstung drin oder so. Die steht höher, da ist das Wasser nicht rangekommen.«

»Und ihr wart da drin?«

»In der Scheune?«

»Nein, in diesem Kühlraum.«

»Weder noch. Harms hat gleich abgewunken, als wir uns die Häuser ansehen wollten. Er hat seine eigenen Pumpen da drin laufen, hat er gesagt. Und die offene Seite hatte er notdürftig geflickt.«

»Aha.«

»Er wollte nur, dass wir sein Heizöl abpumpen. Der wollte sein ganzes Zeug selbst rausfischen.«

»Zeug?«

»Da schwamm alles Mögliche rum. Bei jeder Welle ist mehr ins Meer raus. Klamotten, Kühlschrank, Hölzer, Tüten. Rumgeschrien hat er, dass wir im Weg wären. Der ist mit seinem Dingi raus, hatte schon ’n ganzen Haufen von dem Zeug am Haken.«

»Verstehe.« Knut wollte sich gerade vom Brandmeister verabschieden, als seine Bürotür aufflog und mit einem Knall gegen den Monsterschrank stieß. Er riss den Kopf herum, da drückte ihm jemand brutal einen Zettel ins Gesicht.

»Tut ihr überhaupt was?«, brüllte ihn der Angreifer an. Knut schlug dessen Arm beiseite und drehte ihn dem Mann mit einer geschickten Bewegung auf den Rücken.

»Hey! Ganz ruhig. Was wollen Sie? Was ist los?« Statt einer Antwort schrie der Mann auf und drückte wie ein wilder Stier Knut nach hinten.

»Sind Sie irre, Sie …«

Knut wurde von dem Mann ein paar Schritte rückwärts durch den Raum geschoben, knallte gegen die Schreibtischkante, Schmerzen durchzuckten seinen Rücken. Der Kopf des Mannes prallte gegen seine Lippe, dann wurde Knut halb auf die Platte geschoben. Stifte, Laptop und Papiere fielen zu Boden. Er meinte, Schwenkes Gesicht zu erkennen, aber er hatte keine Zeit zu überlegen. Noch immer drückte er dem Angreifer den Arm auf den Rücken und dachte nicht daran loszulassen.

»Hören Sie auf!«, brüllte er.

Da packte Magnussen mit einem grimmigen Aufschrei zu, griff den Fremden am Hals und wirbelte das ganze Menschenbündel herum.

Knut, der noch immer den Mann festhielt, fiel mit ihm

auf den Boden. »Scheiße«, keuchte er, sah den Angreifer neben sich, sah, wie er sich auf den Rücken drehte, um aufzustehen. Und noch bevor Magnussen den Mann erneut greifen konnte, stürzte Knut sich auf ihn.

Er drückte dem Typen mit dem Ellbogen auf den Hals, während er gleichzeitig versuchte, dessen Arme zu packen. »Beruhigen Sie sich«, fuhr er ihn so aggressiv an, dass selbst Magnussen innehielt.

Knut konnte Schnaps riechen, billigen Fusel. Und jetzt, fixiert am Boden, erkannte er, dass es tatsächlich Schwenke war, der Taucher aus dem Jachthafen.

»Hören Sie endlich auf! Beruhigen Sie sich … Hören … Sie … auf.« Knut erhöhte den Druck, weil der Mann sich aufbäumte, immer wieder gegen ihn ankämpfte. Es dauerte über zwei Minuten, bis Schwenke nicht mehr schrie und brüllte, sondern sein Gekeife in so etwas wie ein Schluchzen überging.

Erst nachdem Magnussen den Zettel vom Boden aufklaubte und ihn Schwenke hinhielt, wurde der Mann ruhiger. »Das ist Ihre Tochter? Scheiße«, entfuhr es ihm. »Kommen Sie, bleiben Sie cool … Knut, lass ihn los. Lass ihn!« Er klopfte Knut auf die Schulter.

Das Adrenalin ließ Knuts Herz rasen und überdeckte jeden Schmerz. Er hörte das Blut in seinen Ohren rauschen.

»Knut!«, befahl Magnussen diesmal schroffer, und endlich ließ Knut locker. Magnussen half ihm auf. Die beiden blickten auf Schwenke hinab, der noch immer vor Knuts Schreibtisch lag.

»Sie müssen endlich was unternehmen«, schluchzte er. Verschwitzt und keuchend kam er zum Sitzen und zog die Knie ans Kinn. Er hockte wie ein hilfloser Junge da, dem Schlimmstes zugestoßen war und der absolut nicht wusste, was er tun sollte.

Knut ließ sich von Magnussen das Stück Papier reichen. Es war die Kopie eines Handzettels. »KOMM NACH HAUSE! Wer hat Lydia Schwenke gesehen?«, stand über einem schlecht kopierten Bild der Vermissten. Und darunter eine Beschreibung, wo sie zuletzt gesichtet worden war, sowie eine Telefonnummer.

Auf Knuts fragenden Blick hin kratzte Magnussen verlegen sein Tattoo. »Ich ... Ich wusste nicht mehr ...?«, begann er tastend. »Ich ... Das ist so lange her ... Ich meine ...«

»Du hast es vermasselt, Magnussen. Echt vermasselt«, brummte Knut und fühlte nach seiner blutenden Lippe. Er sagte es ohne Häme.

»Aber...«

»Nichts ›aber‹.«

»Ich wollt's dir am Pier nicht sagen ...« Knut winkte ab. »Lass gut sein, Magnussen, wir stehen eben alle unter Druck.«

»Ich erinnere mich. Ich ... Das ist 15 Jahre her. Aber sie ist doch bloß weggelaufen?«

»Meine Tochter?«, zischte Schwenke zornig. »Weggelaufen? Bestimmt nicht! Gestern dachte ich, ich kann endlich was tun, helfen ... Und dann sehe ich diese Schwangere, da unten ... Das ...« Er brach ab.

»Is' schon gut«, versuchte Knut alle zu beruhigen. »Alles gut. Sie stehen jetzt ruhig auf und bleiben ganz entspannt. Verstanden?«

Zitternd wischte Schwenke sich die Augen und knetete seinen Hals. Er nickte.

»Wehe, Sie randalieren hier noch mal.«

Abermals ein stummes Nicken.

»Was'n hier los?« Birthe blies eine Kaugummiblase auf und ließ sie routiniert platzen.

»Nichts«, entgegneten Knut und Magnussen unisono,

woraufhin sie mit einem geknurrten »Männer!« kopfschüttelnd verschwand. Nachdem Magnussen Schwenke ein Glas Wasser geholt und er sich auf einen der Stühle gesetzt hatte, begann Knut, behutsam mit dem Mann zu sprechen. Wie sich herausstellte, war er, im Gegensatz zu Michaelas Mutter, immer von einem Gewaltverbrechen ausgegangen und mehrfach bei Thor vorstellig geworden. Alle Ermittlungen waren jedoch im Sande verlaufen. Lydia wurde nicht gefunden.

»Wir gehen davon aus, dass Ihre Tochter das erste Opfer war«, meinte Knut. »Es tut mir leid.«

»Das erste Opfer. Dieses Schwein hat mit ihr angefangen? Mein Gott.« Schwenke schluckte. Er nahm den Zettel und sah ihn sich an, wahrscheinlich wie Hunderte Male zuvor, dachte Knut.

»Ich glaube, ich habe Millionen davon an sämtliche Laternenpfähle geklebt ...«

»Was ist an dem Tag genau passiert?«

»An dem Abend, da ist sie weggerannt. Wir – na ja, wir haben uns gestritten. Sie wollte auf die Party am Jachthafen. Die immer zur Regatta stattfindet.«

»Ja. Ich hab's im Protokoll Ihrer Anzeige gelesen.«

»Ich hab gesagt, sie soll da nicht allein hin. Sie war ja erst 16. Und dann ... dann ... dann hab ich gewartet und gewartet. Bis zum Morgen, bis zum nächsten Mittag und ... Ich bin sie suchen gegangen und ... Sie ist nie wiedergekommen.«

Knut nickte. Er stand auf, um Schwenkes Vermisstenanzeige zu holen, und überflog sie. »Mein Vater ist damals davon ausgegangen, dass Ihre Tochter fortgelaufen ist.«

Schwenke rieb sich den Nasenrücken und schnaufte. »Ich war bestimmt zehnmal hier. Ich hab ihm gesagt, dass was passiert ist.«

»Verfluchte Scheiße«, entfuhr es Magnussen. »Wie hätten wir denn mit so was rechnen sollen?« Er schnaubte, und Knut sah ihm an, dass er wegen Jasmin auf heißen Kohlen saß.

»Sie haben gesagt, dass sie Kleider mitgenommen hat«, las Knut weiter. »Ihren Rucksack gepackt hat?«

»Sie hat ein paar Klamotten reingestopft, ja. Und dann ist sie zum Regattafest. Lydia war schon immer ein Dickkopf.«

»Sie hat mit einigen Männern getanzt, aber alle sagen, sie habe das Festzelt allein verlassen, und dann endet ihre Spur.«

»Er – er muss sie abgepasst haben«, meinte Schwenke grimmig. »Dieses Schwein muss ihr aufgelauert haben.«

»Ja, das wissen wir jetzt. Aber damals sah alles danach aus, als sei sie fortgegangen.«

Lydias Vater schüttelte den Kopf. »Ein Vater, der spürt das. Hier drin«, er tippte sich auf die Brust. »Als ich dieses Mädchen gestern gesehen habe ... Im Hafen, da. Sie war so jung und ... und sie sah ... Sie sah so ... so furchtbar aus. Da ist das alles wieder hochgekommen, wissen Sie.«

Knut warf Magnussen einen Blick zu.

»Entschuldigt mich«, sagte der und zückte im Rausgehen sein Handy.

Knut wartete, bis Magnussen die Tür hinter sich zugezogen hatte. »Wir wissen, dass er den Angehörigen Fotos und Postkarten schreibt. Haben Sie auch welche bekommen?«

Schwenke nickte.

»Woher kamen die?«

»Aus Holland.«

»Holland?« Irgendwie hatte Knut fest damit gerechnet, Schwenke würde ebenfalls Stavanger sagen und von einem Hakon anfangen.

»Den Helder hieß der Ort. Aber ich hab nie geglaubt, dass sie dahin abgehauen ist. Ich war sogar mal da.«

»Sie sind nach Holland gefahren?«

»Ja. Ich wollte dieses Haus finden. Sie hat mir ein Foto geschickt. Da war so ein Kerl drauf, vielleicht 20 Jahre alt. Auf einem Motorrad.«

Knut las seinen Laptop vom Boden auf. Er war noch intakt. Nachdem sich Schwenke das Foto von Hakon angesehen hatte, schüttelte er den Kopf. »Nein«, meinte er. »Das war so ein Dunkelhaariger mit Locken.«

»Haben Sie das Foto noch? Und die Briefe? Können Sie sie uns vorbeibringen?«

»Tut mir leid, ich ... Also, die hab ich weggeworfen. Das ist schon Jahre her ... Ich musste einen Schnitt machen, wissen Sie. Das mit Lydia, das ist jetzt vor 15 Jahren passiert. Irgendwann muss man doch ... Ich meine, sie kommt nie wieder. Irgendwann muss man das akzeptieren, oder? Man muss es akzeptieren, dass sie nicht wiederkommen.«

»Und dann kam gestern«, seufzte Knut und beobachtete, wie Magnussen sich leise in sein Büro schob und ihm kopfschüttelnd signalisierte, dass er seine Tochter nicht erreicht hatte.

»Ja. Gestern ... Gestern, das war einfach zu viel. Tut mir leid, ich ...« Er brach ab, rang nach Luft.

Weil Knut Lydias Vater ersparen wollte zu weinen, klopfte er ihm die Schulter. »Sie brauchen nicht zu sprechen. Wir arbeiten mit allen Mitteln an dem Fall. Ich würde sagen, Sie gehen nach Hause und schlafen sich ordentlich aus, und wenn Ihnen noch was einfällt, dann melden sie sich. Vielleicht erinnern Sie sich noch an irgendetwas, das sie gesagt hat. Ob sie sich mit jemandem treffen wollte, ob sie mit jemandem wegfahren wollte. Oder was auf den Postkarten stand.«

»Ja.« Schwenke stand auf. »Tut mir leid, dass ich gerade ... Aber ich war so – ich ... Es tut mir leid.«

Knut winkte ab, dann schob er Schwenke sanft Richtung Tür, der jedoch noch einmal bei der Karte stehen blieb. »Was ist das?«

»Von der Feuerwehr«, antwortete Magnussen. »Wir vermuten, die Mädchen sind durch den Sturm ins Meer …«

»Wir gehen wirklich jeder Spur nach«, unterbrach ihn Knut, der keine Interna preisgeben wollte, nicht mal gegenüber dem Vater eines der Opfer. »Das LKA ist auch eingeschaltet. Alle arbeiten auf Hochtouren.«

»Wir kriegen das Schwein«, stimmte Magnussen mit ein. »Wir kriegen den!«

»Mein Kollege hat recht. Da wir jetzt ein Opfer gefunden haben, werden wir auch den Mörder finden.«

»Versprechen Sie mir das?« Schwenke sah Knut aus gebrochenen Augen an. »Geben Sie mir Ihre Hand drauf?«

Knut nickte und gab ihm die Hand, ein Händedruck voller Entschlossenheit. Endlich hellten sich Schwenkes Gesichtszüge auf. Das erste Zeichen von Stärke, das Knut bei dem verzweifelten Vater registrierte.

# 42

»Komm ruhig rein«, rief Helen aus der Gaststube und winkte Björn, doch endlich näher zu treten. Sie hatte sich mit einem Milchkaffee an die Panoramascheibe gesetzt. Ihr entging nicht, dass sich der Junge fein gemacht hatte. Björn hatte sich Socken angezogen, seine teuren Sportschuhe abgewischt und trug eine Jeans ohne Löcher zu einem kaum ausgewaschenen Megadeath-T-Shirt. An Letzterem nestelte er herum, während er unschlüssig im Türrahmen des Dünenkiekers stand.

»Nun komm halt her. Ich beiße nicht, das weißt du doch.«

Er gab sich einen Ruck, tat extrem lässig und schlenderte in schlürfenden Schritten durch den Raum, zog quietschend einen Stuhl von ihrem Tisch zu sich heran, drehte ihn um und setzte sich rittlings drauf. »Um was geht's denn?«

»Na, du kommst ja direkt zur Sache. Gut, das kann ich auch: Pass auf, Björn, ich überlege, eine Anzeige zu erstatten. Schon, weil du nicht richtig sitzen kannst.«

»Na super!« Er drehte den Stuhl um und setzte sich artig hin. »Hören Sie, ich ... wollte gar nicht ...«

»Hör auf zu lügen! Du wolltest einbrechen, und du hast es durchgezogen. Wolltest du dir Drogen kaufen? Schnaps? Weil er dich schlägt?«

»Wer schlägt mich?«, tat Björn überrascht, aber Helen bemerkte, dass er sich unwillkürlich die Brandstellen rieb. Sie sah aus dem Fenster, um weniger bedrohlich zu wirken, um ihm das Gefühl zu geben, sie interessiere das alles nicht wirklich. Draußen türmten sich weiße Wolken über dem Meer auf. Die Windschutzfenster der Terrasse waren noch immer nicht ersetzt worden.

»Dein Vater schlägt dich. Und du sollst aufhören zu lügen. Er schlägt nicht nur, er macht noch viel beschissenere Dinge, richtig?«

Björn nickte sehr, sehr zögerlich.

Ein Moment der Ruhe kehrte ein. Von draußen, ganz schwach und kaum wahrnehmbar, hörte sie das Meer branden. Aus der Küche dudelte ein Radio. Helen kannte den Song nicht.

Sie sah Björn direkt in die Augen und nutzte die Stille. Manchmal war sie besser als jede Frage.

Der Junge griff sich den Zuckerstreuer und begann, verlegen damit zu spielen. Als er aufsah, blickte sie ihn noch immer an.

Die Ruhe nervt dich, dachte Helen, und gleich beginnst du zu sprechen, weil du Harmonie willst. Das wollen alle.

»Manchmal, wenn es mir scheiße geht, dann hau ich ab, dann … Ich fahr rum, so mit dem Bike. Meistens geh ich ins Internet, oder – oder ich programmier 'n bisschen.«

Sie wusste, dass er auf die Frage gewartet hatte, und erfüllte ihm den Wunsch: »Du programmierst?«

»Ein bisschen«, kokettierte er. »Objectiv-C, Cocoa, Swift. Ich versuche grad, 'ne App in die Stores zu kriegen, und bin da an so einem Algorithmus dran, der Bilder entzerrt.«

Helen musste schmunzeln. Die meisten Menschen hatten einen Brunnen tief in sich verborgen. Sobald man ihn anbohrte, sprudelten die Gedanken und Empfindungen nur so heraus.

»Brauchtest du dafür das Geld? Ich meine, wolltest du deswegen einbrechen – für Computerkram?«

»Was heißt 'n hier Computerkram? Ich brauch unbedingt

’n schnelleren Laptop, mein NAS is’ Schrott und …« Er winkte ab.

»Und dein Vater unterstützt dich nicht?«

»Is’ Mark Zuckerberg Milliardär?«

»Was ich von deinem Vater halte, muss ich dir wohl nicht erklären, oder? Das weißt du. Du solltest ihn anzeigen.«

Björn lachte. »Schwachsinn. Zeigen Sie mich jetzt an? Kann ich gehen?« Ohne auf eine Antwort zu warten, stand Björn auf.

»Setz dich«, forderte Helen ihn auf. »Und entspann dich mal. Willst du was essen?«

Er schüttelte den Kopf, nur um kurz darauf zaghaft zu nicken, woraufhin Helen ein Schnitzel für ihn und für sich einen Salat bestellte.

»Ich mache dir einen Vorschlag«, sagte sie, nachdem sie sich wieder gesetzt hatte. »Und ich mache ihn nur einmal. Statt einer Anzeige kannst du hier anfangen. Hier im Lokal.«

Björn sah sie verdutzt an.

»Nicht als Koch oder so. Hier muss eine Menge repariert werden. Schutt zusammensuchen, spachteln, streichen, möglichst schnell die Terrasse wieder flott kriegen. So Sachen.«

»Ich weiß nicht.«

»Überleg’s dir. Ich hab dich nicht herbestellt, um Mutter Teresa für dich zu spielen. Aber ich brauch wen, der hier anpackt. Ein paar Monate lang.«

»Strafarbeit?« Er sah skeptisch drein. »Das is’ ja wohl voll ätzend. Ich lass mich doch nich’ erpressen. Is’ das nich’ strafbar? Nee, danke.« Ein weiteres Mal stand Björn auf und wollte gehen.

Er war kaum halb durch den Raum gekommen, da meinte sie: »Na, dann nicht. Schade. Auch ums Schnitzel. Wenn du dich nicht ganz bescheuert angestellt hättest, hätte ich dir sicher was bezahlt.«

Ihren Milchschaum schlürfend, sah sie sich die Möwen auf den Dünen an und versuchte, innerlich nicht zu grinsen, als er brummelnd kehrtmachte.

»Aber ich bestimme, wie viel ich arbeite«, stellte Björn sofort klar.

# 43

Knut stoppte sanft das Windspiel, um die Angelschnur mit den Muscheln und Seesternen zu entwirren. Er konnte sich noch gut daran erinnern, wie er die Figuren zusammen mit seinem Vater mit Gips gegossen hatte. Es war einer der schönsten Sommertage mit ihm gewesen.

Nachdem Thor nicht öffnete, zog Knut den Ersatzschlüssel hinter einem ausrangierten Surfbrett hervor, das sein Vater seit Jahrzehnten als Blumenregal benutzte.

Abermals wollte er nach Thor rufen, hörte ihn dann jedoch im Wohnzimmer telefonieren. Leise zog er die Westernstiefel aus und stellte sie neben die Haustür, wie er es seit eh und je tat. Der Teppich im Flur fühlte sich wohlig warm vom Sonnenlicht an.

Thors Arbeitszimmer glich einem Surfmuseum. Die halb hoch mit weiß gebeiztem Holz vertäfelten Wände waren mit historischen Surfpostern und Festivalbildern gespickt. In einer Vitrine kämpften Pokale und Wettkampffotos mit Fundstücken aus dem Meer um den Platz hinter dem Glas. Mittelpunkt des Raums und Prunkstück der Sammlung bildete jedoch der Schreibtisch. Ein echtes Unikat, das sich Thor geleistet hatte, nachdem er nach beinahe 40 Jahren Polizeiarbeit Silvester aus dem Dienst ausgeschieden war und Knut das Zepter übergeben hatte. Es handelte sich um einen von Hand geschreinerten Tisch, der aus einem ausrangierten 1950er Longboard gefertigt und in den traditionellen Farben lackiert worden war, in denen früher die Surfbretter an der Küste Hawaiis erstrahlten. Das auf Hochglanz polierte Board hatte sogar Schubladen und praktische Mulden für Kugelschreiber und Stifte.

Knut mochte, wie das Sonnenlicht den Lack erwärmte, wie geschmeidig sich die Oberfläche anfühlte. Auch jetzt konnte er nicht widerstehen und musste über den Tisch streichen, bevor er sich setzte. Seit er Revierleiter war, hatte er kaum Zeit gefunden, mit seinem Vater zu surfen.

»Nein. Du weißt, dass er gute Arbeit leistet«, hörte Knut seinen Vater etwas lauter werden. Er konnte nicht anders und rollte mit dem Drehstuhl zur Tür. Seine Augen brannten, und das Pflaster über seiner Lippe ziepte unangenehm. Sie war leicht geschwollen, aber Lydias Vater hatte ihn ansonsten nicht schwer getroffen.

»Was? Wer hat sich beschwert? Magnussen? ... Ja, das ist klar. Du kennst doch Magnussen, Rainer.«

Rainer Warendorp, überlegte Knut. Wahrscheinlich telefonierte sein Vater mit dem Bürgermeister. Die beiden waren zusammen zur Schule gegangen.

»Was? ... Ja, da hast du recht. Knut ist noch nicht sehr versiert, ja. Ganz im Ernst, ich hege auch meine Bedenken, dass er sich zu sehr in den Fall verbeißt.«

Knut stutzte. Leise stand er auf und stellte sich in die Tür zum Flur.

»Keine Ahnung, ob er das hinbekommt. Er muss dem LKA ja nur aus dem Weg gehen. Rainer, gib ihm noch ein paar Tage, dann merkt er selbst, dass die Kriminalpolizei ein ganz anderer Schuh ist. Den kann er sich noch lange nicht anziehen.«

Was redete sein Vater da? Hatte er ihn nicht selbst für den Posten vorgeschlagen und war für ihn in die Bresche gesprungen, weil er ihn für fähig hielt? Nicht nur, weil er sein Vater war, sondern weil er es ihm *zutraute* – weil er seinem Sohn *vertraute?*

Knut wollte schlucken, aber seine Kehle war zu trocken.

»Ja, ich weiß, er übertritt ständig seine Kompetenzen. Jetzt lass ihn sich halt die Hörner abstoßen, Rainer … ja … Du weißt so gut wie ich, dass einfach niemand anderes zur Verfügung stand. Wer hätte denn die Leitung übernehmen sollen? Du wolltest keinen Revierleiter von außerhalb und warst mit mir einer Meinung, dass Magnussen nicht infrage kommt. Also. Punkt. Jetzt müssen wir eben damit leben, dass es der Bengel ist.«

*Ich habe dich vorgeschlagen und dich bei der Polizeiverwaltung durchgeboxt. Ich weiß, dass du die Wellen liebst, je höher sie sind. Und ich weiß, dass du immer wieder aufs Brett steigen wirst, egal wie hart du fällst.*

Was bist du für ein Lügner, dachte Knut. Was für eine schöne, motivierende Ansprache. Was für eine beschissene Lüge.

Knut wollte zornig sein, Wut spüren, fühlte aber in diesem Moment lediglich ein Taumeln. Thor hatte ihm den Teppich unter den Füßen weggezogen … Nein, falsches Bild, dachte er. Er ballert gerade in mein winziges Schlauchboot, das mich über Wasser hält. Danke.

»Ich werd ihn schon einnorden. Ja, ich halte dich auf dem Laufenden. Sicher, Rainer. Hör zu, ich seh' Knut jede Woche und meine Jungs informieren mich.«

*Seine Jungs?*

»Er ist manchmal eben noch ein Kind.«

Ein Kind?

Knut stiegen die Tränen in die Augen. Er hatte sich mittlerweile schon fast dran gewöhnt, für Magnussen der Buhmann zu sein, und dass Diehl hinter vorgehaltener Hand über ihn lästerte, versetzte ihm nur noch selten einen Stich – sollten sie doch. Aber sein Vater?

Lass ihn doch. Es wird Zeit, dass wir uns unterhalten. Ich muss ihm klar sagen, er soll sich raushalten. Rommé-Abend gestrichen, keine Tipps mehr, keine Hilfe. Ich bin Revierleiter. Punkt, aus. Und was ist er? Bloß ein surfender Rentner. Ich muss hier raus.

Bevor Thor aufgelegt hatte, war er bereits in seine Westernstiefel geschlüpft.

Wohin jetzt?, fragte er sich, nachdem er leise die Haustür hinter sich zugezogen hatte. Er hatte sich ein paar Informationen über Harms' Tauchschule erhofft.

Halb die Stufen zur Straße herunter, blieb er stehen.

Reiß dich zusammen, ermahnte er sich. Was machst du hier? Flennst rum und ziehst voller Selbstmitleid einfach ab. Wahrscheinlich hat unser Mörder ein Mädchen in seiner Gewalt, da solltest du dir deine privaten Mätzchen wirklich sparen.

Knut atmete durch. Hatte er vor wenigen Stunden noch geglaubt, das Schlimmste an diesem Fall sei die Obduktion gewesen, wurde er nun eines Besseren belehrt.

Das Bedrückendste war, noch einmal zu klingeln.

»Oh, hallo, Knut«, begrüßte Thor ihn.

»Papa.«

»Komm doch rein. Was hast du?«, wollte er sofort wissen, weil er offenbar merkte, dass etwas nicht stimmte.

»Ich? … Nichts. Alles okay.«

»Is' was mit Birthe?«

»Vergiss es.« Knut winkte ab, heimlich froh, diese Steilvorlage ergreifen zu können. »Wir haben uns gestritten, das ist alles.«

»Willst du drüber reden?«

»Nein.«

»Wirklich? Manchmal hilft reden, wenn dir was auf der Seele …«

»Ja, verfluchte Scheiße. Ich bin mir sicher«, erwiderte Knut schroff und drückte seinen Vater zur Seite, der versucht hatte, ihm tröstend den Arm auf die Schulter zu legen.

Thor sah ihm perplex nach.

Ohne es zu wollen, musste Knut nun wirklich weinen. Die Tränen kamen heftig, und das Einzige, was ihn ein wenig aufheiterte, war Thors verdattertes Gesicht.

So – wie hatte Helen das genannt? – *harsh* hat Thor mich wahrscheinlich das letzte Mal mit zwölf erlebt. Als ich das Boot geklaut habe.

Die Erinnerung ließ noch mehr Tränen sprudeln.

»Na, das kriegen wir schon alles hin, Knut. Das renkt sich ein. Birthe ist doch ein vernünftiges …?«

»Halt einfach die Schnauze, Papa. Okay?«

Die beiden fixierten sich. Die einkehrende Stille stellte sich wie ein lauerndes Tier zwischen sie. Knut konnte sich nicht daran erinnern, ihr Schweigen jemals als so unangenehm empfunden zu haben. Schließlich holte er ein paar Mal tief Luft, spürte die Tränen versiegen und drängte sich an seinem Vater vorbei zum Arbeitszimmer.

# 44

Jasmin biss die Zähne zusammen. Schon seit geraumer Zeit weinte sie, aber es kamen keine Tränen mehr. Ihr Mund fühlte sich pelzig an, völlig ausgetrocknet. Sie sehnte sich nach einem Schluck Wasser. Ihr gebrochener Finger und ihre Schulter schmerzten bei jeder Bewegung. Ihre Handgelenke brannten, und ihre Knie fühlten sich an, als habe sie Hunderte Reißzwecken hineingebohrt. Es kostete sie ihre letzte Kraft, den Feldstein aus ihrem geschabten Loch zu ziehen und zu den anderen zu schieben.

Wer immer den Schuppen gebaut hatte, hatte auf eine Betonplatte verzichtet und einfach die hölzernen Wände auf die Steine gestellt, die im Lauf der Jahrzehnte mehrere Finger tief eingesunken waren. Sie mit dem Spiegel freizukratzen und unter den Brettern hervor aus ihren Mulden zu ziehen hatte Stunden gedauert.

Erschöpft und von einem neuerlichen Weinkrampf geschüttelt, sank Jasmin neben die Feldsteine. Wie oft sie in den letzten Stunden ihre Wange auf die feuchte Erde gepresst und versucht hatte, unter den Brettern hindurch ein Stück Freiheit zu erhaschen, konnte sie nicht sagen.

Das Loch war noch immer zu flach, um sich hindurchzuzwängen.

Gerade einmal eine Handbreit Wiese konnte sie erkennen. Blaue Blüten, die in der Hitze des Tages wippten, und davor einen Ahornhain.

Der Verlockung zu widerstehen, die Augen zu schließen

und ein wenig zu schlafen, kostete sie alle Willenskraft. Die Verheißung auf Schlaf war so honigsüß …

Sie zwang sich, den Kopf zu drehen und auf die Autos zu starren. Vor allem auf die beiden mit den Leichen.

Die Vorstellung, wie diese zwei zu enden, aktivierte ihre letzten Kräfte.

Abermals nahm sie den Spiegel und …

Kettenrasseln.

Jasmin fuhr herum und hörte im selben Moment, wie jemand den Balken vom Tor wegschob.

Panisch sah sie sich um. Ein Blick würde genügen, und jeder konnte sehen, dass sie sich an den Wagen zu schaffen gemacht hatte.

*Greif ihn an! Renn ihn nieder! Durch das Tor. Hau ab!*

*Du bist zu schwach. Vergiss es. Er wird dich schnappen. Er bringt dich um. Denk an das Mädchen im Kofferraum.*

Ihre Gedanken überschlugen sich. Sie versuchte, sie abzuschütteln. Verstecken, dachte sie. Wo? Unter den Autos? Zu weit. Durch das Loch? Zu eng. Der Mähdrescher!

Ein paar Schritte von ihr entfernt rostete die Maschine vor sich hin. Die Haspel boten etwas Schutz.

Das Scheunentor öffnete sich. Sommerlicht fiel auf die Autos. Sie hörte einen Mann fluchen und duckte sich hinter die Metallstreben des Mähwerks, wagte es kaum zu atmen.

*Schau nicht zum Loch. Bitte, schau nicht zum Loch. Du siehst es nicht. Du kannst es gar nicht sehen. Bitte. Verschwinde wieder! BITTE!*

Jasmin konnte den Mann nicht sehen, das war auf gespenstische Weise noch viel schlimmer, als ihm von Angesicht zu Angesicht gegenüberzustehen. In ihrem Kopf wirbelten die Gedanken, und immer schaurigere Bilder lösten sich ab.

*Er wird dich töten.*

*Das ist nicht so schlimm.*

*Schlimmer ist, was er* vorher *mit dir macht.*

Der Drang, Hals über Kopf loszurennen, wurde stärker und stärker. *Weg! Weg! Weg!*, hämmerte es in ihrem Schädel. *Du musst hier raus.*

Jasmin klammerte sich mit dem verletzen Finger an den Mähdrescher, griff absichtlich fest zu, hoffte, dass der Schmerz sie zur Vernunft brachte, sie irgendwie beruhigen könne …

Sie durfte die Deckung nicht aufgeben. Egal, wie groß das Verlangen wurde. Als sie noch härter zupackte, musste sie sich vor Schmerz auf die Zähne beißen, um nicht zu schreien. Sie bekam kaum Luft – aber es half.

Reglos horchte sie in die Stille, versuchte, Schritte zu hören, doch da war nichts. Keine Schritte, kein Atmen, kein Rufen, kein Atmen, kein Rascheln, kein Atmen, kein Atmen, kein Atmen … Kein Atmen …

Mit einem Mal schob sich ein Schatten in ihr Gesichtsfeld. Beinahe hätte sie geschrien. Aus den Augenwinkeln sah sie sein Gesicht. Er stand keine vier Meter entfernt, blickte sie jedoch nicht an, sondern fixierte das Loch und die Steine. Jasmin biss die Zähne zusammen, fasste stärker zu. Der Knochen ihres gebrochenen Fingers ließ die Haut sich wölben.

*Renn nicht weg!*

Sie wagte es nicht, sich tiefer in den Schatten zu drücken.

*Atme nicht. Alles wird gut.*

Im Gegensatz zu den Mördern in ihrer Fantasie wirkte dieser Mann ganz normal. Er hatte keine Narben im Gesicht, keine Blutspritzer auf seinem Hemd oder ein rostiges Beil in der Hand.

Irgendwo habe ich ihn schon einmal gesehen, dachte sie, aber es wollte ihr nicht einfallen, wo.

Vielleicht weiß er gar nicht, wer in den Autos liegt. Vielleicht besitzt er nur die Scheune und ahnt nichts von den beiden Leichen. Konnte er ihr vielleicht sogar helfen? Sollte sie sich bemerkbar machen?

Als habe er sie gehört, ging der Mann zielstrebig zum Wagen mit der Toten und registrierte missmutig, dass der Kofferraum aufgebrochen worden war. Er klappte ihn langsam auf, griff mit bloßen Händen hinein und zog das tote Mädchen heraus. Er stöhnte vor Anstrengung.

Jasmin spürte zitternd, wie ihr das Blut wegsackte. Ihr wurde flau im Magen, als sie zusah, wie er den Körper mit einem Ruck gänzlich aus dem Auto zog und auf dem Boden fallen ließ. Sie wollte sich abwenden, aber sie konnte ihren Blick nicht von dem Schauspiel lassen.

Der Mann griff noch einmal nach, schob die Arme unter die Achseln der Toten und verschränkte die Hände vor ihrem Brustkorb. Es sah aus, als berge er eine Schwerverletzte.

Kaum hatte er das Mädchen ein paar Schritte Richtung Scheunentor gezogen, drehte er sich zu Jasmin um. »Du solltest doch im Auto warten«, sagte er leise und so unaufgeregt, als würden sie vor einem Supermarkt parken.

Das Letzte, was Jasmin sah, bevor ihr schwarz vor Augen wurde, war sein tadelndes Lächeln.

# 45

»Harms?« Thor ließ sich auf seinen Schreibtischstuhl fallen. »Und ob ich den kenne.«

»Es gibt keinen Aktenvermerk, nichts. Ist er schon mal aufgefallen?« Diesmal hatte Knut seine Stiefel nicht ausgezogen, was Thor missbilligend zur Kenntnis nahm.

»Kann man sagen.«

»Was soll das heißen?«

Knuts Vater zog eine Schublade auf und holte ein Kaugummi heraus. Seit zehn Jahren wollte er aufhören zu rauchen – mit dem Ergebnis, dass er nun zusätzlich abhängig von Nikotinkaugummis war. »Der war Lehrer an der Mittelschule. Bevor er seine Tauchschule aufgemacht hat. Es gab Gerüchte, dass er den Mädchen nachstellt.«

Knut lief es kalt den Rücken runter. »Nicht dein Ernst.«

»Doch. Nach dem Sportunterricht ist er in ihre Duschen, natürlich *rein zufällig*. Und bei der Nachhilfe, da hat er ein Mädchen wohl mal an der Brust berührt.«

»Berührt … ist klar.« Knut zückte sein Notizbuch und schrieb mit.

»Hör mal, Knut. Das war alles nicht so eindeutig. Die Elternschaft hat sich zerstritten, das muss man sich mal vorstellen. Die eine Hälfte hat nichts auf ihn kommen lassen, und die andere Hälfte wollte Harms am liebsten ertränken.«

»Und die Mädchen?«

»Teilweise ziemlich hanebüchene Aussagen. Die haben sich widersprochen. Ein Mädchen hat ihn schwer belastet …«

»Lydia Schwenke? Tanja Stevens? Petra Dornse?«, las Knut aus seinen Notizen vor.

»Nein.«

»Michaela Mertens? Wiebke Sommer?«

»Die waren doch noch viel zu jung. Das war irgendwann Ende der 90er.«

Knut stutzte. »Sag das noch mal.«

*Irgendetwas ist in dieser Woche in seinem Leben vorgefallen. Vielleicht im Juni 1999 oder 1998 oder noch früher …*

»Was weiß ich. '97, '98? Die Ecke. Er flog von der Schule. Die ersten Eltern standen bei mir Anfang des Jahres im Revier. Ich hab die Aussagen aufgenommen, na ja. Dann ist eine Schulsitzung nach der nächsten einberaumt worden. Anklage: Ja, nein? Das war alles sehr dürftig. Die zerstrittenen Eltern, die lückenhaften Aussagen, Harms, der felsenfest behauptete, es sei nichts vorgefallen. Und die Direktorin, die endlich wieder Ruhe haben wollte.«

Knut verstand. »Die haben einen Deal gefunden.«

»Richtig. Harms nahm freiwillig seinen Hut, und die Anzeigen wurden zurückgezogen. Er macht Platz, keiner redet drüber, und der Schulbetrieb läuft weiter.«

»Und die Aussagen? Die Akten? Über Harms habe ich nichts gefunden.«

Thor zupfte verlegen an seinem Pferdeschwanz. »Die hat Magnussen in den Schredder, nachdem die Staatsanwaltschaft nicht hinzugezogen wurde.«

»Das geht doch gar nicht. Ich meine, wenn er angezeigt wird, *muss* die Staatsanwaltschaft ein Verfahren einleiten. Also 'n bisschen hab ich ja auch aufgepasst in Eutin.«

Thors Seufzen sagte alles, und sofort zählte Knut eins und eins zusammen. »Du hast die Anzeige gar nicht wirklich weitergereicht. Da kommen verzweifelte Eltern, und du reichst die Anzeige nicht weiter?«

»Spiel dich mal nicht so auf, ja. Du hättest das natürlich anders gemacht.«

»Wenn Kinder belästigt werden! Das kann doch nicht wahr sein, Papa.«

»Die hätten den doch eh nicht rangekriegt. Dazu waren die Aussagen viel zu dürftig. Ich habe die Anzeigen nur ein paar Wochen zurückgehalten, das ist alles. Hätte ich sie eingereicht, hätte Harms wahrscheinlich immer noch seinen Job als Chemielehrer! So sieht's aus. Dann hätte es nämlich gar keinen Deal gegeben.«

Knut schüttelte den Kopf, aber in seinem Herzen wusste er, dass sein Vater recht hatte. Nicht nur mit Harms' Rauswurf, sondern auch mit der Vermutung, dass er wahrscheinlich das Gleiche getan hätte.

Das Gesetz in Valandsiel ist ein wenig komplizierter als das Gesetz da draußen, dachte Knut.

»Es ist manchmal schwer«, fügte sein Vater an, als habe er die Gedanken seines Sohnes erahnt, »zwischen Gerechtigkeit und Recht einen Weg zu finden.«

»Ich nehme an, er hat im Juni aufgehört?«

Thor zuckte mit den Achseln. »Das ist so lange her …«

»Wie komme ich an einen Durchsuchungsbefehl? Krieg ich den ohne Anzeige?«

»Durchsuchungsanordnung«, korrigierte Thor ihn. »Für Harms? Vergiss es. Den beantragt die Staatsanwaltschaft beim Richter. Du kannst den nicht beantragen. Und es muss ein ausreichend konkreter Anfangsverdacht bestehen, der muss wirklich gewichtig sein.«

»Und bei ›Gefahr im Verzug‹?«

Thor musterte seinen Sohn. »Lass es … Ich sag's dir im Guten. Lass es bleiben. Die Scherereien willst du nicht haben.«

»Aber wenn wer bedroht wird, dürfte ich?«

»Ja, sicher darfst du ein Haus betreten, um Gefahr abzuwehren, aber …« Thor hielt inne, weil Knut bereits in den Flur gegangen war. »Das ist nicht dein Ernst. Warte doch mal. Du willst doch wohl nicht mit Magnussen und Veith … Das sind Straßenpolizisten. Lass das LKA das machen!«

Doch Knut dachte nicht daran, auf seinen Vater zu hören. Sein Entschluss stand fest.

Er eilte die Stufen hinunter und stieß gegen das Windspiel. Sein filigranes Klirren entlockte ihm ein Lächeln.

Tatsächlich kam sich Knut wie befreit vor.

# 46

Knut klopfte Butch den Hals. Sein Blick wanderte durchs Autofenster über die Dünen und hinab zu Harms' Anwesen, zu den einstigen fünf Gebäuden, von denen bloß noch drei standen. Ein hoher Maschendrahtzaun umgab das Gelände, das sich vom Meer landeinwärts bis über die Dünen zu ihnen erstreckte. Ein vom Sturm halb fortgespülter Schotterweg führte direkt zum Geschäftsgebäude und weiter zu zwei Holzstegen, von denen einer bereits nach wenigen Schritten abgerissen war. Am anderen lag Harms' Schiff vertäut.

Ein rostiger Traktor hatte die Überbleibsel des Holzschuppens zusammengeschoben. Vor dem Bretterberg parkte ein in die Jahre gekommener Pick-up. Während die Überreste des Schuppens nur noch zum Osterfeuer taugten, schien der Sturm die große Holzscheune verschont zu haben.

Über dem Areal standen weiße Wolken, so perfekt und rein, dass sie wie gemalt aussahen. Sie spiegelten sich in den Wasserpfützen und überfluteten Senken. Knut versuchte zu erkennen, ob sie sich bewegten.

»Ist das nicht ein bisschen viel, was Sie da verlangen?« Seufzend folgte Helen seinem Blick und starrte auf die Tauchschule unter dem makellosen Himmel.

»Sie sollen da ja nur reingehen und ihn ablenken. Fragen Sie nach irgendwas. Nach einem Tauchkurs, was weiß ich. Sie sind doch die Expertin für Kommunikation. Ich will nur nicht, dass er aus seinem Büro kommt, während ich mich umsehe. Das ist alles.«

»Aha. Das ist alles. Wenn es stimmt, was Sie denken, dann fällt Harms das Morden nicht schwer.«

»Ich weiß.« Er schloss die Augen und dachte einen Moment nach. »Sie haben recht«, seufzte er schließlich. »Das war eine dumme Idee. Ich hätte Sie da nicht hineinziehen sollen. Ich glaube nur, dass ... Sie sind einfach unauffällig. Mich und meine Kollegen kennt er wahrscheinlich.«

»Sicher kennt er Sie und die anderen. So methodisch, wie er vorgeht, schaut er sich jeden Schritt der Polizei genau an.«

»Ja. Deswegen war er auch im Jachthafen«, brummte Knut. »Egal. Ich lass mir was Besseres einfallen.«

»Wenn Sie etwas finden, können Sie das vor Gericht wahrscheinlich nicht verwenden. Was wollen Sie denn dann machen?«

»Das lassen Sie mal meine Sorge sein. Wenn ich was finde, holen wir uns einen Durchsuchungsbefehl.«

»Anordnung.«

»Durchsuchungsanordnung. Meinetwegen. Und wenn ich sein nächstes Opfer noch lebend finde, dann scheiß ich auf Beschlüsse und Befehle. So wie ich das sehe, ist hier Gefahr im Verzug. Auch wenn niemand schreit.«

Immerhin entlockten seine entschlossenen Worte Helen ein Lächeln. Ihre blonden Haare schimmerten eigentümlich im Sonnenlicht. Obwohl die Sonne nur noch eine Handbreit über dem Meer stand, hatte sie kaum an Kraft verloren. Lediglich ihr Gelb wechselte schwach ins Rot. Der Glanz verlieh Helens Wangen etwas Jugendliches. Wie Knut bemerkte, fiel für einen magischen Moment alle Strenge von ihr ab, und Helen wirkte, nur einen Atemzug lang, sehr verletzlich. Wie ein junges Mädchen, das sich scheut heimzufahren, wie ein Teenager allein am Strand, wartend auf den Liebhaber.

»Was ist?«, wollte sie wissen.

»Nichts«, wiegelte er schnell ab. »Ich mach mir nur so meine Gedanken.«

Er hatte Helen vom Makler abgeholt, wo sie sich auf dem Parkplatz mit ihrer Mutter gestritten hatte. Nachdem er ihr alles über Harms erzählt hatte, waren sie in ihren Mietwagen umgestiegen, weil Knut befürchtete, Harms werde seinen Rover erkennen.

»Unser Freund vom LKA wird das gar nicht gutheißen«, stellte sie mit einem unsicheren Schmunzeln fest. Ein klareres Ich-bin-dabei würde er von ihr nicht bekommen.

»Freund? Also meiner ist er nicht. Dann ziehen wir es durch?«

Sie nickte, woraufhin Knut ausstieg, sich aber noch einmal zu ihr ins Auto beugte. »Ich klettere über den Zaun. Schinden Sie einfach 20 Minuten raus. Und wenn was ist …« Sein Blick glitt zur Mittelkonsole, auf die sie ihre Glock gelegt hatte. Die Waffe steckte im Halfter. Helen musste sie nur noch umbinden. »Zur Not schießen Sie damit einfach in die Luft.«

»Ich habe bestimmt öfter geschossen als Sie.«

»Kann sein, aber Sie mögen es nicht. Da muss man kein Profiler sein, um das zu sehen. Sie halten Ihre Pistole, als wär' sie ein … ein … ein bissiges Opossum.«

»Opossum?«

»Mir ist jetzt gerade nichts Besseres eingefallen. Gibt's die da nicht, wo Sie herkommen?«

»Klar. Haufenweise in Seattle. Im Zoo. Hauen Sie endlich ab. Ich schaff das schon.« Sie griff sich die Glock, warf sich den Halfter mit einem geübten Schwung um und langte nach ihrem Kapuzenpulli. Noch bevor er einen Schritt von der Tür zurücktreten konnte, war Helen bereits angefahren.

Er blieb allein in den Dünen, während sie zum Eingang des Areals abbog und die Kiesauffahrt nahm.

Nachdem Knut über den Zaun geklettert war, hockte er sich auf die vorderste Düne. Von hier aus konnte er das Gelände perfekt überblicken.

Helen fuhr vor Harms Haus und parkte den Mietwagen neben dem alten Pick-up. Sie ging am Wagen vorbei auf den Laden zu und zog sich die Kapuze etwas über den Kopf. Der Pulli verdeckte hervorragend ihre Waffe. Knut meinte, ein Türglöckchen zu hören, als sie eintrat – aber das war sicher Einbildung.

»Womit kann ich Ihnen helfen?«

Erschrocken fuhr Helen herum und starrte in Harms' Gesicht. Er war wie ein Schatten lautlos hinter ihr aufgetaucht, noch bevor sie fünf Schritte zwischen die Ladenregale getreten war. Er trug eine unmodische runde Brille mit Drahtbügeln. Seine braunen Augen sprangen hin und her, als könne er gar nicht schnell genug alles an ihr mustern.

Helen hatte geglaubt, einem wettergegerbten, sportlichen Typen zu begegnen, aber Harms war das Gegenteil. Auf den ersten Blick wirkte er wie ein Hochschullehrer. Sein Eierkopf, das schmale Kinn und die Glatze ließen ihn wie einen strengen Pauker wirken. Altersflecken hatten sich auf seinen Handrücken und Armen gebildet. Seine Fingernägel waren gepflegt, aber nikotingelb.

Er hat am Fenster gestanden und mich beobachtet, dachte sie. Immerhin kann man von hier bloß die Gebäude und nicht die Dünen sehen.

»Jesus. Sie haben mich erschreckt.«

»Ach, wirklich?« Harms' Stimme klang rau, als habe er

tagelang nicht gesprochen. Er kratzte sich die Glatze, schob die Brille zurecht und räusperte sich. »'tschuldigung. Ich war gerade am Einsortieren, da seh ich Ihren Wagen.«

»Kein Problem ... Der Sturm hat alles durcheinandergebracht, was?« Helens Blick fiel auf eine Blechschachtel mit Ködern, die Harms in der Hand hielt. Als sie sich zu den Regalen umsah, konnte sie ein paar aufgeschnittene Kartons sehen. Styroporflocken hatten sich auf dem Boden verteilt.

»Können Sie laut sagen. Kann man froh sein, dass man nicht ersoffen ist.« Sein Lachen wirkte ein wenig aufgesetzt, aber das musste nichts bedeuten. Viel schlimmer fand sie, dass er keinen Schritt voraus tat, sondern noch immer zwischen ihr und der Ladentür verharrte. Als wolle er ihr den Rückweg abschneiden. Dabei standen seine Füße, er war tatsächlich barfuß, fast exakt schulterbreit auseinander – weder breitbeinig noch Knie an Knie. Seine Haltung drückte vor allem eines aus: Hier bestimme ich.

»Mir hat's das Zelt weggerissen«, log Helen und wandte sich zum Laden um. Harms hatte im Fischerschuppen ein Dutzend Regale aufgestellt und einen Bereich abgemauert. Wahrscheinlich das Lager. Nach den kitschigen Airbrush-Bildern mit Delfinen und Walen zu urteilen, war der Laden irgendwann in den 80ern ausgebaut worden. »Die Zeltplane habe ich noch. Aber die Heringe ...«

»Ich hab hier eigentlich vor allem Tauchequipment«, sagte er mit kehliger Stimme, und Helen bemerkte, dass er auf dem rechten Schneidezahn eine Krone trug.

»Ja, ich weiß. Da wollte ich mich auch noch informieren«, antwortete Helen lächelnd. »Erst mal such ich aber Heringe. Die breiten. Wissen Sie?«

»Bisschen Campingzeug hab ich da. Kommen Sie mit.«

Endlich löste er sich von der Eingangstür. Als er sich

an ihr vorbei in den Regalgang schob, konnte Helen seinen Schweiß riechen, gegen den sein billiges Deo versagte. Harms' Hemd war unter den Achseln durchgeschwitzt, die Jeans von Rost fleckig. Oder war es getrocknetes Blut? Helen bemerkte, dass sein Gang im Gegensatz zu seiner Standfestigkeit etwas hinkend war.

Der Mann führte sie zu einem Regal mit Zelten, Campingkochern und den gesuchten Heringen. Während sie prüfend ein paar verschiedene Längen heraussuchte und sich die Packungen ansah, spürte sie seinen Blick. Zwar kehrte er zu seinen Kartons zurück und sortierte weiter ein, jedoch starrte er ihr dabei immerzu in den Rücken.

»Und? Ist was dabei?«

»Danke, ja.« Sie nahm eine Packung und schlenderte zu ihm. »Ich nehme die hier.«

Statt einer Antwort nickte er bloß. Harms wollte sich Richtung Fenster umdrehen, um zur Kasse zu gehen, da sah sie Knut über den Platz huschen.

»Warten Sie«, sagte sie schnell. »Ich – ich sollte noch Schnüre mitnehmen.«

»Weggerissen, hm?«, brummte Harms. »Ja, dieser verfluchte Sturm hat wirklich alles durcheinandergebracht. Schnur hab ich hinten.«

Er deutete zu einer offen stehenden Eisentür an der Seite des Ladens. Dahinter schloss sich eine fensterlose Kammer an.

Helen spürte ihren Puls. Sie setzte ein Lächeln auf, zwang sich, nicht ängstlich zu blinzeln. Das ist ein strategischer Albtraum, dachte sie.

Dennoch folgte sie Harms zwischen den Regalen hindurch. Sie konnte Gasflaschen und Stahlregale voller Papiere durch die offen stehende Eisentür der Kammer sehen. Sie versuchte, die Vorstellung zu verdrängen, mit diesem Fremden in irgendein Hinterzimmer verschwinden zu müssen, und zwang sich abermals zu einem Lächeln, als er sich zu ihr umdrehte.

»Sie sind Amerikanerin, hm?«, stellte er fest, während er ihr die Tür aufhielt, obwohl sie bereits fast am Anschlag war.

»Kann man sagen, ja.«

»Was haben Sie mit Ihrem Fuß gemacht?« Der Mann ließ Helen eintreten. Der Druck seiner Hand löste die Arretierung, und die Tür fiel hinter ihnen zu.

»Oh«, sagte er, und sie bemerkte, wie er kurz nach dem Knauf greifen und sie wieder aufziehen wollte, es dann aber bei einem Achselzucken beließ. Ihr gefiel gar nicht, dass er die Tür absichtlich hinter ihr hatte zufallen lassen.

»Schöne Prothese«, meinte er lächelnd.

Sie schluckte.

Der Halfter der Glock scheuerte an ihrem Hemd.

Das ehemalige Kühlhaus kam Knut am vielversprechendsten vor. Immerhin war eine Seite vom Sturm eingedrückt worden. Vielleicht hatte es die Mädchen durch die Öffnung ins Meer getrieben. Geduckt lief er über den Platz zu dem Häuschen, das in etwa die Größe einer Doppelgarage hatte.

Im Licht der Abendsonne strahlten die weiß getünchten Wände hellorange. Warum hatte Harms die Feuerwehrleute nicht hineingelassen? Knut griff nach der Stahltür, aber sie war verschlossen. Auf der Rückseite sah es nicht besser aus. Seine Hoffnung, sich durch eine Wandöffnung ins Innere zu drücken, wurde von drei schweren Holzplatten zunichtegemacht, mit denen die Öffnung verbarrikadiert war. Knut versuchte, eine von der Wand abzuziehen, musste aber aufgeben. Durch die Spalten konnte er lediglich Finsternis erkennen.

Fluchend ließ er den Kühlraum links liegen und wandte sich der Scheune zu. Wortfetzen wehten zu ihm hinüber, und er erkannte Helens Stimme. Sie klang ruhig, kein Schreien, kein Rufen.

Knut widerstand dem Impuls, zum Geschäft zu laufen und durch die Ladenscheibe einen Blick auf Harms zu werfen. Stattdessen ging er, auf der Suche nach dem Tor, um die Scheune herum. Schreiend stoben drei Dutzend Möwen auf. Sie flatterten protestierend durcheinander, veranstalteten einen Heidenlärm und zogen knapp über dem Dach davon.

Das Tor war mit einer Kette verschlossen.

Knut zückte seine Taschenlampe, leuchtete durch einen Spalt.

Das Licht leckte in die Dunkelheit, strich über Strohballen, Schwerlastregale mit Gasflaschen und ein abgewracktes Boot, über das Harms ziemlich schluderig eine Bauplane geworfen hatte.

Nachdem er auf die Seeseite des Gebäudes gehuscht war, konnte Knut erkennen, dass der Sturm mehrere Ziegel weggerissen hatte. Mit einer Leiter wäre es kein Problem gewesen, hinauf und von dort ins Innere zu kommen.

Du hast nicht ewig Zeit, dachte Knut. Vergiss es.

Mit ungutem Gefühl im Magen wandte er der Scheune den Rücken zu und widmete sich dem Berg aus Schrott, der sich zwischen der Scheune und den beiden Stegen auftürmte. Ein Container stand bereit, war jedoch noch nicht befüllt worden. Flatterband spannte sich notdürftig um den Unrat, von dem Knut vermutete, dass Harms ihn aus dem Meer zurückgeholt hatte.

Er ließ den Blick über den Berg schweifen. Geborstenes Holz, Plastiksäcke, gerissene Netze, Verpackungen. Aufgequollene Schränke, ein Bürostuhl. Unter einer Lage Bretter lugte ein zerschrammter Kühlschrank hervor. Einen Augenblick lang starrte Knut auf den Berg. Irgendwas hatte er übersehen …

Da bemerkte er, was in die Plastiksäcke gestopft worden war.

»Beim Tauchlehrgang, da fange ich immer mit dem theoretischen Teil an.« Harms zog noch etwas Schnur von einer der Rollen, die er auf Besenstiele gesteckt zwischen die Regale montiert hatte. »Da geht's um das richtige Verhalten im Wasser, Gerätelehre und die Berechnung von Tauchgängen. Das sind vier Termine. Die exakten Berechnungen für die Atemluft sind wichtig.«

»Und dann gibt es eine Prüfung?«

»Das Meer ist für jeden seine eigene Prüfung.« Er grinste. »Es gibt einen schriftlichen Test, aber interessant wird's im Wasser. Wenn Sie schwerelos werden, wenn Sie das erste Mal merken, wie ruhig es da unten ist. Nach sechs Freiwassertauchgängen kommt dann der krönende Abschluss unter Wasser. Jeder muss seinen Test bestehen.«

»Und wenn ich das tue?«

»Dann sind Sie nach PADI ein Open Water Diver.«

»Und das heißt?«

»Mit dem Schein dürfen Sie weltweit mit einem höhergestellten Taucher unter Wasser gehen. Aber Sie sollten niemals allein tauchen. Niemals. Allein ist nicht gut. Gar nicht gut.«

Helen entging die Anspielung nicht.

*Was hast du vor? …*

Längst stand ihr der Schweiß auf der Stirn. In der Kammer staute sich die Hitze und in ihrem Kopf die Gedanken. Das alles war gar nicht gut. Sie hatte kein Back-up, keinen zweiten Mann, und ihre einzige Fluchtmöglichkeit war die

Eisentür. Wenn es hart auf hart kommen sollte, musste sie durch Harms durch, wie es lapidar hieß. Und das wiederum bedeutete, ihn kampfunfähig zu schießen.

*Du bist so eine verflucht bescheuerte Kuh, Helen.*

Harms zog einen halben Meter Schnur von einer zweiten Rolle und befühlte sie, indem er sie zwischen seinen langen Fingern hin und her rollte. »Ja, die ist besser. Stabiler. Kommen Sie her.«

Helen trat einen Schritt näher. Die Schnur war eine Kordel aus Polypropylen, viel zu dick für eine Zeltschnur.

*Es wird nichts passieren. Er weiß nicht, wer du bist. Du hast alles im Griff. Der will dich höchstens anmachen. Du fällst nicht in sein Schema.*

»Sie reden nicht gern drüber. Das ist okay.«

»Worüber?«

»Ihren Fuß.«

Sie biss sich auf die Lippen.

»Ich dachte nur, weil Sie tauchen wollen. Ich habe Sie doch richtig verstanden?«

Helen nickte. »Ich hatte schon mal Flossen an. Das ist kein Problem.«

»Aha«, sagte er und wickelte noch ein bisschen Schnur ab. »Dann ist ja gut. Wollen Sie mal fühlen? Da können Sie ein Auto ranhängen, das reißt nicht.« Er zog die Schnur ein paarmal vor ihr straff, als sei es eine Garrotte. »Fassen Sie mal an.«

In die Müllbeutel waren Papiersäcke für Zement geknüllt, die meisten hatte der Sturm aufgeweicht. Hinter dem Schuttcontainer stand ein Betonmischer. Eine Sackgasse, denn darin schwappte das Wasser vom Sturm. Er war seit Tagen nicht benutzt worden.

Knut sah sich nach einer Baustelle um. Erst als er sich

noch einmal zu den Überresten umdrehte, die einst der Holzschuppen gewesen waren, erkannte er überspülte Fundamentlöcher.

Was der Sturm an Beton nicht freigespült hatte, hatte er mit Schlamm aus Erde und Sand überzogen. Nur eine Stelle schien frischer zu sein.

Er kniete sich hin und befühlte den Zement. Er war steinhart und längst abgebunden. Reiner Zufall, dass die Fläche nicht mit einer Kruste überzogen war.

Vergiss es, dachte er. Er will ein Museum mit Frauen, warum sollte er sie einbetonieren?

Noch einmal sah er zu den Gebäuden, dann abermals zum Schuttberg.

»Scheiße«, entfuhr es ihm, denn erst jetzt wurde ihm klar, was tatsächlich merkwürdig an dem Haufen war.

Er huschte zurück, kletterte zwischen den Unrat und sah es sich genauer an.

Der zerschrammte Kühlschrank unter den Brettern und Mülltüten war …

… zugeklebt.

Gaffertape war herumgeschlungen worden.

Knut versuchte ein paar Bretter wegzudrücken, aber sie ließen sich nicht wirklich bewegen. Er sah sich nach etwas Scharfem um, fand eine Glasscherbe im Schutt und begann, das Panzerband an der Türritze aufzuschneiden. Die Scherbe bohrte sich in seine Hand.

Ein letzter Schnitt. Er packte ins Gummi der Tür und zerrte, aber die Bretter und Säcke blockierten alles. Mit aller Kraft schob er ein paar der Hölzer zurück, zog eine der Mülltüten weg und krallte sich erneut in die Tür.

Mit einem mächtigen Ruck zog er sie auf. Nur einen Spalt, es reichte gerade, um hineinzufassen.

*Ich will das nicht tun …*

Knut schob seine Hand und dann den Unterarm bis zum Ellbogen hinein ins Dunkel und tastete.

Knut meinte, etwas Faseriges zu spüren.

Helen räusperte sich. »Ich glaub's Ihnen. Ich nehme einfach fünf Meter.«

»Damit werden Sie nicht hinkommen.«

»Dann zehn.«

»Die Schnur passt so wenig zu einem Zelt wie zu Ihnen ein Tauchschein. Sie hatten nie eine Flosse an. Was wollen Sie wirklich?« Die Schnur zwischen den Händen gespannt, baute er sich vor Helen auf. »Wer sind Sie?«

»Ich? Mein Zelt ist kaputt, und ich dachte, vielleicht mach ich mal einen Tauchschein.«

»Und das soll ich glauben?«

Weil sie ihm nicht den Rücken zuwenden, ihm nicht ihren Hals darbieten wollte, schob sie sich rückwärts zur Tür. Schon nach dem ersten Schritt bereute sie es.

*Sei kein Opfer, Helen. Du weißt das besser.*

Sie wandte sich ihm wieder zu, drückte den Brustkorb raus und zog die Schultern gerade.

»Wollen Sie nun was verkaufen oder mich blöd anmachen?«, sagte sie mit fester Stimme.

»Lernt man das bei der Polizei?«, wollte er grinsend wissen.

Sie ging nicht darauf ein, sondern zog die Tür auf und wischte in den Laden. Obwohl er so unübersichtlich war, tat es gut, wieder die Sonne zu spüren und Platz zum Atmen zu haben.

»Sind Sie von der Presse?«, fragte er, als er hinter ihr aus der Kammer eilte. »Es ist wegen der Mädchen. Shit. Ich hab recht. Sie sind wegen der Mädchen hier, richtig?«

»Wir beenden das hier. Verkaufen Sie mir meine Heringe«, meinte Helen forsch und trat zur Kasse.

»Die beiden, die man gefunden hat. Deswegen sind Sie hier. Und Sie sind von der Polizei. Das ist doch eine Waffe, da.«

»Wie viel?«

Er tippte den Betrag in die Kasse, hielt aber inne und meinte: »Das können Sie gar nicht bezahlen. Das könnt ihr Bullen gar nicht bezahlen …« Mit einem Rums legte er die Packung Heringe vor Helen auf den Tresen. »Die gehen aufs Haus. Und ich geb Ihnen noch ein Tütchen.«

»Danke, verzichte. Ich …« Sie brach ab, denn im Spiegel hinter der Kasse sah sie, dass er eine Schrotflinte unter der Arbeitsplatte liegen hatte.

»Ihr Scheißbullen habt mein verdammtes Leben kaputt gemacht. Weißt du das? Ja?«

Sie spürte, wie der Anblick ihr die Kehle zuschnürte. Ganz steif stand sie da und starrte einfach nur, anstatt zu reagieren…

*»Du gibst mir das Schlossgespenst und ich dir den Skelettindianer.«*

Und mit einem Mal beugte sich Harms unter den Tresen.

*Renn weg, dreh um, renn weg. Helen!*

Sie konnte sich nicht bewegen.

Er zielt mit der Pumpgun auf sie. *Bitch.* Unbeschreiblich heißes Feuer verbrennt ihren Fuß, lodert ihren Unterschenkel hinauf, als stünde sie in Lava, und sie schreit, und das Nächste, was sie sieht, ist der Holzboden der Bar und dann Chris' Gesicht. *Bitch.*

*Ich habe versagt. Ich werde sterben.*

Wie durch einen Nebel sah sie, wie Harms die Tüte auf die Heringe warf und schnell um den Tresen herum kam.

»Sie sind ja so blass.«

Helen roch Harms' Atem, als er sich zu ihr hinüberbeugte, spürte seine schlanken Finger auf ihrer Schulter.

»Was ist mit Ihnen? Hallo? Können Sie mich verstehen?«

Das Quietschen von Stuhlbeinen über den Ladenboden holte sie zurück. Er wollte sie auf den Stuhl drücken, aber sie schlug seinen Arm weg und verpasste ihm einen Schlag gegen die Brust. Ein einziger harter Schlag, der ihn zurücktaumeln und nach Luft schnappen ließ.

Lass es nur ein Teppich sein, betete Knut und ahnte, was er zwischen den Fingern hielt.

Eine Sekunde dachte er daran, die Hand wieder herauszuziehen und Handschuhe zu besorgen, doch ihm blieb keine Zeit. Er musste es jetzt wissen.

Er griff sich eine stabile Latte, setzte an und zerbrach sie, als er den Kühlschrank aufhebelte. Knut schnitt sich in den Finger. Ein letztes Mal packte er zu und öffnete den Kühlschrank.

Er glitt langsam auf, Zentimeter um Zentimeter …

Ich will das nicht sehen. Ich will das nicht sehen …

# 47

»Jetzt reicht es aber! Für wen halten Sie sich?« Maas drängte sich an Knut vorbei und legte zwei in Plastiktüten verstaute und mit Etiketten der Forensik versehene Beile in den Kofferraum. Auf einer Plane lag hier alles, was die Ermittler nach dem ersten Durchgang für relevant hielten. Knut schätzte, dass es bereits über 100 Tüten und Säckchen waren. Unter anderem hatte Helen eine Rolle Spezialdraht entdeckt, mit dem die Arme und Beine der Toten umwickelt waren. Außerdem – wie der Schnelltest ergeben hatte – Mullbinden und Fetzen von Gaffertape mit Blutspuren.

Knut wich nicht von Maas' Seite, der soeben zwei schwere Stative vom Boden aufhob und zum Kühlschrank trug. Das Bellen zweier Spürhunde zerschnitt die von zahlreichen Strahlern erhellte Nacht.

»Ich will mit Harms sprechen, Maas. Frau Henning und ich. Nur ein paar Minuten.«

»Das können Sie sich abschminken.« Maas nickte zur Transportbahre, auf die sie das Mädchen gelegt hatten. Ihr Körper wirkte wie eingefallen, das blonde Haar klebte auf ihren Wangen und ihrer Brust. »Sie können von Glück sagen, wenn wir Harms dafür vor Gericht kriegen. Von einer Verurteilung mal ganz abgesehen. Haben Sie überhaupt eine Ahnung, was Sie da angerichtet haben, Jansen? Beinahe hätte mich der Oberstaatsanwalt von dem Fall abgezogen.«

Harms' Gelände war weiträumig abgesperrt. Mehrere Sprinter, ein Mannschaftswagen der Polizei Kiel, ein Dutzend Zivilfahrzeuge und ein Sattelschlepper, von dem gerade ein Bagger heruntergefahren wurde, standen jenseits des Maschendrahtzaunes. Ein knappes Dutzend Forensiker in weißen Einweg-Overalls schritten, den Blick permanent auf den Boden gerichtet und flankiert von einer Hundertschaft Polizeibeamter, systematisch das Gelände ab.

Als Erstes hatten sie die Scheune und den einstigen Kühlraum aufgebrochen. Er war ausgeräumt worden, aber in der Scheune fanden sie die Beile und schließlich den Draht. Harms hatte es nicht für nötig gehalten, alles zu verstecken, sondern sein Tatwerkzeug dreist zu anderem Werkzeug an die Wand gehängt.

Laut Helen war so ein Verhalten nicht ungewöhnlich, viele Täter eines solchen Kalibers verschwendeten ihre Energie nicht damit, ihr Versteck raffiniert zu tarnen. Da sie jahrelang mit ihrer Masche durchgekommen waren, glaubten sie, ewig so weitermachen zu können. Und viele brauchten eine Erinnerung an ihre Taten, etwas vom Opfer oder ihr Werkzeug.

»Ich denke, Helen wird sicher eine Menge aus ihm rauskitzeln, Maas. Die ist doch Expertin für Körpersprache und so. Dieser Arsch gehört hinter Gitter, und zwar für immer.«

»Ach!« Maas stellte die Koffer mit einem Rumms ab. Er scherte sich nicht darum, dass einer umfiel, dazu war er zu wütend. »Das will ich auch, das können Sie mir glauben! Aber Sie haben es ja vermasselt. Sie haben hier jedes Recht verwirkt, sich noch mal einzumischen. Haben wir uns verstanden?«

»Sie können mich mal, Maas.« Knut baute sich vor dem LKA-Beamten auf. »Ohne Helen und meinen Einsatz hier hätten Sie unseren Mörder nicht mal ansatzweise gefunden. Und das wissen Sie!«

Maas lachte bitter. »Halten Sie bloß die Schnauze, Jansen. Hausfriedensbruch, tätlicher Angriff. Wie konnten Sie die Spuren auch noch kontaminieren? Überall ist Ihr verfluchtes Blut drauf. Wenn das für Sie gute Polizeiarbeit ist …«

»Soll der Arsch mich doch verklagen.«

»Das wird Herr Harms sicher tun, wenn er aus dem Krankenhaus raus ist.«

Knut brummte etwas Unverständliches. Ihm war in den vergangenen zwei Stunden bereits zugetragen worden, dass Harms das Opfer spielte. Er hatte sich in der JVA Kiel gleich auf die Krankenstation begeben und rumgejammert.

»Und soll ich Ihnen was sagen?« Maas kam näher. Knut konnte die Fältchen um seine Augen erkennen und meinte, seinen Atem zu spüren. »Ich werde ebenfalls eine Dienstaufsichtsbeschwerde einreichen. Da können Sie sicher sein.«

Die beiden maßen sich mit Blicken. Es fiel Knut schwer, seinen Ärger herunterzuschlucken. Kaum hatte er den Kopf des Mädchens gesehen, ihre zusammengekauerte, von Würmern zerfressene Gestalt, hatte er Maas angerufen. Mit gezücktem Revolver hatte er sodann den Laden gestürmt und eine zitternde Helen vorgefunden. Breitbeinig, ihre Glock im Anschlag, hatte sie den fluchenden Harms in Schach gehalten, der auf dem Boden lag und ihr den Tod gewünscht hatte.

»Behalten Sie Ihre paar Monate als Revierleiter gut in Erinnerung, Jansen.«

»Die Revierleitung«, ätzte Knut. »Das ist doch so was von egal. Ich will wissen, wo die anderen Mädchen sind. Wir müssen wissen, wo er die Opfer hat. Schon wegen der Familien. Maas! Helen und ich, wir müssen mit ihm reden«, zischte Knut.

Maas ging nicht darauf ein. »Gehen Sie bitte hinter die Absperrung und behindern Sie nicht weiter meine Ermittlungen. Sofort. Sie haben mich verstanden.«

Knut bewegte sich keinen Deut, sondern starrte weiterhin Maas an, dem es offenbar zu viel wurde. Mit einem plötzlichen Vorschnellen packte er Knuts Arm, doch der griff seinerseits zu, erwischte Maas am Kragen.

»He! … HE!«, verschaffte sich Helen Gehör. »Es reicht. Ihr könnt euch in eurer Freizeit schlagen. Wir haben Wichtigeres zu tun!«

Die beiden dachten nicht daran loszulassen, töteten sich weiterhin mit Blicken, jederzeit bereit, den anderen in den Schuttberg zu stoßen.

»Als Gott das Hirn verteilte, war der Mann wahrscheinlich mit 'ner Zeitung aufm Klo.« Helen zog die beiden auseinander. »Es reicht!«

»Das wird ein Nachspiel haben«, setzte Maas an und zeigte mit dem Finger auf Knut.

»Das wird gar nichts haben. Basta. Und es ist extrem unhöflich, mit dem Finger auf Menschen zu zeigen, Johann. Kommt mal runter. Wir müssen die Mädchen finden. Und zwar schnell.«

»Warum?«, brummte Knut, ohne Maas aus den Augen zu lassen.

»Verflucht noch mal, weil er wahrscheinlich hier irgendwo sein neuestes Opfer eingesperrt hat. Gibt's hier noch Keller? Alte Gebäude? Schächte?«

»Alte Bunkeranlagen vielleicht. Am Strand oder in den Dünen«, antwortete Knut, aber weder er noch Maas waren sich sicher, worauf Helen hinauswollte. »Wieso neuestes Opfer?«

»Ich denke, er mordet jedes Jahr ein Mal. Ein Mädchen pro Jahr«, gab Maas zu bedenken. »Helen, das war doch deine Theorie. Und die Leiche aus dem Kühlschrank, die sieht mir aus, als wäre sie erst seit ein paar Tagen tot.« Maas rief zum Gerichtsmediziner, der mit zwei weiteren Ärzten Fotos schoss: »Friedrichs? Was schätzen Sie?«

»Augenscheinlich? Als erste Hypothese? Zwei Tage. Vielleicht drei.«

»Da hast du dein letztes Opfer«, sagte Knut, woraufhin Helen ihn und Maas bei der Hand nahm und zur Bahre zog. »Nein. Ich zeig's euch.«

Bei Knut fiel der Groschen, noch bevor Helen die Plane über dem Mädchen beiseitegeschlagen hatte. »Scheiße. Sie hat noch ihre Füße«, stellte er fest.

»Exakt.« Helen wandte sich an Maas. »Sie hat noch ihre Füße, und ich wette, Friedrichs wird kein Silikagel in ihr finden. Sie trägt auch keinen Nagellack. Nur das Alter passt, aber ansonsten ...«

»Sekunde mal«, meinte Maas. »Helen, das ist nicht dein Ernst. Das ist nicht unser Täter, willst du das sagen? Sondern ein anderer Mörder? Es gibt zwei?«

»Nein, das will ich nicht sagen. Nein.«

»Maas, Ihre Männer haben blutige Verbände gefunden«, warf Knut ein. »Wir haben zwei Beile und Draht – da sind Blutreste dran. Ich wette mit Ihnen, dass Sie irgendwo hier auch Ihren Japanischen Schlitzahorn finden.«

Maas sah ihn fragend an. »Schlitzahorn?«

»Die Blätter im Hals von Michaela. Japanischer Schlitzahorn. Sie haben mir doch das Passwort gegeben. Acer irgendwas Viridis, stand in Ihrer Datenbank ... Harms ist es, Maas. Die Drecksau hat die Mädchen umgebracht.«

»Wahrscheinlich, ja«, stimmte Helen zu. »Dieses Opfer passt jedenfalls genau in sein Profil ... Aber nicht in seinen Modus Operandi, zumindest stimmt die Signatur nicht.«

»Signatur?«, wollte Knut wissen.

»Wie genau sein Tötungsvorgehen ist. Ich nehme an, irgendetwas ist schiefgelaufen.«

»Deswegen hat er das Mädchen frühzeitig ... *entsorgt.*« Knut sah sich um. »Bevor er sein Ritual vollenden konnte, mein ich. Er stopft sie in den Kühlschrank und hofft, dass sie mit dem ganzen Schutt entsorgt wird.«

»Scheiße«, stellte Maas fest.

»Aber ganz große«, gab Knut ihm recht.

»Das ist jedenfalls nicht das fünfzehnte Opfer. Vielleicht lebt das Mädchen noch«, sagte Helen. »Wir sollten uns beeilen.«

»Ich würde ja gern bei der Suche helfen«, meinte Knut, »aber ich muss meinen Anwalt in Stellung bringen, wegen des Dienstaufsichtsverfahrens und ...«

»Hören Sie auf, mein Gott.« Maas schüttelte den Kopf. »Nehmen Sie sich mit Helen den Laden vor. Vielleicht gibt es einen versteckten Raum oder tatsächlich einen Keller, vielleicht finden Sie noch mehr Indizien – aber halten Sie sich an das, was die Forensik sagt, bitte. Ich lass die Dünen absuchen, und ich denke mir irgendetwas aus, dass wir das tote Mädchen und die ganze Aktion hier ins Verfahren bekommen.« Ohne Umschweife wandte sich der LKA-Beamte ab und rief Befehle durch die Nacht.

Während Knut und Helen zum Laden gingen, schwärmte eine Hundertschaft bereits zu den Dünen aus. Harms' Gelände wirkte im harten Licht der Strahler mit den uniformierten Beamten, den weiß leuchtenden Forensikern wie eine unwirkliche Ausgrabungsstätte, wie eine Kulisse für etwas ungeheuer Finales, das niemand weissagen, aber was unweigerlich eintreten würde. Der Massenunfall auf einer Autobahn, direkt hinter der Kurve. Und alle wissen, dass die nächsten Lkw anrasen. Für einen Moment schien es Knut, als stünde die Zeit in diesem seltsamen Reigen still.

Als Knut Helen die Ladentür öffnete, war er ehrlich froh, sie an seiner Seite zu wissen. »Danke«, meinte er.

»Wofür?«

»Für eben. Und für Ihren Einsatz vorhin mit Harms. Danke, dass Sie mir helfen.« Er rieb seine Finger. Der Schnitt war nicht sehr tief. Ein Pflaster reichte, um die Blutung zu stoppen.

Lächelnd nahm sie seine Hand. »Sie wissen ja«, begann sie und tippte ihm mit seinem Finger auf seine Brust. »Ich bin zur Polizei gegangen, um Arschlöchern in den Arsch zu treten. Es ist da drin. So einfach ist das.«

Knut musste lachen. Es tat gut.

»Kommen Sie, schauen wir uns um.« Er folgte ihr in den Laden. »Helen?«

»Ja?«

»Nein, ich meine, seit wann nennt Maas Sie *Helen?* Jetzt auf Du und Du?«

»Wir haben ein paarmal telefoniert, wegen des Falls.«

»Ach ... telefoniert? Hm ... Wie wäre es, wenn wir beide dann auch zum Du wechseln und ...«

Helen überlegte kurz. »Nein. Das halte ich für keine gute Idee, Herr Jansen.«

Verdutzt sah er sie an und ließ einen der Forensiker vorbei.

»Ziehen Sie nicht so 'ne Schnute.«

»Aber ... Aber wovor haben Sie denn Angst? Doch nicht vor mir, oder?«

»Sie sind mir ein bisschen zu verschossen.«

»Was?! In wen?« Er klemmte die Daumen hinter seine Gürtelschnalle: »In dich? Äh, Sie? Nein, in Sie doch nicht. Ich bitte Sie, Frau Henning.«

»Niemals«, half sie ihm lachend. »Wie konnte ich nur denken, dass Sie ...?«

»Eben. Niemals. Quatsch. Ich?« Er winkte seufzend ab und ging, vor sich hin murmelnd, Richtung Kasse. Die Forensiker und Beamten der Spurensicherung waren noch immer dabei, alles abzufotografieren.

»Okay, wo waren wir?«, sagte er und räusperte sich, um die Unterhaltung in andere Bahnen zu lenken. Extrem geschäftig musterte er die Wand hinter dem Tresen, suchte nach einer verdeckten Ritze, einer Auffälligkeit am Spiegel, während sie ihm schmunzelnd zusah. Er suchte nach irgendetwas, das vielleicht den Zugang zu einer Kammer verraten hätte. Dabei streifte sein Blick die billigen Airbrush-Plakate. »Ist es normal für Serientäter, keinen Geschmack zu haben?«

»Normal ist bei Serientätern leider viel zu viel.« Helen musterte den Tresen und sah nach der Schrotflinte. Die Beamten hatten sie jedoch längst gesichert und zu den anderen Beweismitteln gebracht. »Das macht es ja so schwer, sie zu identifizieren, und wenn Sie mich fragen, dann …«

Knut hob die Hand und brachte sie zum Verstummen. Von einem Augenblick auf den anderen war er wie erstarrt.

»Was haben Sie?«

Ganz gefangen betrachtete Knut die Kunstwerke, die springenden Wale und Delfine unter dem strahlenden Vollmond. Als er noch in die Grundschule am Steen gegangen war, hatte eine Mitschülerin einen Bestellkatalog für solche Poster herumgereicht …

»Helen«, sagte er mit trockener Kehle. »Ich weiß, was Harms mit den Mädchen macht.«

»Was?« Sie folgte seinem Blick.

Auf einem der Poster in der Mitte von Harms' Wand war eine schroffe Felslandschaft im Mondlicht zu sehen. Alles in Schwarz, Gold und Dunkelblau gehalten. Auf dem schwarzen Fantasiefelsen saß eine junge nackte Frau. Ihr langes blondes Haar schimmerte golden, und auf ihrer Brust perlte das Wasser. Ihr Blick war sehnsuchtsvoll verklärt.

Und sie besaß keine Füße.

»Wir müssen mit Harms sprechen. Sofort«, stellte Helen klar.

Das Mädchen war eine Meerjungfrau.

# 48

Aus dem »Sofort« sollten drei Tage werden. Drei Tage der Ungewissheit, ob das LKA und die hinzugezogenen Beamten aus Kiel und Lübeck noch weitere Mädchenleichen finden würden. Drei Tage, in denen Knut, Magnussen, Birthe und Helen hofften, Maas werde es gelingen, Harms' letztes Opfer lebend zu bergen.

Beides trat nicht ein. Wo immer Harms die Leichen hingebracht hatte, wo immer er sein Opfer gefangen hielt – die Mädchen blieben unauffindbar.

Obwohl Maas den Suchradius alle sechs Stunden erweiterte und die Küste bis Norderwarft und hinauf zu den Fertigungshallen der Windräder absuchen ließ, fand die auf zeitweise 300 Beamte angewachsene Einheit niemanden.

Harms' Meerjungfrauen blieben wie vom Erdboden verschluckt.

Während sich die Tageszeitungen mit Meldungen überschlugen und Übertragungswagen erst Harms' Gelände, dann Valandsiels Promenade unsicher machten und Knut an der Schreibarbeit und den Anfragen der Staatsanwaltschaft und der Reporter verzweifelte, wartete er mit Helen fieberhaft auf einen Verhörtermin.

Ihnen war es egal, ob Harms seine Taten zugab – sie wollten lediglich wissen, ob es tatsächlich noch ein 15. Opfer gab und – viel wichtiger – ob es noch lebte.

Das Mädchen, das er aus dem Kühlschrank gezogen hatte, stellte sich als Silja Järvine heraus, eine Finnin, die auf dem Rückweg aus dem Urlaub in Spanien gewesen war. Laut ihren Eltern hatte ihr Freund sie nach einem heftigen Streit sitzen lassen, und sie hatte sich entschlossen, noch ein wenig von Europa zu sehen.

Silja war von Spanien losgetrampt, hatte über zwei Dutzend Stopps eingelegt – die meisten in Frankreich, einen längeren Aufenthalt in Amsterdam, bis sie die Nordseeküste entlanggefahren war und ihren letzten Halt in Valandsiel gemacht hatte. In akribischer Detailarbeit war es Maas gelungen zu rekonstruieren, dass sie höchstens drei, vier Tage lang vor Ort gewesen sein konnte, bevor Harms zugeschlagen hatte.

Friedrichs hatte ihren Todeszeitpunkt auf die Stunden des Sturms bestimmt und festgestellt, dass ihr der Schädel mit einem stumpfen Gegenstand eingeschlagen worden war.

»Sie können von Glück sagen«, hatte Maas Knut zugeraunt, als er sie durch die Flure der Polizeidirektion Kiel geführt hatte, »dass ich Helen als externe Beraterin genehmigt bekommen habe. Sie hat hier den Status eines zivilen Gutachters.«

Jetzt hockte Knut mit einem Becher Kaffee vor der Scheibe des Verhörraums im LKA, während Helen gemeinsam mit Maas versuchte, Harms ein paar Geheimnisse zu entlocken. Zu ihrer aller Überraschung hatte Harms auf einen Anwalt verzichtet, wahrscheinlich, um noch glaubhafter den Unschuldigen zu spielen.

Die gleichmäßige Beleuchtung der Neonröhren hinter dem dunklen Rechteck des halb durchlässigen Spiegels ließ das Verhörzimmer auf Knut wie ein Aquarium wirken. Das leise Surren der Klimaanlage lullte ihn ein.

In der Spiegelung der Scheibe konnte er den Oberstaatsanwalt und zwei Polizeibeamte schemenhaft hinter sich erkennen. Kaum hatte er die Tür geöffnet, hatten sie angefangen, über ihn zu tuscheln. Ein Blick von ihm nach hinten hatte genügt, dass sie verstummt waren und angestrengt auf ihre Laptops starrten. Obwohl das Verhör von vier Videokameras aufgezeichnet wurde, machten sie sich unablässig Notizen.

»Das weiß ich nicht!« Die laute Stimme des Tauchlehrers tönte kratzend aus den Lautsprechern.

»Wo ist Ihr letztes Opfer«, wiederholte Maas noch einmal die Frage. »Sie lebt noch. Das stimmt doch?«

Harms grinste. »Sie wollen es nicht kapieren, oder?« Er rutschte auf seinem Plastikstuhl vor und fixierte den LKA-Beamten. Seine durchgeschwitzte Jeans quietschte unangenehm auf dem Kunststoff. »Ich habe mit den Morden nichts zu tun. Jemand will mir das in die Schuhe schieben. So einfach ist das. Ich weiß nichts von einem Opfer. Oder … oder diesen ganzen Mädchen.«

Helen trat an den Tisch, zog im Gegensatz zu Maas einen Stuhl zu sich und setzte sich vor Harms. Sie sprach so leise, dass Knut sich zum Lautsprecher vorbeugen musste. »Was haben Sie mit Ihrem Finger gemacht?«, fragte sie Harms und trank einen Schluck aus einer PET-Flasche.

Harms pulte an einem Pflaster herum, das seinen rechten Mittelfinger zierte. »Hab mich geschnitten. An einem Ventil«, begann er, um plötzlich fortzufahren: »Und bevor Sie fragen, um so etwas wie persönliche Nähe zu mir aufzubauen: Nein, es tut nicht weh. Weniger als das hier, jedenfalls.« Er hob seine Hände. Deutlich waren Abschürfungen vom Plastikstraps zu sehen, mit dem Maas ihn im Laden gefesselt hatte.

»Jetzt bin ich enttäuscht, ich dachte, Sie zeigen mir, was mein kleiner Schlag angerichtet hat.« Helen setzte ein charmantes Lächeln auf und sah Harms direkt in die Augen. »Sie verklagen mich doch deswegen, oder?«

»Sicher«, sagte er trocken.

Helen nickte ernst. Knut verstand bloß einen Bruchteil von dem, was sie als Expertin für Kinesik und Proxemik da gerade tat, aber eines war klar: Sie schoss erst einmal ein paar einfache Fragen ab, um herauszubekommen, was das Normalverhalten ihres Gegenübers war. Sie musste sozusagen ihre innere Wasserwaage eichen.

*Normalverhalten,* das war so ein Wort von ihr. Knut musste anerkennend schmunzeln. Seitdem er Helen kennengelernt hatte, kam es ihm mit jeder Begegnung so vor, als würde er sein Normalverhalten immer hoffnungsloser verlieren.

Es fuchste ihn, nach wie vor so wenig über sie zu wissen, wohingegen sie wahrscheinlich bei jedem kleinen Seufzer, Zucken oder Blinzeln seinerseits exakt eruierte, was er fühlte. *Eruieren …*

Wie überrascht man eine solche Frau? Falsch, dachte er. Wie zum Teufel überrasche *ich* Helen Henning?

Ihre Stimme riss ihn aus den Gedanken. »Gut. Das ist Ihr gutes Recht. Immerhin bin ich in Ihr Geschäft gekommen … und habe Sie quasi überfallen.«

»Niedergeschlagen, ja. Als ich Ihnen helfen wollte.«

»Und das finden Sie ungerecht?«

Plötzlich sprang Harms auf. »Klar! Sie nich'? Kommen rein, wollen Heringe kaufen, 'ne Schnur, dann bleibt Ihnen die Luft weg. Starren mich an, sind kalkweiß. Ich will helfen, und was is'?«

»Ich schlage Sie.«

»Sie schlagen mich. Wie würden Sie 'n das nennen?«

Im Gegensatz zu Maas, der sich schützend neben Helen aufbaute und aussah, als könne er jeden Augenblick über den Tisch hechten, blieb Helen extrem ruhig. »Wie nennen Sie es denn?«

Harms überlegte. »Hinterhältig.«

»Verstehe. Und wenn ich es getan habe, weil ich Angst vor Ihnen hatte?«

Sonderbar, dachte Knut. Hat er nicht gerade gelächelt? Es war lediglich ein kurzer Anflug, kaum wahrnehmbar, aber Knut meinte, Harms wirklich lächeln gesehen zu haben, bevor er sich schnell den Hals rieb.

»Vor mir?«, fragte er und hob die Augenbrauen. »Das brauchen Sie nun wirklich nicht.« Er musste husten, versuchte, es zu unterdrücken. »Entschuldigung.« Er setzte sich wieder.

»Aber es würde Ihnen gefallen«, stellte Helen kühl fest.

Harms strich sich unter dem Kinn herum. Irgendetwas schien ihn dort zu jucken. »Was?«

»Kommen Sie, Harms. Das hat Ihnen doch so richtig gefallen, dass meine Kollegin Angst hatte.«

Anstatt Maas anzusehen, durchbohrten seine Blicke Helen, während er ruhig und mit gefasster Stimme verneinte.

»Sie lügen.« Helen stand auf. »Sie lügen, und zwar schlecht. Sie enttäuschen mich ein bisschen.«

Wie gebannt hing Knut an der Scheibe und konnte sich ein Lächeln nicht verkneifen. Helen würde Harms auseinandernehmen, so viel stand fest.

»Sehen Sie, ich suche nach *Tells*. Eigentlich nach *multiplen Tells*, das sind Zeichen, die Sie unbewusst aussenden. Ich kann die lesen. Ich schaue in Sie hinein, Herr Harms. Sie streichen sich den Hals, verdecken Ihre Drosselgrube. Ein Zeichen dafür, dass Sie Ihr Unbehagen, Ihre Nervosität abbauen wollen. Das beruhigt Sie. Und das, während Sie uns hier sagen, dass es Sie nicht anmacht, wenn jemand Angst zeigt. Anstatt den Kopf zu schütteln, nesteln Sie an

Ihrer Lippe. Nur ganz kurz, als hätten Sie noch den lieblichen Geschmack einer Limonade daran. Sie sagen ›Nein‹, aber die Vorstellung schmeckt Ihnen.«

Er winkte ab. »Limonade? Was reden Sie da? Is' doch scheißegal. Ich war's nicht.«

Sie griff sich einen Stapel Fotos.

Es waren Aufnahmen von Michaela und der Unbekannten, die Friedrichs freigegeben hatte. Knut hatte sie erst nach großer Überwindung angesehen und danach mit dem schnellsten Rocksong, den er auf der Gitarre konnte, zu vertreiben versucht. Harms' Blick sprang von den Fotorückseiten zu Helen und zurück. Sie zeigte ihm die Bilder nicht, sondern hielt sie sich verdeckt vor den Bauch, während sie wieder an den Tisch trat.

»Angst bei anderen zu sehen gefällt Ihnen. Es erregt Sie. Am besten ist die Angst bei Frauen. Bei Mädchen.«

Harms tat gelangweilt. »Ach wirklich? Was soll das werden?«

»Ich nehme an, dass es eine Form von Sadismus ist. Die Frage ist, wie leicht oder wie schwer sie sich bei Ihnen manifestiert. Ich nehme auch an, dass es schon damals so war. Beim Sport, in den Duschen.«

»In der Schule?« Abermals zeigte er durch ein Lächeln seine Krone. »Es gibt nichts Besseres. Sie anzufassen war schön, aber sie zu erschrecken war schöner. Wenn dich ein Mädchen voller Angst ansieht, weißt du, dass du lebst.«

»Verstehe.« Helen nickte. »Aber es verblasst schnell, dieses Gefühl der Macht. Die Glut erlischt. Es braucht immer mehr Momente, immer stärkere. Das Feuer muss geschürt werden.«

Harms schwieg.

»Sich selbst Leid zuzufügen turnt Sie nicht an. Und sich mit anderen Männern schlagen? Das war Ihnen zu gefährlich, richtig? Sie sind um Ihr leibliches Wohl sehr bedacht. Ein Tauchlehrer, der weiß, wie lebenswichtig Regeln sind. Sie sind der Typ Feigling, der im Verborgenen arbeitet, der die Konfrontation scheut und von hinterrücks zuschlägt.«

Harms schluckte und ballte jetzt die Fäuste. Anscheinend hatte Helen ins Schwarze getroffen.

Da ließ mit einem Mal Maas eines der Beile, eingewickelt in die Plastiktüte, vor Harms auf den Tisch fallen.

Erschrocken fuhr der Tauchlehrer zusammen.

»Das macht 'ne Menge Angst«, stellte Maas lapidar fest. »Wenn Sie so ein Beil den Mädchen unters Kinn halten, geht Ihnen dann einer ab?«

»Das ist nicht meins.«

»Wir haben das Blut analysiert. Es stammt nicht von Ihnen – aber wie es aussieht, von mindestens drei Personen. Ich wette, dass wir Silja Järvines Blut darauf finden und das von Michaela Mertens.«

»Wer? Das ist nicht meins. Keine Ahnung.«

Maas schob den verrosteten Bonsaidraht auf den Tisch.

»Was soll das?«

»Wissen Sie, was das ist?«

»Draht?«

Knut hatte alle Mühe gehabt, auch Maas und Friedrichs davon zu überzeugen, dass sich Harms Meerjungfrauen erschuf. Gemeinsam mit Helen war er die Theorie die halbe Nacht auf dem Revier durchgegangen. Sie hatten Für und Wider diskutiert, obwohl er Helen sofort angesehen hatte, wie begeistert sie von seinem Geistesblitz gewesen war. Am nächsten Tag hatten sie Friedrichs und Maas ins Dock-5 einbestellt – auf »neutralen Grund«, wie Knut mit Sheriff-Stimme verkündet hatte – und ihnen alles erklärt.

Während Friedrichs sofort auf ihrer Seite gewesen war,

hatte Maas einen Haufen Einwände vorgebracht. Helen hatte den Männern ein Bier hingeschoben und war für Knut in die Bresche gesprungen.

»Wahrscheinlich lernt Harms erst. Er ist noch nicht so weit. Irgendwann wird er seinen Opfern sämtliche Knochen in den Füßen brechen und sie zu Flossen umformen. Gut möglich. Aber auf dieser Stufe ist Harms noch nicht. Er ist auf einer Zwischenstufe.«

»Jenseits des Verkleidens«, hatte Knut eingeworfen.

»Richtig. Er verkleidet nicht nur oder schminkt – nein, er trennt ab und näht zusammen. Er formt um. Aber es ist noch ein Mix aus beidem.«

»Wahrscheinlich klebt er seinen Opfern opulente Fischschwänze an. Das denken wir beide zumindest.« Knut und Helen hatten sich ein Lächeln zugeworfen. Was Maas Knut gegenüber nur noch feindseliger hatte werden lassen.

Knut hatte sich eine Fuhre Nachos genommen und Maas und Friedrichs ein paar Fotos hingeschoben, die er mit Helen in seinem Büro aus dem Internet gezogen hatte. Sie zeigten Fische und die Blätter des Japanischen Spitzahorns. »Er mixt. Und das ist auch die Antwort, warum er die Hälse seiner Opfer aufschlitzt«, hatte er ausgeführt, und Helen hatte ergänzt: »Die rostroten Blätter mit ihrer fein geäderten Struktur sehen frappant aus wie Kiemenlappen.«

»Kiemen?« Maas hatte abgewinkt. Die Vorstellung, im Wasser schwimmende, sexy Jungfrauen mit Kiemen zu verunstalten, passte wohl nicht in sein Weltbild. »Meerjungfrauen haben keine Kiemen«, hatte er gemault, war aber nicht umhingekommen einzugestehen, dass die Ähnlichkeit eindrucksvoll war.

»Es sind seine Nixen – keine aus irgendwelchen Softpornos«, hatte Helen schnippisch erwidert.

»Und das?«

Maas' Worte rissen Knut aus der Erinnerung. Mit Genugtuung verfolgte er, wie Maas eine Tüte mit Farnblättern vor Harms schob. Es war eindeutig die falsche Pflanze.

»Blätter. Von 'ner Pflanze. Mein Gott, ich war nur Chemielehrer, aber … Farn oder so?«

Helen ließ den Mann nicht aus den Augen, und Knut musste zugeben, beeindruckt von ihrer geradezu manischen Art zu sein. Wie eine Katze, die stundenlang vor dem Mäuseloch ausharrt und beobachtet, nur beobachtet, sog sie jede noch so minimale Reaktion in sich auf.

»Wieso müssen die Mädchen Meerjungfrauen werden, Harms?«, fragte sie ruhig.

Harms lachte. »Was? Kommen Sie, Sie verarschen mich. Meerjungfrauen? *Das* macht er mit ihnen?«

»Das machen SIE mit ihnen«, unterstellte Helen ihm und legte ihre schlanken Finger auf Maas' Hand. Weder ihm noch Knut entging die zärtliche Berührung, und beide Männer waren überrascht, auch wenn Helen wahrscheinlich bloß wollte, dass Maas Harms die Fotos zuschob.

»Ist die Angst noch schöner, wenn Sie wie Prinzessinnen aussehen?«, fragte sie.

»Meerjungfrauen«, antwortete Harms augenblicklich, und Knut jubilierte.

»Wie bitte?«

»Meerjungfrauen. Das haben Sie doch gesagt. Das ist was anderes als Prinzessinnen.«

»Wirklich? Das ist doch dasselbe.«

»Nein. Nein, ist es nicht. Prinzessinnen sind zickig. Meerjungfrauen sind unschuldig, rein. Die sind perfekt, oder?«

Haben wir dich, du Schwein, dachte Knut.

Harms wischte sich den Schweiß von der Stirn. »Sie haben doch das Klimadings absichtlich so hoch gedreht. Scheiße. Vergessen Sie's.«

»Die Meerjungfrauen sind rein, unnahbar. Erotische Figuren der Fantasie. Sexuelle Wünsche von Seemännern. Sie sind auf ihre Art perfekt und unberührt. Sie sind gut. Und es ist machtvoller, etwas Gutes zu zerstören, als etwas Unvollkommenes. Das Feuer muss geschürt werden. Und wir denken, die Mädchen in Meerjungfrauen zu transformieren ist so etwas wie Ihr Brandbeschleuniger.« Helen tippte auf den Fotostapel. »Interessante Aufnahmen.«

Beinahe ängstlich musterte Harms den Stapel. »Hören Sie, ich hab damit nichts zu tun.« Er nickte zu den Bildern. »Ich war das nicht.«

»Sie wissen, was dort drauf ist«, stellte Helen fest.

»Ich kann's mir denken, ja. Aber ich will mir das nicht ansehen.«

»Ich glaube, Sie wollen.«

»Nein, verflucht noch mal. Warum unterhalte ich mich überhaupt mit Ihnen? Ich sage: Ich war's nicht. Keine Ahnung, wie dieses Mädchen in den Kühlschrank gekommen is'.«

»Hören Sie auf«, fuhr Maas ihn an. »Sie haben gesehen, was der Sturm angerichtet hat, Ihnen sind die Mädchen davongeschwommen! Sie wussten, dass wir Ihnen auf der Spur sind. Und da haben Sie Silja Järvine entsorgt. Sie haben sie in den Kühlschrank gepackt und wollten den Schutt abholen lassen. Wir haben mit der Entsorgungsfirma gesprochen. Gestern wäre die Sache erledigt gewesen.«

»Nein. Ich mein', ja. Ich wollte den Schrott weghaben, na und?«

Maas ließ die Faust drohend auf die Tischplatte knallen.

Helen schob ihn behutsam beiseite. »Was stimmte mit Silja nicht?«

»Was?«

»Wieso ist sie keine Meerjungfrau geworden?«

»'fluchte Scheiße, noch mal! Woher soll ich das wissen? Da würgt mir wer was rein!«

»Ja, genau. Hören Sie, wie bescheuert das klingt«, fuhr Maas ihn an. »Wo ist das letzte Opfer? Wo ist das fünfzehnte Opfer?«

Ein Kopfschütteln war die einzige Reaktion.

»Wenn sie noch lebt, dann sagen Sie es. Das ist die letzte Chance, den Richter noch irgendwie positiv zu stimmen.«

»Ich weiß nichts von einem letzten Opfer. Also weiß ich auch nicht ...« Er wurde wieder lauter und sprang auf. »... ob es noch *lebt!*«

Helen seufzte. »Setzen Sie sich.«

Weil Harms der Aufforderung nicht nachkam, stand sie ebenfalls auf, lehnte sich extrem vor und unterschritt Harms' Mindestabstand. Irritiert sah der Mann zu Maas, weil er nicht wusste, wie er reagieren sollte. Ihm blieb nichts, außer sich zu wehren oder zu weichen.

Knut spürte, wie unangenehm Harms das Anstarren war. »Lassen Sie das«, zischend setzte sich der Mann wieder. »Ich will einen Anwalt.«

»Ach, jetzt plötzlich?« Diesmal war es Maas, der ihm auf die Pelle rückte. »Mullbinden mit Blut, Klebeband, Bonsaidraht, Beile. Dafür kriegen Sie lebenslänglich. Mit anschließender Sicherheitsverwahrung. Sie werden in der JVA sterben, Harms.«

Bisher hatten die beiden ein perfektes Team abgegeben, wie Knut ein wenig eifersüchtig zugeben musste.

Anscheinend ließ sich Harms die Worte durch den Kopf gehen. Immerhin starrte er einen Moment auf Helens PET-Flasche, bevor er gefasst antwortete: »Wenn ich wüsste, wo sie ist, würde ich es sagen. Und jetzt hören Sie auf, mir zu drohen. Abgesehen davon, dass ich zu Unrecht hier sitze – von diesem ganzen Zeug könnten Sie auch im Verfahren nichts verwenden. So sieht's doch aus. Und ich werde hier nichts zugeben, was ich nicht … was ich nicht GETAN HABE. Geht das in Ihre Schädel?«

Abermals griff Helen Maas' Hand und drückte sie heimlich unter dem Tisch.

»Ich muss mir ein neues Wasser holen. Das dauert hier sicher bis in die Nacht. Wollen Sie auch eins?«

Harms nickte, und Helen stand auf. Kaum an der Tür, beeilte sich auch Maas, den Raum zu verlassen.

Knut wartete, weil er fest damit rechnete, Helen würde in sein Kabuff kommen. Hinter ihm begann der Staatsanwalt zu tuscheln. Und das Schlimmste war, dass er sofort verstummte, als Knut ihn in der Spiegelung der Scheibe musterte. Wahrscheinlich, dachte er, ist der Mann bereits dabei, das Verfahren gegen mich in die Wege zu leiten.

Er trank seinen Kaffee aus und rieb sich die Augen. Die können mich alle mal, dachte er und musste an Maas' feistes Lächeln denken, an diesen missfälligen Ausdruck, als der LKA-Beamte meinte: »Leider können Sie nicht mit rein. Wir führen die Befragung zu zweit durch. Sie dürfen aber zusehen.«

Und das ist genau das, was du von Anfang an gewollt hast, argwöhnte Knut. Dass ich zusehe, während du ermittelst.

Er schaute noch einmal zu Harms und erschrak.

Der Mann starrte ihn direkt an. Seine Blicke drangen durch den Spiegel und Knut tief in die Augen.

Knut blieb das Herz stehen.

Harms zwinkerte nicht. Er fixierte Knut, als könne er ihn genau erkennen.

»Machen die das öfter?« Es rann Knut heißkalt den Rücken herunter. Der Staatsanwalt wusste nicht gleich, wovon Knut sprach. »Gelegentlich«, meinte er dann. »Unheimlich, hm?«

Kaum hatte er das gesagt, brach Harms den Bann, blickte wieder auf den Tisch und fingerte nach dem Fotostapel, der noch immer verdeckt vor ihm lag. Es war wie ein süßer Topf Honig, er konnte nicht anders. Er musste ihn hochnehmen und sich die Bilder anschauen.

Räuspernd stand Knut auf. »Komme gleich wieder«, sagte er, als sei er in der Schule, und ärgerte sich sogleich über sich selbst.

Behutsam, als könne er jemanden stören, zog er die Tür zum Flur auf. Tastaturklappern und der Geruch von Bohnerwachs, gepaart mit den Ausdünstungen von Laserdruckern, wehten ihm entgegen. Helen und Maas warteten nicht vor dem Verhörzimmer, wie er gedacht hatte.

»Helen?«, rief er leise. »Frau Henning?«

Nach einigen Metern machte der Flur eine Biegung. Noch bevor er um die Ecke trat, hörte er ein aufmunterndes Fluchen und Helens gut gelaunte Stimme.

Während Maas auf dem Boden kniete und den Kopf halb im Fach des Getränkeautomaten versenkt hatte, hockte sie eng bei ihm und hielt die Metallklappe hoch. Anscheinend hatte sich eine der Wasserflaschen verhakt, und Maas versuchte, irgendwie dranzukommen.

Knut entging nicht, dass Helen den Kopf auf Maas' Schulter gelegt hatte, um auch etwas zu sehen.

Lief da etwa was zwischen denen?

Sei kein Kind, ermahnte Knut sich. Aber es fiel ihm schwer, den beiden zuzusehen.

»Weiter links.«

»Ich komm gleich ran. Sekunde«, sagte Maas.

»Macht der das öfter?«

»Der Automat? Nein. Der ist von dir eingeschüchtert.«

Helen lachte.

Mit einem Räuspern riss Knut die beiden aus ihrer Beschäftigung. »Wir warten alle.«

»Hat er sich die Fotos angesehen?«, wollte Helen wissen.

Knut bejahte und sah noch immer irritiert auf die traute Zweisamkeit.

»Nicht gut«, stellte Helen fest. »Das ist gar nicht gut.« Sie ließ die Klappe beinahe auf Maas' Finger fallen.

# 49

»Na, das war ja mal ein schöner Plausch«, ätzte Knut, als sie im Rover aus Kiel herausfuhren. »Der Typ sitzt sieben Stunden da und jammert, dass er es nicht war. Ziemlich dürftig, oder?«

»Was würden Sie denn tun, wenn man eine Leiche auf Ihrem Grundstück findet?«

Knut warf Helen einen fragenden Blick zu. Meinte Sie das ernst? »Was soll denn das heißen?«

»Er war es nicht.«

Beinahe wäre Knut voll auf die Bremse getreten. »Was? Vor drei Tagen haben Sie noch gesagt, er ist es. Und Sie haben doch auch gemeint, er ist ein Sadist. Der ist doch voll auf Sie reingefallen! Prinzessinnen, Meerjungfrauen. Der hat sich um Kopf und Kragen geredet.«

»Ich habe ›wahrscheinlich‹ gesagt. Und dass ich nicht weiß, wie ausgebildet der Sadismus bei ihm ist.«

Helen zog ihr Hosenbein hoch und begann den Ansatz der Prothese zu kratzen, und Knut bemühte sich, nicht ständig hinzublicken.

»Wir haben noch nicht mal fremde Reifenspuren gefunden. Da waren bloß die vom Pick-up und die von Ihrem Mietwagen. Sie glauben ihm doch nicht die Nummer, dass ihm wer die Leiche untergeschoben hat.«

»Was er gesagt hat, macht nur Sinn in Kombination mit dem, was er tut. Oder nicht tut. Die Tells sind entscheidend. Ich glaube an das, was ich gesehen habe. Und das sagt mir, dass er Silja Järvine nicht umgebracht hat. Und mit den anderen Leichen hat er wahrscheinlich auch nichts zu tun.«

»Weil er nicht mit der Schulter zuckt, wenn er antwortet.« Knut lachte bitter auf. Er hatte keine Lust mehr, seine schlechte Laune zu verbergen. Helen warf ihm einen mürrischen Blick zu, jedoch dachte er nicht daran, es gut sein zu lassen. »Wir haben zwei Beile mit Blut, wir haben diesen verfluchten Bonsaidraht und die Verbände. Und eine siebzehnjährige Finnin in einem Schutthaufen. Scheiße! Und Sie sagen, er war es nicht? Auf welcher verfluchten Grundlage?«

Sie schwieg.

»Auf welcher Grundlage denn?«, hakte er nach und hatte sich bereits in Rage geredet.

»Bei allen Fragen nach den Mädchen ist er aggressiv geworden. Weil er sich in die Ecke gedrängt gefühlt hat. Er fühlt sich zu Unrecht angeklagt und ist hilflos, weil er nicht …«

»Hilflos?« Knut schüttelte den Kopf. Was sollte der Unsinn?

»… hilflos, weil er nicht weiß, wie das Mädchen auf seinen Hof kam. Er weiß es wirklich nicht. Da waren keine Ausflüchte. Sicher hat er sich unwohl gefühlt, aber das tut jeder in einer solchen Befragung. Und er hat sich die Bilder angesehen.«

»Also hat er gelogen. Er hat gesagt, er will sie nicht ansehen.«

»Wollte er auch nicht, aber er konnte nicht anders. Er war neugierig. Unser Täter würde sie nicht anschauen. Er will Meerjungfrauen, das Perfekte – und keine aufgeschnittenen, besudelten und verfaulten Leichen. Egal, selbst das ist hier jedoch zweitrangig.«

»Zweitrangig? Scheiße! Das ist überhaupt nicht zweitrangig! Sie sollten mir helfen, verflucht noch mal. Und jetzt kommt dieser Mörder auf freien Fuß, weil Sie diesem Maas irgendeine Theorie von Neugierde und Aggressiv-Werden einflüstern.«

»Genau. Das ist es. *Maas* … Darum geht es hier nämlich.«

Knut verstand nicht. »Hören Sie auf, so blöd kryptisch daherzureden.«

»Ich rede nicht kryptisch. Sie hören mir bloß nicht zu.«

Seufzend gab Knut Gas. Am liebsten hätte er aufs Lenkrad geschlagen, so frustriert war er. Er brauchte was zu essen. Und seine Gitarre. Und ein Bier.

»Es geht ums Arschloch Johann Maas. Das ist es doch. Das regt Sie auf. Sie ahnen doch, dass ich mit Harms recht habe. Dass wir ein bisschen zu viele Indizien bei ihm gefunden haben. Da hat es jemand zu gründlich gemeint. Sie ahnen, dass der wahre Mörder noch frei herumläuft. Sie echauffieren sich, weil Sie eifersüchtig auf Maas sind.«

Knut schwieg.

»Meine Expertise regt Sie nicht auf, nur dass ich so gut mit Maas harmoniere. Sie sind ein verdammtes Kind, Knut Jansen.«

Knut verkniff sich jeden weiteren Kommentar. Er biss die Zähne aufeinander und suchte die Straße nach einer Imbissbude ab.

Am liebsten hätte er sie angebrüllt, dass sie falschlag, aber das tat sie nicht. Und noch lieber hätte er ihr einfach gesagt, dass er tatsächlich eifersüchtig war. Und sich elend machtlos fühlte. Nicht nur, weil mit ihrer Einschätzung Harms sicher bald auf freien Fuß kam, sondern auch, weil er einfach nichts gegen diesen LKA-Beamten unternehmen konnte, der es auf seine spröde Art irgendwie geschafft hatte, Helen zu verzaubern.

Während er das Kind blieb.

Das Kind.

Machtlos.

Sein Sheriffstern drehte sich am Rückspiegel.

Etliche Minuten saßen sie schweigend im Rover, alle paar hundert Meter warf Knut einen Blick zu ihr, als wolle er sie im Auge behalten, als suche er nach einem guten Satz, der alles aufklären konnte.

Sollte er sich entschuldigen?

»Aber sagten Sie nicht, Harms habe etwas zu verbergen?«, begann er zaghaft, als gebe es eine letzte Chance, sie in ihrer Meinung umzustimmen. Leider erwischte er sie damit auf dem falschen Fuß.

»Das haben wir ja wohl alle. Wahrscheinlich finden wir bei ihm ziemlich üble Gewaltpornos. Und es würde mich nicht wundern, wenn er ein paar seiner Tauchschülerinnen angegrabscht hat. Vielleicht sogar bedroht. Aber er ist nicht unser Serientäter.«

»Und ich dachte, Sie helfen mir.«

»Tue ich die ganze Zeit, fucking hell«, rutschte sie ins Englische und wurde gleichfalls laut. »Ich helfe Ihnen die ganze Zeit. Er ist der Falsche. Punkt. Was immer er verbrochen hat, er ist nicht unser Täter. Ich sag ja nicht, dass Harms ein guter Mensch ist – aber er ist nicht der Meerjungfrauenmörder.«

»Sagt das auch Maas?«

Helen biss sich auf die Lippen. »Stopp. Nicht weiterreden … Halten Sie bitte hier an. Halten Sie an … Danke.« Er hörte, wie sie mehrmals einatmete, wahrscheinlich, um nicht zu explodieren.

Knut fuhr den Rover an den Randstreifen der Bundesstraße. »Das ist doch lächerlich. Sie wollen doch nicht hier draußen raus …«

Aber sie hatte ihre Tür bereits aufgezogen. »Es gibt jede Menge Frauen, die stehen drauf, wenn die Männer eifersüchtig sind. Ich nicht. Ich find's ätzend.« Sie schlug die Tür zu.

Einen Moment saß er da und hörte zwei Lastwagen an ihnen vorbeiziehen, dann ließ er das Seitenfenster herunterschnurren. Helen schritt auf dem Grasstreifen davon, musste wegen der Böschung und der Dunkelheit aufpassen, nicht zu stürzen.

Er setzte an, ihr zu sagen, sie solle wieder einsteigen, aber sie rief, ohne sich umzudrehen: »Schlafen Sie gut. Ich weiß, wie ernüchternd es ist, wenn man den Falschen geschnappt hat. Glauben Sie mir. Erst ist man der Größte auf der Welt, euphorisch, und dann ist da nur noch ein dunkles Loch. Wenn Sie rausgeklettert sind, können Sie mich gern zum Kaffee einladen. Gute Nacht, Sheriff.«

Sprachlos sah er ihr nach, dann schloss er das Fenster, knallte den ersten Gang rein und gab ruppig Gas. Sollte sie doch sehen, wo sie die Nacht über blieb. Sollte sie sich doch ein Taxi rufen – oder Maas, diesen Arsch.

Knut drehte die Anlage voll auf und wünschte sich seine Gitarre herbei. Und einen Song von Leonard Cohen.

# 50

Mit einem aufmunternden Lächeln schob Pia ein Bier über den Tresen des Dock-5. »Einmal Jansenbräu-Spezial«, unkte sie.

»Danke.«

Pia reichte Knut gerade bis zur Schulter, und sie erinnerte ihn mit ihrer kompakten Statur, den kräftigen Beinen und ihren zupackenden Händen stets an eine Ausdauersportlerin. Unter dem krausen Rotschopf leuchteten aufgeweckte Augen, die alles und jeden fröhlich zu mustern schienen. So lang er sich zurückerinnerte, hatte er Pia niemals weinen sehen.

»Da hat schon wieder jemand gefragt, ob er dich sprechen kann.« Sie nickte zu einem Vollbart, der irgendwelche Texte auf seinem Tablet von rechts nach links schob und ihm zuprostete. »Ist vom Privatfernsehen.«

»Schön für ihn. Woher wissen die alle, wer ich bin?«

»Bisschen Recherche?«

Knut brummte. »Lass die bloß nicht hierher. Ich verlass mich da auf dich.«

Pia gab ihm ein Küsschen auf die Wange, warf ihr Spültuch über die Schulter und schlenderte zurück hinter die Bar. Die Getränkeautomaten malten ihr ein buntes Gesicht, während sie ein paar Limetten in ein mexikanisches Sol-Bier steckte.

Das Dock-5 bestand aus drei Containern, die Pia auf einen Berg von Strandsand gesetzt hatte. Es lag direkt am

Wasser – jedoch bloß an einem ausgedienten Arm der Werft, weitab vom Trubel der Touristen. Für den Partystrand von Valandsiel hatte sie keine Konzession bekommen und kurzerhand mit dem Werftbetreiber einen Deal geschlossen.

Für gewöhnlich entspannten sich bloß Einheimische in den bunten Liegestühlen, und ein paar Dockarbeiter beugten sich über in der Mikrowelle explodierte Nachos. Touristen verirrten sich selten hierher, obwohl Pia ein Schild an die Straße gestellt hatte.

Heute hatte sie jedoch alle Hände voll zu tun. Seitdem die Fernsehreporter und Journalisten über Valandsiel hergefallen waren wie Banditen über John Wayne, leuchteten überall Laptopgesichter auf, und blutjunge Praktikantinnen trällerten in ihre Smartphones und versuchten mit der Vorzimmerdame von Bürgermeister Warendorp Termine auszuhandeln. Die Liegestühle waren zu diversen Kreisen zusammengeschoben worden, und Pias Bruder hatte als Verstärkung den Grill angeworfen.

Ein wenig belustigt ließ Knut den Blick über die beschäftigte Meute gleiten, die trotz der fortgeschrittenen Stunde ihren Feierabend verleugnete. Seine Überheblichkeit verflog jedoch schnell, denn er spürte ihre Blicke. Bildete er sich das nur ein, oder wussten sie alle, wer er war? Bisher hatte er sämtliche Anfragen durch eine zusehends genervtere Birthe abblocken können.

Beim zweiten Bier spürte Knut nicht nur die vermeintlichen Blicke, sondern auch die Last der vergangenen Tage. Seitdem sie Harms geschnappt hatten, hatte er nicht schlafen können. Die ganze Anspannung der letzten Woche war mit dem Fund der Leiche zusammengebrochen, aber sein Körper war noch immer auf hundertachtzig.

Zwei Nächte hatte er wach gelegen und auf das Jimi-Hendrix-Plakat gestarrt, das über seinem Bett hing. Er hatte sich herumgewälzt und immerzu überlegt, Birthe anzurufen. Die Wogen hatten sich auch beim gemeinsamen Verfassen der Berichte nicht geglättet. Er sehnte sich nach ihr, nach ihren Beinen, die ihn umschlangen, wenn er mit ihr schlief. Nach ihrem Geruch und ihrem Lachen. Sie bei sich zu spüren, sie zu liebkosen, sie zu lieben war verlockend. In ihren Armen ermattet einzuschlummern hatte ihm stets Halt gegeben.

Obwohl sie bloß ein paar Jahre älter als Knut war, strich Pia ihm mütterlich über die Wange und sah ihn an, als müsse er ihr eine Schlägerei auf dem Schulhof beichten. Sie brauchte nicht fragen, was ihn deprimierte.

»Frauen«, brummte er und trank sein Bier auf ex.

»Birthe weg?«

Knut winkte ab.

»Aha.«

»Hm.«

»Tja.«

»Tja.«

»Also Probleme mit einer anderen. Aha.« Pia zog sein leeres Bier weg und stellte ein weiteres hin. »Knut, Knut … Du und deine Frauen.«

»So viel waren's gar nicht.«

»Kommt drauf an, wie man rechnet. Für das Kaff hier schon.« Pia lächelte ihr umwerfendes Lächeln. »Vom unglücklich Verliebtsein mal abgesehen, was macht dein anderes Hobby?«

»Butch?«

Pia lachte und öffnete noch ein Bier. »Nein. Die Gitarre.«

»Wenn der Albtraum hier rum ist«, meinte er und nickte in die Runde.

Pia seufzte bejahend. »Fürs Geschäft ist der Rummel nicht schlecht. Ich hab ein ›Kostenlos WiFi‹-Schild an die

Straße gestellt. Das fängt so Klapprechnerträger besser als 'n Schleppnetz.« Sie strich das neue Bier auf dem Deckel an. »Du spielst, wenn du deine Arbeit erledigt hast. Und die machst du bisher ganz gut.«

»Finde ich auch.« Magnussens sonore Stimme ließ Knut sich umdrehen. »Ich wollte nur sagen, dass ich voll und ganz hinter deinem Einsatz bei Harms stehe.«

»Danke.«

Knut die Schulter klopfend, setzte er sich zu ihm. »Wenn die von der Staatsanwaltschaft kommen, können sie das ruhig wissen.«

»Ich weiß das zu schätzen, Magnussen, echt.«

»Du hast da ganz richtig gehandelt. Dein Vater hätte das genauso gemacht, glaub mir. Harms war immer schon seltsam.«

Knut brummte ein »Aha« und bestellte für Magnussen auch ein Bier.

»Er ist ziemlich stolz auf dich.«

»Wer?«

»Dein Vater. Hättest ihn heute sehen sollen. Er stand bei Krömer im Kiosk und hat Ansprachen gehalten. Hat jedem, der es nicht hören wollte, erzählt, was für'n Kerl du bist.«

Die Vorstellung ließ Knut lächeln. »Nett. Aber ich hab Scheiße gebaut, Magnussen.«

»Hast du nicht.« Sie stießen an. »Hast du nicht, Knut. Du hast immerhin eines der Mädchen gefunden, oder nicht? Das dauert nich' lang, dann verplappert sich der Harms.«

»Helen Henning glaubt das nicht. Und viel schlimmer ist, meinetwegen werden sie das vielleicht alles gar nicht ins Verfahren einbringen können.«

Magnussen sah ihn verdutzt an. »Wie? Die ganzen Indizien?«

»So sind die Gesetze.«

»Auf die scheiß ich doch«, polterte Knuts Kollege los. »Du hast einen Irren in den Knast gebracht. Ey, was wollen die mehr?«

Schweigend saßen sie da und tranken ihr Bier. Es war ein versöhnliches Schweigen.

Komisch, dachte Knut, wie viele Arten des Schweigens es gibt. Und wir haben bloß ein Wort dafür.

»Philosophier nicht rum, Chef. Bestell noch ’n Bier.«

»Sieht man mir das an?«

»Nein, man hört’s. Das Rattern, mein ich.« Magnussen tippte Knut an den Kopf. »Die Zahnräder klappern dann.«

»Na danke auch.«

»Gern geschehen.« Magnussens Handy bimmelte. Eine SMS. Er überflog sie und strahlte mit einem Mal bis über beide Ohren.

»Gute Nachrichten?«

»Meine Kleine, das Miststück«, meinte er in einer Mischung aus Stolz und Tadel. »Dieser Dickkopf meldet sich natürlich nur, wenn’s ihr passt. Wieso sind diese Weiber immer so nachtragend und bockig. Das is’ echt unglaublich. Hier. Wenn die nach Hause kommt.«

Er zeigte Knut die SMS. »Kein netz dietage. sorry. Alles hübsch hiermelde mich. LG Jasmin.«

»Kackfrech. Kein Netz«, frotzelte Magnussen. »Als wär’ sie in ’nen Dschungel gefahren. Kein Netz. In Dänemark. Haha.«

»Tja, so sind sie.«

»So sind sie.«

Knut bestellte noch eine Runde und erfuhr, dass bei Magnussen der Haussegen ebenfalls schief hing. Er hatte die letzten Tage immerzu seine Frau damit genervt, endlich Jasmin anzurufen. Und das, obwohl ihre Freundin Lena längst gemeldet hatte, dass sie gut angekommen wären.

»Du kannst dir gar nicht vorstellen, was für Sorgen man sich macht, wenn man ’n Kind hat.«

Knut sah in sein Bier und musste an seinen Vater denken, an das Telefonat mit Warendorp, das er belauscht hatte.

»Na ja, bis auf meine Frau«, fuhr Magnussen fort und kratzte sein Oberarmtattoo. »Die is’ da voll relaxed. Sie: ›Lass es! Du kannst doch da nicht sechs Mal am Tag durchbimmeln! Kein Wunder, dass Jasmin das Handy aus hat!‹ Ich so: ›Die kann ja wohl mal abnehmen.‹ Sie wieder: ›Jasmin is’ in Dänemark, mach dir keinen Kopf. Sie muss auf eigenen Beinen stehen. Bla, bla. Du bist ja schlimmer als ’n eifersüchtiger Stecher.‹ Mann, Mann, Mann.«

»Hat sie echt ›Stecher‹ gesagt?«

»Ja«, knurrte er. »Na, so ähnlich. Aber Knut, weißt du was: Na, sicher bin ich eifersüchtig, misstrauisch und paranoid! Ich bin ihr Papa, hey! Es ist mein JOB, mir Sorgen zu machen.«

»Ja, wäre schön, wenn alle Väter so wären.«

Magnussen nickte und stieß noch einmal an. Nach zwei Schlückchen stellte er fest: »Was ist los? Ich hör’s schon wieder rattern, Knut.«

Der stand auf, legte einen Schein auf die Bar und klopfte Magnussen zum Abschied nett auf die Glatze. »Ich brauch mal frische Luft. Wir sehen uns auf dem Revier.«

# 51

Auf dem Board liegend, kraulte er, bis selbst die rot-weiß gestreifte Tonne mit ihrem Signallicht hinter ihm lag. Das letzte Mal war Knut vor zwei Jahren nachts hinausgepaddelt. Als Jugendlicher war er öfter in lauen Sommerabenden aufs Brett gestiegen. Selten, um allein zu sein – meistens, um Mädchen zu beeindrucken, denen man in der Meeresstille die Sterne und Valandsiel zeigen konnte.

Weit genug vom Strand entfernt, sodass die Geräusche der Partys, die Unterhaltungen und Rufe der nächtlichen Strandvolleyballspieler nicht mehr durch das leise Rauschen und entfernte Branden des Meeres drangen, hielt er inne. Er stellte sich aufs Brett und sah sich um.

Der Anblick war wie jedes Mal ein Geschenk. Valandsiel lag in einem bunten Lichtermeer da. Die zahlreichen Lampenketten der Strandrestaurants und Cafés und auch die roten Lampions der Seebrücke lagen wie glitzernde Diamanten unter dem Firmament und spiegelten sich beruhigend auf dem Mondmeer. Es hatte kaum Seegang, sodass sich nur vereinzelt Wellen am Strand brachen und ihre weißen Schaumkämme zeigten.

Es tat gut, Valandsiel vom Meer aus zu betrachten.

Es tat gut, die Dinge von einer anderen Seite zu sehen.

Knut setzte sich gemütlich aufs Brett, zog einen Sixpack heran und gönnte sich eine Dose Bier. Die Schwere des Alkohols spürend, saß er da und ließ sich noch einmal Magnussens Worte durch den Kopf gehen.

*Na, sicher bin ich eifersüchtig, misstrauisch und paranoid. Ich bin ihr Papa.*

Er schüttelte den Kopf. Verdammte Scheiße, dachte er. Ich habe einen Vater, der mir nichts zutraut. Und wenn ich mal zuschlage und ich diesen Mistsack in den Knast bringe, dann lassen wir ihn wieder laufen, weil Miss FBI anderer Meinung ist. Und weil ich das Verfahren versaut habe.

»Das darf doch nicht wahr sein«, brummte er laut und nahm noch einen Schluck. Ich hab ein 17-jähriges Mädchen aus Harms' Dreck gezogen, zählt das gar nicht?

»Mitten in der Fahrrinne. Und dann auch noch betrunken. Ich sollte dich verhaften.«

Thors feixende Stimme ließ Knut sich umdrehen. Sein Vater glitt auf seinem Surfbrett längsseits, setzte sich auf und ließ die Beine rechts und links baumeln. »Ist ganz schön gefährlich, was du da machst, Junge.«

»Wenn schon.«

»Seit wann bist du so patzig?«

Knut ging nicht darauf ein. »Hat sich Maas bei dir gemeldet? Die Staatsanwaltschaft? Bei meinem Herrn und Meister, beim alten Haudegen und Revierleiter von Valandsiel, um sich bei ihm zu beschweren oder irgendwelche Informationen über sein *Kind* einzuholen?«

»Du bist ja wirklich betrunken. Warum sollten sie mich anrufen? Ich bin nicht mehr im Dienst.«

»Ach. Warendorp stört das doch auch nicht. Der hat sich doch sicher beschwert. Ganz bestimmt hat er das. Unser feiner Bürgermeister. Es ist ja auch alles eine Nummer zu groß für Knut Jansen.«

Sein Vater schwieg. Die Signaltonne warf rhythmisch ihr weißes Licht auf seine Wangen und ließ das zum Pferdeschwanz gebundene Haar kreideweiß schimmern. Mit einem Mal wirkte sein Vater auf Knut sehr alt.

»Du hast das Telefonat mit angehört?«

Statt zu antworten, sah Knut fort, blickte auf das ferne Lichtermeer. Mit einem Mal kam es ihm vor, als schwanke nicht er bei jeder Welle, sondern als rolle Valandsiel vor sich hin.

»Ich hab mir bloß Sorgen gemacht, ob alles läuft. Ob du klarkommst«, erklärte Thor dünn.

Knut atmete hörbar ein. Er musste seinen Mut zusammennehmen, um seinem Vater direkt ins Gesicht zu sagen, was er dachte: »Du hast Warendorp erzählt, du spionierst mir nach, weil du mir nicht vertraust, weil ich noch nicht trocken hinter den Ohren bin.«

»Das hab ich ihm doch nur gesagt, um dir den Rücken freizuhalten. Ich hab das Rainer gesagt, damit er nicht ständig bei dir anruft und dich nervt. Der Mann muss beruhigt werden, sonst geht sein Blutdruck durch die Decke.«

Grübelnd schaufelte Knut ein bisschen Wasser auf sein Brett und sah zu, wie es um den angebrochenen Sixpack schwappte. Sollte er das glauben?

»Das ist alles«, fuhr Thor fort. »Oder glaubst du wirklich, ich habe nichts Besseres zu tun, als ständig mit Magnussen oder Diehl über dich zu telefonieren und mir deine Flausen vortragen zu lassen?«

»Ganz ehrlich?«

»Ja.«

Knut musterte seinen Vater lange. »Ich weiß es nicht, Papa. Ganz ehrlich. Ich weiß nicht, was ich glauben soll.« Weil Thor weder dementierte noch seine Sorge bestätigte, fügte Knut seufzend an: »Lass uns die Rommé-Abende vorerst einstellen.«

»Wenn es dir dann besser geht. Krieg ich auch eins?«

Knut reichte ihm eine der Dosen. Dann saßen sie schweigend auf ihren Brettern da, wippten in der Dünung und sahen den strahlenden Gischtkämmen zu, die am Strand vereinzelt aus dem Nichts aufleuchteten, wie Sternschnuppen voller Wünsche an diesem Firmament aus echten und bunten Sternen.

# 52

Weil er keinen Seitenschneider zur Hand hatte, schnitt er den Klingeldraht kurzerhand mit seinem Tauchermesser durch. Dann befreite er mit den Zähnen das Ende der Isolierung und wickelte den Draht behutsam um eine blanke Reißzwecke. Wegen seiner zerschundenen Fingerkuppen konnte er das winzige Ding kaum halten. Das ewige Hantieren mit dem Bonsaidraht und dem Isopropanol hatte die Haut dünn und rissig werden lassen.

Er legte die präparierte Reißzwecke mit dem Draht zu einer zweiten auf die Werkbank, wo er alles, was er brauchen würde, äußerst sorgsam aufgereiht hatte. Der Klingeldraht, das Gaffertape, eine Autobatterie. Eine Zündspule und ein Blinkerrelais hatte er aus Lenas Golf geschraubt, nachdem er von Harms wiedergekommen war.

Die ganze Aktion hatte ihn laut seiner Präzisionsuhr 32 Minuten gekostet.

Das Einfachste war das Eleganteste. Je weniger Motoren und Zahnräder, je weniger Elektronik, desto reibungsloser funktionierte alles.

Bei seinen Schweißarbeiten an den Ölplattformen war ihm das stets das Wichtigste gewesen: auf so wenig Elektronik wie möglich angewiesen zu sein. Er wollte sich niemals auf irgendwelche Computer verlassen, lieber auf Menschen, die ihr Handwerk verstanden.

Er verstand sein Handwerk.

Auch wenn er das, was er jetzt vorhatte, noch nie getan hatte.

Weil Jasmins Wimmern ihn störte, drehte er die klassische Musik ein wenig lauter.

Im ersten Moment, dort hinter dem Mähdrescher mit der unglücklichen Silja in den Armen, hatte er Lenas Freundin sofort das Messer in die Brust rammen wollen. Ein Stich. Geradeheraus. Aber er hatte sich dagegen entschieden, weil ihm plötzlich klar geworden war, dass er sie noch brauchen würde.

Es wurde Zeit, den Wohnwagen umzuparken. Ein neues Revier zu suchen.

Er gab der Polizei keine Schuld.

Es war der Sturm gewesen. Er hatte die Meerjungfrauen davonschwimmen lassen. Er hatte Silja gestohlen, bevor er sie hatte erlösen können.

Der Sturm hatte Welle für Welle sein Schicksal vorangepeitscht.

Er nahm Jasmins Handy, wischte sich durch die Fotos. Hübsche Selfies, Familienbilder, Schnappschüsse ihrer Freundinnen. Das Übliche. Und immer wieder Magnussen, Magnussen, Magnussen.

Ausgerechnet die Tochter eines Polizisten.

Es ärgerte ihn, nicht gründlich genug beobachtet, beide Mädchen nicht ein paar Tage belauert zu haben.

Fahrlässigkeit ist der Tod.

Das hatte er auch seiner kleinen Meerjungfrau immer wieder eingebläut.

Seinem Nixchen.

Aber sie war fahrlässig gewesen. So fahrlässig …

Die blaue Tür wippt auf und ab, als er den Pfad zur Wohnwagenparzelle hinaufwankt, weil er betrunken ist. Die Feier im Jachthafen endete zu schnell und in zu viel

Sekt und Bier. Er sieht seine Hand, wie er auf das Blau fasst. Er spürt die raue Oberfläche, als er lächelnd über die gemalten Seesterne streicht. Er hört ihr Lachen und eine zweite Stimme, die nicht dort sein dürfte.

Er horcht und sieht seine Hand auf der Tür liegen. Die blaue Tür zu ihrem gemeinsamen Heim, zu seinem und ihrem Heim. Er sieht seine Hand, und er zwingt sich, die Tür aufzuziehen. Und das Nixchen lacht, und diese dumme Stimme flüstert Liebesschwüre. Und die blaue Tür öffnet sich, das Blau gleitet geräuschlos auf …

Warum, meine kleine Meerjungfrau?

Er musste schlucken, schloss die Augen und spürte den Schlund der Einsamkeit. Die Leere hauchte ihn an. So schnell er konnte, richtete er seine Gedanken auf die klassische Musik. War das eine Oboe? Er lenkte sich ab, versuchte, die einzelnen Instrumente des Stücks herauszuhören. Vorerst genügte es, um die Gedanken an seine Tochter zu vertreiben.

Mit einem Wisch auf dem Smartphone prüfte er, ob Jasmins Akku noch ausreichend Strom hatte, und wandte sich dann dem Mädchen zu. Obwohl extrem straff auf dem Stuhl gefesselt, versuchte Jasmin trotzdem, sich zu befreien. Er hatte ihren Mund wieder zugeklebt, wie es sich gehörte. Ihre dreckigen Kleider hatte er in den Abfall gestopft, ihren ganzen Körper mit Isopropanol abgerieben, dass er nicht mehr so stank.

Jasmins Augen fixierten ihn über das Klebeband hinweg. Obwohl sie nun schon vier Tage lang gefesselt war und er ihr absichtlich wenig zu trinken gegeben hatte, war ihr Mut noch nicht gebrochen. Erstaunlich.

Er meinte ihren Zorn zu spüren, den Hass in ihren Blicken zu sehen, obwohl ihr linkes Auge blutunterlaufen war.

Ihr Gesicht war durch seine Schläge geschwollen. Das

dumme Stück hatte ständig versucht, die Fesseln zu zerreißen, und war mit dem Stuhl umgekippt. Er hatte sie teilhaben, hatte sie zusehen lassen wollen, was er ihrer Freundin Schönes schenkte. Aber sie hatte trotz des Klebebands immer wieder versucht zu schreien, hatte hyperventiliert und war ihm mehrmals ohnmächtig geworden.

Sie so nackt da hocken zu sehen, an Armen und Beinen gefesselt, weckte nicht etwa den Wunsch in ihm, sie zu besitzen – es weckte in ihm den Drang, Jasmin ebenfalls zu verwandeln.

Der Wunsch, sie wie Lena in die Wanne zu legen, sich auszuziehen, das Beil zu holen und auch bei ihr endlich mit der Arbeit zu beginnen, betäubte beinahe seine Sinne.

*Ein Mädchen im Jahr. Eine Jungfrau im Jahr.*

*Zu ihrem Tage.*

*Zu ihrer Freude.*

*Ein Mädchen.*

*Nur eines. Nur eines.*

Er spürte, wie der Drang von Jahr zu Jahr größer wurde, seinem Ein und Alles mehr zu schenken.

Er musste diese Gedanken loswerden, sie vertreiben, sie töten. Jetzt. Mit drei Schritten war er an einem seiner Zehn-Liter-Isopropanol-Kanister und drehte den Deckel ab.

Von Verwandlung zu Verwandlung fiel es ihm schwerer, nicht nach ein paar Monaten schon wieder loszuziehen und dem nächsten Mädchen zur Vollkommenheit zu verhelfen.

*Du darfst das nicht tun.*

*Du darfst sie nicht verwandeln. Nächstes Jahr.*

*Zu ihrem Tage.*

*Zu ihrer Freude.*

*Du darfst auch nicht schnüffeln. Dreh den Kanister zu.*

Seine Hand zitterte. Aber er hatte recht. Er hatte so recht. Er musste jetzt einen klaren Kopf behalten. Für sie. Ihr

Blaues Reich würde untergehen, wenn er sich betäubte und nicht gründlich nachdachte.

Fahrlässigkeit ist im Dunkeln der Tod.

Entschlossen drehte er den Kanister zu und kam zurück zu Jasmin. »Schade, dass dein Gesicht so hässlich ist«, flüsterte er. »Bist keine gute Gefährtin. Nicht wie deine Freundin.«

Er beugte sich über sie und riss ihren Kopf herum, sodass sie Lena in der Badewanne bestaunen konnte.

»Siehst du«, flüsterte er, »wie wunderschön sie geworden ist. Morgen ist sie so weit. Morgen ist sie bereit für das Blaue Reich.« Zärtlich strich er Jasmin über die blutige Wange. »Es tut mir leid, aber du ... du musst leider hierbleiben.«

Noch ist es nicht vorbei, dachte er. Der Sturm tut sogar gut. Er treibt mich zu neuen Ufern, zu neuen Höchstleistungen. Kein Isopropanol mehr. Ich werde dich immer lieben, mein Nixchen. Und dir wird es niemals schlecht gehen. Wir finden woanders ebenso gute Gefährtinnen.

# 53

Während sein Laptop hochfuhr, trocknete sich Knut ab und zog hinter dem Rover die nassen Shorts aus. Für den Surfgang hatte er einen ruhigen Strandabschnitt ausgesucht und seinen Geländewagen hinter einem Bunker geparkt. Der Koloss aus Beton ragte schräg aus dem Sand und war, seitdem Knut denken konnte, mit Haifischen und Blumen bemalt. In den Dünen gab es noch zahlreiche Anlagen, verschüttete Gänge, geheime Unterstände, Radarposten und MG-Nester, deren Sprengung zu teuer gewesen war.

Endlich meldete sich der Computer. Knut fiel beinahe in den Sand, als er sich zu schnell und mit zu viel Alkohol im Blut in seine enge Lederhose zwängen wollte.

Gemeinsam hatten sie die Dosen geleert, den Lichtern Valandsiels gehuldigt und sich über Helen unterhalten. Wobei beide tunlichst darauf geachtet hatten, den Fall nicht anzuschneiden. Thor wusste nicht, weshalb Helen damals gegangen war, aber er wusste, sie hatte dem Metzger Brockmann die Narbe über der Augenbraue verpasst. Angeblich mit einem schweren Aschenbecher, als er nackt bei ihrer Mutter unter der Dusche stand. Damals war sie zwölf gewesen. Nach der Attacke mit dem Aschenbecher hatten sich die Eltern scheiden lassen, und Thor vermutete, dass ihre Mutter ihr paradoxerweise noch immer vorwarf, die Ehe zerstört zu haben. Obwohl sie es gewesen war, die fremdging, musste Helene als Sündenbock herhalten.

Knut zog den Laptop zu sich, verband ihn mit seinem

Handy, um ins Internet zu gelangen, und rief die Datenbank des LKA auf.

Er war eifersüchtig auf Maas und stolz darauf, Harms dingfest gemacht zu haben, doch der Gedanke, Helen könne recht und er den falschen Mann geschnappt haben, beunruhigte ihn.

*Erst ist man der Größte auf der Welt, euphorisch, und dann ist da nur noch ein dunkles Loch. Wenn Sie rausgeklettert sind, können Sie mich gern zum Kaffee einladen.*

Ohne genau zu wissen, wonach er eigentlich suchte, blätterte er durch die Angaben zum Fall. Einen Japanischen Ahorn besaß Harms anscheinend nicht, und das LKA hatte auch keine neuen Beweise gegen ihn sichergestellt.

Die Polizei in Stavanger hatte das Haus gefunden, aber es war weder ein Laden darin noch ein Hakon. Es handelte sich um eines der Häuschen rund um Øvre und Nedre Strandgate, dem Touristenviertel Gamle Stavanger. Ein Holzhaus von 1789 inmitten anderer Holzhäuschen, die den alten Stadtkern bildeten.

Die Briefmarken und der Poststempel erwiesen sich als echt. Die Briefe und Karten waren tatsächlich in Stavanger aufgegeben worden. Alle im selben Postamt in der Innenstadt. Anhand des Stempels konnten nicht nur der Tag, sondern auch die Angestellten des Stavanger Sentrum Postkontor ermittelt werden, die wahrscheinlich alles abgestempelt hatten. Doch niemand erinnerte sich.

Und niemand erkannte Hakon wieder.

Videoaufnahmen aus der Postfiliale gab es keine, weil alles viel zu lange zurücklag und die Aufzeichnungen lediglich drei Wochen aufgehoben wurden.

Videoaufzeichnungen. Knut rieb sich die Augen. Als er den Kopf zu schnell hob, spürte er den Alkohol erneut. Videoaufnahmen …

15 Minuten später parkte er vor Harms' Laden. Draußen, an der Ecke des Hauses, hing eine Kamera, die einen Großteil des Geländes im Blickfeld haben musste.

Knut zog den Laptop zu sich und rief die Datenbank ein weiteres Mal auf. Die Verbindung war schlecht, hier draußen schienen die Daten nur durch die Luft zu tröpfeln.

Gerichtsmediziner Friedrichs hatte Siljas Todeszeitpunkt auf die Nacht des Sturms bestimmt. Drei Tage später hatte Knut sie gefunden. Ein Fenster von maximal 72 Stunden. Aber beim Sturm hatte der Schuttberg noch nicht existiert, also ging Knut davon aus, dass er den Kühlschrank mit dem anderen Kram eher in den letzten 48 Stunden aufgeschichtet hatte.

Die Computerforensiker hatten alle Videodateien, deren sie auf Harms' Festplatte habhaft werden konnten, feinsäuberlich nach Datum sortiert und in Acht-Stunden-Pakete in der Datenbank des LKA aufgeteilt. Knut suchte die Dateien heraus, in denen er wahrscheinlich fündig werden konnte.

Der Puffer des Videoprogramms füllte sich und füllte sich. Dann erschienen die ersten Bilder, und Knut wurde schlagartig klar, warum Maas niemals von den Videos gesprochen hatte.

Die Aufnahmen waren wertlos, weil Harms Pick-up einen Großteil des Bildes verstellte. Unter anderem auch die Sicht auf den Fundort der Finnin.

Fluchend drückte Knut auf schnellen Vorlauf und sah sich die ersten Stunden in sechzehnfacher Geschwindigkeit an, erhöhte auf vierundzwanzig und bremste jedes Mal, wenn er meinte, jemanden zu sehen. Harms entlud Kisten vom Pick-up.

Es begann zu dämmern. Bei Stunde vier auf dem Band hielt Knut inne. Durch die Abenddämmerung waren kaum Umrisse zu erkennen, und dennoch meinte er, dass sich etwas gegen 22:26 verändert hatte. Er spulte zurück und sah sich die letzte halbe Stunde genauer an.

»Scheiße«, raunte er. »Das darf doch nicht wahr sein.«

Er lehnte sich hinüber zum Beifahrersitz und sah durch die Scheibe, ließ grübelnd den Blick über die Hunderte Meter Flatterband gleiten, über den Schuttberg, über das Loch, in dem der Kühlschrank gesteckt hatte, und dahinter … über den noch intakten Steg.

Er zückte sein Handy.

# 54

Seine Küsse waren angenehm. Sie waren genussvoll hingehaucht, nicht so besitzergreifend wie bei Chris, ihrem Verlobten. Beinahe hätte sie gelacht, weil sie ausgerechnet jetzt an IHN denken musste. Chris Sawyer. Verrecke im King County Jail.

»Was ist los?« Johann hielt inne.

»Nichts. Mach weiter«, befahl Helen.

Sie umschloss seinen festen Hintern und genoss jede seiner Bewegungen. Sein Parfüm vermischte sich mit seinem Schweiß und erinnerte sie an den Geruch von frischen Nüssen. Sie schloss die Augen, stellte sich vor, wie sie mit ihm am Strand lag. Die Liebkosungen seiner Hände und seines Mundes wurden zu warmen Sonnenstrahlen, das Kribbeln im Nacken brachte angenehme Schauer, als liege sie im Seichten und die Wellen umspülten ihren Rücken. Ihr Atmen wurde zu seinem und …

Ihr Handy klingelte.

*Helen, entspann dich doch, ein einziges Mal.*

»Ach komm schon, geh nicht ran«, meinte Johann und küsste weiter ihren Hals.

»Sekunde.« Sie fingerte bereits nach ihrer Tasche, die sie neben der Couch und dem Rotweinglas abgestreift hatte. Ernüchtert stellte sie fest, dass es Knut war. »Verdammt.«

»Ach nein, komm … Komm schon, nicht Jansen. Leg's weg.« Johann griff zärtlich ihre Hand mit dem Handy, schnappte sich ihren zweiten Arm und presste beide auf die zerwühlten Kissen. Langsam begann er, mit der Zunge über ihre Brustwarze zu streichen. »Lass Jansen mal einen Tag gut sein, bitte«, murmelte er.

Helen liefen Schauer der Lust über den Rücken, aber sie entwand sich seinem Griff und setzte sich auf die Couchkante.

»Ja?«

»Tut mir leid, dass ich Sie wecke«, meinte Knut.

»Haben Sie nicht.«

»Na, dann ist ja alles prima!«

»Haben Sie getrunken?«

»Was? Wieso? Kein bisschen.«

»Also ja. Was wollen Sie?« Mit einem geübten Griff schlüpfte sie ohne Liner in ihre Prothese und stand auf. Sie machte sich nicht die Mühe, die Decke umzuschlagen, sondern tapste nackt durch Johanns Wohnung. Als sie das Fenster öffnete, wehte angenehm kühle Sommernachtluft herein und trocknete den Schweiß auf ihrer Haut. Weil Knut nicht antwortete, fragte sie erneut.

»Ich wollte Sie zum Kaffee einladen. Ich bin aus dem Loch raus. Na, sagen wir, ich strecke den Kopf ans Licht. Immerhin.«

»Schön für Sie.« Sie spürte sein Stutzen, weil ihre Antwort so spröde ausgefallen war.

Johann umschloss ihre Hüfte von hinten, begann ihre Brust zu streicheln. Sie spürte sein hartes Glied an ihrem Po reiben und genoss seinen festen Griff, während er und die Sommernacht ihre Haut küssten.

»Jansen, passen Sie auf … Es … Es ist wirklich ungünstig. Treffen wir uns morgen auf dem Revier, okay?«

»Ich weiß, wie er es gemacht hat.«

»Was gemacht?«

»Wie er sie zu Harms gebracht hat. In der Auffahrt gab

es doch bloß die Reifenspuren von deinem, 'tschuldigung, Ihrem Wagen und dem Pick-up von Harms.«

»Was wollen Sie damit sagen?«

»Ganz einfach. Er hat ein *Schiff.*«

Helen wand sich aus Johanns Umarmung und stellte das Telefon auf Lautsprecher. »Sie sind jetzt laut.«

»Was? Wieso? Wer is'n da noch?«

»Ich«, begrüßte der LKA-Beamte ihn.

»Oh. Teambesprechung am Lagerfeuer? Ohne den Sheriff?«

»Witzig. Wie viel haben Sie getrunken?«, fragte Johann.

»Nicht genug.«

»Er hat gesagt, unser Täter hat ein Schiff«, warf Helen ein.

»Ja, hat er gesagt. Ich hab gesagt, er hat ein Schiff. Es ist auf den Videos, Maas. Beweis AKZ5477-V5, nach drei Stunden, 27 Minuten.«

»Und man kann es sehen?«

Knut musste leider verneinen. »Nur einen unscharfen Schatten. Aber etwas anderes kann es nicht sein. Die Sonne stand da so tief, dass sie die Schatten übers Gelände warf. Und da ist sonst nichts, außer dem Meer und dem Steg. Er hat Siljas Leiche mit einem Schiff zu Harms gebracht.«

»Leider hat in Valandsiel jeder Zweite ein Ruderboot oder so was«, bremste Johann Knuts Euphorie. »Ich schau es mir morgen an. Mailen Sie mir das Aktenzeichen und die Zeit noch mal rüber.«

»Selbstverständlich.«

»Wartet mal.« Helen zog sich ihre Bluse über. »Johann, deine Datenbank, die mit den Briefen und Fotos. Woher hat er die Karten geschickt? Aus Stavanger und Den Helder und ...«

»Und Newmachar«, meinte Johann.

»Norwegen, Holland, Schottland.«

»Hm. Stavanger und Den Helder sind Küstenstädte, und Newmachar?«, fragte Knut.

»Auch«, warf Johann ein, der sich sein Tablet geschnappt hatte und eine Karte aufrief. »Das heißt, der Ort nicht, aber er liegt bloß ein paar Kilometer von Aberdeen weg.«

»Wirklich?« Helen stutzte. »Was, wenn er nicht mit einem Ruderboot oder Schlauchboot zu Harms gekommen ist? Was, wenn er mit einem Kutter oder einer Jacht herumfährt? Ein hochseetaugliches Schiff, meine ich.«

»Die Größe von Schiff kann bei Harms noch anlegen«, warf Knut ein. »Warten Sie. Sie meinen, wir suchen kein Museums*haus*. Wir suchen ein *Museumsschiff?*«

»Wäre doch logisch. Wir suchen ein Schiff, aber kein Motorboot oder dergleichen. Nach all der Mühe, die er sich mit seinen Meerjungfrauen gibt, wird er die Toten nicht einfach in einem Schlauchboot stapeln.«

»O.k., es muss also größer sein. Er braucht Platz für seine Fantasien«, stellte Johann grübelnd fest. »Ich besorg alle Halter von registrierten Schiffen in und um Valandsiel.«

Weil Knut nichts erwiderte, fragte Helen ihn: »Jansen? Alles in Ordnung?«

»Ich weiß nicht genau ... Lydia ist doch im Jachthafen verschwunden. Nach der Feier ...«

»Sie meinen, sie ist auf das Schiff gegangen?«

»Was, wenn der Mörder sie auf sein Schiff gelockt hat. Warum nicht. Ein Mädchen, das Streit mit seinem Vater hat, reiche Kapitäne, Schickimicki. Und sie wird eingeladen ... Und der Kapitän sagt: ›Wir fahren weg, wir fahren in den Süden. Komm mit ...‹«

»Vielleicht hat Lydia ja ihrem Vater etwas von irgendeinem Schiff erzählt.«

»Was ist mit Harms' Schiff?«, fragte Knut.

»Da haben wir jeden Quadratzentimeter abgesucht. Nichts«, warf Maas ein.

»Ich hab was über einen Bootsverkäufer gelesen«, meinte Knut grübelnd. »So ein reicher Kerl, der ist nach der Regatta verschwunden, damals.«

»Im selben Jahr wie Lydia?« Helen konnte Rascheln hören, wahrscheinlich sah Knut in seinen Notizen nach.

»Ja. Im selben Jahr. Da war ein Artikel in der Zeitung«, antwortete er. »Ah, hier. Lars Kvist. Die Feuerwehr hat drei Monate später bloß ein kleines Beiboot gefunden.«

»Interessant. Schauen Sie sich die Aussagen von Lydias Vater noch einmal an. Vielleicht finden Sie was. Wir sollten ihn konkret nach diesem Kvist befragen.«

»Ich fahr morgen früh gleich zur Bibliothek und schaue, ob ich mehr über Kvist finde.«

Mit einem Piep legte Knut auf und Helen das Handy weg. Irgendwie hätte sie erwartet, Johann würde sie sofort auf die Couch zurückziehen, aber er saß bereits an seinem Laptop, das Telefon am Ohr.

Schmunzelnd lehnte sie sich vor und hauchte: »Ich mach schon mal weiter.« Sie zwinkerte ihm keck zu, bevor sie zurück unter die Decke schlüpfte.

# 55

Wegen zwei Buchstaben fuhr er durch die Nacht.

*Kein netz dietage. sorry. Alles hübsch hiermelde mich. LG Jasmin.*

Es waren nicht die Tippfehler, die Magnussen an der SMS störten und die ihn im Bett hatten grübeln lassen. Sondern das »LG«. »Liebe Grüße Jasmin.«

Es war bereits nach vier, als er mit seinem roten A4 auf die geschotterte Straße von Lakolk einbog. Nachdem er sich im Dock-5 noch ein paar Biere gegönnt hatte, war er nach Hause gefahren. Während seine Frau vor sich hin geschnarcht hatte, waren seine Gedanken andauernd um Jasmin gekreist. Warum zum Teufel meldete sie sich nicht? Gehörte es bei Mädchen irgendwie zur stacheligen Pubertät, dass man die Befehle des Vaters ignorierte und ihm eine Scheißangst einjagte?

Sollte seine Frau ihn doch für einen paranoiden, überväterlichen Tyrannen halten, aber gewöhnlich unterschrieb Jasmin ihre SMS mit »Kuss« oder »Küsschen«.

LG? Um halb drei hatte er es nicht mehr ausgehalten und war losgefahren.

Behutsam ließ er den Wagen über die Schotterpiste zwischen den Ferienhäusern rollen. Wie von der Hand eines Riesen hingeworfene und viel zu große Gartenhäuser, so wirkten die meist schwarz getünchten Ferienheime zwischen den Dünen. Die westlichste Siedlung auf Rømø hatte sich ganz dem Tourismus verschrieben.

Magnussen nahm eine Querstraße und rollte langsam weiter. Er hatte Lenas Familie aus dem Schlaf geklingelt und sich von ihrer Mutter einen Lageplan geben lassen. Das Haus der Fays lag auf der rechten Seite direkt an einem Wendehammer. Dahinter schlossen sich die Dünen an.

Magnussen konnte es schlecht benennen, aber der erlernte Argwohn eines Polizisten, gemischt mit der Sorge eines Vaters, hatte ihn zu der gut anderthalbstündigen Fahrt gezwungen.

Die letzten 25 Jahre unter Thor hatten seinen Instinkt trainiert, auch wenn sie bloß Kühe aus Flüssen, Schülerinnen aus Boutiquen und hier und da ein Unfallopfer hatten retten müssen.

Und niemals aufgedunsene Leichen aus dem Jachthafen gefischt hatten …

Magnussen trank den Energydrink aus und starrte in die Nacht. Irgendetwas stimmte nicht.

All seine Anrufe waren unbeantwortet geblieben. Das Einzige, was er hatte, war diese nichtssagende SMS mit einem »LG«.

Anderthalb knappe Zeilen, zu wenige digitale Lebenszeichen für seinen Geschmack.

Er parkte den Wagen zwei Häuser entfernt im Schutz eines zum Wohnmobil umgebauten Sprinters, griff sich seine Pistole und die Taschenlampe und stieg aus.

Die Sommerluft trug den leichten Geruch von Sanddorn und Dünenheide zu ihm, doch Magnussen hatte dafür keinen Sinn, sondern prüfte seine Waffe. Als bereite er sich auf einen brisanten Einsatz vor, testete er, ob der Schlitten funktionierte und sie geladen war. Erst jetzt ging ihm auf, wie weit er gedanklich bereits war, wie fest er davon ausging, dass nicht nur etwas Schlimmes geschehen war, sondern Jasmins Verschwinden etwas mit den angespülten Mädchen …

Er schüttelte den Gedanken ab, kratzte sich seine Tribal-Tattoos und zwang sich, die Waffe wegzustecken. Es fiel ihm schwer, genauso schwer, wie sich selbst einzureden, nicht nach hinten in die Gärten zu huschen und sich dem Haus von der Rückseite zu nähern.

Die Eltern von Lena haben dir bestätigt, dass die beiden Mädchen losgefahren sind, und auch sonst ist alles wie immer, ermahnte er sich.

Von mir aus, dachte er, kiffen die beiden mit ein paar Surferjungs und haben ihren Spaß. Selbst das wäre in Ordnung.

Vor dem Haus parkte kein Wagen.

Kein Grund zur Sorge, redete sich Magnussen ein. Es ist herrliches Wetter, vielleicht sind sie über Nacht zu einer Party.

Das Haus lag völlig im Dunkeln.

Magnussen betrat die Holzdielen vor der Haustür und stieß gegen aufgefädelte Muscheln. Klirrend schwangen sie hin und her. Anstatt zu klopfen, entschied er sich, erst einmal einen Blick durch die Scheiben zu werfen.

Er legte seine Finger ans Glas.

Wahrscheinlich das Schlafzimmer. Er konnte kaum etwas erkennen. Sofort zückte er seine Taschenlampe und leuchtete hinein. Das Bett sah unbenutzt aus. Es war nicht mal bezogen.

»Verdammt«, fluchte er und sah sich nach einem weiteren Fenster um. Die Ferienhäuser hatten gewöhnlich mehrere Schlafzimmer.

Er fand ein Fenster, aber ein Vorhang versperrte ihm beinahe die ganze Sicht. Er leuchtete an der Seite hindurch, doch auch die beiden Stockbetten schienen ihm völlig unberührt.

Es war gut möglich, dass Jasmin und Lena es sich einfach im Wohnzimmer gemütlich gemacht hatten. So wird's sein, dachte er und huschte jetzt doch ums Haus, um sich das große Terrassenfenster vorzunehmen.

Der Lichtstrahl leckte über eine Couch, über einen Tisch, über Stühle, den Fußboden, die Küchenzeile. Alles wie geleckt. Absolut unbenutzt. Keine Taschen, keine Kissen, keine dreckigen Teller, keine Ladegeräte, Zeitschriften, kein Was-auch-Immer.

Sein Herz tat einen Sprung. Augenblicklich schoss ihm das Adrenalin durch den Körper. Es durfte nicht sein. Es durfte einfach nicht wahr sein.

Sofort zückte er sein Handy, wollte Knut informieren, haderte dann aber. Was, wenn die Mädchen einfach weitergefahren oder bei irgendwelchen Kerlen untergekommen waren …? Er würde sich zu dem Idioten machen, für den ihn seine Frau hielt. Aber was sollte er sonst tun?

Auf dem Hinweg hatte er eine Polizeidienststelle gesehen. Ohne zu zögern rannte Magnussen zurück zu seinem Wagen.

## 56

Hunderte Möwen wippten träge auf und ab, ließen sich von den Wellen treiben, während sie friedlich im Becken des historischen Hafens schliefen.

Knut klammerte sich an seinen Kaffee und sehnte sich ein Aspirin herbei. Langsam machte sich der Kater bemerkbar.

Obwohl der Himmel über der Nordsee bereits in ein dunkles Violett getaucht war, meinte er, durch das Fenster der Bibliothek zwei letzte Sterne zu sehen. Wahrscheinlich waren es Flugzeuge, hoch oben, auf dem Weg nach Skandinavien oder Russland.

Fünf Uhr 27. Seinetwegen hätte es auch drei Uhr nachts sein können – er hatte eh nicht geschlafen, sondern war von Harms direkt zum Revier gefahren, hatte in der LKA-Datenbank und den Aufzeichnungen seines Vaters nach Kvist gesucht, aber nichts gefunden. Grübelnd hatte er dagehockt, an Kvist gedacht, an seinen Vater, an Harms, an die Küstenstädte, an Schiffskutter und Mädchenleichen. Und an die Blicke zwischen Maas und Helen und ihren eigenartigen Unterton während des Telefonats … Nein. Wahrscheinlich hatte Helen, so allein am Straßenrand, einfach Maas angerufen, und die beiden waren noch einen Wein trinken gegangen. Sicher hatten sie in einer Bar gesessen und über ihn gelästert, als er sie gestört hatte.

Kurz vor halb fünf hatte er es nicht mehr ausgehalten und Birthe und Frau Deichmüller-Roth aus dem Schlaf geklingelt. Er bat sie, sich mit ihm in der Bücherei zu treffen.

»Das zerschmetterte Boot, das 2000 gefunden wurde, gehört tatsächlich zu Lars Kvists Jacht. Die ›Marjun Mette‹. Die freiwillige Feuerwehr hat den Wellenbinder Ende September gefunden. Von Lars Kvist fehlt immer noch jede Spur«, stellte Birthe fest und reichte Knut einen Stapel Ausdrucke. Es waren Websites und Zeitungsartikel, die meisten waren auf Dänisch und stammten aus der Jydske Vestkysten, einer Tageszeitung aus Esbjerg.

»Danke ... Auch dass du so früh einfach hergekommen bist.« Sein Blick fiel auf seine alte Deutschlehrerin, die sich bereits den dritten Kaffee eingoss und sich wieder den Mikrofilmen widmete.

Er gab Birthe einen zärtlichen Kuss.

»Du siehst schrecklich aus, Knut«, sagte sie. »Soll ich dir das übersetzen? ... Hier steht, Lars Kvist wurde nach der Regatta im Juni 2000 vermisst. Er hinterlässt keine Familie. Hübscher Mann.« Sie schob ihm ein Foto hin. Knut schätzte den Dänen auf Mitte 30. Er hatte ein einnehmendes Lächeln und Grübchen, die ihn ein wenig verschlagen aussehen ließen.

»Seine Firma ist in Esbjerg. Ein Traditionsbetrieb«, fuhr Birthe fort. »Sie stellen Jachten her. Seine Käufer sind vor allem Dänen und Norweger. Er wollte auf den britischen Markt expandieren. Zur Regatta 2000 war er wohl mit zwei Schiffen hier. Wie es aussieht, war der stinkreich.«

»Stavanger. Norwegen ... Britischer Markt. Verdammt nah bei Schottland ...« Knut rieb sich die Augen. Endlich glaubte er so etwas wie ein Licht am Ende des Tunnels zu erspähen. Einen ersten Anhaltspunkt, den Thor damals nicht erkannt hatte, wie Knut nicht ohne Stolz feststellte. Den vermissten Dänen hatte Thor niemals mit dem Verschwinden von Lydia in Verbindung gebracht.

Für ihn ergab sich aus den bruchstückhaften Informationen immer mehr ein Bild. Lydia Schwenke geht auf die Feier im Jachthafen, und Lars Kvist fängt sie ab, lockt sie auf eines seiner Boote.

»Woran denkst du, Schatz?«, wollte Birthe wissen.

Knut erklärte es ihr und fügte an: »Vielleicht kommt es zu einem Kampf, vielleicht kann sie fliehen und will mit dem Wellenbinder weg. Aber etwas läuft schief, der Wellenbinder zerschmettert. Kvist taucht unter und mordet weiter ... Jahr für Jahr.«

»Das ist eine ziemlich gewagte Theorie.«

Schweren Herzens musste Knut ihr recht geben. »Wir finden sicher den Stressauslöser.«

»Den was?«

»Den Auslöser, der ihn vor 15 Jahren zum Morden brachte ... Lars Kvist war Bootsbauer. Wir suchen nach einem Schiff. Und er hat an der Regatta 2000 teilgenommen, außerdem ist er – wie Lydia – verschwunden. Ich finde, das sind ein paar zu viele Zufälle.«

Birthe nickte.

»Wenn er untertauchte, wo ist er jetzt? Auf einem seiner Schiffe? Wo liegt diese ›Marjun Mette‹ jetzt vor Anker? Fahr ins Revier. Ruf in Esbjerg an. Vielleicht können die Kollegen uns mehr sagen.«

»Mach ich.«

»Danke. Und sag bitte Maas Bescheid.«

»Und Helen.«

»Ja, ihr auch. Sie wollte eh ins Revier kommen. Sag ihr, was los ist.« Streit hin oder her, dachte er und stand auf.

Sie fasste nach seinen Händen, und er gab ihr einen zärtlichen Kuss auf ihr schwarzes Haar. »Wir sollten weniger zanken«, meinte er, bedankte sich bei Frau Deichmüller-Roth und wandte sich mit Lars Kvists Foto in der Hand zum Gehen.

# 57

Er blinzelte am Reetdach des Dünenkiekers vorbei und schirmte mit der Hand das Licht ab. Der Kater ließ seine Schläfen pochen. Ein zweiter Kaffee wäre genau das Richtige.

»Bist aber früh unterwegs«, rief er zu Björn hinauf. Der Junge hatte sich gefährlich weit aus einem der Fenster gelehnt, um den verwitterten Holzrahmen zu streichen.

»Na und? Du ja auch.«

»Hat sich dein Alter nicht gewundert?«

»Wie? Den hast du doch bestimmt grad erst geweckt.«

Knut nickte. »Stimmt.« Die Mühle hatte wie in einem Dornröschenschlaf dagelegen, und als er geklopft hatte, hatte er eine kleine Ewigkeit warten müssen, bevor Katzmann verschlafen die Tür einen Spalt aufgezogen hatte.

»Hat er dir noch mal was getan?«

»Nein.«

»Das ist die Wahrheit?«

Björn antwortete nicht; seufzend wechselte Knut das Thema: »Ich hoffe, Frau Henning bezahlt dich dafür?«

»Und du? Wie sieht's denn bei dir aus, Knut? Krieg ich was, wenn ich's mache?«

Knut überlegte, während Björn seinen Pinsel in den weißen Lack tunkte und gewissenhaft noch einmal dicht am Glas nachzog. »Wenn die Daten gut sind«, antwortete er.

»Das weiß ich doch jetzt noch nicht. Du fragst hier Sachen, da muss ich erst mal 'n Algorithmus entwickeln – oder eben *klauen.*«

»Lieber klauen, wenn das schneller geht ... Klingt, als sollte ich lieber jemand anders fragen.«

»›Anderen‹ heißt das«, bemerkte Björn frech.

»Echt?«

»Ja, geh doch zum LKA. BKA. FBI. Was weiß ich. Die haben viel mehr Rechenpower.«

Knut seufzte abermals. Er blickte sich noch einmal zu den Dünen und dem Meer um. Die Sonne hieb gelb auf die wenigen Wolken und setzte sie in Flammen.

»Aber nicht so viel Grips.«

»Hm. Weiß nich'.« Björn verschwand im Innern. »Einer, der so viel Scheiße baut wie ich, der hat bestimmt nich' viel von.«

»›Davon‹ heißt das. Und hör auf, hier um Komplimente zu betteln ...«

»Wie viel willst'n nun lockermachen?«, hörte er Björn rufen, bevor er an einem weiteren Fenster im Reetdach auftauchte.

»Du bekommst keinen Arsch voll, und ich schmeiß euch nicht aus der baufälligen Mühle. Reicht das?«

»Vorsicht!«, rief Björn plötzlich, und ehe sich Knut versah, war eine Lackdose vom Dach gerollt und vor ihm in den Kies gefallen. Die Farbe sprenkelte seine Westernstiefel. Knut fluchte.

»Hey! Tut mir echt leid, echt, Herr Polizist!«

Da er kein Taschentuch fand, versuchte Knut, den Lack mit ein paar Grasbüscheln wegzuwischen, und verrieb alles wunderbar ins Leder.

»Okay, weißt du was? Den Arsch voll gibt's so oder so!«

Björn lachte.

Knut ließ das Büschel Gras fallen. In seinem Kopf pochten die Biere, und die Sonne lugte bereits hinter dem Horizont hervor.

»Sagen wir 600. Und ich definiere die Fenster hier als gestrichen.«

Anstatt einer Antwort winkte Knut brummelnd ab und wandte sich seinem Landrover zu, der unweit des Schuttcontainers parkte. Butch brauchte sein Frühstück, und er wollte endlich mit dem Schiff weiterkommen. Der Citroën des Kochs rollte auf den Parkplatz.

Mit einem Heben der Hand verabschiedete sich Knut von Björn, wendete schwungvoll, sodass der Citroën gehörig Staub abbekam, und gab Gas.

Er fuhr viel zu schnell den Sandweg Richtung Valandsiel herunter, als sein Handy klingelte. Magnussen meldete sich. Es bedurfte bloß weniger Worte, und Knut war hellwach.

# 58

Er erwachte aus einem dunkelblauen Traum.

Die Bettdecke war verschwitzt. Das Geheimversteck mit seiner Sammlung stand einen Spalt offen, jedoch konnte er sich nicht erinnern, den Schrank aufgeklappt zu haben. Als er sich aufrichtete, tobte ein wütender Isopropanolgeist in seinem Schädel. Erst jetzt begriff er, dass er erneut zu den Dämpfen gegriffen hatte – obwohl er gestern geschworen hatte, es nie mehr zu tun.

Einen Moment lag er da, sah auf den Spalt seiner Geheimtür und auf die Füße, die sich undeutlich im Schatten abzeichneten.

Auch Lenas waren bereits eingereiht. Alles war vorbereitet. Heute würde er die Meerjungfrau ins Blaue Reich bringen.

Nachdem er sich angezogen hatte, entschied er sich gegen ein Frühstück. Die Vorfreude, Lena endlich in ihr neues Zuhause zu bringen, war zu groß. Er zog vier Alustangen unter dem Bett hervor und brachte sie nach draußen zu seinem Zodiac, einem wendigen Schlauchboot mit zwei Motoren und einem festen Rumpf. Er hatte es an einem der Anleger des Campingplatzes vertäut.

Gewöhnlich brauchte er weniger als 15 Minuten, um mit dem 220 PS starken Boot um die Steilklippe zu fahren, so weit die Küste hinauf, bis der Deich begann, und dann durch das Siel. Von dort musste er nur noch dem Kanal ins Landesinnere folgen und war nach weniger als drei Minuten bei seinem Badehaus.

Nach 14 Minuten und sieben Sekunden hatte er die Strecke hinter sich gebracht. Er sprang auf den Anleger, band das Zodiac mit einem geübten Knoten fest und schnappte sich die Stangen. Entschlossen nahm er die vom Sturm mit Schlamm bedeckten Betonstufen, die vom Kanal hinaufführten, und stand unvermittelt auf einem Schotterweg. Hinter mehreren Reihen feuerroten Ahorns, die seit 30 Jahren ungestutzt vor sich hin wucherten, sah er bereits das eingefallene Wohnhaus und die Scheune seiner Großeltern hindurchblitzen.

Vorletzten Sommer hatte er überlegt, den uralten Stacheldrahtzaun, der das allein stehende Gehöft umschloss, zu erneuern, sich jedoch dagegen entschieden. Wer auf den Hof wollte, den konnte auch kein neuer Zaun stoppen.

Kaum hatte er das Vorhängeschloss an der Pforte geöffnet, stob ein Schwarm Tauben vorüber und verschwand laut gurrend zwischen den hohen Ahornbäumen.

Nachdem seine Mutter gestorben und er von den Großeltern aufgenommen worden war, hatte er hier gewohnt. Vier, fünf Jahre lang musste es gewesen sein, bevor er mit 16 auf dem ersten Schiff anheuerte. Ein paar Jahre später waren seine Großeltern friedlich entschlummert und er in der Welt unterwegs. Zwar hatte er die Häuser geerbt, jedoch nie die Zeit gefunden, sie zu modernisieren. Der letzte Mieter hatte mehr Schaden als Geld gebracht. Und so war das Anwesen über die Jahre verfallen, während er mit seiner kleinen Meerjungfrau im Wohnwagen umherzog.

Heute war es angenehm warm und kaum windig. Der perfekte Tag für das, was er vorhatte.

Mit wenigen Handgriffen und ein paar Flügelmuttern steckte er die Stangen zu einer Art Bahre zusammen, dann zog er sie zwischen den eingefallenen Backsteinwänden ins Innere des einst einstöckigen Bauernhauses. Der Dachboden war hinabgekracht und hatte beinahe das gesamte Dach mit seinen Ziegeln, Sparren und Kehlbalken mitgerissen.

Seine Sicherheitsschuhe traten knirschend auf Scherben und Geröll.

Er ließ die Bahre neben das verrottete Sofa fallen, auf dem er vor über 40 Jahren das letzte Mal gesessen hatte, und wandte sich einem verschimmelten Teppich zu. Er lag noch wie heute Nacht da, was ihn auf wunderliche Art enttäuschte. Jasmin hatte sich nicht befreit. Und das stimmte ihn eigentümlich traurig.

Wie so oft schlug er den Teppich beiseite und legte die Holzklappe frei. Zehn steile Stufen führten in den einstigen Keller des Hauses, in sein Badehaus. Er folgte den Stufen hinab und blieb vor einer Holztür stehen, die er eingesetzt hatte, bevor er dort unten seine Werkstatt eröffnet hatte.

Er zog die Tür auf, schaltete das Licht ein und sah sich um.

Jasmin schlief auf ihrem Stuhl, den er an eine der Deckenstützen mit Gafferband gebunden hatte, während Lena ihn aus der Wanne mit ihrem wunderschönen, braungelben Gesichtchen aus starren Augen anlächelte.

Auf dem Weg zu ihr fiel sein Blick auf den alten Sekretär, dessen Fächer er mit Laubholz weiter unterteilt hatte. Jedes Mädchen besaß ein Fach. Die meisten seiner Notizen, Postkarten und vieles vom Briefpapier waren aufgeweicht. Er mochte gar nicht daran denken, an all die Mühe, an all die Geschichten, die er sich für jede ausgedacht hatte. Und nun hatte sich der Sturm so vieles geholt.

Seufzend ging er weiter und blieb vor Lena stehen.

Er strich über ihre Stümpfe. Sie waren gut … *verheilt*. Der Kabelbinder saß schön fest und hatte die gesplitterten Knochen ins Fleisch gedrückt, sodass sie nicht herausragten. Als ihr Blut versiegt war – Lena war schnell ausgeblutet, sie hatte kaum beobachten können, wie perfekt er sie verwandelte –, hatte er die Stümpfe mit Silikon abgedichtet.

Nun waren sie bereit für die Flosse.

Nach den Kiemen und dem Sommerkleid war dies die letzte Stufe der Verwandlung. Vor drei Jahren war er dazu übergegangen, sie nicht mehr aus Holz auszusägen und anzumalen, sondern sie noch lebensechter wirken zu lassen, indem er sie aus Draht flocht. In tagelanger sorgfältiger Arbeit hatte er Hunderte Stoffstückchen zu Rauten ausgeschnitten und mit Strasssteinchen und Pailletten versehen und alles mit Heißkleber geduldig aufgeklebt. Es wirkte ziemlich lebendig, und darauf war er stolz. Das Ritual füllte die unendlich langen Stunden seiner Einsamkeit. Die akribische Arbeit machte ihm Freude. Auch weil er wusste, wie fantastisch seine Meerjungfrauen damit aussahen.

Auch die Kiemen waren ihm gelungen, wie er nach einem zufriedenen Blick auf ihren Hals feststellte. Seine Fingerkuppen glitten über ihre Schenkel, die er zusammengenäht hatte. Er prüfte, ob er ihre Scham sehen konnte, aber sie war gut verdeckt, die Beine eng aneinandergepresst. Meerjungfrauen sollten keine Muschi haben.

Er befühlte Lenas Arm.

Die Haut war ledrig, das Fleisch schon ziemlich fest. Die Tage im Wechselbad aus Isopropanol und herkömmlichem Streusalz hatten ihre Wirkung nicht verfehlt.

Außerdem hatte er ihr Silikagel in den Mund und den Rachen gestopft, es in ihre Vagina und ihren After geschoben, bevor er bis spät in die Nacht ihre Beine zusammengenäht hatte.

Die letzten Mädchen hatte er vierzehn Tage im Salzbad gelassen, damit ihr Fleisch wie gepökelt war. Aber er nahm an, dass auch Lena sicher ein paar Jahre lang ihre Schönheit behalten würde, bevor er sie in die Neun verbannen musste.

Die Hässlichen kamen in die Neun.

Er hasste die Neun.

Die Schönen kamen in den Saal.

Er griff sich den Nagellack, wollte Lenas Arm nicht verrenken, weil er bereits mit Bonsaidraht umwickelt war. Je öfter er sie bewegte, desto schwerer wurde es, sie lebendig aussehen zu lassen. Bei den ersten beiden Jungfrauen hatte er noch keinen Draht benutzt, hatte sie einfach angelehnt und hingesetzt. Sie waren nach wenigen Wochen in sich zusammengesackt.

Ein Fall für die Neun.

Er kniete sich vor die Wanne, nahm behutsam Lenas Finger und tunkte das Pinselchen in den Nagellack. Die Jahre hatten die Farbe bröckelig werden lassen, aber mit etwas Verdünner war sie beinahe wie neu.

Es stimmte ihn traurig, dass er bald einen anderen Lack kaufen musste.

Denn selbst wenn er den gleichen Farbton nach all den Jahren finden sollte – es würde nicht derselbe sein.

»Mach schon.«

Es würde nicht *dasselbe* sein.

»Willst du wirklich?«

»Klar, Papa.«

»Das war Mamas Lieblings-Nagellack.«

»Och, biiiiittte. Papa.«

Und ihre zarten, so unschuldigen Kinderhände strecken sich ihm hin. Und er greift seine kleine Meerjungfrau fester, weil er Angst hat, sie könne mit ihrem Sommerkleidchen und den viel zu großen Pumps vom Hocker fallen. Sie lacht, sie lacht unablässig, weil sie so kitzlig ist. Er kann ihr den Lack gar nicht auftragen, weil sie immer wegzuckt, und verteilt ihn überall auf ihre Händchen. Sie lachen beide.

Die goldene Sommersonne schneidet Rechtecke aus dem warmen Teppich ihres Wohnwagens. Sie und er. Zwei Leben in einem Wagen. Tochter und Vater. Er hat nur sie.

Du bist mein Ein und Alles, meine kleine Nixe, flüstert er und presst sie an sich und riecht den Duft ihres Haares, als er sie auf den Kopf küsst, und spürt ihren Herzschlag. Mein Ein und Alles.

Und die Erinnerung zerfloss zu Tränen und füllte sein Herz mit Schwere.

»Bist doch noch perfekt geworden«, sagte er leise zu sich und hob seine Meerjungfrau aus der Badewanne. Er wusste, er würde sie bald loslassen müssen, Lena gehörte nicht mehr hierher. Nicht mehr in diese Welt. Es war jedes Mal schwer, die Mädchen ziehen zu lassen. Zärtlich strich er ihr über die kalte Wange. »Es wird Zeit, dass wir uns trennen, Lena. Es ist Zeit. Sei nicht traurig. Es wird sehr schön werden. Besser als hier auf der Erde. Du wirst schon sehen.«

Er trug sie an Jasmin vorbei zur Werkbank. Dort hatte er bereits eine gewöhnliche Bauplane ausgebreitet. Trotz des Silikagels war seine neue Meerjungfrau leichter als noch vor ein paar Tagen. Der Blutverlust und der gehörige Wasserentzug durch das Salz hatten ihr etliche Kilos geraubt. Er bettete sie auf die Plane, rollte sie behutsam ein und verschnürte das Paket mit drei Spanngurten. An ihnen konnte er das Mädchen die zehn Stufen bis in die Ruine hinauf hieven. Das war der schweißtreibendste Akt des Transports, der Rest war ein Kinderspiel.

An der Kellertür stapelten sich die letzten Vorräte seines Isopropanols. Erst hatte er überlegt, auch die Kanister aus dem Wohnwagen herzubringen, seine Sammlung – aber sosehr er die Stümpfe verachtete, sosehr hatte er sich an ihre

Präsenz neben seinem Bett gewöhnt. Er brauchte etwas, an das er sich halten konnte, das ihm zeigte, was er geschaffen hatte, wenn er mit dem Wohnwagen an einen anderen Strand weiterziehen sollte. Und das würde er tun – sobald er Lena ins Blaue Reich gebracht hatte.

Er sah sich zu Jasmin um.

Das Mädchen hing reglos da und wachte nicht auf, selbst als er ihren Arm nahm und die tiefen Schnittspuren begutachtete, die das Gaffertape hinterlassen hatte. »Hast die ganze Nacht gekämpft, hm?«

Er nahm ihre SIM-Karte von der Werkbank und weckte sie, indem er sein Messer zückte und sie ein bisschen auf dem Handrücken schnitt. Endlich schreckte sie auf, war jedoch kaum in der Lage, sich zu bewegen.

»Ich würde mich gern verabschieden. Lebewohl sagen.« Er zwinkerte Jasmin zu und zückte ihr Smartphone, schob die SIM-Karte hinein und wartete geduldig, bis das Handy hochgefahren war.

Die PINs hatte Jasmin ihm längst verraten. Laut seiner Uhr hatte es sieben Minuten gedauert. Und wenige Schnitte seines SEK-M-Tauchmessers.

»Bin mit Lena weiter. raufnach skagen. Issuper hier. LG Jasmin«, tippte er, las es Jasmin flüsternd vor und schickte die SMS ab.

Da traf Jasmins Stirn plötzlich seine Nase. Schmerzen durchzuckten ihn. Er fluchte, schlug das Mädchen mit dem Messergriff hart auf den Kopf und sah, wie es wieder zusammensackte.

»Verdammt noch mal«, fluchte er und legte wütend das Handy beiseite. Prüfend legte er ihr die Klinge an den Hals, wartete, aber Jasmin war wieder in Ohnmacht gefallen.

»Immer noch die kleine Wildkatze, hm?«, brummelnd massierte er seine Nasenwurzel, dann schnitt er ihre Fesseln durch. Er nahm den Stuhl samt Mädchen hoch und trug beides zur mit Salz gefüllten Badewanne, dann pflanzte er sie einfach mitten oben auf. Es sah aus, als hocke das nackte Mädchen auf einem Thron im Schnee.

»Bist so tapfer, so voller Leben. Du darfst hier bleiben. Jeder hat eine zweite Chance verdient«, flüsterte er ihr zu und wandte sich kühl ab.

Er zerrte Lena in der Bauplane zur Tür, warf sie sich auf den Rücken, wie ein Kohleschlepper einen Zentnersack. Hinter sich drückte er die Tür zur Werkstatt sanft und geräuschlos zu.

Jasmin blieb im Dunkeln zurück.

# 59

»Beruhig dich«, rief Birthe, aber Magnussen dachte gar nicht daran. Er riss die Einsatzkarte vom Spind und trat einen Stapel Akten um. Die Blätter der alten Vermisstenanzeigen ergossen sich über den Boden.

»Ich bring diesen Wichser um. Ich bring ihn um!«

»Wir finden sie schon, Bernd.« Diehl ließ die Finger zwischen die Knöpfe seines Hawaiihemds fahren und kratzte sich verlegen den runden Bauch. »Das heißt doch nicht, dass Jasmins Verschwinden etwas mit dem Fall zu tun hat. Bernd, hör mir doch mal zu.«

Mit einem letzten verzweifelten Fluch trat Magnussen den Mülleimer quer durch Knuts Büro und stieß den dicken Diehl beiseite, bevor er auf Knuts Stuhl sank. »Die sind nicht mal im Ferienhaus *angekommen*. Scheiße, das ist doch ... Warum meldet das denn keiner? Warum merkt das denn keiner, warum ...«, stammelte er.

Diehl und Birthe warfen sich besorgte Blicke zu, wussten beide jedoch nicht, was sie noch tun sollten.

Knut, der gerade erst vorgefahren war, drückte sich durch ein paar Reporter, die im Vorraum lauerten, und eilte an Veith vorbei. Der schien kurz davor, seine Waffe zu zücken und die Presse damit in Schach zu halten – sein Blick verriet zumindest nichts Gutes. Und Magnussens Gebrüll ebenso wenig.

Mit einem lauten »Scheiße« hieb er so heftig auf den massiven Tisch, dass Knut Angst bekam, die Platte könne bersten.

»Magnussen«, begann Knut und eilte zu ihm. »Birthe und Diehl haben recht. Es ist nicht gesagt, dass Jasmins Verschwinden was mit unserem Serienmörder …«

»Du weißt genau, dass du Scheiße redest, Knut.«

Seufzend schnappte sich Knut einen zweiten Stuhl und setzte sich zu seinem Kollegen, der den mächtigen Schädel in den Händen vergrub.

»Du redest Blödsinn, Knut … Blödsinn … Ich will zu Harms«, fing er plötzlich an. »Ich will zu Harms. Ich knöpf mir den vor. Der weiß doch was. Bei mir sagt der sicher was! Der muss doch was wissen.«

»Du hast recht.« Knut legte ihm den Arm um die Schulter. »Aber Magnussen, wir finden deine Tochter, okay? Du warst wegen der SMS da, richtig?«

»Was denkst du denn!«

»Was ist mit dem Handy? Hast du sie angerufen?«

»Der Teilnehmer ist zurzeit nicht erreichbar. Das ist mit dem Scheißhandy.«

»Das ist egal.« Ohne zu zögern, griff Knut zum Telefon und rief Maas an. In drei knappen Sätzen erklärte er dem Kommissar die Lage und bat ihn, Jasmins Handy anzupeilen.

»Haben Sie ihre IMEI?«

Magnussen nahm Knut das Telefon ab. »Ihre was?«

»Vergessen Sie's«, war Maas' knappe Antwort. »Wir versuchen, seine Funkzelle anzupeilen. Wenn er die SIM-Karte nicht rausgenommen hat, kriegen wir ihn. Aber ich brauch'n richterlichen Beschluss.«

»Danke«, mischte sich Knut ein.

»Ich meld mich. Kann zwei Stunden dauern.« Maas legte auf.

»Zwei Stunden …«, ätzte Magnussen und winkte ab. Er strich sich verzweifelt über die Glatze. »Das Handy wird er ihr weggenommen haben. Das bringt doch alles nichts.«

»Doch. Er braucht das Handy, um uns glauben zu machen, dass alles okay ist. Du hast seinen Plan durchschaut, du bist nicht auf die SMS reingefallen! Wir sind ihm einen Schritt voraus, Magnussen. Jetzt sind wir ihm endlich einen Schritt voraus!«

Magnussen ging nicht auf Knuts Worte ein, stattdessen musste er weinen. »Blödsinn, Knut. Wir sind gar nichts. Den anderen Eltern hat er jahrelang noch Postkarten geschickt! Die SMS heißt gar nichts, Knut.«

»Doch, sie bedeutet, dass wir ihn finden können. Und er weiß nicht, dass du seinen Nachrichten nicht traust. Diesmal sind wir schneller als er. Wir holen Jasmin da raus.«

Magnussen antwortete nicht, sondern raunte bloß verzweifelt: »Was soll ich denn jetzt nur Bea sagen? Was sage ich Bea? Was sag' ich 'n jetzt meiner Frau?«

Mit einem fröhlichen Bing traf die nächste SMS ein.

»... raufnach skagen. Issuper hier. LG Jasmin«, las Magnussen, und seine Stimme versagte. Voller verzweifelter Wut schleuderte er das Handy gegen Thors Spind, sodass sich Diehl wegducken musste. »Dieses Arschloch. Dieses verfluchte Arschloch! Ich bring ihn um. Den bring ich um!«

Knut presste Magnussens stiernackigen Kopf gegen sein Holzfällerhemd und spürte, wie sehr Magnussen bebte. Der Geruch von Schweiß, Kaffee und Verzweiflung schlug ihm entgegen. Er drückte seinen Kollegen an sich und versuchte beruhigend und gleichmäßig zu atmen, während er betete, dass Jasmin noch lebte.

Schweigend standen die anderen in der Tür und blickten betreten auf die beiden Kollegen.

# 60

Er band Lena auf das Gestell. Nun konnte er sie bequem hinter sich herziehen. Ohne große Eile ließ er den Hof, die Scheune und die Ruine wieder hinter sich.

Es knirschte unangenehm, als die Bahre über die Stufen zum Kanal und weiter über den Anleger glitt. Am Zodiac angekommen, schnallte er seine Meerjungfrau ab. Niemand würde ihn sehen, hier fuhr selten ein Boot, und die nächsten Häuser standen über 500 Meter entfernt.

Als er sie an einem der Spanngurte ins Boot zog, rissen die Pflaster an seinen Fingerkuppen weg. Die Berührung brannte, dennoch gelang es ihm, das Mädchen mit zwei kräftigen Rucks neben eine wettertaugliche Kiste zu betten, die er vor dem Steuerrad festgeschraubt hatte. Er klappte sie auf, zog ein paar Taucheranzüge heraus und hob die Tote in ihrer grünen Plane über den Rand. Bevor sie gut in der Kiste lag, musste er ein paar Mal nachfassen, aber schließlich war er zufrieden und legte die Taucheranzüge oben auf.

Er hatte die Klappe noch in der Hand, als sein Handy klingelte. Obwohl ihm die Nummer unbekannt war, nahm er ab.

»Ja?«

»Polizei Valandsiel. Knut Jansen.«

Sein Herz schlug für einen Moment schneller. »Ach, Herr Jansen. Ich hab gehört, Sie haben ihn?«

»Nein. Leider noch nicht. Deswegen rufe ich an.«

Er kniff die Augen zusammen, spürte, wie Zorn in ihm

aufstieg. Pläne galt es einzuhalten, aber er hatte schon genug Fehler begangen. Er atmete durch. Die Sonne auf seinen Wangen fühlte sich beruhigend an.

Der Sturm treibt das Schicksal voran, dachte er. Er treibt mich zu neuen Ufern.

Sieh es als Herausforderung.

»Wie kann ich Ihnen helfen?«, fragte er überaus freundlich.

»Ich habe hier Ihre Vermisstenanzeige aus dem Archiv, Herr Schwenke. Sie haben damals die Regattafeier im Jachthafen zu Protokoll gegeben. Ich würde mich gern mit Ihnen treffen. Ich glaube, der Mörder war auf dieser Party.«

Schwenke ließ die Klappe zufallen. »Gern. Wissen Sie, wo mein Wohnwagen steht?«

# 61

Schwenke zog sein Tauchermesser aus dem Halfter, schob den angegilbten Vorhang beiseite und sah hinunter auf die Caravans und Wohnmobile, die einige Hundert Meter entfernt in der Sonne vor sich hin schmorten. Nachdem er zu seinem Wohnwagen geeilt war, hatte er sein Bett notdürftig gerichtet und allen Müll einfach in die Klokabine geworfen. Ihm war bewusst, dass sein Caravan einen ärmlichen Eindruck machte. Er roch nach Alkohol, und die Ablagen waren mit Werkzeug, Tauchequipment und dreckigen Tellern übersät.

Er klappte das Fenster auf und öffnete die Tür, alles in der Hoffnung, der Isopropanolgestank würde zumindest ein wenig verfliegen.

Dann sah er sich nach einem guten Ort für das Messer um. Er entschied sich für den Hängeschrank über dem Kochfeld. Seine Front war als einzige weiß und keine Unterwasserlandschaft. Knut Jansen würde mit der Seite zu ihm sitzen, vielleicht sogar aus dem Fenster sehen und ihm den Rücken zukehren.

Schwenke hatte das Messer kaum zwischen die Tassen voller Zuckerwürfel geschoben, als er Jansens Landrover über den Kies rollen hörte. Ohne Eile entfachte er eine der Gasflammen und schob einen Wasserkessel darauf.

Noch bevor der hochgewachsene Polizist über den Kies gespurtet kam, hielt Schwenke ihm bereits die Tür auf und begrüßte ihn herzlich.

»Danke, dass Sie mir noch mal gestatten, mit Ihnen zu reden«, meinte Jansen und nahm die Aufforderung an, sich an den schmalen Tisch zu zwängen.

»Warum sollte ich nicht?«

Seufzend packte der Beamte einen Aktenordner auf den Tisch. »Es muss sehr belastend sein. Dass alles nach den vielen Jahren wieder hochkommt …«

»Nun, ich will genau wie Sie, dass das Schwein geschnappt wird.« Schwenke lächelte zufrieden. Dieser Trottel saß genau an dem Platz, den er für ihn vorgesehen hatte. »Wollen Sie auch einen Tee?« Schwenke zog zwei Tassen aus der Spüle und wischte sie kurz aus.

»Nein. Das ist nett, aber nein.«

»Sind mehr so der Kaffeetrinker?«

Knut bejahte und stand zu Schwenkes Überraschung plötzlich auf, um sich umzusehen. Sofort öffnete Schwenke den Hängeschrank, beobachtete jede Bewegung des Polizisten. Der war ein paar Schritte Richtung Bett gegangen und sah sich die Front des Geheimschranks an. Er ließ den Blick über die Fotos gleiten, während Schwenke die Tasse mit dem Zucker hervorholte und das Messer griffbereit an die Schrankkante schob.

»Das ist Lydia«, meinte er voller Stolz. Die meisten Fotos waren vom Wohnwagen und seiner Tochter. Ein paar zeigten ihn auf einer Gasplattform und auf diversen Schiffen. Er hatte eine Profitaucherausrüstung an. »Wissen Sie, meine Frau ist überraschend gestorben. Schlaganfall. Einfach so, aus dem Nichts. Da war Lydia drei Jahre. Ich hab sie großgezogen.«

»Muss schwer sein, ein Kind zu verlieren.« Knut strich über eines der Bilder.

»Sie können sich nicht vorstellen, wie einsam man ist.« Schwenke sah sein Lächeln im Wasserkessel, aber seine

Augen blickten starr. »Wir sind immer zusammen mit dem Wohnwagen rumgereist. War die schönste Zeit meines Lebens. Ein kleines Geschöpf so nah bei sich zu wissen, zuzusehen, wie es aufwächst.«

Wie viel weißt du?, überlegte er. Wie viel weißt du wirklich, Knut Jansen?

»Setzen Sie sich doch«, fuhr er fort. »Ich hab auch noch irgendwo Kekse oder so. Haben Sie Kinder, Herr Jansen?«

Der Polizist verneinte. »Hat sie das alles gemalt?« Er nickte zu den Hängeschränken.

Schwenke ließ die Finger über die Front gleiten. Mystisch blaugrün schimmerte eine Unterwasserwelt mit frechen Seesternen, lustigen Clownsfischen und grinsenden Kraken.

»Als sie sieben war. Gelungen, finden Sie nicht?«

Zu Schwenkes Entsetzen glitt Knuts Blick kurz zur offenen weißen Schranktür, die das Gemälde unterbrach. Schwenke schob sich schnell davor und schloss sie. »Die is' mal kaputtgegangen, musste ich austauschen.«

»Schade.«

»Das Wasser hat sie immer begeistert. Sie konnte gar nicht genug vom Meer kriegen, meine Lydia.«

»Na, kein Wunder, wenn ihr Vater Berufstaucher ist.«

»Ich hab sie kaum aus'm Wasser rausbekommen. Und wenn sie nicht im Meer war, dann hat sie in der Badewanne gelegen. Wir haben extra eine aufs Dach geschnallt. Hier vom Wohnwagen. Verrückt.« Er lachte.

»Das klingt wirklich schön.«

»Reichen Sie mir mal einen Tee.« Schwenke nickte zum Geheimschrank und spürte, wie er langsam eine Erektion bekam, als Jansen den Schrank nichts ahnend aufklappte. Hinter der Tür hatte Schwenke ein flaches Regal mit Gewürzen, Teebeuteln und Kleinkram angebracht. Die Vorstellung, dass keine zehn Zentimeter hinter der Regalwand seine Kanister standen, ließ ihn wohlig erschaudern. Langsam begann ihm das Spiel sogar Spaß zu machen.

Dieser Stümper von einem Polizisten hatte keine Ahnung.

Jansen durchstöberte das Fach. »Kirsche, Grünen oder Früchte?«

»Früchte. Setzen Sie sich doch, Herr Jansen. Weswegen sind Sie hier? Was wollen Sie genau wissen?«

Der Polizist gab ihm den Teebeutel, und Schwenke goss sich heißes Wasser ein.

Nachdem sich der Mann wieder gesetzt und die Akten zu sich gezogen hatte, entschied Schwenke, das Spiel weiter zu treiben. Er vergewisserte sich, dass der Polizist seinen Revolver im Holster gesichert hatte, klappte das weiße Schränkchen auf und zog sein Tauchermesser heraus. Dann setzte er sich mit dem Messer und seinem Tee einfach Jansen gegenüber.

»Ich bin mit 16 von zu Hause weg. Hab auf einem Containerschiff angefangen«, erklärte er ruhig. »Dann war ich Kampftaucher bei der Bundeswehr, und danach hab ich alles Mögliche gemacht. He, ich hab mal ein paar Millionen in Drogen gefunden. Kokain. An einem Schiffsrumpf. Die Jungs vom Zoll haben sich vielleicht gefreut.«

»Ich hab mal 'ne Hanfplantage hochgehen lassen.« Die beiden Männer lächelten sich kurz an, dann fiel der Blick des Polizisten auf das Messer. Schwenke nahm es, wickelte, als sei es das Normalste der Welt, seinen Teebeutel um die Klinge und drückte ihn in die Tasse aus.

»Am lukrativsten ist es im Frühjahr. Und im Herbst. Da wollen viele Taucher nicht runter. Raue See. Im Sommer habe ich immer freigenommen. Für sie. Für meine Lydia.«

Knut schlug die Akte auf, sofort erkannte Schwenke die exakte und wohlgeschwungene Schrift des alten Revierleiters Thor Jansen.

»Ihr Vater hat eine schöne Schrift.«

»Stimmt. Ist mir noch nie aufgefallen. Tut mir übrigens leid, das mit unserem Taucheinsatz im Jachthafen«, stellte Knut fest und überflog Schwenkes Aussage von damals.

»Sie werden zu schnell erwachsen, die Kinder, wissen Sie.«

»So ist das wohl.«

»Grad sind sie Babys, und dann ... Jetzt sagen Sie endlich. Haben Sie eine Spur? Wie kann ich helfen?« Ungeduldig tippte Schwenke mit dem Messer auf die Tischplatte.

Der Polizist schob Schwenke ein Foto hin. »Das ist Lars Kvist. Ein Bootsbauer, ein ziemlich reicher, junger Mann. Haben Sie den schon mal gesehen. Damals?«

Und seine Hand legt sich auf das Blau.

Er horcht und sieht seine Hand auf der blauen Tür. Lydia lacht, und diese dumme Stimme flüstert Liebesschwüre und stöhnt. Die blaue Tür öffnet sich. Und er zieht sich in den Wohnwagen und sieht den schmalen Gang zwischen den Unterwasserwelten entlang. Und dieser Mann reißt den Kopf zu ihm herum ...

Einen Moment lang hatte Knut das Gefühl, sein Gegenüber könne vor Trauer weinen. Schwenke starrte derart abwesend auf das Foto, dass Knut Angst bekam, Lydias Vater könne zusammenbrechen.

»Alles o.k., Herr Schwenke? ... Hören Sie, ich weiß, dass es schwer ist, aber es ist wichtig, dass Sie sich auch an Einzelheiten erinnern. Schwenke?«

»Was?«

Lydias Vater schien wie aus einem Traum aufzuwachen. »Lars wie? Kvist?«, fragte er und schüttelte schließlich den Kopf. »Nein, den hab ich nie gesehen. Tut mir leid. Soll er das sein? Ist er der Mörder?«

»Wir glauben, dass er ein Schiff hat.«

»Ein Schiff? Wie mein Zodiac?«

»Nein«, berichtigte Knut. »Viel größer. Wahrscheinlich eine Jacht.«

»Und Sie glauben, dieser Mann entführt die Mädchen damit?«

»Das denken wir, ja.« Die Seiten der Akte waren bereits angegilbt. 15 Jahre hatte sie im Archiv gelegen, bevor Knut sie zu Helen mitgenommen hatte. Er nahm einige Blätter heraus, die mittels Schreibmaschine und Durchschlagpapier beschrieben worden waren. »Wir glauben, dass er sie dort hinbringt. Auf sein Schiff.« Der Duft des Früchtetees vermischte sich mit den Alkoholdämpfen, die er schon beim Betreten des Wohnwagens wahrgenommen hatte. Dieser arme Kerl, dachte Knut, er hat alles verloren.

»Sie haben damals gesagt, dass Ihre Tochter kurz vor dem Verschwinden mit Ihnen auf einem Fest war. Im Jachthafen.«

»Ja, wegen der jährlichen Regatta. Da gab's wie immer diese große Feier.«

»War vielleicht dieser Mann dort? Hat er mit Lydia getanzt? Hat er sich vielleicht eigenartig benommen?«

»Wie? Was heißt ›eigenartig‹?«

Helen hätte es Schwenke sicherlich erklären können, und es ärgerte ihn, sie nicht mitgenommen zu haben, aber sie wollte nach der »Marjun Mette« forschen und mit Maas in Kontakt bleiben, wegen der Handyortung.

»Hat er sich für Lydia interessiert? Ihr Drinks ausgegeben, ein bisschen zu viel getanzt mit ihr? Ist er vielleicht zutraulich geworden …«

Schwenke rieb sich seufzend die Nasenwurzel. »Das ist so lange her«, sagte er.

»Versuchen Sie, sich zu erinnern. Bitte …«

… ich will mich nicht erinnern. Nicht daran, dachte Schwenke und spürte das Tauchermesser in seiner Hand. Ein Stich, Herr Jansen. Ein einziger Stich …

Und seine Hand legt sich auf das Blau.

Er horcht und sieht seine Hand auf der blauen Tür. Er spürt die Farbe, die Schichten und die Riefen der Pinsel … Lydia lacht …

Die blaue Tür öffnet sich. Und er zieht sich in den Wohnwagen und blickt auf sein Bett. Und da liegt sie. Sein Kind. Seine kleine Meerjungfrau. Und dieser Lars Kvist umschlingt sie.

Hier.

In ihrem Heim.

In ihrem Leben.

In ihrem gemeinsamen Leben.

Du hast ihn in unser Leben gebracht, Lydia. Er raubt dich mir. Du hast alles zerstört. Du bist doch erst 16. Du bist doch mein kleines Mädchen.

Und er hört sich brüllen, und er packt diesen Mann. Und er reißt ihn weg, die Schranktür mit den Meerjungfrauen kracht herunter. Ein Stück Meer fällt aus der Welt. Er prügelt den Fremden, diesen feinen Mann in seiner Kapitänsuniform, durch den Wagen in die Nacht. Und Lydias Kreischen wird über den Campingplatz getragen. Der Kies knirscht. Sie steht in der blauen Tür, sie steht da, als er mit seinem Tauchermesser zusticht.

Nur ein Stich, Herr Jansen.

Und dieser Abschaum bricht sofort zusammen, fällt in die Büsche der Parzelle. Lars Kvist.

Und Lydia steht da. Ganz stumm. Und das Kerzenlicht in ihrem Rücken lässt sie in der Tür erstrahlen wie eine Erscheinung.

»Ich hab sie im Jachthafen gesucht, stundenlang, hier auf dem Campingplatz, überall … Ich – ich kann mich nicht erinnern«, behauptete Schwenke.

»Lars Kvist hatte sicher ein Schiff, eine Jacht im Hafen«, bohrte der Polizist weiter. »Wir haben einen Wellenbinder gefunden, aber der war bloß ein Beiboot.«

»Lydia war oft im Hafen. Ihr gefielen Schiffe. Wir haben damals viel miteinander getaucht. Sie hat aber nie von jemandem gesprochen – und an dem Abend sind wir zusammen nach Hause. Und dann … dann wollte sie auf die Feier. Und wir haben uns gestritten … na ja, ich hatte ein bisschen viel getrunken.«

Schwenke nippte am Tee und bemerkte, dass Jansen ihn musterte. »Okay, der Streit war ziemlich heftig. Sie war ja schon 16, da geht das nicht mehr. Vater und Tochter auf so engem Raum, mein ich.«

»Sie wollte weg.«

Schwenke nickte. »Klar. Sie ist flügge geworden. Und dann mit mir – auf wie viel? Fünf Quadratmetern? Aber sie ist nicht ausgerissen!« Schwenke wurde laut. »Das hätte sie nie gemacht! Sie läuft doch nicht weg! Sie läuft doch nicht vor mir weg!«

Mit einem zornigen Ruck rammte Schwenke das Messer in die Tischplatte. Es blieb stecken.

Schweigen breitete sich aus. Beide holten Luft, entschuldigten sich und sahen dann stumm zur Unterwasserwelt.

»Dieser Kvist wird Lydia auf dem Fest kennengelernt haben. Wahrscheinlich erzählt sie ihm, dass sie weg will. Und dann holt er sie aufs Schiff.«

Schwenke seufzte. »Und dieses Schwein schickt Postkarten und Briefe?«

»Er ist ziemlich gerissen. Er plant alles im Voraus. Er ist ein Perfektionist, der jedes Detail genau überlegt.«

»Perfektionist.« Schwenke nickte und sah den Lichtreflexen auf Lydias Unterwasserwelt bei ihrem Tanz zu.

Du hast keine Ahnung, dachte er. Du weißt überhaupt nichts, Jansen. Du weißt nichts. Vielleicht solltest du alles sehen, bevor du stirbst, schoss es ihm durch den Kopf. Es ist einfach zu schön, um es nicht zu sehen.

Er spürte, wie ihn der Gedanke erregte. Er würde Jansen alles zeigen und ihn dort töten – und niemand würde ihn jemals finden. Das war viel besser, als ihn hier umzubringen.

Das laute Klingeln von Jansens Handy ließ die beiden erschrocken zusammenfahren.

»Sekunde«, meinte Jansen und schob sich schnell aus der Bank. »Tut mir leid, das ist wichtig.«

Knut machte, dass er nach draußen kam. Vor dem Wohnwagen war der Empfang besser.

»Björn? Schieß los!«

»Knut?«

»Ja, doch. Hast du was? Wo hat das Schiff gelegen?«

»Äh, also vielleicht hab ich was. Ja. Also, das ist nur eine grobe Schätzung«, begann Björn vorsichtig. »Ich habe die Werte – Wetter, Strömung und so – vom Bundesamt für Seeschifffahrt und Hydrographie genommen, das war das Genauste, was ich finden konnte. Wichtig ist, um welche Uhrzeit die Leichen freigespült wurden. Das ist natürlich entscheidend, um ungefähr zurückzurechnen, wo sie ins Wasser gefallen sind. Also, ich habe da einfach mal die Stunde des Sturms genommen, an der es hier so richtig losging.«

»Jetzt spann mich nicht weiter auf die Folter. Sag schon.«

»Mach dir nicht zu viele Hoffnungen, mein ich nur.« Knut hörte, wie Björns Finger über eine Tastatur flogen. »Das Gebiet ist einige Quadratkilometer groß. Das ist nicht so, als könnt ich das alles – mit der Strömung und so – auf die Größe von einem Fußballfeld runterbrechen. Dazu sind die Daten zu ungenau, und es gibt zu viele Variablen.«

»Eine Küstenregion reicht mir. Ein Hafen, ein Ankerplatz«, stellte Knut fest. »Ist es südlicher als Norderwerft, muss ich bis Sylt?«

»Nein, musst du nicht.« Er hieb auf einen Knopf. »Ich schick's dir.«

Zwei Sekunden später erreichte Knut eine E-Mail. Sie hatte keinen Text, bloß einen Screenshot als Anhang.

Zwei rote Linien auf einem Kartenausschnitt, die einen Fächer gebildet hatten. Der Fächer war laut Maßangabe dreimal so groß wie Valandsiel.

Kaum hatte Knut es angesehen, stutzte er. »Du willst mich verarschen?«

»Nein. Echt. Ich hab das zigmal gerechnet. Ich hab sogar die Strömungswerte von irgend so einer britischen Wetterwacht mit eingegeben.«

Die Fläche war blau. Komplett blau.

»Was ist denn?«, wollte Schwenke wissen, der sich mit dem Tee in der Hand zu Knut gestellt hatte und einen langen Hals machte. »Eine Seekarte?«

Knut hob den Kopf. Er lief um den Wohnwagen herum und sah zwischen den Kiefern auf das Meer hinaus.

Vor ihm, 25 Kilometer vor den Steilklippen, zeichneten sich die weißen Masten von Riffgrund West klar vom Himmel ab. Gleichmäßig und ruhig durchschnitten die Flügel der Windkraftwerke die Luft.

»Das ist mitten im Nichts«, stellte er konsterniert fest.

»Knut, ich weiß. Aber die Daten …«, begann Björn, doch Knut drückte ihn weg.

»Er ist da draußen. Das gibt's doch nicht. Er ankert nicht hier an der Küste.«

Schwenke stellte sich zu ihm, nippte am Tee und sah ebenfalls aufs Meer. »Hm. Na, ich kann Sie rausfahren, wenn Sie nachsehen wollen.«

Knut überlegte. Die zwei Schlauchboote der Feuerwehr waren noch immer im Dauereinsatz. Das Polizeiboot musste aus Husum angefordert werden, keine Ahnung, wo es sich gerade herumtrieb.

Und dieser Killer hatte Jasmin.

»Mein Zodiac liegt unten, am Anleger vom Campingplatz. Ich mein nur. Drei Minuten Fußweg.«

# 62

»Entschuldigung, aber haben Sie noch einen Kaffee?«

Birthe nickte und holte eine weitere Tasse für Helen. Ihr Blick fiel auf den Laptop, den Helen seit einer Stunde unablässig bearbeitete.

»Lars Kvist hat auch keine Boote nach Aberdeen verkauft«, stellte Birthe fest. »Die Gemeinsamkeit, können wir ebenfalls vergessen.«

»Hab ich auch schon geprüft. Außerdem Zulieferer und mögliche Frachtrouten. Aberdeen, Den Helder, Stavanger. Das hat nichts, gar nichts mit Lars Kvist zu tun.«

»Wollen wir den Namen streichen?«

Helen überlegte. »Die ›Marjun Mette‹ wurde mehrfach verkauft. Das letzte Mal ist sie in Italien registriert worden«, stellte sie seufzend fest. »Stellen wir Lars Kvist zurück. Aber irgendeine Gemeinsamkeit *müssen* die Orte haben.«

»Vielleicht sollte ich mal ran«, schlug Birthe vor. »Ich bin in so Statistiken ganz gut.« Sie ließ eine Kaugummiblase zwischen ihren lilafarbenen Lippen zerplatzen und starrte Helen auffordernd an.

Seufzend drehte Helen den Laptop zu ihr und stand auf, um sich die Beine zu vertreten. Ihre Prothese saß nicht gut. Die Seeluft machte dem Ventil zu schaffen.

Kaum war sie von Johann wieder nach Valandsiel gekommen, hatte er sie angerufen. Doch anstatt ihr zu sagen, dass er sie jetzt schon vermisse, musste sie erfahren, dass er gerade beim Richter war, um ein Handy anpeilen zu lassen.

Ausgerechnet das Handy von Magnussens Tochter. Helen hatte nicht gezögert und ihrer Mutter auf dem Anrufbeantworter verkündet, dass sie den Notartermin absagen müsse.

Knut war bei Schwenke, dem Vater des ersten Opfers, um mehr über die Woche des Verschwindens herauszubekommen, und sie hatte sich in sein Büro gesetzt, um die »Marjun Mette« oder irgendein anderes Boot anhand Johanns Schiffsregisterauszug in Verbindung zu den drei Städten zu bringen. Bisher waren alle Versuche, einen Zusammenhang herzustellen, im Sande verlaufen.

Helens Handy meldete sich. Ohne hinzusehen, griff sie danach.

»Johann? Hast du die Handypeilung?«

»Nein. Hier ist …« Die Worte waren zerfetzt, die Verbindung miserabel, aber sie meinte, Knut zu hören. »Wo sind Sie? Jansen?«

»… Bei Schwenke noch immer, wir …«

»Sie sind in einem Funkloch. Hallo?« Jetzt war er ganz weg.

»… Das Schiff … Alles okay, wir …«

»Was? Jansen?« Wieder weg. »Hallo?« Helen versuchte es noch drei Mal, dann riss die Verbindung gänzlich ab.

Als sie aufsah, bemerkte sie Birthes verbitterten Blick.

»Daran sieht man wohl, was läuft«, brummelte sie. »Letzte Woche hätte er noch mich angerufen.« Sie ließ wieder eine Kaugummiblase platzen, zog sich ruppig den Laptop heran und klickte sich durch diverse Seiten. Kopfschüttelnd sah Helen ihr zu. Sollte sie doch denken, was sie wollte. Nach dem Streit mit Knut hatte Helen einfach keine Lust auf weiteres Gezänk.

»Hmmm … Heliport«, murmelte Birthe plötzlich und klickte eine zweite Seite an. »Heliport«, raunte sie erneut und ließ noch mal den Kaugummi knallen.

Den Helder baute sich auf, und Informationen über Helikopter erschienen.

Helen setzte sich zu ihr. »Wie meinen Sie das? Hubschrauber-Landeplätze?«

Triumphierend drehte Birthe den Laptop zu ihr. »Es geht nicht um ein Schiff oder um Bestellungen bei Lars Kvist ... Die Städte liegen alle nahe an Öl- und Gasplattformen. Jede dieser Städte hat einen Heliport. Von da aus fliegen sie die Mannschaften auf die Plattformen in der Nordsee.«

»Aberdeen, Stavanger, Den Helder ... Das sind Brückenköpfe zu Plattformen?«

Lächelnd ließ Birthe ihren Kaugummi platzen. »Ich sag doch, ich bin gut in so was.«

# 63

Das Boot entwickelte eine höllische Kraft, als Schwenke volle Fahrt aufnahm. Taucherflaschen klirrten in ihren Halterungen, und Knut drehte es bei jedem Klatscher in die Wellentäler den Magen um.

»Und Sie meinen, da sind die Mädchen?«, rief Schwenke gegen den Fahrtwind. »Da liegt er vor Anker? Bei Riffgrund West?«

»Das werden wir sehen. Ich hoffe es.«

»Das wird ganz schön ungemütlich. Normalerweise fahr ich nicht so weit raus.«

Knut nickte stumm und klammerte sich an die Griffe.

Das Zodiac schoss über die Wellen. Als feiner Nieselregen peitschten ihm die Tropfen ins Gesicht. Er konnte das Salz des Meeres schmecken und versuchte an Schwenke vorbei einen Blick auf Riffgrund West zu werfen.

Die weißen Masten mit ihren riesigen Windflügeln kamen schnell näher.

»Hier soll ein Schiff sein?«, wollte Schwenke wissen.

»Wenn meine Theorie stimmt.«

»Na, dann wollen wir mal sehen.« Als er sich umdrehte, warf er Knut ein aufmunterndes Lächeln zu.

Sie passierten die erste Windkraftanlage. Die Turbinenmasten waren auf gelb gestrichene Monopiles gesetzt, einen bis zu 700 Tonnen schweren und bis zu 50 Meter hohen Fundamentsockel, der der Meerestiefe angepasst wurde. In 20 Meter Höhe umkreiste jeden Sockel eine Plattform. Man konnte sie vom Wasser her mit einer Leiter erreichen. Auf der Plattform ragten die weißen Säulen der Windkraftanlage mit ihrer mächtigen Turbine und den Rotoren in den Himmel.

Neben den 36 fertigen Windturbinen gab es noch zehn weitere Monopiles, die zwar bereits in den Meeresgrund getrieben worden waren, aber noch kein Windrad aufgesetzt bekommen hatten. Nachdem sie sie abgesucht hatten, gab Knut Schwenke zu verstehen, er solle das größte Gebilde des Windparks ansteuern.

Von Weitem sah es aus wie eine Bohrinsel, aber es handelte sich um die Offshore-Umspannplattform, von der Knut viel in der Zeitung gelesen hatte. Er musste den Kopf in den Nacken legen. Die Plattform ragte gute fünfundsechzig Meter in den Himmel. Zahlreiche Containeraufbauten und ein Helikopterlandeplatz waren vorhanden, aber die Umspannplattform war unbemannt und wurde per Kontrollstation an Land überwacht.

Es gab keine ständige Besetzung, dennoch waren ab und an Schiffe mit Ingenieuren hier, um Turbinen zu warten, die Elektronik zu checken oder die Erweiterung des Windparks zu planen. Eigentlich war es unwahrscheinlich, dass sich der Mörder über Jahre hinweg hier einen sicheren Hafen für sein Schiff gesucht hatte oder gar die Plattform für sich nutzte. Die Erschließung von Riffgrund West hatte erst vor sechs Jahren begonnen, und die bisher letzte Windkraftanlage war vor anderthalb Monaten errichtet worden.

Schwenke fuhr in einem weiten Slalom noch einmal um die Monopiles, aber alles sah völlig unberührt aus.

»Sind Sie sicher, dass die Leichen von hier an Land getrieben wurden?«, wollte er wissen, woraufhin Knut Björns Anhang ein weiteres Mal checkte. Riffgrund West war nur ein Teil des Gebiets, das der Junge markiert hatte, jedoch gab es außerhalb der Windräder nichts als die blanke Nordsee.

Knut schirmte die Augen vor der Sonne ab und sah zwischen der letzten Reihe Windturbinen auf das glitzernde Meer. Bis zum Horizont Wasser, eine glatte Linie unter dem Himmel. Am Horizont ein Containerschiff, weit außerhalb von Björns Bereich und im gewöhnlichen Fahrwasser nach Bergen. Sonst war da nichts. Keine Insel, kein Floß, kein Schiff. Dort draußen erstreckte sich zu Wasser gewordene Leere.

Enttäuscht schüttelte er den Kopf. »Wenn er wirklich ein Schiff hat«, meinte er, »wieso fährt er hier raus – auch bei Sturm – und verliert hier seine Mädchen? Ich meine, was könnte ihn hierherziehen?«

»Vielleicht suchen wir falsch«, sagte Schwenke.

»Was meinen Sie?«

»Meerjungfrauen können doch nur im Wasser leben. IM Wasser.«

Knut spürte, wie sich seine Nackenhaare aufstellten. Er musste schlucken, und erst nach einem Räuspern fragte er: »Was meinen Sie damit?«

»Na, Meerjungfrauen gehören doch ins Wasser. Vielleicht sind sie da unten.« Er lehnte sich über Bord und sah hinab.

Bereits nach zwei Metern füllte sich das Meer mit Dunkelheit.

»Sie meinen, er hat kein Schiff, sondern ...?«

»Ein Wrack. Macht das Sinn? So wären die Jungfrauen unter Wasser, mein ich. In ihrem Reich. Und es erklärt, warum sie von hier kommen.«

Knut stellte sich zu Schwenke und sah ebenfalls hinunter. Das Licht der Sonne glitzerte und spielte mit den Wellen, brach sich funkelnd in den Spritzern, die das Zodiac erzeugte.

»Ich bin hier öfter getaucht. Damals für die Energie-Nord AG. Als das Planfeststellungsverfahren für Riffgrund lief. Da drüben …«, Schwenke zeigte vage auf die Wellen, »… da fällt der Grund bis auf 35 Meter ab. Es ist kein wirklicher Seegraben, aber eine gehörige Senke. Das war ein Riesenproblem damals, weil sie Riffgrund West eigentlich noch einen Kilometer weiter draußen errichten wollten – damit man's von Land nicht sieht.«

Knut nahm seine Basecap ab und wischte sich den Schweiß von der Stirn. »Sie glauben, dass da unten was ist?«

»Ich weiß es sogar. Da unten liegt eine britische Korvette der Flower-Klasse.«

»Flower wie Blume«, stellte Knut knapp fest, und Schwenke nickte.

»Gute 60 Meter lang. Die wurde im Zweiten Weltkrieg hier versenkt.«

»Er bringt sie unter Wasser?« An den Gedanken musste sich Knut erst einmal gewöhnen, aber immerhin war es logisch. Schwenke hatte recht, das musste Knut zugeben.

Abermals wandte er sich um. Hinter ihnen die weißgelben Pfeiler einer grotesken Kathedrale ohne Dach – und dahinter, bloß zu erahnen, weil er es kannte –, die dunkle Landlinie mit Valandsiel. Wind hatte eingesetzt. Nicht stark, aber er spürte ihn auf den Armen. Über der Küste konnte er erste Wolken sehen. Wahrscheinlich würde es heute noch regnen.

Der Gedanke hinabzutauchen, hinab zu den Meerjungfrauen, gefiel Knut nicht.

# 64

Helen kam es vor, als habe sich das Büro aufgeheizt. Sie schob den Kaffee von sich, starrte gegen Thors Spind und wieder auf die Europakarte auf dem Laptop. Mit ein paar Klicks hatte sie eine gefunden, die auch die Plattformen in der Nordsee zeigte.

Ihre Prothese juckte, und sie griff sich Birthes Hello-Kitty-Bleistift, um sich am Rand des Schafts ein bisschen zu kratzen.

»Er macht irgendwas mit Ölplattformen ... Er mordet hier. Hier vor Ort. Hier in Valandsiel. Weil er von hier kommt. Das ist sein Revier. Hier kennt er sich aus, hier hat er seine Infrastruktur. Er kommt aus Valandsiel, und er hat vielleicht ein Schiff, und er arbeitet für ein Energieunternehmen, ist Ingenieur oder Maschinenbauer ...«

Birthe legte Johanns Schiffsliste beiseite. »Zwei Drittel der Bootsbesitzer auf der Liste, die sagen mir was. Die haben alle ein Schiff im Jachthafen oder sind Fischer, aber auf Plattformen arbeiten die nicht.«

»Er muss Harms kennen«, warf Helen ein. Ihr Blick fiel auf die zerknüllte Einsatzkarte der Feuerwehr.

Als Birthe ihren Blick sah, klaubte sie die Landkarte auf, kniete sich auf den Boden und strich sie glatt. »Harms ... Hm ... Weil er Silja Järvine da versteckt hat, meinen Sie?«

»Ja.«

»Nein.« Magnussen trank seinen Kaffee aus und musterte ebenfalls die Einsatzkarte, die Birthe so akribisch von den Feuerwehreinsätzen erstellt hatte. Sein Blick fixierte das große Fragezeichen, das Knut neben den Namen »Harms« und dessen Tauchladen gesetzt hatte. »Er muss Harms nicht kennen. Er muss die *Karte* hier kennen …«

»Wie meinen Sie das?«

»Er musste bloß wissen, wen wir im Visier haben. Und dann die Leiche und die anderen Sachen da verstecken.«

Magnussen nickte. »Schwenke«, sagte er knapp. »Eric Schwenke.«

»Was?« Helen stand auf. Ihr Liner scheuerte am Stumpf, wahrscheinlich hatte sie das Ventil zu hart eingestellt. Sie unterdrückte den Drang, die Prothese abzuschnallen. »Schwenke? Was meinen Sie damit?«

Auch Birthe sah Magnussen fragend an.

»Schwenke. Er war hier. Er hat die Karte gesehen, und er ist Profitaucher. Er hat für Ölfirmen getaucht.«

Helen spürte, wie ihr Herz zu rasen begann, und Birthe sprach aus, was ihr in diesem Moment durch den Kopf schoss: »Knut ist bei ihm.«

Die beiden Frauen zückten gleichzeitig ihre Handys und wählten.

Magnussen wusste, was kommen würde, er hatte sich bereits zum Waffenschrank umgewandt und schloss ihn auf. »Der Gesprächsteilnehmer ist vorübergehend nicht zu erreichen«, brummte er und zog ihre einzige Schrotflinte heraus. »Worauf wartet ihr noch?«

»Lydia Schwenke war nicht das erste Opfer«, meinte Helen und eilte in ihrem wiegenden Schritt hinter Magnussen her. »Sie war der Auslöser.«

»Was?« Birthe hatte kein Wort verstanden, folgte den beiden ebenfalls im Laufschritt durchs Revier.

Bloß Diehl blieb zurück. »Ich halt die Stellung«, rief er ihnen nach, aber sie beachteten ihn nicht.

»Seine Tochter wurde nicht *Opfer* des Meerjungfrauenmörders. Sie starb in der Juniwoche, und ein Jahr später tötete Schwenke sein erstes Opfer. Der Tod seiner Tochter war der Stressauslöser, der Funke, der gefehlt hat, um ihn explodieren zu lassen.«

»Schrill«, war Veiths einziger Kommentar, der mittlerweile die Reporter auf die Straße verbannt hatte.

»Es kommt alles hin.« Helen zückte im Gehen ihr Handy und folgte Magnussen nach draußen.

Drei Reporterteams hatten sich vor dem Haus aufgebaut, und zwei auffällig geschminkte Schönheiten brabbelten für ihre Sender irgendwelche Fakten über Valandsiel in Mikrofone.

Als Helen, Magnussen, Birthe und schließlich Veith hinausstürmten und die Presse Magnussen mit der Flinte sah, fielen sie über die Polizisten her wie hungrige Möwen. Sie folgten den vieren bis zum Polizeiwagen, und ihre Fragen überschlugen sich.

Birthe opferte sich mit den Worten: »Fahrt. Ich kümmer mich um die.« Sie setzte ein vollkommenes Lächeln auf, rückte ihre gepunktete Bluse zurecht und breitete die Arme wie eine Glucke aus, die ihre Küken einsammeln muss. »Meine Damen und Herren, es gibt leider nur wenige Neuigkeiten. Wenn Sie bitte kurz hier rüberkommen könnten?«, hörte Helen sie noch sagen, dann nahm Johann endlich ab.

»Johann?

»Ja?«

»Ich glaub, ich hab ihn. Es ist Schwenke. Wir wollen zugreifen.«

»Campingplatz ›Weiße Klippe‹. Der hat 'n Wohnwagen.« Magnussen hatte das Fenster runtergekurbelt. »Steigen Sie ein.«

»Er hat einen …«, wiederholte Helen, aber Johann unterbrach sie: »Hab's gehört. Mach keinen Unsinn, Helen«, befahl er. »Wir sind in 25 Minuten bei euch.«

»Beeilt euch. Ich fürchte, er hat Knut in seiner Gewalt. Johann?«

Auf der anderen Seite herrschte Schweigen, aber nicht weil Maas so entsetzt war, sondern weil er bereits an einem anderen Hörer hing und das SEK anforderte.

Helen legte auf.

# 65

Unsicher kratzte Knut sein Pflaster an der Lippe und stützte die Hände auf seine Gürtelschnalle. »Wenn da ein Wrack liegt, kommen da nicht ständig Touristen? Ich meine, Tauchinteressierte und so?«

»Zu tief. 35 Meter sind nichts mehr für Hobbytaucher.«

»Scheiße.« Er wollte sich die Angst nicht anmerken lassen, konnte dem Drang jedoch nicht widerstehen, noch einmal über Bord zu sehen. Obwohl es Unsinn war, weil das Meer auf diese Weise seine Geheimnisse nicht preisgab.

»Sie haben doch einen Tauchschein? Herr Jansen?«

Knut bejahte. »Aber kaum Erfahrung.«

Schwenke trat zum Heck und zog zwei Drucklufttauchgeräte und zwei Plastiktüten mit Flossen aus einem der Seesäcke. »Wird schon werden. In der Box da vorne sind Anzüge.« Er kniete sich hin, um seine Schuhe abzustreifen, und Knut konnte sehen, dass er bereits wieder das Tauchmesser in der Hand hielt. Wahrscheinlich, dachte Knut, hat Schwenke es aus dem Seesack genommen. Tatsächlich sah es so aus, als würde Lydias Vater es sich frisch umschnallen.

Knut öffnete die Box.

An der Seite waren vier Flaschen fachmännisch vertäut. Eine zusammengerollte grüne Bauplane nahm beinahe den ganzen Platz ein. Auf ihr lagen mehrere Taucheranzüge, eine Harpune und drei Tauchmasken.

»Ich biete manchmal Tauchgänge an. Für Touristen. Die

tauchen gern am Leuchtturm. Nehmen Sie den roten, der dürfte Ihnen passen. Der schwarze ist meiner.«

Knut warf Schwenke seinen Anzug zu, dann nahm er sich den roten aus der Box. Als er sich wegdrehte, schleifte der Taucheranzug ein wenig über die Plane und ließ sie einen Daumen breit verrutschen. Lenas blondes Haar lugte hervor.

»Das wird kein Spaziergang«, stellte Schwenke klar, schnallte sich das Tauchmesser um den Arm und zog den Reißverschluss des Neoprenanzugs zu.

»Ich weiß.«

Knut wandte sich der Box zu, griff sich die Tauchmasken und gab eine Schwenke.

»Die andere bitte.«

Sie tauschten noch einmal, dann klappte Knut die Kiste zu. Lenas Haare sah er nicht.

»Bleiben Sie immer hinter mir. Wir wollen nicht, dass was passiert.«

Knut schenkte Schwenke ein unsicheres Lächeln. »Nein. Das wollen wir nicht.«

»Fahrlässigkeit ist des Tauchers Tod«, mahnte Schwenke und zwinkerte ihm zu.

Kurz darauf hatten beide ihre Anzüge an und schnallten sich die Flaschen um.

»Machen Sie sich keine Sorgen, ich bin als Taucher viel rumgekommen. Ich bin schon tiefer getaucht, als das Wrack liegt. Wenn Sie auf meine Anweisungen hören, kann nichts passieren. Nur das Auftauchen ... das wird ziemlich lange dauern.« Er spuckte in seine Tauchmaske, spülte sie aus und setzte sie lächelnd auf.

»Wegen der Dekompression?«

Mit einem stummen Nicken reichte Schwenke Knut Brille und Atemstück. »Wir tauchen mit Nitrox. Aber ich denke, wir werden die Nullzeit da unten gehörig überschreiten.«

Nullzeit? Nitrox? Das war ein Atemgemisch aus Stickstoff und Sauerstoff, wenn Knut sich recht erinnerte. Vage erinnerte er sich noch daran, dass die Nullzeit jene Zeit war, die man unter Wasser verbringen konnte, ohne durch Dekompressionsstopp aufzutauchen. Sie war von der Tauchtiefe, dem Atemgasgemisch, dem Taucher und eben der Zeit am Grund abhängig. Das flaue Gefühl in Knuts Magen wurde immer intensiver. Es beruhigte ihn auch nicht, Schwenke dabei zuzusehen, wie er sich einen modernen Tauchcomputer umband.

»Darf ich?« Knut nahm sich eine der Tüten für die Flossen, steckte seinen Revolver hinein und knotete sie fest zu. »Ich will lieber auf alles gefasst sein«, erwiderte er auf Schwenkes fragenden Blick.

»Ich seh hier kein Schiff. Ich glaube nicht, dass er da unten ist.«

»Sicher ist sicher.«

»Sie haben recht. Sicher ist sicher.« Mit einem zustimmenden Brummen griff sich Schwenke die Druckluft-Harpune aus der Box. »Dann los«, forderte er Knut auf, knipste die Lampe seines Stirnbands ein und forderte Knut auf, seine Atemmaske zu testen. Nachdem Knut seine Maske befeuchtet und das Mundstück geprüft hatte, gab er Schwenke mit Daumen und Zeigefinger ein »O« für »Okay«.

Dann setzten sich die beiden auf den Gummiring des Zodiac und ließen sich rückwärts vom Boot gleiten.

Sofort umschloss sie das Meer.

# 66

Helen bat Magnussen, den Polizeiwagen hinter einem Wohnmobil nahe am Eingang des Campingplatzes ausrollen zu lassen. Die Fahrt hierher hatte keine fünf Minuten gedauert. Die drei stiegen aus. Sie waren noch gute 150 Meter von Schwenkes Caravan entfernt. Neben dem Wohnwagen, der sich vor den Kiefern abzeichnete, parkten Knuts Landrover und ein alter Pick-up. Ein Pfad führte zwischen ungenutzten und verwilderten Parzellen dort hinauf.

»Der kann uns von da oben jederzeit unter Beschuss nehmen«, stellte Helen fest und spürte, wie Angst in ihr aufkam. Früher war sie bei Festnahmen sehr viel cooler gewesen, doch seit Chris und dieser Bar war nichts mehr wie früher.

*Bitch.*

Es fiel ihr seitdem immer schwerer, ihre Gefühle beiseitezustellen. Hörbar atmete sie durch.

»Das Scheißding«, brummte Magnussen, »ist wie 'ne Festung.« Er reichte Helen ein Fernglas.

»Wie ein Burgfried, hast recht.« Veith rückte seine John-Lennon-Brille zurecht und sah sich zu den Campingwagen und dem Anleger um. »Vielleicht sollten wir es vom Strand aus versuchen.«

»Die Steilklippe rauf?« Magnussen spuckte auf den Rasen. Mittlerweile richteten sich erste Augenpaare auf sie. Ein Rentnerehepaar hatte die Vorhänge seines Campers zur

Seite geschoben, drei Kinder auf BMX-Rädern starrten sie an und leckten ihr Eis.

»Egal. Wir brauchen mehr Beamte«, meinte Helen seufzend. »Wir müssen die Leute wegbringen und, wenn's geht, von beiden Seiten da ran.«

Ihr Handy klingelte. Johann.

»Ja?« Sie stellte auf Lautsprecher, legte das Handy auf das Autodach und sah durch den Feldstecher.

»Wir sind gleich im Anflug. 15 Minuten.«

Alle horchten, aber niemand konnte einen Helikopter hören. Er war noch zu weit entfernt. Sie bat ihn, er solle ein Stück vor dem Campingplatz landen und das SEK zu Fuß herschicken.

»Ja. Sicher«, meinte er. »Warte, der Einsatzleiter will dich sprechen.«

Eine dunkle Männerstimme meldete sich. Helen verstand den Namen nicht, weil der Mann ihn sehr schnell aussprach und er halb im Rotorenlärm unterging.

»Ist er bewaffnet? Können Sie die Geisel sehen?«

»Nein. Kein Blickkontakt.« Der Landrover war leer, beim Pick-up konnte sie es nicht sagen, weil er zu ungünstig stand. Im Wohnwagen rührte sich nichts, aber auch das war schwer einzuschätzen, da sie hinter den staubigen Fenstern lediglich Schwärze erkennen konnte. »Sein Wohnwagen steht strategisch sehr günstig. Ich denke, er wird sicher Gegenwehr leisten.«

»O.k.«

»Wir sind Reihe G, Stellplatz 102.«

»Wir kommen diskret zu Ihnen und sondieren die Lage. Können wir dort eine Zentrale einrichten?«

»Ja.«

»Bestens. Danke.«

Nach ein wenig Geraschel meldete sich Johann erneut.

»Wartet auf uns, verstanden?«, rief er gegen den Rotorenlärm. »Ich krieg grade die Handypeilung. Sekunde … Merkwürdig …«

»Was ist los?«, wollte Magnussen wissen und rückte näher zum Smartphone, um besser zu hören.

»Es ist heute Morgen aktiviert worden. Aber nicht auf dem Campingplatz, wie es aussieht.«

Alle drei horchten auf. »Sondern?«, fragte Magnussen mit kehliger Stimme.

»Ungefähr fünf Kilometer ins Landesinnere von euch, bei einem Kanal. Das sieht aus wie ein Gehöft. Die Adresse ist Sielweg 1. Soll ich dir die Koordinaten mailen?«

Helen meinte, den Helikopter zu hören, ganz schwach und noch ein ganzes Stück entfernt, aber wahrscheinlich war es bloß Einbildung.

»Wen sollen wir denn da hinschicken?«, entgegnete sie und zückte noch einmal den Feldstecher, als habe sich auf der Klippe irgendetwas verändert. »Kommt her. Alle Fahrzeuge sind hier. Schwenke und Knut müssen vor Ort sein! Aufteilen können wir uns immer noch, wenn …«

Weiter kam sie nicht, denn Magnussen hatte sich in den Wagen gesetzt und gab Gas. Er ließ den Polizeiwagen mit einem Satz vorschnellen, obwohl Veith die Beifahrertür aufgerissen hatte. Ihr Handy flog auf den Schotterweg, und ehe sie es sich versah, sprang Veith auf den Sitz, und die beiden schossen zwischen den Wohnwagen davon.

»Fuck!«, war ihr einziger Kommentar, als sie den Männern nachsah. Sie betete, dass Schwenke nichts von dieser Aktion mitbekommen hatte, und wollte soeben Johann in Kenntnis setzen. Doch als sie ihr Handy aufklaubte, war das Display gesprungen und der Rahmen aufgeplatzt. »Johann? Bist du noch dran? Hallo?« Keine Antwort. Sie versuchte zu wählen, aber das Handy blieb tot.

# 67

Knut war noch nie in solche Tiefen getaucht. Sein letzter Tauchgang lag gut drei Jahre zurück, als er mit Emilie ihr bestandenes praktisches Jahr mit einem Urlaub auf Mauritius gefeiert hatte. Dort war das Wasser warm, die Sicht klar und die Fische waren exotisch bunt gewesen.

Die Nordsee war das Gegenteil davon.

Schwenke schwamm zügig voraus. Das Licht seiner Stirnlampe wurde von Meter zu Meter zu einem funzeligen Leuchten. Knut strengte sich an mitzuhalten und spürte den Gürtel mit dem Revolver unangenehm an seiner Hüfte. Ängstlich drehte er sich nach dem Zodiac um, sah aber nur die Wasseroberfläche gleichmäßig schimmern.

Schon nach den ersten Metern waren alle Farben und das meiste Licht gewichen. Eine grünblaue Welt umgab sie, und Knuts Augen hatten Probleme, sich daran zu gewöhnen. Außerdem wurde es rapide kälter.

Ein Sheriff, dachte er, sollte durch die sonnige Prärie reiten und nicht durch schwarze Tinte kraulen. Du wirst hier unten sterben.

Der Gedanke schnürte ihm die Kehle zu, und er gab Schwenke ein Zeichen, dass ihm schwindelig wurde. Daraufhin hielt Schwenke inne und bedeutete Knut, sich zu beruhigen.

Nicht hyperventilieren, ermahnte Knut sich. Bleib ruhig, er hat recht. Genieß es. Du bist schwerelos. Um dich ist die absolute Ruhe.

Am liebsten hätte er eine Pause eingelegt, kurz innegehalten und sich orientiert, sich irgendwie auf die neue Umgebung eingestellt, aber Schwenke tauchte bereits weiter, ohne ein Zeichen von Knut abzuwarten.

Erst einige Meter später hielt er noch einmal an und bedeutete Knut, jetzt seine Tauchlampe einzuschalten. Erleichtert gab Knut ihm ein Okay.

Der Schein bohrte sich durch das trübe Wasser, versiegte jedoch nach einigen Metern. Zuerst nahm Knut an, dass die Schwebteilchen es schluckten, doch als er zu Schwenke aufschloss, erkannte er den wahren Grund:

Vor ihm im schlickigen Wasser ragte Eisen aus der Dunkelheit. Der Kegel glitt über geborstenen, von Muscheln besetzten Stahl.

Ein Schiff tauchte achtern vor ihnen aus dem Trüben auf, und Schwenkes Strahler erhellte ein wenig seine eisernen Aufbauten.

Die Korvette war auf die Seite gekippt, sodass ihr Vier-Zoll-Geschütz, der Gefechtsstand und der mächtige Schornstein ihnen entgegenragten. Die Aufbauten an Deck bildeten ein wüstes Durcheinander aus metallenen Schluchten, abgeknickten Masten und verbogenen Plattformen. Während der 70 Jahre, die das Schiff in Vergessenheit geraten war, hatten sich Muscheln und Algen angesiedelt. Schwärme von Bastardmakrelen und Heringen tauchten in Schwenkes Lichtkegel auf und zogen flirrend ihre Bahnen, um sich scheu wieder zu verstecken.

Gebannt starrte Knut auf die schillernden Fische und die sich im leichten Strom wogenden Gebilde aus Tang und Muscheln. Er hatte nicht gedacht, in dieser Tiefe so viel Leben zu entdecken. Auf den eher kargen Grund der Nordsee war dieses Schiff als ein Geschenk hinabgeglitten und bildete ein Biotop.

Und in diesem neuen Paradies leben die Meerjungfrauen, dachte er.

Schwenke ließ den Strahl seiner Lampe über das Rohr des Geschützes gleiten, tauchte unten durch und fixierte den Kapitänsstand.

Sämtliche Fenster waren zerborsten. Es war leicht, in den gekippten Aufbau zu tauchen. Geblendet vom Licht, zog sich ein zwei Meter langer Congeraal in sein Versteck unter der Steuerkonsole zurück. Knut meinte, zwei Dornhaie zu erkennen, war sich aber nicht sicher.

Schwenke deutete auf eine Luke, die bloß einen Spalt offen stand. Nachdem Knut genickt und ihm ein Okay gegeben hatte, tauchte Schwenke voraus.

Knuts Blick glitt ein letztes Mal zur Oberfläche. Dort herrschte vollkommene Schwärze. Die Sonne war für immer untergegangen.

Er tauchte hinter Schwenke in das Wrack.

# 68

Es begann zu regnen. Die Wolken zogen von De Plakken herüber, über die weiten Rapsfelder und über Valandsiel, um sich dann aufs Meer hinauszuwagen. Das Gehöft, auf das Magnussen zuhielt, tauchten sie in glanzloses Grau. Mit einem Mal war jeder Sonnenschein versiegt, und die Schatten hatten sich in die Ritzen der Gebäude zurückgezogen, als fürchteten sie einen neuerlichen Sturm.

Es kam nicht oft vor, dass der Wind landauswärts blies, aber Magnussen hatte für so etwas gerade absolut keinen Blick.

Er fixierte das Eisentor zwischen den Ahornbäumen und gab Gas.

»He! Halt endlich an!«, schrie Veith und klammerte sich an den Sitz. »Halt an! Lass es.«

Zu spät. Der Polizeiwagen krachte gegen die Eisenstreben und riss den morschen Holzpfahl entzwei, anstatt die Kette zu sprengen, mit der das Tor verschlossen gewesen war. Der Pfahl krachte gegen Magnussens Seite, das Tor sprang auf, und der Wagen schoss auf den Hof.

Mit einer Vollbremsung brachte Magnussen ihn zwischen Ruine und Scheune zum Stehen, riss die Tür auf. Er achtete weder auf Deckung noch auf Veith, der im Fußraum nach seiner Brille tastete, um dann seinem Ärger freien Lauf zu lassen.

»Du bist ein absoluter Vollidiot, Magnussen. Scheiße. Immer mit dem Kopf durch die Wand, toll! Echt!« Seine Schläfe blutete, weil er bei dem Manöver an die Seitenscheibe geknallt war. Ruppig stapfte er um den Wagen zu Magnussen, der bereits den Kofferraum geöffnet und seine Kevlarweste gegriffen hatte. »Was willst du denn machen, wenn er da auf dich wartet? Wir sind zu zweit, Magnussen.«

»Ich denke, er is' mit Knut im Wohnwagen. Hier is' er nich'. Krieg dich ein. Sollen Maas und das SEK den Wohnwagen stürmen, ich seh nach Jasmin.«

»Bernd …« Veith wollte seinen Kollegen beruhigen, aber Magnussen drückte ihn plötzlich so heftig gegen den Kofferraum, dass seine Brille abermals von seiner schlanken Nase rutschte. »Ey, verdammt!«

»Lass mich in Ruhe, kapiert?«, fuhr Magnussen ihn an. »Sie is' da drin. Sie is' da irgendwo! Ich spür das, okay?! … Komm mit, oder lass es bleiben!« Er schnappte sich das Gewehr aus dem Kofferraum, und ohne auf Veith zu warten, marschierte er schnurstracks zur Scheune.

Bevor Veith ihn eingeholt hatte, schoss Magnussen auf die Kette. Er brauchte zwei Schuss.

Sie betraten die Scheune und hielten inne. Angesichts der halb abgedeckten Wagen, der Fuß-, Schleif- und Blutspuren auf dem Boden bewegte sich nun auch Magnussen endlich achtsamer. Während Veith sich Regen und Blut vom Kopf wischte, hob Magnussen das Gewehr. »Jasmin?«, rief er leise. »Jasmin?«

Keine Antwort. Er deutete auf die Fahrzeuge, und Veith deckte ihn, während sie hinüberhuschten und in jedes Auto und jeden Kofferraum spähten.

In einem lag noch immer das Skelett.

»Es ist nicht sie. Nicht sie!«, stöhnte Magnussen unnötigerweise. Denn auf den ersten Blick war klar, dass diese Leiche bereits Jahre, wenn nicht Jahrzehnte alt war.

Die beiden traten zurück. »Jasmin!«, rief Magnussen diesmal laut und scheuchte zwei Dutzend Tauben auf.

# 69

Mit einem Ruck stieß Knut aus dem Wasser. Beinahe hätte er nach Luft gerungen, hätte versucht, tief einzuatmen, doch er trug noch immer die Maske.

Es war seltsam, hier unten Luft um sich zu spüren. Mit einem Mal kam ihm das Schiff wie eine künstliche Höhle vor. Der Funkraum war bloß zum Teil geflutet worden, ein Großteil war durch eine Luftblase geschützt.

Knut tapste gänzlich aus dem Wasser und sah sich um.

Die Feuchte und das Salz hatten den Stahl zum Blühen gebracht. Weiße, grüne und rote Schlieren zogen sich von jedem Bolzen und jeder Naht hinab.

Nachdem sie ins Schiff getaucht waren, hatten sie sich gründlich umgesehen, waren den gekippten Flur entlanggeschwommen, von Schott zu Schott. Schließlich war Schwenke einer Treppe in den Rumpf gefolgt und nach einem weiteren Schott hierhergelangt.

Knut wollte die Tauchmaske abziehen, aber Schwenke bedeutete ihm ein »Nein«. Wahrscheinlich, dachte Knut, hat er recht. Die Luft ist nach 70 Jahren sicherlich mit sonst was kontaminiert – oder einfach zu dünn zum Atmen.

Es tat gut, aus dem Wasser zu steigen, aber auf der anderen Seite hatte Knut das Gefühl, als laste mit einem Mal ein tonnenschweres Gewicht auf seinen Schultern. Die Schwerelosigkeit war dahin, und nun zogen ihn die Nitrox-Flaschen zusätzlich herunter.

Schwenke leuchtete die Wände ab. Der Schein seiner

Lampe leckte über umgekippte Schränke, die jemand zusammengeschoben und gestapelt hatte. Der Lichtkegel wanderte weiter hinauf und erhellte ein Schott. Es stand offen, aber Knut konnte nichts erkennen, als Schwenkes Lichtstrahl hineinglitt. Erst jetzt fiel Knut auf, dass die Schränke eine Art Podest bildeten, gerade so, als sollte man dort hinaufgelangen können.

Schwenke sah ihn fragend an. Anstatt eines Handzeichens streifte Knut die Flossen ab und begann barfuß hinaufzuklettern.

# 70

»Hier muss doch was sein! Sie ist hier!« Zum dritten Mal eilte Magnussen im Laufschritt durch die Ruine, spähte hinter die stummen Mauern, trat Balken beiseite und hob Schutt an.

»Bernd.«

»Sie ist hier irgendwo!«

»Lass gut sein. Bernd. Bitte.« Veith konnte es kaum mehr mit ansehen, wie kopflos sein Kollege nach seiner Tochter suchte. Er steckte die Pistole ein und lehnte sich an eine der Mauern.

»Sie ist hier. Sie ist hier. Sie ist hier!«

»Hör auf! Magnussen! Wir warten auf das SEK. Die durchsuchen alles. Mit einer Hundertschaft haben wir den Bauernhof hier binnen Kurzem auf den Kopf gestellt. Magnussen!«

Der ließ sich nicht beirren, hob jetzt sogar das uralte und vergammelte Sofa an, als könne Jasmin darunter liegen. Mit einem enttäuschten Aufschrei ließ er es zur Seite kippen.

Als das Sofa auf dem Boden aufschlug, ertönte ein ungewöhnlich hohles Geräusch.

»Was war das?« Magnussen hob das Sofa noch einmal an. Er hatte es auf den Teppich kippen lassen, der davorlag. Mit einem Ruck schob er es beiseite, trat dann mit seinen Stiefeln ein paar Mal auf den Teppich. In der Mitte klang es hohl.

Sie fassten gemeinsam an und legten eine Holzklappe frei.

»Das ist was fürs SEK.«

»Ein Scheiß is' das.« Magnussen warf Veith einen Blick zu, der daraufhin seine Dienstwaffe zog und seufzend nickte. »Bereit«, sagte er.

Magnussen zog die Klappe auf, während Veith sofort zielte. Dunkelheit. Ein paar Stufen, sonst war dort unten nichts.

Sofort fasste Magnussen das Gewehr fester. Prüfend wie stabil die Treppe war, setzte er den Fuß auf die erste Stufe. Dann schritt er hinunter..

Mit einem unguten Gefühl wartete Veith oben. Unsicher ließ er den Blick zwischen den nackten Backsteinwänden hin und her schweifen. Er horchte, aber von einem Helikopter oder irgendwelchen Polizeiwagen war nichts zu hören. Unsicher trat er rückwärts an den Kellerabgang. »Komm wieder hoch.«

»Sei nicht so ein Schisser«, zischte Magnussen. Er war an einer Holztür angelangt und holte mit dem Fuß aus, wollte sie auftreten, entschied sich jedoch, erst einmal zu testen, ob sie überhaupt verschlossen war.

Zu seiner Überraschung war sie es nicht.

Als er behutsam und lautlos am Knauf zog, glitt die Tür ohne Widerstand auf.

Er bemerkte nicht, dass ein kaugummigroßes Stück Papier hinuntersegelte.

»Jasmin?«, rief er leise, bekam aber keine Antwort. Als er mit erhobener Waffe eintrat, erschien Veith hinter ihm auf der Treppe. Magnussen ging professionell vor. Wie er es vor langer Zeit einmal gelernt hatte, nahm er sich die Ecken rechts und links der Tür als Erstes vor, sicherte sie, damit ihm niemand in den Rücken fallen konnte.

Weder er noch Veith bemerkten die Reißzwecken, die

Schwenke in den Holzrahmen der Tür und von oben ins Türblatt gesteckt hatte. Und keiner der beiden sah den Klingeldraht. Mit dem Papier fiel die Isolierung zu Boden. Die Reißzwecken waren nun ungeschützt und wenn die Holztür hinter den beiden zufiel, dann …

Veith hielt die Tür fest. »Gesichert?«, fragte er.

»Gesichert«, kam Magnussens prompte Antwort. Veith drückte die Tür noch einmal ganz auf. Sie schlug gegen den unverputzten Gang des Treppenabgangs und blieb offen.

Behutsam folgte Veith Magnussen in den schummerigen Kellerraum.

Magnussen schob sich ins Dunkel vor, umklammerte seine Pistole und spürte den Schweiß seinen Nacken hinabrinnen. Die Taschenlampe lag noch im Auto, und es sickerte nur wenig Licht von der Treppe herein. Sein Blick glitt über eine Werkbank, Sägen, einen Hammer … mehrere Gasflaschen, einen Baukübel mit … mit Tüchern und Blut.

Obwohl er eigentlich nicht noch mehr sehen wollte, zwang er sich zur Ruhe. Langsam schob er sich weiter vor.

»Was ist das alles?«, hörte er Veith sagen und sah, als er sich kurz umdrehte, wie sein Kollege an der Werkbank zurückgeblieben war, um Dutzende Plastikkanister zu mustern, die sich dort und am Eingang zur Treppe stapelten.

Da bemerkte Magnussen, dass es dunkler wurde. Die Holztür hatte sich gelöst und glitt Zentimeter für Zentimeter zu.

»Veith! Die Tür«, zischte er und klaubte ein Handy vom Boden auf. Es war eindeutig Jasmins. Er trat um die Deckenstütze.

Und dann sah er sie.

Jasmin saß noch immer in der Wanne auf einem Stuhl gefesselt. Ihr Anblick war so grausam wie beruhigend.

Sie lebt!

Tatsächlich versuchte sie, den Kopf zu heben. Magnussen stürzte zu ihr.

»Jasmin!«, entfuhr es ihm.

Und mit seinem gepressten Freudeschrei, als er sie umarmte, brach die Hölle los.

Veith, der zur Tür zurückgesprungen war, um Licht zu machen, hielt erschrocken inne. »Was?«, fragte er noch, riss den Kopf herum, und die Tür glitt zu. Klack.

»Ich hab sie!«, hörte er Magnussen rufen, doch die Kontakte hatten sich längst geschlossen. Das Blinkerrelais zog an. Eine Autobatterie speiste die Zündspule, die Schwenke mit Nägeln und etwas Isopropanol in eine der Thermoskannen gehängt hatte. Sorgfältig hatte er die Kanne wieder verschlossen, sodass sie einen gehörigen Druck aufbauen konnte, und sie an das Ventil einer seiner Propangasflaschen geschweißt.

Schwenke hatte vorausgesehen, dass sie versuchen würden, früher oder später Jasmins Handy anzupeilen. Er hatte die SIM-Karte nicht aus Versehen stecken lassen.

In weniger als 0,02 Sekunden zerbarst die Thermoskanne und zerfetzte das Flaschenventil. Die Explosion war so gewaltig, dass die Holztür die gesamte Treppe hinaufgetragen wurde. Die Deckenstütze zerriss. Teile der Decke flogen nach oben weg und stürzten wieder hinab.

Drei Dutzend Kanister mit Isopropanol und gewöhnlicher Luft spien ihren Inhalt durch den Keller. Es entstand keine Feuerwalze, es entstand ein flammender Orkan. Der gesamte Raum schien binnen einer Millisekunde in flüssigem Feuer zu stehen. Es tropfte von den Wänden, es lief über den Boden, es floss von der zerrissenen Decke.

Niemand hatte Zeit zu reagieren. Veith wurde von

Schrapnellen im Hals und in der Brust getroffen und durch den Türrahmen auf die Treppe geschleudert, während Magnussen mit Jasmin im Arm brennend gegen die Rückwand des Kellers krachte und sie beide leblos liegen blieben.

# 71

Einen Moment lang hatte Knut das Gefühl, keine Luft mehr zu bekommen, und atmete schneller. Er wollte sich beruhigen, aber er konnte nicht. Knut starrte auf das, was vor ihm lag, und begriff kaum, was er da sah.

Hunderttausende Edelsteine schimmerten ihm entgegen und erhellten die Grotte, tauchten sie in ein magisches Licht. Die bunten Reflexe tanzten über die prachtvoll bemalten und mit Seetang, Muscheln und Seesternen geschmückten Stahlwände, als Schwenke seinen Lichtstrahler über die Diamanten gleiten ließ.

Nur dass die Edelsteine Silikagel waren. Säckeweise hatte es der Killer ausgekippt und den kompletten Boden damit bedeckt.

Ein glitzernder Meeresboden, schöner als jeder Sand.

Knuts Füße traten auf die gläsernen Perlen, und während Schwenke zu ihm aufschloss, erkannte er, was dieser künstliche Höhlenraum tatsächlich war.

Er war ein Thronsaal.

Und auf einem Thron aus Muscheln, gestützt durch zwei ausgestopfte Seehunde, saß ein Mädchen mit leuchtend rot geschminkten Wangen.

Lydia.

Sie saß vor der mit Meerjungfrauen bemalten Schranktür, die wie eine absonderliche, aber heilige Ikone hinter ihr hing.

Das seit fünfzehn Jahren tote Mädchen starrte geradeaus, ihre Augen …

Mein Gott. Knut schluckte. Ihre Augen waren gewöhnliche Kindermurmeln, und ihr Lächeln war durch die Jahre verzerrt, der Kiefer durch Draht mehrfach gebunden. Die Haare waren büschelweise aus der Perücke gefallen. Sie war verwest, überall lugten Knochen hervor. Schwenke hatte seine Tochter mit Gaffertape und Draht fixiert.

Statt ihrer Füße trug sie eine Flosse.

Sie war aus Holz und kunstvoll bemalt und das Einzige, was einigermaßen unbeschadet aussah.

Knut kämpfte gegen einen Brechreiz an.

Um Lydia im Halbkreis knieten, sie anhimmelnd, betend, acht Mädchen.

Nein, dachte Knut. Acht Meerjungfrauen. Ihr Hofstaat.

Er riss sich die Maske vom Kopf.

»Sie war so einsam hier unten«, meinte Schwenke, der ebenfalls die Tauchermaske abstreifte. »Sie spielen mit ihr. Königskinder sind manchmal so einsam. Ich habe sie alle für sie gemacht.«

Knut musste sich übergeben, und während er dies tat, griff er gleichzeitig nach dem Plastikbeutel, in dem sein Revolver steckte.

»Damit sie nicht so einsam ist«, fuhr Schwenke fort. »Verstehen Sie das, Herr Jansen?« Er trat mit verklärtem Blick auf die Leichen zu. Mit dem Bonsaidraht hatte er seine Geschöpfe in Position gebogen, hatte sie wie Puppen aufgebaut.

Der Lichtkegel wanderte über Fäulnis und Verderben. Zwei der Mädchen waren zusammengesackt, ihre Körper in Auflösung begriffen. Schwenke begutachtete sie eine Weile und wandte sich an Lydia.

»Das ist nicht schlimm, mein Schatz. Ich habe dir eine neue Freundin gesucht. Sie ist etwas scheu, sie wartet noch oben im Boot. Aber diese beiden, Lydia, ich fürchte, sie müssen jetzt gehen.«

Fasziniert und dennoch voller Abscheu sah Knut dem Mann zu, richtete den Revolver auf ihn, ohne ihn aus der Tüte zu reißen.

»Was machen Sie mit Lydias … Lydias *Gästen,* die gehen?«

Schwenke legte den Finger an die Lippe. »Schhhhhht«, machte er. »Das ist alles perfekt organisiert, wissen Sie. Die kommen in die Neun. Aber da ist es nicht so schön wie hier. Jedes Reich hat auch seinen Kerker. Stimmt doch, Herr Jansen. Auch das Blaue Reich der Meerjungfrauen hier am Meeresgrund.«

Schwenke nahm zwei Atemzüge Nitrox, und Knut tat es ihm schnell gleich.

»Die Neun mögen wir nicht, stimmt's, Lydia? … Da kommen nur die Spielverderberinnen hin. Die Mädchen, die nicht mehr spielen wollen.«

»Aha. Und Michaela und das Mädchen vom Jachthafen?«

»Susanna. Ja, die waren auch in der Neun. Sind aber abgehauen im Sturm.« Schwenke musterte die Plastiktüte. »Meerjungfrauen lieben das Wasser. Sie mögen den Sturm nicht sonderlich, aber das Meer. Sie sind einfach weggeschwommen. Aber keine Sorge. Ich habe die Neun abgedichtet.«

»Wieso ist Silja nicht hier?«

»Sie war einer Meerjungfrau nicht würdig. Ein Unfall, wissen Sie?«

»Im Sturm, richtig?«

Schnell wischte sich Schwenke mit dem Handrücken die Nase. »Der Sturm hat sie geholt, ja. Aber eine Meerjungfrau, die von einem Baum erschlagen wird … Wie soll das gehen? Nein. Sie war ganz … ganz verunstaltet.«

Knut nickte wissend.

»Seit wann wussten Sie es?«

»Dass wir Sie suchen? … Sie haben die Meerjungfrauen erwähnt – oben auf dem Zodiac.«

Seufzend kratzte sich Schwenke mit der Taschenlampe am Kopf. »Und Sie haben mir von den Meerjungfrauen gar nichts erzählt?«

»Richtig.«

»Tja. Was soll ich sagen. Nun sind wir hier. Und ich habe das noch niemandem gezeigt. Sie sind der Erste, der meiner Lydia eine Aufwartung machen darf. Wir können aber nicht lange bleiben, wissen Sie. Die Luft hier … Man bekommt schnell Schwindelgefühle.«

»Danke, die hab ich schon. Von mir aus können wir wieder gehen.«

Schwenke nickte zum Mundteil und nahm selbst noch einen Zug. »Sie wissen, dass ich es bin, und dann tauchen Sie mit mir hier runter?«

»Das hätte doch Monate gebraucht, bis wir das hier gefunden hätten. Wenn wir es überhaupt entdeckt hätten.«

»›Das hier‹? ›Das hier‹ … ›Das hier‹ ist ihre Welt.« Schwenke wurde plötzlich laut. »Es ist das Blaue Reich, und Sie, Herr Jansen, Sie benehmen sich vor Lydia. Sie sollten niederknien und sie begrüßen.«

»Danke.« Knut wedelte mit dem Plastiksack vor Schwenkes Kopf. »Einen Teufel werd ich. Sie sind verhaftet. So sieht's aus.«

»Ach. Und wenn ich mich widersetze?«

»Dann drück ich ab. Habe ich keine Probleme mit.«

»Sie nicht, aber Ihre Waffe vielleicht. Oder glauben Sie, der Revolver bekommt genug Sauerstoff? Da im Beutel? Klappt das? Um zu zünden, mein ich?«

Knut sah auf die umwickelte Waffe in seiner Hand. Verdammt, dachte er, daran hatte er nicht gedacht. Bevor er den Beutel aufreißen konnte, hob Schwenke seine Gasharpune, die er an den Arbeitsgürtel seines Tauchanzugs angehängt hatte. Er ließ den Pfeil einrasten und zielte auf Knut. »Die funktioniert sicher. Weniger Technik, bessere Resultate.«

Die beiden Männer standen vier Meter voneinander entfernt, während zwischen ihnen die unheimlichen Meerjungfrauen hockten, stumm mit unsichtbarem Spielzeug spielten und ihre Herrin anbeteten.

»Bevor ich meine Waffe teste, Schwenke, müssen Sie mir sagen, warum. Es hat mit dieser Feier im Jachthafen zu tun, richtig? Zur Regatta.«

Schwenke nickte stumm.

»Was war da los? Lars Kvist, was ist mit dem? Haben Sie ihn auch umgebracht? Weil er Lydia beschützen wollte?«

*Seine Hand legt sich auf das Blau. Und er drückt die Tür auf.*

»Ich hab sein Schiff ans Zodiac gebunden und hab's rausgeschleppt. Ihn hab ich zum Gehöft gebracht. Keine Ahnung, wie der hieß … Lars Kvist, also. Hm … Es war nur ein Stich, wissen Sie, Jansen. Ich hab nur einmal zugestochen.«

*Und Lydia steht da. Ganz stumm. Und das Kerzenlicht in ihrem Rücken lässt sie in der blauen Tür erstrahlen wie eine Erscheinung.*

»Ich wollte das nicht, ich war betrunken, und ich war wütend. Ich wollte es nicht.«

Er eilt von diesem Mann zu ihr, springt in den Wohnwagen, will ihr sagen, dass alles gut wird. Da beginnt Lydia zu schreien. Er will, dass sie aufhört, dass seine kleine Nixe endlich aufhört, und er rüttelt sie. Aber sie hört nicht auf. Schlimmer, viel schlimmer. Denn sie schreit:

»Ich zeig dich an, du Schwein! Ich hau ab. Lass mich. Lass mich gehen.« Und sie schlägt ihn, und sie schreit, und er stößt sie von sich. Brüllend, in Rage. Voller Angst, sie könnte ihn allein lassen.

Und Lydia fällt.

»… mit dem Kopf auf den Tisch. Im Wohnwagen, da wo Sie saßen. Da, die Ecke vorne rechts. Einfach so. Sie fällt da drauf. Ich hab das nicht gewollt. Ich habe sie niemals angefasst. Sie war doch meine Nixe.«

Und er nimmt ihren zarten Kopf und drückt ihn an sich, und er wiegt sie, als müsse sie einschlafen, doch sie schläft bereits.

Schwenke hockt zusammengesackt auf dem Boden seines Wohnwagens und weint. Er weint die ganze Nacht. Und er ahnt, dass er sie loslassen muss, aber er kann nicht loslassen. Er kann nicht.

Seine Meerjungfrau, seine Nixe. Er kann sie nicht schwimmen lassen, er kann sie nicht ziehen lassen.

Er wiegt Lydia in seinen Armen, das tote Mädchen, vor dem blauen Panorama, vor ihrer Meereswelt voller Kraken und Muscheln, Seepferdchen und Meerjungfrauen, und er weiß, wie gern sie das Wasser gehabt hat.

»Hier kann Lydia weiterleben. Aber sie soll nicht einsam sein, verstehen Sie?« Schwenke beendete seinen Satz und hob seine Harpune, bereit zum Schuss. »Tut mir leid, Jansen, aber …«

Der Knall des Revolvers ließ ein hohes Fiepen in Knuts Ohren explodieren. Er fixierte Schwenke, den es durch den Schuss nach hinten gerissen hatte. Der Mann war neben seine Tochter auf das Silikagel gefallen.

Knut setzte sein Mundstück ein und holte Luft. Er spürte, wie die Anspannung und die zu kohlenstoffdioxidhaltige Umgebung ihn schwindeln ließen. Nach zwei Atemzügen wurde es etwas besser. Behutsam beugte er sich über

Schwenke und sah, dass er ihn an der Seite auf Höhe des Bauches getroffen hatte.

Einen Moment dachte er, Schwenke sei tot, doch dann hörte er den Mann stöhnen. Knut beugte sich über ihn, zog das Atemstück hinter dessen Rücken hervor und presste es ihm zwischen die Lippen.

Atme, dachte er, atme. Wehe, du stirbst. Los. Atme. Du sollst in der Hölle schmoren, hinter Gittern in der Hölle, und zusehen müssen, wie wir deine Lydia aus dem Wasser holen und beerdigen! Du …

Es kam so überraschend, dass Knut in der ersten Sekunde nicht begriff, was geschehen war. Erst als der Schmerz seine linke Schulter zu zerreißen drohte, wurde ihm bewusst, dass Schwenke abgedrückt hatte. Der Harpunenpfeil war schräg von unten in seinen Oberarm eingedrungen und am Knochen vorbeigeschrammt. Er ragte hinten wie vorne heraus, und Knut starrte das Ding voller Entsetzen an, bevor er auf Schwenke hinabblickte, der trotz seiner Verwundung bösartig grinste.

Viel zu schnell atmete Knut ein, konnte sich wegen der Schmerzen nicht mehr beherrschen, und spürte, wie sich alles um ihn herum zu drehen begann.

# 72

Sie waren nur noch zu acht: Helen, Maas und sechs SEKler. Der Einsatzleiter und zwei seiner Männer waren zum Gehöft am Kanal aufgebrochen, nachdem sie von Helen alles erfahren hatten. Mehrfach hatte Maas versucht, Magnussen oder Veith zu erreichen, und schließlich entschieden, weitere Polizeiwagen aus Husum anzufordern. Helen hatte mit Maas' Handy in der Klinik von Valandsiel angerufen und vorsorglich drei Rettungswagen zu dem Gehöft geschickt.

Sie hatten sich in zwei Gruppen aufgeteilt. Helen stürmte vom Campingplatz aus auf die Anhöhe, während Maas mit drei SEK-Beamten vom Kiesstrand aus zuschlagen wollte. Der Campingplatzbesitzer hatte ihnen von einem Pfad erzählt, der angeblich vom Meer hinauf zu den Kiefern führen sollte.

Während sie mit gezückter Waffe hinter den drei Männern ihrer Einheit herlief und wie sie jeden Wohnwagen und jedes Zelt nutzte, um möglichst von Schwenkes Caravan aus nicht gesehen zu werden, hoffte sie inständig, dass es allen gut ging und Magnussen seine Tochter längst in die Arme geschlossen hatte.

Sie hoffte es, aber sie vermutete, dass das Mädchen längst von Schwenke ermordet worden war.

Der SEK-Mann vor Helen gab ihr das Zeichen abzuwarten. Sie hatten den letzten Wohnwagen erreicht, danach kam nur noch freie Fläche, lediglich von ein paar Büschen durchbrochen. Der Weg führte direkt zu den beiden parkenden Wagen und dem Caravan mit der blauen Tür. Der Mann hielt die Hand erhoben, sah auf seine Uhr und gab schließlich das Zeichen loszurennen.

Sie stürmten den Hügel, während gleichzeitig Maas hinter seiner Truppe aus den Kiefern brach.

Zeitgleich erreichten sie den Caravan. Einer der SEKler stemmte ohne zu zögern die Tür auf. Das blaue Ding aus Plastik und Holz riss aus den Angeln und landete achtlos im vom Sturm noch aufgeweichten Gras.

Befehle brüllend drückten sich zwei der SEKler in den Wohnwagen. Helen und Maas standen Seite an Seite, die Waffe im Anschlag, und beobachteten jede Regung.

Eine Sekunde später war der Spuk vorbei. Einer der Männer trat heraus, klappte seinen Gesichtsschutz hoch und meinte schlicht: »Gesichert.« Auf Helens fragenden Blick fühlte er sich genötigt hinzuzufügen: »Niemand da. Der Wagen ist leer.«

Helen wurde schlagartig flau. Sie ließ die Waffe sinken. Als ihr und Maas' Blick sich trafen, dachten beide das gleiche: Wo ist Knut Jansen?

Maas wollte Helen mit der wackligen Stufe an der blauen Tür helfen, die keine mehr war, aber sie drängte sich vor und stieg mit ihrem wiegenden Schritt ein.

Mit pochendem Herzen sah sie sich um.

# 73

Knut hielt die Augen geschlossen, versuchte, sich auf seine Atmung zu konzentrieren und die Schmerzen zu vergessen. Im Kopf begann er, die ersten Riffs von The Ghost of Tom Joad zu spielen, und sang das Lied nur für sich mit. Langsam beruhigte er sich wieder, zwang sich, dem mittlerweile vollends weggetretenen Schwenke etwas vom Nitrox zu geben.

Nachdem er selbst noch zwei Mal eingeatmet hatte, versuchte er, den Pfeil herauszuziehen, doch der besaß Widerhaken.

Knut entschied sich, ihn stecken zu lassen, suchte nach Schwenkes Tauchermesser und schnallte es ihm vom Arm. Mit einem schnellen Ruck durchtrennte er die Schnur, die Harpune und Pfeil verband. Dann nahm er Schwenke den Tauchcomputer ab und band sich Messer und Computer um. Tränen schossen ihm in die Augen, weil er den durchbohrten Arm benutzen musste.

Nachdem er Schwenke auch die Tauchlampe abgenommen hatte, löste er die Harpune von dessen Gürtel und packte zu. Er merkte aber schnell, dass der Mann mit seiner Ausrüstung zu schwer war. Selbst mit zwei gesunden Armen hätte er ihn nur mit Mühe bewegen können. Als Erstes schnitt er Schwenke von den Nitrox-Flaschen ab und ließ sie zurück. Ab jetzt musste er ihn mit seinem eigenen Mundstück versorgen.

Knut warf einen Blick auf den Tauchcomputer und musste feststellen, dass es völlig sinnlos war: Er konnte nur ein paar der Daten verstehen und wusste überhaupt nicht, auf welche Grundzeit er eingestellt war. Oder berechneten die Dinger so was heutzutage von allein? Er wusste es einfach nicht und bekam beinahe einen Lachanfall, als ihm die Idee kam, doch einfach Schwenke zu fragen.

Zuerst wollte er den reglosen Schwenke zurück zum Einstieg ziehen, zu den Kisten, über die sie vom Mannschaftsraum aus hier heraufgeklettert waren, aber als er hinabsah, war ihm augenblicklich klar, dass es viel zu steil hinabging. Mit dem schweren Mann auf der Schulter würde ihm der Abstieg niemals gelingen. Und ihn hinabwerfen, einfach hinunterstoßen? Schwenke würde sterben, wenn er auf die scharfkantigen Kisten und das rostige Metall fiel. Es musste einen anderen Weg geben.

Während Knut Schwenke vom Ausstieg wegzog und einen anderen Ausgang suchte, nicht sicher, ob ihnen das Nitrox nicht schon im Schiff ausgehen würde, ließ sich Helen Einweghandschuhe reichen und öffnete einen Schrank nach dem anderen.

Als sie den Gewürzschrank aufzog, fielen ihr die verborgenen Riegel nicht auf. Erst nachdem ihr die Größe des WCs eigentümlich vorkam, suchte sie intensiver und entdeckte schließlich die Verschlüsse.

Bevor sie den Schrank wegklappte, winkte sie Johann zu sich. Sie brauchte jemanden neben sich, auch wenn sie in ihrer Laufbahn mehr Grausamkeiten als die meisten Menschen gesehen hatte, würde sie es nicht so einfach wegstecken, dort Knut Jansen zu finden.

Ihre Hand tastete nach seiner. Johann Maas hielt sie, nickte stumm, und dann erst zog sie den Schrank vom Geheimfach.

*28 durchsichtige Kanister.*

*28 durchsichtige Kanister in zwei Reihen.*

Helen schloss die Augen.

*Und er lächelt ... Und wie Konfetti fliegen die Papiere und Glassplitter durch die Bar, als er die Pumpgun auf sie abfeuert. Bitch. Die Zeit erstarrt zu Glas.*

Helen öffnete die Augen.

Er ist nicht hier. Das könnte heißen, dass er noch lebt.

Sie wandte sich ab und ging nach draußen. Sie wollte nichts hören und nichts sagen. Sie atmete den Geruch des Meeres ein und wandte sich zum Pick-up um. Johanns Männer deckten ihn gerade mit einer Plane ab, um ihn mit einem Abschleppwagen in die Forensik zu fahren. Dort würden sie jede noch so kleine Spur analysieren.

Johann streckte den Kopf aus dem Caravan. »Helen?«, er hielt ihr sein Handy entgegen. »Frau Tönnies, vom Revier. Ein Björn Katzmann hockt da und will Geld.«

Helen nahm das Telefon. »Ja?« Es war Birthe, die sofort wissen wollte, was mit Knut war. Helen musste sie vertrösten und hatte kurz darauf Björn am anderen Ende der Leitung.

# 74

Knut hatte vollkommen sein Zeitgefühl verloren. Er folgte der Luftblase, schleifte Schwenke einen Gang hinunter, musste aber auf der Wand gehen. Über und unter ihm tauchten Schotts auf. Noch immer hatte er sich nicht daran gewöhnt, dass die Korvette auf der Seite lag. Das alles kam ihm extrem unwirklich vor.

Abermals presste er Schwenke, der mittlerweile noch nicht einmal mehr stöhnte, das Atemstück zwischen die Lippen und wartete, bis der Mann Luft geholt hatte.

Knut zog ihn weiter, aber mit jedem Schritt stieg das Wasser. Es hatte sich einen Teil des Flurs zurückerobert und stand bereits kniehoch, sodass er Schwenke nicht einfach ablegen konnte.

Wenn das Wasser den Flur geflutet hatte, war es von irgendwo eingedrungen. Es musste einen Ausgang geben. Es musste.

Er zog Schwenke drei Meter weiter, gab ihm Nitrox und hielt mit einem Mal inne.

Unter Schwenkes Körper schimmerte im Wasser eine Neun.

Sie standen direkt über dem Drehrad.

Knut holte vier-, fünfmal Luft und horchte dem Atemrauschen in der Maske zu. Es beruhigte ihn, weil es gleichmäßig war, aber vor allem, weil es ihm zeigte, dass er seine Angst unter Kontrolle hatte. Noch.

Er sah auf die Druckanzeige seiner Flaschen. Er hatte

keine Ahnung, wie lang der Aufstieg mit den Dekompressionsstopps dauern würde, aber er schätzte, nur noch für 20 Minuten Nitrox zur Verfügung zu haben.

Nummer neun.

»Mal sehen, wie gut du es abgedichtet hast«, sagte er zu sich, lehnte Schwenke an die Seite, leuchtete auf das Rad und zögerte dann doch, den Raum zu öffnen.

*Jedes Reich hat auch seinen Kerker.*

Wasser spritzte ihm entgegen, es blubberte heftig, und der Flur wurde ein wenig mehr geflutet. Gott sei Dank fand der Druckausgleich schnell statt, sodass Knut sich zwar mit ganzer Kraft auf das Schott stützen musste, es aber nach unten in den Raum aufglitt.

Unter ihm tat sich kalte Dunkelheit auf, Wasser wie schwarze Tinte. Kammer neun war komplett geflutet. Er packte Schwenke, gab ihm einen Zug Luft und ließ ihn kopfüber in die Kammer sinken. Bevor der Mann ihm wegglitt, packte Knut zu und tauchte ebenfalls in die Dunkelheit.

Knut fixierte den Lichtkegel der Lampe, scheute sich, nach rechts und links zu blicken, und starrte auf Schwenke, der im Licht der Lampe vor ihm schwamm.

Er ahnte, dass sie beide umzingelt waren.

Und er wollte die Mädchen nicht sehen.

Aber er musste.

Er musste einen Ausgang finden.

Als er die Taucherlampe hob, schwebte ihm ein Mädchen entgegen. Es trieb kopfüber. Die Haut hatte sich vom Schädel gelöst, ihm bleckte kalter Knochen entgegen. Knut meinte Petra Dornse zu erkennen. Ihre Haare zeigten nach unten, ihre Beine staksten zum Schott. Ihr verschimmelter, halb zerfressener Rock war obszön hochgerutscht und entblößte ihren Slip. Knut riss Lampe und Kopf herum, spürte Brechreiz und hielt vor Angst inne: Vier weitere Opfer in gleichsam grausamen Zustand dümpelten in seinem Lichtkegel!

Knut zuckte zurück, stieß gegen Petra Dornses Leiche und kämpfte gegen die Übelkeit an. Er schloss die Augen, versuchte, an irgendetwas Schönes zu denken, an Helen, an ihr Lächeln, an die wohlige Wärme, die er spürte, wenn er bei ihr saß.

Zitternd machte er einen Zug nach vorn, spürte die Leichen an seinen Händen. Noch ein Zug und ein zweiter, dann zwang er sich, endlich wieder hinzusehen und Schwenke ausfindig zu machen in diesem Friedhof.

Doch vor Schwenke dümpelte ein weiteres Mädchen. Es widerte Knut an, es zu berühren. Er stieß die Hand durch das wabernde Kleid, spürte Rippen, wo einst die Brust gewesen war, und drückte das Mädchen mit aller Kraft zurück, ins Dunkel. Die Hand des Mädchens rieb über die Kante eines rostigen und längst zerbrochenen Schreibtisches. Sein Kleid verfing sich, und es blieb, kaum merklich auf und ab tanzend, wo es war.

Knut wollte eben den Strahl der Taucherlampe von diesem Wahnsinn abwenden, als er ein Netz hinter dem Mädchen bemerkte. Es war ein gewöhnliches Fischernetz.

Er packte Schwenke, war mit fünf, sechs Zügen bei dem Mädchen und musste es ein weiteres Mal zur Seite schieben.

Er leuchtete das Netz ab und erkannte, dass Schwenke damit einen knapp zwei Meter breiten Riss in der Schiffshaut abgedichtet hatte. Dahinter lag die Nordsee. Die Freiheit.

Noch einmal gab er Schwenke zu atmen, dann zückte er das Tauchermesser und begann, das Netz zu zerschneiden.

Es ging besser, als er gedacht hatte. Das Messer war genau für so etwas vorgesehen.

Ein paar Atemzüge später hatte er es losgeschnitten und

ließ es auf den Boden der Kammer gleiten, dann schob er Schwenke hinaus und tauchte ihm nach.

Der Harpunenpfeil schrammte über den Rand des Risses, ließ den Schmerz in seiner Schulter explodieren, doch dann schwamm sich Knut frei. Da sie keine Flossen mehr trugen, war das Tauchen anstrengend und ging sehr langsam.

Er hatte sich vorgenommen, alle zehn Meter ein paar Minuten Pause einzulegen, um nicht zu schnell aufzutauchen. Doch jetzt, zwischen den Aufbauten des Schiffs, Schwenke am Gürtel gepackt und mit Nitrox für höchstens ein paar Minuten, war dieser gute Vorsatz passé.

Er sah hinauf zur Wasseroberfläche, doch dort war bloß Schwärze. Er griff sich Schwenke von hinten, klammerte sich an ihn und schwamm und schwamm.

# 75

An drei Dinge würde sich Knut erinnern. Zum einen an den Rettungstaucher neben ihm und das bescheuerte Blinken seiner Rettungsweste, als er ihm die Schlaufe umlegte und ein Daumenhoch gab. Zum anderen an Helens Lächeln, an ihr frohes, strahlendes Lächeln aus dem Zodiac, das sie mit Maas in Beschlag genommen hatte. Und als Drittes würde er sich eigenartigerweise daran erinnern, neben sich einen Surfer auf den Wellen gleiten gesehen zu haben.

Von diesem Surfer – war es sein Vater? – sollte er die nächsten Nächte immer wieder träumen. Der Mann zog ihn auf sein Brett, erzählte ihm etwas von Crunchern und spielte mit ihm zusammen Gitarre. Immer nur ein paar Riffs, bevor das Surfbrett mit ihnen beiden in den Himmel glitt.

Wie Schwenke und er wirklich aus der Nordsee und auf die Umspannplattform gekommen waren, wo sich eine Dekompressionskammer befand, würde Knut niemals erfahren.

Er erwachte durch Helens Stimme in der mit Holzpritschen versehenen Stahlröhre der Kammer. Sie hatte knapp einen Meter Durchmesser und konnte durch eine Schleuse betreten werden. Vier kleine Bullaugen, zwei rechts, zwei links, stellten neben zwei Monitoren und Lautsprechern den einzigen Kontakt nach draußen dar.

Das Holz der Pritsche war hart und ein aufrechtes Sitzen kaum möglich. Knut sank zurück, nachdem er festgestellt hatte, dass seine Wunden versorgt waren. Auf einem der kleinen 15-Zoll-Monitore konnte er Helens Gesicht erkennen. Besorgt schaute sie drei Medizinern über die Schulter, die in einem Kontrollraum standen und offenbar Knuts und Schwenkes Biodaten checkten. Sie sorgten erst für einen Überdruck in der Kammer, um ihn dann über Stunden langsam zu senken. So verschwanden unter hyperbarer Sauerstoffatmung die Gasbläschen, die sich durch den zu schnellen Aufstieg in Knuts und Schwenkes Körper gebildet hatten.

Als Helen bemerkte, dass er aufgewacht war, griff sie sich eines der Headsets. »Gut geschlafen?«

Er wollte charmant antworten, doch seine Kopfschmerzen ließen es nicht zu.

»Wenn Sie das nächste Mal einen Serientäter befragen, nehmen Sie mich gefälligst mit.«

»Sie hätten ihn sicher nach drei Worten entlarvt«, brachte er heraus und sah sich nach Schwenke um, der keine zwei Meter von ihm entfernt auf der Pritsche schlief. »Wie lange bin ich hier drin?«

»Vier Stunden«, sagte sie und erzählte ihm von der Stürmung des Wohnwagens und Schwenkes Sprengfalle.

»Was ist mit Jasmin?«

Helen schüttelte den Kopf. »Sie hat es nicht überlebt. Magnussen hat alles getan, aber …« Sie holte betroffen Luft. »Er liegt auf der Intensiv.«

»So schlimm?«

»Die Ärzte wissen nicht, ob er durchkommt.«

»Scheiße.« Knut rieb sich die Augen. Die Nachricht von Jasmins Tod war schon schlimm genug; an Magnussens möglichen Tod wollte er gar nicht denken.

»Veith?«

»Ein paar schwere Verletzungen, aber okay.«

»Immerhin.« Seufzend horchte er auf das Piepen seines

EKGs, zwang sich, nicht zu weinen und nicht auf Schwenke zu starren.

»So ein Wrack ist ein dunkles Loch, oder? Und auftauchen ist beinahe wie rausklettern, stimmt's?«

Einen Moment wusste sie nicht, was er meinte.

»Ich würd Sie gern zum Kaffee einladen.«

Sie musste lachen.

»Latte macchiato low carb honey flavored oder so. So heißt das doch. Oder einfach Kaffee mit Milch? Nur wir beide, ein nettes Restaurant. Vielleicht irgendwo in den Bergen, weit weg vom Meer? Hm? Wie klingt das?«

Mit einem Mal verschwand sie vom Monitor.

»Was ist denn? Hab ich mal wieder was Falsches gesagt?«

Da bemerkte er einen Schatten vor einem der Bullaugen und sah hinaus. Sie stand direkt vor dem Fenster, das Headset auf, ihre blonden Haare streng nach hinten gebunden. Sie schüttelte den Kopf.

»Sie haben alles richtig gemacht. Alles richtig«, flüsterte sie und legte die Hand auf das Bullauge. Er zögerte einen Moment, dann tat er es ihr gleich, presste seine Hand gegen das Glas. Einen wundervollen Moment lang verweilten sie so. Und er konnte ihren Atem leise aus dem Lautsprecher hören, gleichmäßig und gefasst.

»Danke«, sagte er ruhig. »Danke für Ihre Hilfe.«

19 Stunden später schlug Magnussen auf der Intensivstation das erste Mal die Augen auf.

Genau zur selben Zeit, als Marinetaucher der Minentaucherkompanie aus Eckernförde Lydia Schwenke für immer aus ihrem Blauen Reich verbannten.

# 76

Knut entschloss sich, den milden Abend zu nutzen und mit Butch durch Valandsiel zu schlendern. Ein kleiner Ausflug würde ihnen beiden guttun.

Die Rike Reech lag 20 Minuten Fußmarsch von seinem Haus entfernt, in das er seit zwei Tagen zurückgekehrt war, aber Knut – einen Rucksack über die Schulter geworfen – machte lieber einen Umweg über die Promenade.

Der Wind hatte kaum merklich zugenommen und trug den Fisch- und Salzgeruch zu ihm. Einen Geruch, den er niemals im Leben missen wollte. Eine Horde Kinder in neonfarbenen Shirts rannte lachend über den Strand. Sie ärgerten mit ihren Wasserpumpguns ein paar Jugendliche, die Beachvolleyball spielten. Etwas weiter zur Wasserlinie hin zischte ein gutes Dutzend bunter Drachen durch die Abendluft.

In den letzten Tagen hatte er jeden Morgen als Erstes im Universitätsklinikum Kiel angerufen, um nach Magnussens Zustand zu fragen. Am liebsten hätte er Diehl und Birthe in den Wagen geladen und wäre hingefahren, doch Magnussen lag noch immer auf der Intensivstation, und die Ärzte ließen niemanden zu ihm. Seine Verletzungen waren weiterhin lebensgefährlich, und sie hatten ihn in ein künstliches Koma versetzt.

Wie es aussah, hatte Magnussen bloß überlebt, weil er so exzessiv Kraftsport betrieb. Irgendwie hatte jede Faser seines Körpers sich gegen den Tod gestemmt.

Jasmins Beerdigung stand für morgen an. Jasmins Mutter Bea hatte sich gewünscht, ihre Tochter auf dem eigentlich seit Jahrzehnten geschlossenen, aber wildromantischen Friedhof beisetzen zu dürfen, von dem aus man einen Blick aufs Meer hatte. Nachdem Knut Bürgermeister Warendorp massiv mit der Presse gedroht und Birthe und selbst sein Vater den Mann mehrfach bekniet hatten, war Warendorp umgeschwenkt. Er hatte mit dem Pfarrer geredet und beschlossen, eine Ausnahme zu machen.

Knut wusste, dass die Trauerfeier schrecklich werden würde, aber er redete sich ein, dass Bea ihn brauchte.

Er band Butch vor Silke Mertens Souvenirladen fest und wollte hineingehen, aber der Labrador bellte so herzerweichend, dass er ihn doch mitnahm.

Als Michaelas Mutter Knut erkannte, begrüßte sie ihn nett.

»Ich wusste nicht, ob Sie sie behalten wollen …«, begann er zögerlich und zog die Blechschachtel aus seinem Rucksack.

Sie nahm die Schachtel nicht in die Hand, sodass er sie auf den Tresen neben die Kasse schob.

»Was macht man denn damit?«, fragte sie mit Blick auf die Blechdose. »Mit all den erlogenen Erinnerungen?«

»Hm …« Es dauerte ein paar Sekunden, bevor Knut eine Antwort einfiel. »Ich würd sie nehmen und runter zum Strand gehen. Ich würd sie verbrennen, glaube ich. Oder begraben.«

Silke Mertens nickte. »Danke. Vielleicht ist das wirklich das Beste. Das falsche Schicksal da drin zu begraben. Die Lügen zu verbrennen.« Sie schob die Schachtel mit einem Schreibblock zur Seite. »Wir haben neue Basecaps. Sie könnten eine gebrauchen.«

Stutzend nahm Knut seine ab. Der Stoff über dem Schirm

war abgerubbelt, sie hatte Schweißflecken, und einige weiße Salzränder hatten sich gebildet. »Danke«, meinte er. »Aber ich hab mich an die so gewöhnt … Ich trag sie, bis sie ganz auseinanderfällt. Aber ich könnte etwas anderes brauchen.«

Knut zog Butch vom Laden weg und über die Straße. Gemächlich flanierte er weiter die Promenade entlang, an Krömers Kiosk, Baranovas Apotheke und der Eisdiele vorbei. Ein paar Jugendliche hielten sich nicht an die Regeln, hatten Holz und Pappkartons zusammengesucht und am Strand angezündet. Von hier oben konnte er ihre Schatten vor den Flammen sehen. Er dachte nicht einen Moment daran, hinunterzugehen oder sein Funkgerät zu zücken. Vergiss es. In ihrem Alter hatte er genau das Gleiche getan.

Weiter Richtung Horizont flackerten die Lampions des 100 Jahre alten Restaurants auf der Meerbrücke. Ein paar zerrissene und eigentümlich violette Wolken schoben sich vor die Abendsonne.

Es ist alles perfekt, dachte Knut, und die Erkenntnis erfüllte ihn mit Wärme. Er spürte, wie er eine Gänsehaut bekam, spürte ein angenehmes, ja wohliges Kribbeln auf seinen Armen und musste sogar voller Gleichmut lächeln.

Es ist alles perfekt.

So viele Tote, grämte er sich, und ich fühle mich … *befreit.* Seltsam, aber wann war ich das letzte Mal so eins mit meinem Leben?

Er atmete ein paar Mal tief durch und sah dem gleichmäßigen Puls der roten Warnleuchten auf den Windrädern von Riffgrund West zu, die in ihrem eigenen Reigen aufflammten, während die Nacht sich wie eine honigsüße Ballade über die Stadt am Meer ergoss.

# 77

Nachdenklich stellte Helen sich an die Panoramascheibe und sah hinaus in die blaue Stunde. Von der Reflexion verzerrt konnte sie Johann erkennen, der ihr soeben noch etwas Poularde auftat. Ein wenig fühlte sich Helen an die heimeligen Weihnachtstage ihrer Kindheit erinnert, an denen ihre Mutter Gänsebraten zubereitet hatte und das ganze Haus vom Duft des Festmahls erfüllt war.

Sie roch die Kerzen, den Wein und Maas' Poularde und erinnerte sich, wie sie als zehnjähriges Mädchen genau hier vor der Scheibe gesessen und aufs Meer gesehen hatte, während die Lichter des Weihnachtsbaums sich bunt im Glas gespiegelt hatten.

Es ist bald Sommer, und du denkst an Weihnachten. Helen Henning, du bist echt alt geworden. Schon eigenartig, dachte sie.

Sie drehte sich zu Johann um und lächelte zufrieden.

Sein Escaldums de pollo war ein Gedicht. Schon als er mit den beiden randvoll gefüllten Papiertüten voll Zutaten bei ihr geklingelt hatte, hatte sie gewusst, dass er sie unbedingt beeindrucken wollte. Und das hatte er eindeutig geschafft.

Helen war sich nur nicht sicher, ob es bloß eine Masche von ihm war.

Wahrscheinlich kocht er für jede seiner Eroberungen das gleiche Gericht, ätzte eine innere Stimme.

Helen, hör auf, immer so miesepetrig zu sein, schalt sie sich selbst.

Harsch?

Harsch. Ja.

Aber vielleicht kann er nur diese Poularde und reißt sonst Plastikschmeck auf.

Oder bricht die Laschen an den Bockwurstdosen ab, so wie du immer, Helen. Na und? Was ist schlimm, wenn es seine Masche ist? Entspann dich. Du kannst doch auch nicht kochen. Immerhin ist er gut im Bett. Er kann die Küche in ein Schlachtfeld verwandeln und das Bett auch – was willst du mehr?

Der Gedanke an das Doppelbett ihrer Eltern ließ jede Erotik erkalten.

Es hat einen faden Geschmack. Das ist alles. Es hat irgendwie einen schlechten Beigeschmack, wenn er nur so tut, als ob, fuhr die Stimme in ihrem Innern fort.

*Wieso? Kocht er eben nicht gut und will dich bloß verführen.*

*Aber dann spielt er mir etwas vor. So wie Chris ... Wenn Johann in solchen Fragen lügt, lügt er auch an anderer Stelle. Dann ist ihm nicht zu trauen. Wer einmal lügt, dem glaubt man nicht ...*

*Tu es nicht, Helen. Versau dir nicht den Abend. Komm schon. Tu es nicht. Helen! Lass es.*

Aber Helen konnte nicht anders. Sie ging in ihrem so ganz eigenen wiegenden Schritt zur Bar, goss ihr halb volles Glas heimlich in den Ausguss und nahm eine volle Flasche. »Johann?« Sie wollte, dass er aufstand.

Im Stehen war es oft einfacher, nonverbales Verhalten zu deuten. »Hilf mir mal.«

»Natürlich.«

Während er die Flasche öffnete, schmiegte sie sich an ihn und fragte: »Ist da wer anders? In Kiel?«

Sie wusste, es gab nie eine hundertprozentige Deutung.

Kein Schwarz oder Weiß, Ja oder Nein. Jemand fröstelt, und sein Gegenüber denkt, er habe Angst – aber in Wirklichkeit steht bloß ein Fenster offen, oder die Klimaanlage ist zu niedrig eingestellt.

Es war besser, mehrere Indizien zu sammeln. Drei Tells … Sie zählte kurz mit: die Hand an der Stirn, das Reiben, das Bedecken der Drosselgrube, sein Stand, mit dem er Halt suchte, die leichte Wendung, diese Wendung zur Tür. Er verlagerte seinen Körper, als wolle er gehen, und sagte dennoch: »Nein. Wie kommst du da drauf?«

Und die Flasche macht Plopp.

Er lügt.

Das stand unter dem Strich.

Er lügt.

»Was hast du denn?« Als er ihr Ohrläppchen küssen wollte, entwand sie sich ihm.

»Es tut mir leid. Das Essen war vorzüglich, wirklich, aber … Aber die ganze Sache … Das nimmt mich alles noch sehr mit.«

Sie sah es an seinen Augen. Auch er wusste, dass sie log, dass sie eine Ausrede vorschob.

Ich weiß, dass du weißt, dass ich weiß, dass du weißt, dass ich weiß, dass du weißt …

»Verstehe«, sagte er seufzend. »Aber der Abend war dennoch nett.« Er lächelte charmant, und seine stahlblauen Augen musterten sie ruhig. »Du hast mich jetzt aber nicht durchleuchtet?«

»Nein«, log sie erneut und achtete darauf, keine Tells auszusenden, jegliche Mikrobewegungen zu unterdrücken. Gelernt war gelernt.

Knut öffnete die Gartenpforte, nahm den Rucksack von der Schulter und ging zum Haus. Er wollte klingeln, als er meinte, aus dem hell beleuchteten Haus eine Männerstimme zu hören. Kurzerhand schlich er auf die Terrassenseite.

Drinnen brannten Kerzen, und es schnürte Knut den Hals zu, als er den Mann erkannte, der mit Helen an einem festlich gedeckten Tisch saß und ihr plaudernd Wein eingoss.

Schweren Herzens stand er einen Moment da und sah zu, wie sich die beiden unterhielten. Sie schienen so zufrieden mit sich.

Wehmütig ging er, war beinahe ums Haus, als sein Blick zurück auf das Möwengrab fiel.

Sie wechselten noch eine halbe Stunde lang Floskeln, und Helen hielt es Johann Maas zugute, dass er keine weiteren Versuche unternahm, sie zu drängen. Johann benahm sich wie ein guter Freund und versuchte nicht, sie noch einmal herumzubekommen.

Obwohl sie die Nacht mit ihm sehr genossen hatte, konnte sie sich nicht vorstellen, sie zu wiederholen. Nicht so bald jedenfalls. Vielleicht, wenn sie sich besser kennengelernt hatten.

Kurz nach elf Uhr – als Knut längst in seinem Büro saß, den Verstärker aufgedreht hatte und Stairway to Heaven schmetterte – nahm Johann sein Jackett. Sie wollte ihm die Gewürze und sein Backofenthermometer mitgeben, aber er meinte, sie könne es sicher besser gebrauchen.

Sie küssten sich zum Abschied, dann stieg er in seinen Audi.

Während sie das Geschirr abräumte, fiel ihr ein Licht im Dünengras auf. Sofort dachte sie an eine Taschenlampe, und das Herz schlug ihr bis zum Hals. ER. CHRIS.

Er hockt da und beobachtet dich. Er hat dich mit Johann gesehen, und nun wartet er auf den richtigen Zeitpunkt, um hier reinzukommen und dich zu packen und …

Helen zwang sich durchzuatmen. Scheu sah sie noch einmal hin und erkannte, dass das Licht eigentlich zu schwach für eine Lampe war.

Sich selbst Mut zusprechend, stellte sie sich an die Scheibe, drückte die Hände daran und spähte hinaus. Es war tatsächlich bloß ein Funkeln im Mondlicht.

Irgendetwas lag dort, ungefähr an der Stelle, wo sie mit Knut die Möwe begraben hatte.

Drei Minuten später war sie in ihre Sneakers geschlüpft und hob es vom Grab auf.

Ein Schmunzeln erfüllte sie, während sie es gegen das Licht des Wohnzimmers hielt und schüttelte.

Um Valandsiels Leuchtturm stob silberner Schnee. Er funkelte und flirrte in einem unsagbar gewaltigen Sturm.

Weil ihm der Schweiß bereits bis in die Augen lief, wischte sich Knut mit der Basecap die Stirn. Er atmete ein paar Mal aus, sammelte alle Kräfte und packte dann umso entschlossener zu. Beinahe wütend, aber auf jeden Fall verbissen, zog er den Schrank seines Vaters ein paar Schritte weiter Richtung Bürotür.

Das Ungetüm weigerte sich, durch den Durchgang zu passen, aber er schaffte es, indem er den Schrank unter Aufbringung all seiner Kräfte verkantete und hindurchbugsierte.

Kaum war der Schrank angekippt, begann Butch zu kläffen, versuchte, das Eisenmonster zu beißen. Er betrachtete Knuts Ringen als einen großen Spaß. Unter seinem Bellen zog er den Spind weiter, dachte nicht daran, haltzumachen, sondern zerrte ihn an Birthes Arbeitsplatz vorbei, drückte mit dem Hintern die hüfthohe Schwingtür des Tresens auf und schleifte den roten Monolithen zum Ausgang des Reviers.

Die Morgenfrische war befreiend.

Von der Promenade her konnte er durch Butchs Gekläffe Musik hören. Das weit entfernte Horn einer Fähre und das Warnpiepen eines Müllwagens drangen durch die Gasse.

An den alufarbenen Himmel waren spärliche Wolkenstriche mit leichter Feder gezeichnet worden. Sie strahlten rosa und weiter gen Osten purpurrot. In 20 Minuten würde die Sonne aufgehen.

Eine Schar Möwen glitt durch den anbrechenden Tag. Sie setzten sich auf die Straße, die Motorhaube seines Landrovers und auf den verspielten Eisenzaun gegenüber vom Revier.

Die Möwen starrten ihn an. Schnatternde Zuschauer seines Entschlusses.

Knut zog Thors Spind das letzte Stück bis an die Straße, stellte ihn aufrecht und zog den vorbereiteten Zettel aus dem Schaft seines Westernstiefels.

*Zu verschenken.*

Er klopfte viermal gegen das Metall, das die Sonne zum Glühen brachte.

Ein letztes Mal sah er sich zu den Möwen um, dann tat er einen abrupten Schritt und scheuchte sie auf. Während die Vögel kreischend aufstoben, wandte Knut sich ab und kehrte zurück in sein Revier.

# Danke …

Biene – danke, dass ich mein Lager bei dir aufschlagen durfte.

Heike und Simona – für ein erstes, ehrliches Feedback.

Dorothe – für das unermüdliche Lesen und die richtigen Fragen.

D. u. K. Sellmer – für die fachliche Beratung in Sachen Tauchen.

Und ganz besonders:
Ina – wie immer ein schauriges Vergnügen, deinen pathologischen Ausführungen zu folgen.

Habt alle Dank. Ohne euch wäre der *Jungfrauenmacher* nie entstanden.